옛 로망스

우선덕 소설

옛 로망스

우선덕 소설

민음사

차 례

동행 7

이상한 나날 33

호수가 보이는 테라스의 나날 55

그 여자가 쓰는 소설의 나날 77

인도로 가는 길 141

소설가를 만난 날 167

너의 엄마 194

옛 로망스 217

월트를 기다리며 287

작가의 말 343

동행

연중행사로 일 년에 한두 번 세차를 한다. 차를 닦고 꾸미는 일이 취향에 맞지도 않는 데다 차를 존중해 주는 내 나름의 미개한 방식이 있던 것이다. 너는 세상에서 최고로 훌륭한 차다. 그 진심을 내가 갖고 있다는 사실 하나로 말이다. 차는 철과 플라스틱, 고무, 헝겊 따위로 만들어진 무생물일 뿐이다. 그런데도 조명등과 냉방이나 난방, 라디오를 끄고 시동 열쇠를 빼기 전에 차에게 말을 하고는 한다. 애썼다, 확실히 너는 좋은 차야.

"정말 이 차로 거기를 넘을 수 있을까요?"

상대편 대답이 확실한 보증서라도 된다는 듯 나는 정비소 직원을 간절한 눈빛으로 올려다보았다. 하늘은 눈발이 날리고 있는 게 아닌가 할 만큼 어둡고 무거웠으며 공기는 습습했다.

"눈도 올 것 같고 말이에요. 괜찮을까요?"

"그럼요, 말끔하게 손을 본 게 언젠데요? 일주일도 안 됐는데요 뭐. 충분해요. 걱정할 것 없어요."

후배 오피스텔이 있는 속초를 가던 여름에는 불안 없이 넘었던 미시령이지만 지금은 겨울이었다. 여름에도 차의 뒤 유리에 표지를 붙이고 싶긴 했다. '초행 운전'. 이제 두 번째 행보라고 해도 여름보다 상황이 나빴다. 라디오는 폭설 대신 강추위를 알렸다. 돌발 사태로 눈이 쏟아질 수도 있다. 눈 내려 얼어붙은 미시령이라면 다시 초행이었다.

체인 상자를 트렁크에 넣었어도 안심이 되지 않았다. 말끔히 손을 봤다고 직원은 말하고 있지만 지난주에 고칠 때, 견적이 너무 많이 나오니 급한 것만 먼저 하시지요, 라고 권유를 해서 몇 가지만 갈아 끼웠다. 그날 급하지 않던, 그러나 낡고 닳았음이 분명한 나머지 부품들이 언제 어디서 아픈 소리를 내며 주저앉을지 모를 일이었다.

"그때 다 갈지 않아서 불안하거든요. 짐을 좀 적게 실을까요?"

"짐은 상관없고요. 체인도 준비하셨고, 체인 감는 방법은 가르쳐드린 대로 간단하니까, 아, 정 못할 것 같으면 근처 지나가는 남자들한테 부탁하세요."

남에게 부탁을? 아뇨, 복잡하다고 해도 내가 해요.

나는 그 말을 혀 안에 두었다.

"나머지는 걱정할 필요가 하나도 없습니다."

하긴 걱정한다는 게 우스웠다. 차의 걱정거리를 확인하고 고칠 능력은 내게 없었다. 나는 정비 기술자가 아니고 정비를 공부한 적도 없다. 차 내부 사정에 그저 캄캄했다. 엔진과 브레이크 작동 시 수상한 소리를 낸 지난주 일로 내 차가 노년기에 접어들었다는 점만 아는 정도였다. 정비소에서는 아슬아슬한 시기에 잘 찾아왔

노라고 했다. 내 기분에도 그랬다. 칠 년에 접어드는 차였고 그동
안 거짓말처럼 정비 한번 받아보지 않았던 것이다. 모르겠다 너만
믿는다, 예고 없이 나를 골탕 먹인 적이 없었다.

호출기가 울렸다. 일 년 전부터 두 아이가 사는 집, 그러니까 애
들 아버지의 전화번호가 찍혀 있었다. 정비소에 들러 스노체인을
사고 차 상태를 살펴본 다음 가겠다고 어젯밤 통화 때 말을 해두었
는데도 빨리 오지 않는다는 조바심이리라.

그는 그렇다. 남이 보기에는 차분한 인상이지만 의외로 진득하
게 참아내지 못했다. 특히 내게. 아이들과 밖에서 식사를 하고 있
자면 느린 속도의 내 식사를 끝까지 기다리지 못하고 그만 가자며
아이들을 일으키기 일쑤였다. 커피숍에서는 커피 한 잔을 나란히
함께 마셔본 적이 드물었다. 어쩌다 힘들어하며 기다려주었더라도
내가 담배에 불을 붙이는 것을 보면서 벌떡 일어나, 가자는 사람
이었다. 방금 첫 모금을 빨아들인 담배 끝을 어처구니없는 기분으
로 들여다보다가 문 밖 저만치 가고 있는 사람이 있으니 재떨이에
비벼 끄고 쫓아나가는 수밖에 없었다. 결혼 생활 십 년과 이혼 후
육 년이 지나 칠 년에 들어선 지금까지도 전남편이며 애들의 아버
지인 그는 그랬다.

이번만큼은 차 두 대로 움직여야 한다고 주장한 쪽은 나였다.
애들 아버지 차는 길을 가거나, 언덕을 오르다가 멈춘 전적이 있
었다. 후배의 오피스텔에 놀러가기 전, 가족 여름휴가 때 땡볕에
오대산을 오르면서 두 아이와 나는 애들 아버지 차를 밀어야 했
다. 추석 나들이 길에서는 정체되어 마냥 서 있는 차들의 틈바구
니를 비집고 차를 끌어내었다. 겨울 들어서도 그 차는 세 번이나

문제를 일으켰다. 출근길에 차가 서버려 애들 아버지가 전화를 해 왔던 것이다. 배터리가 다 돼서 휴대폰도 쓸 수가 없네. 공중전화 찾느라고 십 분이나 걸어 올라왔어. 코트도 없어 추워 죽겠어. 어 디 정비소 전화번호 찾아서 공원 앞 삼거리로 좀 와달라고 해줘.

그 일을 아는 두 아이는 엄마 차도 갖고 가야 한다며 적극 동조 를 해왔다. 이혼과 함께 나는 소형차를 샀고 그도 그때 차를 바꾸 어서 차의 나이는 그 차나 이 차나였다. 다른 점이 있다면 이 차 는 서버리기 전에 이상한 음향으로 제 몸의 낙후를 알려 사전 조 치를 취할 수 있었고 그 차는 제 기분이 나쁘면 아무 장소에서나 막무가내로 서버린다는 데에 차이가 있었다.

두 아이는 좁고 불편해도 엄마 차를 믿었다. 거기다가 겨울 여 행 짐이라 상당한 물량이었다. 애들 이종인 조카까지 합세하게 되 어 가족 스키가 다섯 대, 스키 신발 가방이 다섯 개, 겨울 옷가지 를 넣은 대형 가방이 저마다 하나씩으로 다섯 개, 어린 시절 몸무 게에서 몇 배 늘어난 아이 셋과 어른 둘.

호출을 해대기는 했지만 애들 아버지는 비교적 느긋하게 차 지 붕에 스키를 매달고 가방을 날랐다.

지난밤 애들 아버지한테 전화가 왔었다. 몇 시에 떠날까, 새벽 에 올 건가? 차 밀리지 않는 시간에 떠나지. 나는 대답했다. 이제 는 옛날처럼 꼭두새벽에 잠도 안 자며 떠나고 싶지 않아요. 어차 피 휴가인데 천천히 편하게 해요. 잘 것 다 자고 출근 시간 끝난 다음에 떠나요.

여전히 하늘의 색깔과 질감은 무거웠다. 일기 예보에서 말하는 강추위보다는 폭설이 걱정되었지만 눈부셔하지 않으면서 운전할 수 있는 좋은 채광이었다.

“그 차는, 그래서 괜찮대?”

“모르겠어요, 안심하고 다녀오라고 하니까 안심해도 되겠지요. 언덕에서 힘을 못 내는 것 빼고는 이상 없어요. 그 차는요?”

“괜찮겠지. 그동안 들인 돈이 백만 원이 다 되는데. 중간 어디서 만나지? 그 왜 풍차 있는 데가 어때? 애들 화장실도 가야 하고 간단하게 요기도 하게 하고.”

“그러죠.”

“잠실대교를 건너 올림픽대로로 바꾸고 미사리 가는 길로 쭈욱 가서 팔당대교를 건너는 거야.”

그쯤은 나도 알고 있었다.

“그럼 앞에서 가지. 내가 뒤따라갈 테니까. 서로 잃어버리면 상관하지 말고 그 풍차에서 만나는 걸로 하고.”

“아니 앞장을 서요. 여긴 짐뿐이니까 내가 뒤에서 가는 게 낫죠.”

차가 사람도 아닌데 우리는 서로 앞서 떠나기를 채근했다. 뒤에 가면 앞에서 무슨 일이 생긴다고 해도 수습해 줄 수 있지 않을까 해서였다. 등산길 같은 데서 앞사람이 미끄러지거나 사고를 당하면 뒤에 선 사람이 붙잡아 막아줄 수 있는 것처럼 말이다.

아이들과 애들 아버지는 차 두 대로, 운운한 나의 선의를 믿겠지만, 토로하자면 나는 얕은꾀를 쓴 것이었다. 나는 혼자 타고 가고 싶었다. 아이들이 많이 컸다고 해도 어릴 때와 다름없이 차 안은 시끄럽고 게다가 나는 조카애를 못 견뎌했다. 니네 엄마 아빠가 죽어 없다고 해도 이모는 너는 못 키워. 대놓고 그런 말을 한 적이 그 애가 자라오는 동안 수십 번이었다. 제 엄마의 언니며 그 애의 이모인 내 발언이 심한 게 아니라고 할 정도로 녀석의 행동에는 생각이란 것이 도통 들어 있지 않아 위험천만이기만 했다. 좋게 말해 대단한 장난꾸러기였다. 이번에는 그 애를 통제해 줄 제 부모도 없이 그 아이만! 녀석이 이번 가족 여행에서 동행이 되겠다고 한 순간 나는 어깨가 묵적 지근해 오며 숨이 막히고 기가 질려버렸다. 다행히 짐이 많았다.

그렇게 된 것이다. 벌써 기우뚱거리는 것 같은 앞차를 보면서 나는 회심의 미소마저 지었다.

서로 잃어버리면 풍차가 있는 집에서 만나기로 한 약속이 있음에도 사람 심리란 묘했다. 되도록이면 앞차를 놓치지 않으려고 자신도 모르는 애를 쓰게 됐다. 아이들이 뒤창으로 손을 흔들고 마주 흔들어주기도 하며 우리는 강변북로를 앞서고 뒤서면서 사이좋게 달려 나갔다. 출근 시간대가 지난 덕분에 앞차를 방기해 버리려 한다 해도 그럴 수 없게 도로는 한가했다. 이런 속도라면 풍차가 있는 장소에 몇 바퀴를 두고 거의 함께 들어갈 것이었다.

여유를 부렸던가. 문득 몇 개인가의 차선에 차량이 빼곡 들어차고 있었다. 앞차와 내 차 사이에 승용차 두 대가 머리를 들이밀었다. 맞다. 어느 날 어느 한가한 시각에라도 반포대교 부근은 걸핏하면 이런 상황인 것을. 다른 차들이 앞차와 내 차의 간격을 계속 떼어놓고 있었다. 차선을 바꾸는 앞차가 먼 시선에 잡혔고 나도 다른 차선으로 옮겼다. 앞차가 택한 차선이 잘 줄어들고 있는 반면 내가 들어간 차선에는 다른 차들이 계속 꾸역꾸역 끼어들었다. 반포대교 근방이 서로의 차를 놓치게 되는 지점이었다. 조금 더 솔직하게 말하자면 복잡한 도로 사정을 빙자로 나는 드디어 진짜 자유를 찾은 것이었다. 아이들에게 의무적으로 손을 흔들며 웃음을 보여주지 않아도 된다.

카세트테이프의 음악을 바꿔 넣었다. 십여 분쯤의 시간 거리가 앞차와 내 차 사이에 있었다. 인생도 이와 같은가. 줄 한번 잘못 서는 일로 많은 것이 어긋나며 달라지는가. 운전할 때마다 하는 생각을 나는 또 했다. 애들 아버지와 만나 결혼하지 않았다면 내 인생은 달라졌을 텐가. 다른 남자와 만나 이혼하지 않고 살았겠나. 혼자 살면서 내 일에 일가를 이루었겠나. 누구를 만났건 아니건 같았을 것이다. 생활에 많은 변화가 있었지만 근본적으로 내가 바뀐 일은 없었기 때문이다.

미사리 방향으로 들어서자 도로에서의 십여 분이라는 시간에도 불구하고 저 멀리로 앞차가 보였다. 박차를 가하며 몇 개의 차선을 넘나들어 아이들 뒷모습을 볼 수 있게 따라붙었다. 아이들에게 아는 체를 해주지 않아도 되어 해방감을 느낀 게 바로 얼마 전이었다.

다시 앞서고 뒤선 행렬로 팔당대교를 건너 두 차는 양평을 향하고 있었다. 다른 차의 추월을 허락하지 않으며 줄줄이 늘어서서 가야 하는 왕복 2차선이었다. 날씨는 흐린 채로 맑았다. 어딘가 빛의 양광이 있었다. 등 뒤에서 서두르며 눈을 부라리는 차가 없어서인지 자주 오른쪽으로 시선이 갔다. 흐릿한 하늘 아래에서도 강은 구겨놓은 은박지인 양 군데군데서 빛을 냈다. 빛은 강물에서 나오나. 그런지도 몰랐다. 모든 물상은 저마다 자기만의 빛을 갖고 있는 것이다. 결코 바뀌지 않는 내면의 빛, 자기만의 색깔.

앞차는 잠잠해 보였다. 두 아이 혹은 세 아이 다 졸거나 잠이 들었으리라. 풍차가 있는 양평은 아직 멀었다. 떠나기 전에는 가까울 거라던 길이 막상 가다 보면 길고 멀었다. 거기다가 파헤쳐 새 길을 내는 통에 풍경이 달랐다. 몇 달 지나지 않았건만 지난여름 속초에 갈 때와 또 길이 달라져 있었다.

앞차가 비상등을 켜며 갓길로 붙어 섰다. 무슨 일인가. 딸애는 곧잘 멀미를 한다. 아빠, 배가 아파, 토가 나올 것 같아. 그랬을 것이다. 열 살을 곧 넘기는데 딸애는 멀미와 배앓이를 같이 말해 버린다.

나도 급하게 비상등을 켜며 뒤에 붙어 섰다. 예상과 달리 세 아이는 잠이 들어 있지 않고 딸애도 멀미를 하는 게 아니었다. 애들 아버지가 약간 무안한 얼굴을 하며 내 차로 다가왔다.

"길을 잘못 들어섰나 봐? 거길 벌써 지난 모양이야. 풍차 말이야. 아니면 그 집이 없어졌든가."

선도 차로서의 무안함이었다. 나도 차 문을 열고 내렸다.

애들 아버지는 내 차가 저단에서는 뻣뻣하고 무거우며 고단에서는 가볍게 흔들려서 있는 힘을 다해 붙잡고 있어야 하는 보통 핸들에 5단 기어라는 것과, 나는 길을 모르잖아요, 하는 엄살 아닌 사실밖에 알지 못한다. 두 아이를 데리고 어디라도 다녀올라치면 예전의 아내인 나 때문이 아니라 두 아이 걱정에 여러 번 연락을 취해 주기 원했다. 도착했어? 아, 난 또 영 연락이 없어서. 일찍 떠나 일찍 오지.

내가 소형차에 오토매틱과 파워 핸들을 장착할 수 없던 그 당시의 경제 형편을 그는 알지 못했다. 이왕 사는 것, 애들 아버지는 그렇게 말했고 나는, 나 혼자 아니면 기껏해야 애들하고 타는 건데 이것도 크죠 뭐. 그리고 오토는 심심하죠, 스틱이 재미있잖아요라고 대꾸했었다. 그때 상대편 마음을 읽을 수 있었다. 시건방을 떨고 있군.

"그 집…… 한참 더 가서 있는 것 같았어요."

자신 있는 부분이었지만 나는 자신감을 빼고 말했다. 별것도 아닌 일에 상대적인 열등감을 주고 싶지 않았다. 그를 안다.

"생각보다는 멀었던 것 같아요, 이렇게 가다 보면 말이에요."

애들 아버지는 단호한 어조로 고개를 저었다.

"아니야. 지나왔어. 전에도 이렇게 많이 오지를 않았어. 아까 그 집이 나왔어야 해."

"그, 전이 언제게요? 김천자 씨 풍차 콘도에서 우리 모임 한 적이 있고요, 그다음 난 속초도 다녀왔잖아요. 먼젓번 길하고도 또 달라서 나도 자꾸 당황하게 돼요. 공사가 끝났나 봐요. 그래서 그럴 거예요."

나는 친절하고 길게 덧붙였다. 그런 긴 설명이 전의 애들 아버지에게는 가능하지 않았다. 기다려 들을 사람도 아닌 데다, 어디를 다녀왔느니 하는 이야기가 있을 수 없게 나는 대부분 집에서만 지냈다. 내 일이 있음에도 일하는 다른 많은 여자와 다르게 살았다. 며느리와 아내, 엄마, 그다음 부차적으로 내 일이 있었다. 그야말로 나는 슈퍼 원더우먼이었다. 그래서 애들 아버지가 정작 요구하는 것이 무엇인지 나는 도무지 알 수가 없었다. 도대체 나보고 어쩌라는 것인가, 어쩌라는! 죄다 집어치우라는 것도 아니고 죄다 하라는 것도 아니고. 헤어질 즈음에서야 그는 자기 심경을 말했다.

당신에게 무엇을 요구하는지 내가 모르겠어, 당신은 백 점 만점 엄마고 며느리야. 그건 알아.

그렇다면 나도 알았다. 백 점 만점 엄마와 며느리지 백 점 만점 아내일 수는 없었던 것이다. 만점 받을 수 있는 아내란 모름지기 남편에게 순명하며 단 한 개의 길을 어깨 걸고 걸어야 한다.

서로의 다리를 꽁꽁 묶어 같은 길을 걸어가야 하는 게 아니에요. 같이 쓰러지고 같이 일어나는 게 아니란 말이에요. 각자의 두 발로 각자의 길을 가는 거예요. 가다가 지치면 저쪽 길의 혹은 이쪽 길의 그대에게 손을 들어 용기를 주는 거예요. 똑같은 두 개의 책상으로 사는 게 아니라 책상과 의자로 사는 거예요. 똑같은 의자 둘로 사는 게 아니라 서로 짝이 맞는 하나의 책상과 하나의 의자로 사는 거예요.

지성인이며 문화인인 그는 내 뜻을 잘 알아 새겼다. 그 자신도 그렇다고 했다. 하지만 밤을 새워 이야기하다 보면 새벽녘에 돌아오는 결론은 그것이었다. 너와 나의 다리 한 짝씩을 단단하게 맞붙여 동여매고 같은 선 위를 걷는 것. 같이 물구덩이에 빠지고 같이 기어 나오는 것.

"그때도 왜 이렇게 안 나오나 했는데 꽤 가서야 있더라고요."

"확실해?"

나는 미소로 끄덕임을 대신했다. 나는 아닌 말은 아예 하지 않잖아요? 그쪽도 그런 점은 나하고 같죠.

우리는 함부로 말하지 않는 진지한 사람들이었다. 그 공통점이 두 사람을 결혼하게 만들었을 것이다.

"거 참 이상하네. 이 정도 오면 그 집이 있을 줄 알았는데……."

그렇다. 지나온 길과 아직 오지 않은 길은 어째서 그토록 짧고 간단한가. 고개를 갸웃하며 도로로 들어선 앞차를 따르며 나는 새삼스러운 상념에 잠겼다. 하나는 망각 덕분이고 하나는 아직 겪지 않아 알지 못하는 탓이다. 간단한 이치였다. 그리고 한 번 갔던 길도 되짚어 가노라면 다른 사태가 생기고는 해 새로운 길이 되고 만다.

　새로 난 도로를 따라 어지간히 달리고 왕복 2차선을 지나고 툭트인 언덕길을 오르고 내려 얼마만큼 달리고서야, 당연한 노릇인지 다행한 노릇인지 풍차 날개가 보이기 시작했다. 주차 선에 차를 댄 그는 이번에는 긍정의 표정을 쑥스러이 지으며 차에서 나왔다.
　“이거 뭐, 길이 너무 달라져서 말이야.”
　여름과 겨울 두 차례씩 가족 여행을 빠뜨린 적이 없지만 이혼 후에는 이 길을 다니지 않았다. 제주도 몇 번 경주 몇 번, 동해라도 대관령을 넘었고 부산이 있었다. 전에 이 길을 갈 때는 한계령을 넘기 위해서였고 가족 모두 미시령을 지나게 되는 것은 이번이 처음이었다.
　“그러면 다음에는 미시령에서 만나나? 거기 무슨 휴게소 같은 게 있긴 있나?”
　“그럼요. 거기 휴게소 좋아요.”
　그곳에서 두 번 커피를 마셨다. 올라가는 길에 한 번 내려오는 길에 한 번. 두 번이면 자신 있게 말할 자격이 있다. 비록 애들 아버지와 내가 서로 다른 정서와 성격에 자기만의 색깔 안경을 쓰고 있더라도 말이었다. 안다. 그곳이 어떻게 좋더라도 아, 좋다! 입 밖에 내어 말할 사람이 아니라는 것을. 그리하여 한참 팔려나간 『아버지』라는 소설을 읽고, 맞아 암에 걸려 죽는다는 것 빼놓고는 바로 내 이야기야라고 할 사람이라는 사실을.
　그가 ‘바로’라고 지적하는 그 대목이 우리가 헤어져야 했던 장(場)이었을까. 그렇지 않다, 필설로 다 표현할 수 없이 많은 이유가 우리 이혼에 온당하게 있었다.
　미시령은 내 차를 숨차게 했다. 그러나 때맞춰 카세트테이프에서는 「황제」의 3악장이 시작되는 중이었다. 어떤 화려한 찬탄도

압도해 버릴 눈앞 풍경, 기운찬 관현악과 피아노가 내는 영롱한 분산음. 아, 이 벅참을 함께 느낄 수 있다면. 그렇다면 그게 누구든지 상대방도 기쁨을 가질 게 틀림없었다. 아니다, 나는 머리를 저었다. 같이 감동하여 감명받자는 게 아니다. 그런 나를 밸 꼴리지 않아하며 다만 봐주기만 하는 사람이면 되었다. 말했듯이 거기에는 항시 내 주장이 있었다.

당신과 함께 나란히 걸어가고 싶지 않고 나란히 걸어갈 수도 없다. 우리는 서로 다른 사람인 것이다. 그렇기 때문에 나는 당신 세계와 그 길을 인정하고 존중한다. 그런데 왜 당신은 내 세계와 내 길과 더불어 '나'라는 인격체를 존중하며 인정하지 않느냐. 나는 그의 꼴을 봐줄 수 있는데 그는 왜 내 꼴을 봐줄 수 없는가. 나는 너의 꼴을 너의 꼴로 보기 위해 노력하는데 왜 너는 내 꼴을 눈 시어하는가.

그렇게만 살기는 힘이 들었다. 나는 이혼을 요구했다. 그렇게 살기는 애들 아버지도 힘이 들었다. 그도 내가 이혼을 요구했던 횟수만큼 내게 이혼을 요구했다. 서로 번갈아, 그런 시간만도 육칠 년이 지나 기진맥진이 되어서야 힘겹게 헤어질 수 있었다. 서로에게 힘든 세월이었다. 다람쥐 쳇바퀴 도는 결론만 나오던 그 시절에는 모두 공연한 낭비라고 생각되었고 그 상태로 흘러가는 시간이 아까워서 미칠 지경이었다.

미시령에서 내려다보이는 풍경은 저녁을 향하는 어스름 대에도 계곡에 몸을 던지고 싶은 충동을 불러일으키게 했다. 두 번째 행 보인 미시령은 아직 내게 유혹적이었다. 한계령에 진력이 나서인지도 몰랐다. 그러나 지난날의 한계령도 뒤돌아보면 열 번 이상 감격을 하며 넘었던 고개였었다.

이제야말로 내가 앞장을 서야 할 차례다. 이삼 일 쓰기로 한 후배 오피스텔을 내가 알고 있고, 사람을 태운 차는 뒤에서 와야 앞차가 막아줄 수 있을 것 같아서였다. 오르막에서 내 차가 상당히 고전하던 모습을 룸미러로 봐서인지 애들 아버지는 계속 앞장을 서겠다고 했다.

"거 꽤 힘을 못 받던데."

"이젠 내려가는 거니까 괜찮아요."

성급한 차들도 할 수 없이 서행을 해야 하는 가파른 내리막이었다. 금세 내려가고 곧바로 오피스텔이 나오리라 생각했건만 가본 길인데도 뇌리에 남아 있던 기억과 달랐다. 오피스텔에 도착하니 해가 완전히 이울어 어두웠다. 차 타기에 진저리를 내는 아이들은 또 차를 타고 나가 식사하고 싶지 않다고 했다. 한 해의 마지막 날이었다. 그래, 마지막 날을 조용히 보내는 것도 괜찮지. 이곳 설악산 정기 아래서. 그런데 다소 어색하다. 아이들을 위해 여름 겨울 두 차례 가족 여행을 하기는 해도 연말연시는 아니었다. 왠지 연말연시라는 시점에는 모종의 의미가 담기지 않나. 아무리 세 아이가 우당탕거리며 법석을 떨고 있긴 하지만 아무렇지도 않은 얼굴로 일 년의 마지막 날과 다음 일 년의 첫날을 애들 아버지와 보내고 맞이한다는 게 조금 멈칫거려졌다.

그는 세 아이와 지하 슈퍼마켓에서 장을 봐 왔다. 애초 무엇을 해 먹을 요량을 하지 않았기 때문에 따로 부식을 마련해 오지 않았다. 이혼과 함께 나는 그런 일로부터도 졸업을 하려고 결심했었다. 그렇다고 여행 때 꼭 그렇게 된 것은 아니었지만 작정만은 그랬다. 슈퍼 원더우먼은 그만 사양하겠다!

아쉬운 대로 고기를 굽고 급조된 된장국을 끓여주자 세 아이는 포식을 한 후 식탁에서 물러났다. 그러고는 가져온 게임기에 열중하기 시작했다. 바람이 전면의 유리창을 우글렁거리는 느낌을 주며 두들겨대고 있었다.

"웬 바람이죠?"

두 사람만 식탁에 남아 있는 자리도 실상은 민망스럽다. 결혼 전의 짧은 교제 기간에도 두 사람은 솔직한 면이 많았지만 깊은 인생 이야기라든가 의미로 남겨질 만한 이야기는 서로 피했었다. 그렇다면 솔직하다는 것은 대체 무엇인지.

"비가 오는 것 같던데?"

"비 오면 스키는 못 타겠어요. 웬 비죠? 강추위라더니 비가 오네?"

고작 그런 화젯거리가 두 사람 사이에 있었다. 아니면, 이런 식이었다.

"저, 저 녀석, 큰일이야. 어째 여기까지 와서도 게임이야? 쟤는 더 큰일인 것 같아. 만화 중독이야 완전히."

"중독 정도가 아니라, 자기 말로는 만화 에이즈에 걸렸대요. 어쩌겠어요? 참 억지로는 안 돼요."

그만한 이야깃거리가 있다는 것만도 다행인가? 아차, 생각났다는 듯 그가 냉장고에서 맥주를 꺼내 왔다.

"이거나 마시고 난 자야겠어. 밤에 저 녀석들이 늦도록 자지를 않아 잠을 설쳤더니……."

나는 식탁 위의 빈 그릇을 내려 설거지통에 넣었다.

"한잔하지?"

컵을 채워 내게 내밀며 그는 도망치듯이 얼른 말했다.

"사실은 휴가를 낸 게 아니고 사표를 냈어."

컵을 받으며 다시 나는 그의 맞은편에 앉았다. 짐작하고는 있었다. 휴가를 냈어. 어디 아이들하고 다녀오도록 하지? 연말연시라서 갑자기 콘도가 구해지질 않네, 방을 구할 수 없을까? 그가 전화를 해왔을 때 알았다. 공인된 휴가철이 아니면 절대로 휴가를 내는 사람이 아닌 것이다. 여러 가지 체증에 시달리며 돌아올 때마다 앞으로는 비수기에 떠나자고 푸념하는 내게 그는 고개를 저었다. 그러다가 남들 다 떠날 때는 어떻게 하냐고 했다. 남들과 비슷한 보조로 살아야 한다는 게 애들 아버지의 지론이었다. 보편적으로, 튀지 않게. 그의 상식 기준 반대편에 내가 있었다. 너무 보편적이지 않고, 너무 튀어 그의 얼굴과 심정을 뜨듯하게 만드는.

"그랬군요."

내가 조용히 고개를 끄덕였다.

"더 이상 참는다는 것도 그렇고……."

함께 살 때도 그는 사표를 낸 적이 있다. 그때 나는 말했다. 그랬군요. 잘했어요.

"뭐 무슨 대책이 있어서가 아니고, 대책은 아무것도 없는데, 벌어놓은 게 있는 것도 아니고 모아놓은 게 있는 것도 아니고……."

우리는 전과 똑같은 이야기를 하고 있었다. 심각해하는 그의 사표를 나는 기꺼이 받아들였다. 우린 괜찮아요. 당신은 능력이 있는 사람이니 차츰 할 일을 생각하면 돼요. 서너 달 쉬면서 생각해요. 그 대신 집에 있지 말고 도서관에도 가보고 극장에도 가보고 하면서요.

내 반응에 안심을 하던 그도 시간이 지나면 어딘가 진저리를 치는 것 같았다. 그가 원하는 반응이 호들갑은 아니지만 약간은 놀라는 척해 줘도 좋았을 터였다. 때로 그는 나를 소름 끼쳐 했다.

그렇다고 그 이상이나 이하의 나를 만들어 보여줄 수는 없는 노릇이었다. 어디까지나 나는 조용한 여자고, 그런 식의 내 고집이 우리의 거리를 더 넓게 만들었을 것이다. 나도 알고 있다.

"애들도 있고, 어머니도 그렇고, 이거 딸린 사람은 많고, 애들은 저렇게 어리고 철도 없고, 어디 옮겨 갈 자리를 마련해 놓은 것도 아니고, 그렇게 대책도 없는데, 더 이상은 자존심이 상해서."

"자존심을 다쳐가면서까지, 그건 힘들겠죠. 그리고 대책, 뭐 그럴 것도 없어요. 재벌이 아닌 다음에야 대책 있는 사람이 그렇게 많겠어요? 실력이 있으니 오라는 데는 많을 거예요."

"많지. 그야 많은데, 오라는 데는 많은데 갈 곳이 없네, 이거. 생각을 오래 해봐야 하는데……."

"그래요, 급할 건 없을 거예요. 앞으로는 나도 일이 좀 풀리겠죠."

일이 풀릴까? 단지 희망 사항인가. 출판은 몇 년째 극심한 불황이라 책이 팔리지 않았고 나처럼 시시하게 중견 칭호만 붙은 오래된 작가는 뒤로 밀리기만 하는 판국이었다. 어려운 시기라서 두 아이를 그에게 보내지 않으면 안 되었다. 두 아이를 보낼 때 그는 내 사정을 곧이듣지 않았다. 남자가 생겨 재혼을 하려는가 보다, 라고 그쪽 편한 대로 믿은 모양이었다.

그동안 친한 이들과 만나 술을 마시며 억울함을 발산하기도 했을 테지만 그에게는 풀어낼 말이 남아 있었다. 회사에서의 불쾌한 일과 사람들과 부당한 처사, 서로 잡아먹지 못해 아등바등하는 군상들, 아부와는 거리가 먼, 쉽게 타협하지 못하는 자기 자신, 그리고 이즈음 생각하는 인생이라든가 자신의 노후.

"어느 날 생각하면 이게 기가 막히는 거야. 남들처럼 돈을 모아놓기를 했나. 뭐 모아놓을 것도 없었지만."

나도 다를 건 없었다. 사 년 남짓 된 노후연금보험을 해약한 게 지난달이고 얼마 되지 않는 그 돈을 소록소록 부스러뜨리며 써왔다. 오지도 않은 육칠십은커녕 사십의 오늘을 먹고살기가 한심스러웠다.

"앞이고 뒤고 사방팔방이 꽉 막혀만 있어. 내 입장은 이래요. 온통 걱정거리투성인 거라. 무엇 하나 빼도 박도 못해요."

맥주 거품으로 식탁 위에 환을 그리며 나는 조금 웃었다.

"누구나 그래요. 누구나 마찬가지죠."

"누구나 그렇긴. 돈, 자식에게 물려주지 말라고 하지만, 돈, 좋더라. 사장 아들이 실장 자리 차고앉아 머리 허연 노인네들에게 인사 받고. 나도 자식에게 그렇게 해줄 수만 있다면 해주고 싶더군. 정말로."

그가 자식에게 그런 마음을 두고 있는지는 몰랐다. 그랬구나, 그렇구나, 자식에게, 정말로. 식탁을 사이로 녹갈색 안개가 들어차는 것 같았다. 어떤 쓸쓸한 온기였다.

"그러면 좋겠지요. 그렇지만…… 그렇게 대통령, 대통령 그러다가 꿈을 이뤘다고 대통령은 이제 행복하기만 할까요? 재벌 총수들, 또 그 회사 사장, 행복한 일만 있을까요? 규모가 크고 작고 간에 모두 걱정거리가 있고, 자기 걱정거리가 가장 절대적이라고 생각하겠죠."

이거 내가 도사 같은 소리를 하고 있군. 하지만 사실 아닌가.

담배에 라이터 불을 댕기며 그는 머리를 저었다.

"그거야 남들 이야기고, 어쨌든 나는 막막하고 힘들고 괴로워."

그가 무슨 말인가 더 하려 했고 나는 그의 말허리를 끊었다. 여태 하지 않던 이야기지만 나도 말하고 싶어졌다.

"괴롭다는 말은 좀 그렇고, 나도 힘들고 막막은 해요. 무엇이 그런지 한두 가지로 요약해 말할 수는 없고요. 그게 무엇이든 버티든가 쓰러지든가 둘 중 하나 아닐까요? 버틸 수 있는 데까지 버텨보려고는 해요. 그러다가 부러질 때 부러지는 게 낫다고 말이지요."

견딤과 버팀은 다르다. 참고 견디고 받아들이고 버티고. 말의 유희에 불과할지 몰라도 그중에 버틴다는 것은, 거의 억지를 쓰는 것이겠지. 인생은 도도한 척 굽이치는 강물이어서 버티지 말고 견뎌내야 하는 것임을. 그 진리를 알고 있음에도 나는 아직은 거스르고 싶었다.

"왜 내 주위에 사주팔자 보는 점쟁이들 많잖아요? 이 사람 저 사람 사주란 것을 제대로 들여다보면 과연 좋은 사주팔자가 있나 싶어요. 그러니 사주가 말하는 것은 이거예요. 인생은 만만한 게 아니라는 거죠. 위험이 있으면 피해 가기 위해 사주를 본다고 하죠. 아뇨, 결국 부딪치게 되어 있는 거예요. 맞부닥뜨려 이겨내든 넘어지든 하지 않으면 안 돼요. 호락호락하지 않지요. 친절하지 않아요, 인생은."

불친절했다. 가깝게는 이 사람과의 만남과 결혼과 결혼 생활, 이혼, 그 후 애들과 살던 날과 두 아이를 보낸 일 년, 그 모두 편하지 못했다. 바깥에서 이루어지는 사람들과의 관계와 일도 두 발목을 잡고 머리와 어깨를 짓누르기만 하는 것들이었다. 쉬운 게 없었다. 내 마음대로였으면서 내 마음대로가 아니었다. 내 뜻이었으면서 내 뜻대로 되지 않았다. 삶을 휘두르며 지휘하고 진행해 나가는, 나로서는 도저히 어쩌지 못할 거대한 힘이 있었다.

그는 무슨 말인가 더 하려다가 입을 다물었다. 잠시 미묘한 기류가 흘렀다. 내가 삶의 정곡을 찔렀던가. 아닐 수도 있다. 그렇지만 어쩐지 그랬다. 서로에게 거짓을 말해 본 적은 없지만 알맹이는 숨기고 살아왔다. 그리고 지금 나도 이 사람도 처음으로 서로에게 진실하지 않았나 싶었다. 나보다 십 년을 더 산 그가 이미 터득하고 있는, 현명한 이는 진작 알고 있는 인생의 비밀 아닌 비밀이겠지만 그래도 나는 비로소 정직하게 나를 내놓았다. 친절하지 않아요, 인생은. 나도 힘들고 막막해요. 그런 진짜 속내를 들춰 내보였다.

"아, 피곤한 데다가 마셨더니 취하네. 졸려 죽겠어."

두 사내아이는 게임에 열중이고 딸아이는 만화 삼매경에 빠져 있는 원룸 형태라서 불을 끄고 누울 마땅한 자리가 없었다. 거기다가 불기가 들어오지 않는 바닥이었다.

"남자들은 바닥에서 자야 할 텐데, 차가워서 안 되겠어요."

바닥에 손을 짚어보며 내가 말했다.

"차 트렁크에 피크닉 깔판 있는데 그걸 갖다 깔죠."

"나도 있어."

그가 차 열쇠 두 개를 들고 나가 두 차에서 깔판을 꺼내 올라왔다. 겹쳐 까니 한결 좋아졌다.

"바람이 아주 세던데? 엄청나. 비도 꽤 오던데?"

만화책에 눈을 주고 있던 딸아이와 게임기를 거두던 두 사내아이가 걱정스러운 얼굴로 두리번거렸다.

"그럼 스키는?"

"내일 일어나봐야 알지."

게임기 코드를 빼낸 텔레비전 화면에 일련의 사람들 무리가 나타나 있었다.

"어, 종을 치려고 하네."

자리를 펴고 누우려던 그가 일어나 앉았다.

"종 치는 건, 보고 자야지. 너희들도 봐라. 너희들도 저건 보고 자야지. 이제 서른세 번을 치면 너희들은 한 살씩 더 먹는 거야."

서른세 번의 타종이 끝나면 아이들뿐인가. 그도 나도 헛되이 나이 한 살을 보태게 되었다.

잿빛 두루마기를 입은 늙은 학자 시장님이 흰 헝겊 끈에 걸려 있는 당목을 옆구리에 끼듯 두 손을 얹고 종으로 다가갔다.

뎅. 종소리가 났다.

"에밀레종을 치면 좋은데. 에밀레종은 저번에 마지막으로 쳐보고 이젠 안 친대."

아이들도, 나도, 그도 숙연함에 걸려들지 않기 위해 일부러 에밀레종 이야기를 하고 있었다.

그러나…… 지난해는 힘들었다. 지나간 날은 모두 힘들었다. 이대로 꺾이는 게 아닌가 하던 초조함이 있었다. 노트북 뚜껑을 덮어 패대기치고 싶은 적도 많았다. 밥도 의미도 되지 못하는, 내 위안도 남의 위안도 되지 못하는, 이게 뭐 하는 짓이란 말인가. 죽으면 모든 게 끝이니까 편하겠지, 죽으면.

종소리를 들으며 나는 그나마 나를 지탱시켜 주던 스스로의 채찍질을 의도적으로 떠올리려고 했다. 힘들기에 살아 있는 것 같다, 힘들지 않으면 삶도 무엇도 아니게 생각될 거다, 지금까지 버틴 것은 잘한 일이다. 그것은 자위인가, 자학인가. 그렇게 보낸 날은 어쩌면 그다지도 잠깐인지, 살아갈 날은 또 이 얼마나 예측조차 할 수 없는 것인지, 막막해서 짧았다. 노상 발을 딛고 있는 지금이 길었다.

그래서인지 밤은 길었다. 바람은 끊임없이 창을 두들기고 거리
의 간판과 쓰레기통, 전신줄을 울렸다. 오피스텔 관리실은 난방에
인색했고 세 아이와 그는 웅크린 채 잠이 들었다. 잠버릇 고약한
세 아이가 담요를 머리끝까지 뒤집어쓰고 꼼짝하지 않았다. 숨을
쉬고 있기나 한지 걱정이 될 정도였다. 코끝이 시렸다. 잠이 오지
않았다. 너무 추워서였다. 내 담요를 겹쳐 올려주고 겉옷을 내어
각자 어깨 위에 얹어주었는데도 몸을 펴는 사람이 없었다.

새벽은 더디 왔다. 새벽이 되어서야 쉬익 거리며 스팀 들어오는
소리가 들리기 시작했다. 간신히 코끝이 녹고 몸이 움직여졌다.
새해 첫날이었다. 타지에 와서 공연한 고생을 사서 하고 있었다.
주위 사람들이 내게 뭐라고 하던가. 이혼을 하지 않았다면 마음도
몸도 편하게 지낼 텐데 왜 사서 고생이야? 애들 아버지가 괜찮은
사람이던데. 저쪽도 같은 이야기를 할 수 있었다. 애들 엄마도 괜
찮은 사람이다. 그렇지만 편했을까? 밥하고 빨래하고 어머니 모시
고 아이들 길러주는 일만이 능사는 아닌 것이다. 저쪽은 모르겠지
만 나는 지금의 신산함이 훨씬 소중했다.

흐린 하늘 아래 바닷가에 사람들이 몰려 있고 카메라는 새해 첫
날의 일출을 기다린다. 동해의 일출. 한껏 기승을 부리는 바람에
빗발이 우왕좌왕하는 중이었다. 사람들의 두꺼운 외투 깃이 벗겨
져 나가지 않을까 싶게 펄럭거렸다. 사람들 머리카락이 뒤로, 뒤
로 휩쓸리며 나부끼기도 하는 광경을 텔레비전은 중계하고 있었다.

"스키는?"

전화로 문의한 스키장에서는 악천후와 상관없이 리프트는 운행
한다고 대답했다. 안전은 타는 쪽이 알아서 책임지라는 소리였다.

"그럼 여기까지 와서 못 타는 거야?"

세 아이는 발을 굴렀다. 그러면 그는 마음이 약해지는 사람이다.

"일단 가볼까? 일단 가보지 뭐. 미시령만 넘으면 스키장이라면서?"

"스키 선수도 아닌데 이런 날씨에 꼭 타야 할 건 없지 않아요? 영랑호도 돌고 대포에 나가 구경도 하고 그러죠. 근처에 절도 많고, 통일전망대를 가보든지요. 갈 데 많잖아요?"

둘러볼 곳이 많아도 움직이기 어려운 날씨였다. 새벽에는 사진 기자와 일출을 기다리는 이들을 애태우며 나타나지 않던 해가 흩뿌리는 빗속에서 종일 번쩍거렸다. 이상한 여우비였다. 폭풍 경보가 내려져 선박은 출항을 금지당했다. 서 있으면 제 뜻대로 몸이 추슬러지지 않았다. 바람에 떠밀려 오피스텔로 돌아올 수밖에 없었다.

"밤에 오징어 배도 구경할 수 없겠네요. 그것 참 괜찮은데……."

"와아, 저기 봐! 굉장하다!"

유리창에 이마를 대고 우리는 바깥을 내다보았다. 영랑호에도 파도가 일어 수백 마리 수천 마리의 백조가 한 방향으로 헤엄을 쳐가고 있는 것 같았다. 천막이 위로 둥싯 반쯤 떠오르고 휘지며 비닐 봉투들이 갈매기처럼 날아다녔다.

사정은 자꾸 나빠졌다. 기어이 밤에는 정전이 되었다. 서울 같으면 길어봤자 몇 분을 넘기지 않고 들어와야 할 전기가 밤새워 기다려도 들어오지 않았다. 난방이 완전히 끊기자 방 안은 얼음덩어리가 되고 말았다. 낮에 바람을 헤치며 돌아다녀서인지 세 아이는 지난밤보다 더 웅크린 채 고단하게 날숨을 내쉬고 있었다. 조카아이가 가장 얌전했다. 걸어 다닌다기보다 뛰어다니고 날아다니는 아이가 형 옆에 바짝 쪼그려 붙어 눈을 감은 모습은 애처로웠다. 내 몫의 담요를 바닥의 세 사람에게 펼쳐주고 윗도리도 또 덮어주고 조카아이에게는 특별히 한 벌 더 얹어 옷 동산을 만들어 다독이며 나는 처음으로 생각을 고쳐 했다. 니네 엄마 아빠가 만약 이모보다 먼저 죽는다면, 그래, 이모가 너를 키워줄게. 그렇게 할게.

정전이 된 까닭을 모르는 채로 추운 밤이 지나갔다. 아침이 되었다고 달라진 것은 없었다. 난방이 되지 않고 전깃불이 들어오지 않았으며 따라서 텔레비전도 나오지 않았다. 지하의 오락장과 목욕탕, 세탁소 같은 업소는 영업을 할 수 없었다. 비상 전기로 운행되는 엘리베이터만 가동될 뿐이었다. 계속 정전인 것이다. 시내로 나가서야 연유를 알게 되었다. 폭풍으로 송전탑 세 개가 쓰러졌다고 했다. 폭풍만큼 정전의 위력도 컸다. 속초 시내 전체가 마비된 모양이었다. 주유소는 기름을 팔지 못하고 극장은 영화 필름을 돌릴 수 없으며 들어가는 음식점마다 전기를 통해야 피우는 석유난로가 전혀 기능을 발휘하지 못했다. 항구 횟집에서는 활어들이 힘을 잃어갔다. 생선 껍질을 벗기는 기계도 작동시킬 수 없었다. 설악산에서는 케이블카 운행이 중단되었다. 어디를 가도 불편한 데다가 춥고 황량하기만 했다. 전기가 없으면 이런 재난이 오는데, 사람들은 원자력 발전소 건립을 반대한단 말이냐, 나는 원자력 재단에서 들으면 좋아할 말을 여러 번 외쳐대었다. 마치 지금의 정전이 전기 부족에서 온 사태이기라도 한 양 말이다. 바람은 어제보다 더 세차게 밀쳐왔다. 서 있으려 해도 강제로 걸어가거나 뛰어가게 만드는, 폭력이었다.

저녁 참에야 전기가 이어졌다. 우리는 내일 오전에 짐을 챙겨 돌아갈 예정이었다. 사표가 수리된 것은 아니니 예의상 도리상 그는 회사에 나가봐야 했던 것이다.

"에이, 뭐 이래?"

아이들은 실망하며 불만을 나타냈다. 그러나 어쩌란 말이냐. 폭풍을 일으키고 송전탑을 쓰러뜨리고 비를 보내고 하는 주동자가 누구인지 몰라도 우리 힘으로는 어쩔 수 없게 그런 일이 생기지 않았느냐.

"할 수 없지. 이게 인생이란 거다. 알겠니?"

각각 십 년, 십일 년, 십오 년의 삶을 알게 된 세 아이에게 나는 엄숙하게 그 나머지 인생을 말했다.

"언제나 돌발 사태가 있다. 우리도 이러려고 하지는 않았지. 새벽 스키, 야간 스키까지 다 타고 신나게 지내려고 했지. 살아보기 전에는 모르는 거다, 산다는 건."

금요일이고 다른 직장인들은 연휴가 끝나 새해 첫 출근을 했을 시각이었다. 애들을 태운 그의 차가 앞장을 섰다.

언제 비가 오고 폭풍이 있었는가. 바람결이 부드러웠다. 하늘은 푸르렀으며 태양은 붉고 노랬다. 해는 촘촘히 빛살을 쏘아 보냈다. 울산 바위가, 촛대 바위가, 둘러쳐진 암벽의 병풍들이, 빛살 안에 울울하고 장엄했다. 성에 바늘 같은 잘디잔 빛을 되쏘며 자연 설악은 찬란하게 그곳에 있었다.

우리는 편안하게 행진을 했다. 자장면을 먹고 감자 송편도 먹고 커피를 마신 후 천천히 미시령을 내려왔다. 휴게소가 보이면 예정에 없었어도 화장실을 가고 다시 커피를 마시고 아이들은 호두과자를 사 먹었다. 양수리에서 시도 때도 맞지 않는 갈비를 먹고 나오니 저녁이었다. 음식점에 들어가기 전만 해도 여유 있던 길에 저쪽 다리에서부터 차량이 가득 들어찬 채 그저 서 있었다. 앞차에서 그가 내려와 내 차창을 두들겼다.

"별일 없지?"

"그럼요. 그 차는요?"

"응, 별일 없어. 기름은 돼?"

"돼요, 그 차는요?"

"아, 나도 돼. 일단 우리 집에 들를 거지? 애들 짐도 그렇고. 이젠 또 뒤죽박죽이니까 잃어버리면 신경 쓰지 말고 그냥 집에서 보지."

그래도 신경이 써졌다. 워커힐 앞을 지나고 천호대교 진입로로 들어서 동부터미널 근처까지도 앞차를 놓치지 않았다. 어둠에 차의 모양과 색깔을 분간하기가 어려워지고 다른 차들이 섞여들고 해도 용케 나는 앞차를 잡아내고, 잡아내고는 했다. 가끔 아이들이 고개를 돌려 어두워가는 차창을 통해 손을 흔들었다. 사실은, 아마, 니네 엄마 따라오나 보라고 애들 아버지가 그랬을 것이다.

도로는 거침없이 빡빡해지고 있었다. 서울에 도착했다는 안도가 스며들기도 했다. 그의 파란만장한 고물 차도 그랬지만 작고 낡은 내 차는 기특하게 겨울의 미시령을 넘어가고 넘어와 줬다. 먼 길을, 무사히. 차에게 고마웠다. 나는 마음속 표창장을 차에게 주었다.

용산전자상가 못 미쳐서부터는 도로가 아니라 만원 주차장이었다. 마침 교통방송은 그날 당산철교 운행을 중단한 첫날이라 마포대교 부근의 교통지옥을 정보로 내보내고 있었다. 역시 그랬다. 길을 잘못 택하고 줄을 잘못 선 것이다. 팔당대교를 건너 올림픽대로로 내려왔다면 이보다는 빠르고 쉽게 달렸을 게 분명했다. 차를 돌려 새로이 그 길을 밟아 내려올 수는 없다. 매번 선택할 기회가 있고 잘못된 선택임을 알아도 당장 헤어나오기 어려운 게 길이었다.

차량은 차선을 무시하며 열 줄 이상으로 불어났다. 멈칫멈칫 가는 동안 다른 차들이 끼어들고 섞여 앞차와의 간격이 벌어졌다. 앞차는 한참 전에 앞으로 잘 나갔으며 지금은 어디에 있는지 감도 잡을 수 없었다. 삼십여 분 정도라고 여겨졌다. 그러나 모르는 길도 아니다. 앞차가 먼저 갔더라도, 비록 내 집이 아니고 그의 집이지만 아이들과 나는, 애들 아버지와도, 우리는 만나게 될 것이었다. 수많은 길이 있고 길은 길로 이어지고 만나며 또 계속되고 만나고 끝나는 듯 보이다가 계속된다.

앞차를 따르는 동안 조급했던 것은 아니지만 나는 편안한 기분으로 담배를 빼 물었다. 차 안에서 뭉쿨이던 담배 연기가 내려놓은 차창 밖의 검푸른 허공으로 빠져나갔다. 흩어지는 연기 속에서 나는 보았다.

수많은 동행이 있었다. 거리를 메우고 옴짝달싹하지 못하는 저 동행들. 어찌 무생물의 내 작은 차뿐이랴, 어찌 애들 아버지와 애들과 조카아이뿐이랴. 내가 세상에 살아 숨쉬는 동안 함께 숨을 쉬는, 이름도 얼굴도 알지 못하는 수천 수억의 동행들. 끔찍하며 징그러웠다. 담배 연기가 눈자위를 건드렸다. 눈물이 나왔다. 마주 보는 차선에서 씽씽 시원하게 달려 내려오는 차량들의, 예각을 이루는 헤드라이트 불빛이 번진 눈물에 아름다웠다. 저 앞 차량 후미등의 주춤대는 빨간 불빛들도 환상의 재배법으로 피워 올린 새로운 카네이션 꽃 같았다.

한참 더 시야가 일렁거렸다.

이상한 나날

——이상한 날들이 지나갔다.

두어 해 전.

영인은 저희 아버지와 살기 시작한 큰애의 전화를 받았다.

"엄마! 텔레비전 틀어! 빨리빨리빨리! 아무 데나!"

두 아이를 키워낸 텔레비전 꼭지는 필요할 때 척 눌러지지 않아 요렇게 조렇게 한참 돌아가며 누르고 있어야 전기가 통하며 화상이 게으르게 떠오른다.

"나와요? 봤어?"

큰애네와 같은 아파트 단지에 영인의 삼십 년 넘은 친구 동근이가 살고 있다. 큰애네가 사는 아파트도 동근이가 부동산에 알아봐 들여주었다. 애들 아버지가 이혼한 아내의 친구 동근에게 그 일을 부탁했던 것이다. 참 뭐라 말하기 어려운 남자야, 그냥 웃음이 나온다 애. 두 여자는 재미있어하며 웃었다. 애들 아버지는 이사를

하고 나서도 집 이전, 전세 등기, 아이들 전학 문제와 벽에 못을
치는 일까지 동근에게 은근슬쩍 맡겼다. 이혼 전에 영인을 부려먹
던 식이었다.

　네가 이 근처로 이사 와야겠다. 일을 못 봐줄 것은 없지만 왠지
좀 민망하고 그런 것은 있다. 네 애들 봐서 해주긴 한다만.

　영인에게 맞는 전세 가격대가 그 근방이었고 동근에게 미안한
마음도 커서 영인은 아이들이 저희 아버지와 살게 된 아파트의 반
대편 동네 아파트에 짐을 풀었다. 그러자 아이들 아버지이며 팔
년 전에 남편이었던 남자는 당장 영인에게 잡다한 일을 넘겨버렸
다. 물론 두 아이의 일이었다. 애들 아버지는 철없어 보이는 어린
여자와 연애하느라고 몹시 바빴다. 파출부 아줌마가 없는 새벽에
두 아이의 도시락을 싸주고 병원 같은 데도 데리고 가달라는 거였
다. 미명에 차를 몰아 두 아이가 사는 아파트로 씽 하니 가서 밥
먹이고 도시락과 준비물 챙겨 학교 보낸 다음 그 옆 동근에게 들
러 밝아오는 아침을 보며 커피 한 잔 마시는 일과가 영인에게 만
들어졌다. 덕분에 동근이와는 삼십 년 만에 거의 매일 얼굴을 보
거나 전화라도 하고 지내게 되었다. 아침 커피 마실 때 동근이는
그 애 남편 다니는 공장이 다음 주 초부터 여름휴가에 들어가며,
친하게 지내는 몇 가족과 대부대를 만들어 휴가를 떠나게 될 거라
고 말했었다.

　"엄마, 보고 있어?"

　"얘, 안 켜진다."

　"에이, 다른 뉴스 나온다. 있지, 엄마 집 뒤에 있는, 동근이 아
줌마 친구가 지점장 한다고 하는 은행. 거기에 무장 강도가 뛰어
올라와 진짜 총을 막 쐈는데 청원 경찰이 몸으로 막았대요."

"그래? 이따가 정말로 뉴스 봐야겠네?"

"엄마! 동근이 아줌마한테 전화해서 자세한 것 좀 물어봐요!"

큰애는 호기심과 흥분으로 전화를 얼른 끊으려 하지 않았다.

동근은 지점장 하는 친구를 이 동네에 이사 와서 보게 되었다. 동근이가 할퀸 자국이 지점장 뺨에 낚시 바늘 모양으로 남아 있었다. 다섯 살 무렵 싸운 상처였다. 동근은 영인에게 지점장을 소개시켜 주었다. 너는 애네 은행에 통장 하나 개설해 주고, 너는 애가 융자라도 받겠다고 하면 쉽게 내줘라.

영인은 끝내 텔레비전 뉴스를 그날에 못 보았다. 다음 날, 과연 신문이며 아침 방송 뉴스에서 은행 사건이 여러 번 보도되었다. 진짜 총기가 사용된 것은 우리나라 은행 강도 사건에서 최초라고 했다. 영인은 문안차 가는 동근을 따라 은행에 갔다.

"내가 영업하러 나가서 없던 시간이라 다행이었어. 있었다면 사명감에다, 체면 뭐 그런 걸로라도 그 애처럼 몸으로 막아야 했을 것 아니니. 저번에 직원들 노래방 갈 때 같이 갔는데 아주 괜찮은 애더라고. 학력도 좋아요. 그래도 그렇지, 아무리 사명감이 철두철미해도 그렇지, 어떻게 목숨을 거니? 큰일 날 뻔했던 거야. 대퇴부 여기 바깥쪽만 다쳤으니 얼마나 고마운 일인지 말이다."

동근과 지점장은 얘, 쟤, 하며 그 사건을 말했다. 지점장실에는 텔레비전이 있고 그게 바로 운동모 눌러쓴 범인 얼굴을 여러 번 보여줄 수 있었던 폐쇄 회로 화면이었다. 문을 들어서는 손님, 자동 기계 쪽으로 가는 손님, 의자에 앉자마자 발부터 달달달 떨기 시작하는 남자, 여자 행원 앞으로 가면서 엉덩이 골 사이에 끼인 바지를 빼내는 삼십 대 초반의 세련된 여자 손님.

오, 세상에. 앞으로는 은행 입구에서부터 엄청나게 교양을 떨지 않으면 안 되겠구나, 영인은 생각하였다.

동근은 자기 집에서의 어제저녁을 말하고 있었다.

"나는 부엌에 있는데, 우리 남편이 빨리 가보잔다. 난, 네 이름이 나오는데 무슨 내가 모르는 이름 같지 않겠니. 그런데 우리 식구들은 솔직히, 막 흥분한 거라. 저희들 잘 아는 데서 이런 일이 생기니까."

영인도 그랬던 일이 하나 있다. 집 뒤의 은행 강도 사건과는 달리 가까운 거리가 아니고 영인과 상관도 없는 일이지만 왠지 영인은 아주 가까운 데 일처럼 생각되었다. 그 얼마 전 영인이 그녀가 하던 8평짜리, 다탁 다섯 개 있던 찻집을 정리하던 날 오래 알고 지낸 친구들이 와주어 조촐한 마감 파티를 했다.

영인이 두 아이를 데리고 살면서 애들 아버지가 보내주는 양육비에 보탬이 되려고 시작했을 때 찻집은 여러 해 번성한 편이었다. 가게가 좁은 대신 찻값을 높게 받았다. 경기가 나빠지자 그런 비싼 물을 마시러 오던 이들이 발길을 끊었다. 영인은 애들 아버지가 보내는 양육비만으로는 도저히 두 아이를 키워낼 재간이 없었다. 두 아이를 저희 아버지에게 도로 보내고 얼마 동안 찻집을 더 운영해 보려고 애썼지만 나중에는 가게 세도 밀리게 되었다. 다탁 다섯 개로 박리다매라는 말은 가당치 않았다.

가게 문을 닫는 날 온 친구들 중, 창희네 서재 방 창문 아래 산둥덕 철조망에 무엇인가가 걸려 있었다. 새벽에 일어난 창희는 남편 서재 창문을 열고 아함, 기지개를 켜다가 서재 창문에서 바로 아래에 있는 철조망을 자세히 내려다보았다. 사람이고 여자였다. 치마를 입고 있었다.

'나 오늘은 영인이네서 잘 거예요. 영인이 폐업하고 나면 허전

하고 그럴 테니까 겸사겸사해서. 그런데 경찰에서 뭐래요?'

창희 남편 말에 의하면 떨어진 빨래로 착각하게 철조망에 걸려 있던 여자는 그때 이미 시체였다는 것이다. 만 하루가 지난 다음 날 아침 신문에서야 철조망에 걸려 있던 여자 시체에 대한 기사가 났다. 그녀는 중국에서 북한 사람들에게 납치된 어떤 교사의 아내 이며 칠 년인가 팔 년인가 하는 세월 동안 너무 많은 고통을 받았 고 신경이 극도로 예민해져 있었다고 했다. 납치다, 자진 월북이 다. 수많은 말이 있었고, 이상하게 보는 시선이 녹록하지 않아 견 디기 어려웠다. 남편 없이 아이들을 길러야 하는 그 세월도 너무 힘들었노라고.

'새벽에, 안개도 끼어 있는데, 한쪽 팔을 이렇게 뻗친 사람이, 나는 시첸지도 모르고 저게 뭔가 누구네 집 빨래가 떨어졌나 하느 라고 자세히 자세히 봤다는 것 아니니, 내가 봤다는 것 아니니. 이렇게 진진한 세상을 두고 어떻게 죽니? 어떻게 죽을 생각을 할 수가 있니?'

'오죽하면 그랬겠니.'

누군가 대꾸하자 창희는 고개를 갸웃하였다.

'하여간, 죽은 그 여자가 올라올 것 같아. 우리 집 밑에서 사람 이 죽다니, 얼마나 무서워?'

'산 사람이 무섭지 죽은 사람이 뭐 무섭냐고 하던데?'

영인은 바보스레 한마디 하고 나서 혼자 그걸 생각하다 말았다. 죽으면 사람이 아닌걸. 그럼 사람은 죽으면 무엇인가, 시체라는 말 말고 다른 무슨 말이 있나, 무엇이 되는 건가. 육신은 썩어 흙 이 되고 대지의 거름이 되고, 먼지가 되고…….

교회나 성당에서는 영혼이 천국이든 지옥이든 가게 된다고 하

고, 불교 쪽에서는 윤회와 극락을 말하고 우주를 말하는 사람들은
다른 별로 간다고도 한다. 종교나 철학적으로 오래 회자된 얘기
말고 단지 혼자만의 생각으로 한다면, 사람은 죽으면 무엇일 수
있나, 어디로 가나. 죽은 후에 영혼이나 그런 게 가는 데가 따로
있을까. 거기는 어디인가. 아무도 그곳에 가보지 않았다. 그곳에
다녀왔다는 이들이 있지만 동행하여 목격했다는 사람이 없으니 믿
을 수 없다.

"그럼 넌 휴가도 못 가겠네?"

동근이 지점장에게 묻고 있었다.

"일 수습되면 다녀는 와야지. 너희는, 날짜는 잡았니?"

"공장이라는 데는, 무조건 날짜 정해 주면 무조건 갔다 오는 거
야."

지점장은 동근과 영인을 문간까지 따라 나오며 배웅했다.

"휴가 잘 다녀와. 부군한테 걱정해 줘서 고맙다고 전해 주고.
영인 씨도요."

동근네 가족이 친한 네 가족과 대부대를 이루어 휴가를 떠난 다
음 날 저녁에 영인은 동근의 전화를 받았다. 동근은 침착한 친구
다. 동근은 영인이 알아온 삼십여 년 내내 침착했다. 그 애의 차
분한 음성이 전화기를 통해 들려왔다.

"나, 너한테 부탁이 있어 전화했다. 우리 오늘 새벽에 지리산
자락에서 교통사고가 났다. 마주 오는 차가, 비탈길인데도 전속력
으로 내려오더라. 우리가 꼬리에서, 어어 저 차 왜 저래 그러는데
중앙선을 넘어 우리 맨 앞차를 박았다. 그 차 운전자는 즉사하고,
우리 남편은 차를 잘라내고 꺼냈다. 다른 집 딸들이 우리 딸하고
간다고 죄다 그 차를 타고 있어서 각 집의 딸들만 지금 다 다쳤는

데, 좀 많이 다쳤다. 전부 유리를 뚫고 차에서 튀어나가 여기저기 걸레처럼 떨어졌다. 응급차가 각자 다 다른 데다 실어다 놓아서 우리 애하고 즈이 아버지하고도 다른 병원인데, 우리 애는 실명할 확률이 99퍼센트란다. 1퍼센트에 기대를 걸고 앰뷸런스 태워 지금 서울에 있는 병원으로 올라가고 있는데 애를 받아줄 사람이 없네. 이 사람은 지금 여섯 시간 수술 받고 막 중환자실로 들어간 참이다. 그래, 뇌도 깨지고 갈비도 나가고 무릎도 나가고, 수술은 잘 되었다는데 어떻게 될지는 모르겠다네. 이제 겨우 전화를 하는 건데, 어떻게 하지? 우리 식구들은 전부 연락이 안 되고, 나는 자리를 뜰 수가 없어서 애만 혼자 보냈다. 네가 시간이 되면 우리 아이 좀 받아줄 수 있을까 해서.”

“애! 애, 걱정 마라. 여기는 걱정 마라. 지금 바로 병원으로 달려갈 테니 걱정 마라.”

영인은 동근의 딸이 온다는 병원까지 차를 끌고 나갈 수 있을까 없을까, 택시를 타고 나가는 게 낫지 않을까, 가슴속이 두두두 뛰어서 얼른 판단을 내릴 수 없다가 저도 모르게 핸들을 잡았다. 진주에서 오는 앰뷸런스니까 올 시간이 다 되었다. 당사자 동근은 조용한데 영인의 정신은 소란스러웠다.

왜 이런 일이 생기나? 왜 세상은 공평하지 않나. 동근네가 대단한 빛 속에서 산 것도 아닌데 왜 이런 어둠의 진창에 발이 빠지게 됐나. 알 수 없는 일이다.

앰뷸런스에서 침대로 옮겨져 응급실에 누워 있는 동근의 딸은 사람을 알아보지 못했다. 이마와 머리에 핏물 밴 붕대가 친친 감겨 있고 드러나 있는 부분도 검붉게 퉁퉁 부은 피멍이었다.

“아줌마 알겠니?”

아이는 매일 보다시피 했던 영인 아줌마를 전혀 알아보지 못했
다. 아이의 친척과 외척이 깊은 저녁에 달려오고 그들이 아이의
밤을 지켰다. 동근네 아래층 여자가 아파트에 남아 있는 동근이
아들 세 끼 밥을 책임져 주겠다며 알려왔다. 동근의 친척들은 직
장인이라 영인은 새벽에 병원에 나가 그들과 임무를 교대했다. 정
신이 돌아오지 않는 남편 곁을 떠나지 못해 그때까지 진주에 있던
동근이는 학교 개학이 다 되도록 남편 상태에 진전이 없자 주치의
의 허락을 간신히 받아내 딸아이가 있는 병원에 합류시켰다.
"난 이번 일로 아주 큰 것을 알았단다."
병원 엘리베이터 앞 의자에 앉아 동근은 영인에게 느릿한 어조
로 진주에서 있었던 일을 말했다. 뭔데 하는 얼굴로 영인은 동근
을 바라보았다.
"세상, 혼자 사는 게 아니라는 걸. 사람은 혼자 사는 게 아니라
는 걸."
가톨릭 신자인 동근은 연고가 없는 진주에서 짬을 내어 아무 성
당에나 들어갔다. 텅 빈 성당에서 기구를 하고 있는데 신부님이
들어오셨다. 신부님을 보자 그 애 자신도 예측하지 못했던 눈물이
벌컥 쏟아졌다. 신부님이 연유를 물었다. 신부님 앞에서 그 애는
한없이 울고 울었다. 그러고는 많은 게 달라졌다. 성당 레지오 단
원들이 병원을 찾아와 궂은일을 해주고 기도도 해주었다. 정말 힘
이 되었다.
영인은 동근이, 애, 그러니까 너도 성당 다녀라, 할까 봐 조마
조마한 기분으로 동근의 이야기를 들었다. 둘이 함께 다닌 여자
중고등학교는 가톨릭 계통이고 그 육 년이란 시간에도 영인은 신
자가 되지 못했다. 예수가 정말 있었나, 하느님이 정말 있나, 천

국이, 지옥이, 그리고 성경 말씀이라는 그것. 사람이 원수를 사랑할 수 있겠나, 오른뺨을 때리면 왼뺨도 마저 내줄 수 있겠나, 진심으로? 그러니 위선이나 강요하는. 그렇게 항심만 가득했었다.

"정말 혼자 살 수 없는 거더라. 사람들 도움이 없었다면…… 너만 해도, 너도 바쁜 앤데."

그동안 수고해 준 영인에게 고맙다고 하는 동근의 완곡한 표현이었지만 영인은 좌우지간 별로 달갑지 않았다. 그래서 얼른 두 손바닥을 내보이며 고개까지 저었다. 동근에게 착한 친구로 여겨지기 싫었다.

"애들 방학에 바쁠 일이 뭐 있니."

"애들 방학 동안 잠이나 실컷 자둔다고 했으니 말이다."

"이제부터 가서 자면 된다."

동근이 8층 신경외과 중환자실 병동으로 올라가기 위해 엘리베이터 안으로 들어가자마자 검고 깊은 잠의 유혹이 영인에게 밀어닥쳤다. 집까지 제대로 운전해 들어갈 수 있을지나 모르겠어, 영인은 반 수면 상태에서 중얼거렸다. 가끔씩 깜박 졸아 그녀는 옆의 차선을 오락가락하였다. 빨리 가서 잠을 자자, 잠을 자자.

어린 날.

늦잠을 자거나 게으름을 부리면 어른들 입에서 여지없이 그 말이 나왔다. 죽으면 썩을 몸뚱어리다. 죽으면 영영 잔다. 잠들면 시체와 꼭 같은 거다. 잠들 좀 줄이고, 뭐든 살아 있을 때 부지런히 해라.

영인은 가고 없는 그 분들에게 지금에서야 항의한다.

죽음은 잠이 아니다. 깨어나지 못하는 건 잠이 아니다. 살아 있어야 해보는 깨어날 수 있는 이 잠. 얼마나 좋은지. 아침에 눈을 뜨는 것, 나른한 낮잠에서 일어나 아침인지 저녁인지 모르며 갸우 뚱하고 있는 진득한 괴로움의 즐거움. 낯익고 때로는 낯설게 느껴 지기도 하는 집 안의 물상들. 창 밖의 노을이라든가 나뭇가지, 까 치 소리. 그리고 어려운 시간이 그만큼 훌쩍 지나가 있는 것이다.

가을이 오고 있었다. 가을비가 추적이는 날 동근의 딸아이가 제 아버지보다 먼저 퇴원했다. 운전을 참으로 싫어하는 영인이는 퇴 원 수속을 밟은 동근의 아이와 짐과 동근이를 태워 돌아왔다. 교 통사고 당했던 이들을 빗길에 데리고 오느라 영인은 벌벌 기며 운 전을 하였다. 집에 오니 어깨와 팔이 빠져나가게 아팠다. 동근의 남편마저 퇴원하던 날 동근은 저희를 도와준 이들을 초대해 작은 잔치를 벌였다.

"우리를 박은 여자는 죽었는데 우리는 살았지. 저 애 한쪽 눈이 보이지 않지만 두 눈 다 안 보이는 사람들도 있지. 이이도, 언제 감원될지 모르지만 지금은 회사에서 나오라고 하니, 얼마나 고마 운지 말이다. 길고 끔찍했던 일 년이 언제 지나갔는지, 정말 우리 한테 일어났던 일이었는지, 거짓만 같다."

그새 일 년이?

동근은 미뤄두었던 보상 문제에 서서히 다가갔다. 동근이 변호 사며 보험 회사 사람들을 만나고 있을 즈음, 가을이 쌀쌀하게 다 가왔다가 가고 나무들이 잎을 죄다 털어내 맨 가지로 서 있는 춥 고 메마른 바람 부는 날 아침, 영인은 전화를 받았다. 젊은 날 같 은 출판사에서 일하다가 친해지게 된 지윤이였다. 영인은 그동안 동근에게서 전염되어 더욱 느긋해진 말씨로 물었다.

"무엇을 하고 살았기에 소식 한 번 없었니. 몇 달 만인지 몇 년 만인지를 알 수 없구나."

지윤이 전화기 저편에서 가느다랗게 떨리는 그 애 특유의 목소리로 대답해 왔다.

"미안해. 우리 집 남자가 쓰러졌었어. 목욕탕에서. 원래 그 남자 겨울에도 찬물로 목욕하는 사람인데, 그게 그렇게 만들었대. 그게 지난겨울 시작되자마자야. 꼬박 일 년, 그동안 경황이 없었어. 지난겨울 병원에 입원했다가, 봄에는 이 남자가 한방을 애타게 원해서 한방 병원으로 바꿨었어. 거기서 앞날이 창창한 남자 소설가가 죽어나가는 걸 봤어. 사람은 아무 때든 죽더구나. 그걸 보고 양방도 겸하기로 했어."

"그랬구나."

"그랬단다. 아는 사람 중에 찬물로 목욕하는 사람 있으면 말려야 해."

"우리 제부가 그런단다. 어릴 때 인삼 밭에서 자랐단다. 그 애가 겨울에 찬물로 목욕을 하고 나오면 아무도 욕실을 안 쓰겠다고 하는데, 그 목욕탕 문을 열면 김이 무럭무럭 나와."

"그거 큰일 내는 거야. 우리 집 남자가 그랬었어."

"그렇구나. 너희 집 남자, 지금은 어때?"

"지금은 퇴원해 통원 치료 한다. 병원 물리 치료 받고 한방에 가서 약도 타다 먹는다. 돈이 숱하게 들어간다. 이천만 원 넘게 들었다."

"뭐로 다 했니?"

"적금, 보험 다 해약하고, 출판사 일도 미리 돈 다 타서 쓰고, 그러면서 해왔는데 앞으로는 모르겠어. 이제 앞으로는 다른 구멍도 없고, 그저 빨리 낫기만 바라고 있어. 발음이 분명하지 않고 다리 한쪽, 발목 있잖니, 거기가 휘휘 돈다. 상상할 수 있지? 그

런 사람 길에서 가끔 보지? 본인은 안 그러려고 하는데 그렇게 된
단다. 힘이 안 돌아와서.”

“괜찮아질 거야. 그 발에 곧 힘이 돌아올 거야. 발음이 분명하
지 않아도 말을 하면 된 거야. 그러다가 정상이 되는 거야.”

얼마나 책임 없는 발언이란 말인지. 영인은 자신의 무책임함에
전율을 느낀다. 이런 말을 이렇게 편하게 뱉어도 되는 거야? 하지
만 그 말에 제발 좋아지라는 주술을 담아보려는 것이다. 순간적인
자위를 하다가, 아무 도움도 주지 못하는 나한테 왜 전화를 하니,
영인은 화가 난다. 내게 전화하지 마. 내가 네게 힘이 될 수 있을
때 사연을 말해 줘. 아무 보탬도 되지 못하는 내가 싫다.

“우리도 우리지만 자기는 어떻게 지내? 또 찻집은 안 되고. 자
기도 뭔가를 해야 먹고살 것 아니야?”

안다. 무슨 일이든 해야 한다. 무슨 일을 해야 하나. 지윤도 출
판사 일을 근근이 얻어다 하고 있다. 불황이라고 지금 떠들고들
있지만 출판 일은 몇 년 전부터 극심한 불황에 시달려 자꾸 일거
리가 줄어들었다. 십여 년 손놓았던 영인에게까지 돌아올 일거리
가 있을 리 만무했다. 네 일을 내게 나눠다오. 그런 말은 할 수
없고 그런 마음도 생기지 않는다. 그렇다면 이 나이에 무슨 일을
할 수 있단 말인지.

“자기는, 장사는 안 돼. 장사는 손님들 비위를 잘 맞춰야 하는
거야. 자본도 없겠지만 말이야. 다른 걸 생각해야 해.”

지윤은 자기네 큰일에도 불구하고 영인을 걱정한다.

“다 말아먹고 말 거야. 프로메테우스, 작게 벌린 거니 망정이었
어.”

프로메테우스. 작게 시작할 수 있었으니 한 것이다. 돌려받은 보

증금 이천만 원에서 천만 원 이상을 썼다. 천만 원가량 남은 돈을 지금은 신주 단지로 모셔두고 있다. 그 이천만 원도 지윤이처럼 보험금, 적금 다 해약하여 마련했었다.

"애들은? 계속 그 애들 아버지가 기르겠다고는 해?"

지윤이 묻는다.

"기르지 못하겠대. 데려가래. 전처럼 양육비는 대주겠다지만…… 어쨌든 누구보다 애들이 원하니까 그렇게 해야지. 신학기 되기 전에 이곳을 떠나려고 해."

"정말 돈 벌어야겠네? 쥐꼬리만 한 양육비 갖고야 어떻게 애들 키워?"

"못 키우지."

"남의 말 하는 것처럼? 하긴 막막해서 그런 거야. 요즘처럼 살기 어려운 세상에 애들을 다시 맡으니."

"글쎄 모르겠다. 앞날을 알지 못하겠다. 지난날도 지금 와서는 어떻게 살아냈는지 아득한 꿈속 일로 느껴진다."

"자기도 그렇구나. 나도 그래. 어떻게 살아냈는지, 꿈결 같아. 악몽이 더 많은."

그렇다. 인생은 실제가 아니라 꿈이며, 대체적으로 나쁜 꿈으로만 이루어져 있는지도 모른다. 새해가 된 지 얼마 후 영인은 지윤의 전화를 받았다. 그 집 불상사를 알고 나서도 안부전화조차 못했던 영인은 지윤에게 미안하였다.

"너무 늦은 시간에 전화를 해서 미안해."

"무슨? 내가 먼저 해야 했는데, 그 집에는 환자도 있는데. 좀 어때? 올해는 완쾌하라고 해. 어떤 도움도 못 주면서 내가 이런 말을 한다."

저쪽 지윤이는 한동안 잠자코 있었다. 눈물 많은 아이라서 영인은 지윤이가 눈물 다 흘리고 닦아내기를 기다렸다. 이윽고 가만히 코 푸는 소리가 들려오기에 영인은 이어 말했다.

"올해는 나쁜 일 없이 좋은 일만 있어라, 응?"

"그래 고마워. 이젠 음력으로 새해가 될 거니까. 우리 아파트는 재건축 때문에 삼분의 이가 이사를 갔잖아. 없는 처지의 사람들만 재건축 반대하며 못 갔잖아. 겨울에 난방을 다 끊어버렸다. 그런데다가 이사 간 위층 보일러 도관이 터져 우리 집으로 막 물이 새는 거야. 작은방 책장이고 책이고 물걸레가 되었어. 물하고 싸우느라 종일 찬물을 만졌더니 우린 곤죽이 되었어. 경비 아저씨가 윗집 보일러를 잠가줬어. 천장에 남아 있던 물만 다 새면 된대."

"세상에, 잘 데도 없겠다. 여기 와서 자라."

이때다, 너희를 도울 수 있는 길이라고는 오늘 밤 우리 집에 와서 자라고 하는 것밖에 없고, 내게서 이 기회를 빼앗아가지 말아다오. 영인은 애걸하듯 속으로 바랐다.

"아니야 아니야, 자는 방만 물이 안 새. 얼마나 고마워?"

"난방도 안 되고 춥잖니. 와라. 여기 와서 자라."

"아니야 아니야, 자기는 이제 이삿짐도 싸야 하잖아."

"괜찮아, 이삿짐센터에서 다 해주는 이산데 뭐. 여기 와서 자라."

"아니야 아니야."

지윤이는 계속 아니야 아니야, 였다. 영인은 그제야 알아차렸다. 그래도 저희 둘이 있는 게 좋다는 거다. 지윤이 변명을 하였다.

"우리 얼마 전에 전기담요 샀다. 그 생각을 못해 매일 서로 꼭꼭 안고 잤는데, 일어나면 이 남자는 춥게 잤다고 온 몸이 아프대. 전기요 사고 나서 이불 안이 얼마나 따뜻한지 몰라.”

“그래! 나도 생각을 못해 봤네, 전기담요!”

“그치? 얼마나 바보로 춥게 살았겠어? 오리털 파카 입고 장갑 끼고 출판사 일을 했지. 그러잖아도 우리 집 남자하고 이야기했다. 물, 이거 마지막 액땜이라고. 내가 우리 집 남자한테 그랬다. 일찍 병이 시작되어 고맙다고. 올해 아팠으면 아이엠에프로 병원 문턱에도 못 가봤을 거라고. 그리고 내가 아팠다면 우리 굶어 죽었을 거라고. 내가 안 아픈 게 얼마나 고맙냐고. 그 말하고 나서 우리, 울었다.”

영인은 눈물이 핑 돌았다. 생명은 빛나는 것일지 몰라도 삶은 추레한 것이었다.

“그래도 힘이 들고, 이젠 한 푼도 없어서, 내가 이 남자한테 그랬어. 제발 나를 기쁘게 해달라고. 어느 날 짠, 하고 손바닥도 이렇게 막 뒤집고, 짠, 하고 빳빳하게 걷고, 좀 그래 보라고. 제발 날 놀래어줘 보라고. 그러는데 이 남자가 우니까…….”

영인의 뺨에 눈물이 마구마구 흘러내려서, 영인은 그런 자신이 싫어 미칠 것 같았다. 아, 드러운 눈물, 드러운 눈물, 하였다.

그러고 나서 영인은 이삿짐을 꾸렸다. 이삿짐센터에서는 당일 아침에 다 꾸릴 수 있다고 했지만 그녀 손이 아니면 안 될 짐이 더 많았다. 그녀가 이삿짐 꾸리던 날은 눈이 왔다. 새벽부터 밤늦게까지 내렸다. 그렇게 많은 눈은 삼십 년 만이라고 그녀가 틀어 놓은 라디오 진행자들은 기상청 이야기를 전했다.

삼십 년……. 영인은 삼십 년 전으로 들어갔다. 주먹만 한 눈송이가 시야를 가리고, 털모자 쓴 까까머리 고교생 남자 아이와 손 잡고 바닷가 방파제 둑을 걷는 그림. 서로가 보이지 않는 거센 눈발 속에서 그 애가 첫 입술을 받아달라고 했고, 그러면 무슨 큰 사고가 나는 줄 알고 한껏 팔을 내뻗치며 뒤로, 뒤로 물러나던 일. 이마와 얼굴에 부딪쳐 파스스 녹으며 뺨을 적시던 커다란 눈송이, 눈송이, 눈송이. 아름다워라, 그 광경 내 것이었나?

짐은 아무리 정리해 버려가면서 꾸려도 많았다. 눈길이 미끄러워 아이들 집에 버스 타고 가보니 아이들 짐도 많았다. 떨어져 사는 이 년 동안 아이들에게 필요한 가구며 잡다한 물건이 또 생겨났던 것이다. 이삿짐센터 견적 보는 이는 80평, 100평집에서 나오는 이사 물량이라고 했다. 이사 가는 집이 큰가요? 남자는 물었다. 아파트가 아니니까 어딘가 꾸려 넣을 데가 있겠죠. 영인은 애매하게 대답했고 이삿짐센터 견적 보는 이는 고개를 저었다. 그러면 짐들을 어디다 다 넣을지 생각해 둬야 합니다. 시간이 촉박했고, 그녀 마음은 특별히 조급하지는 않았지만 그렇다고 여유라고 할 만한 공간도 없었다. 짐을 어디다 둘지, 가구 배치는 어떻게 해야 할지 생각해 두지 못한 채 영인은 이삿날을 맞았다.

눈이 그친 이삿날에는 길이 얼어붙어 빙판이었다. 이사 가는 전셋집 상태가 어떤지 모르니까 아이들은 집 정리되면 데려갈게요, 애들 아버지에게 미리 말해 둔 것은 그녀가 평생 해온 일 중에 가장 분별 있게 잘한 일이었다. 이삿짐은 늦은 밤까지 계속 끌어올려졌다. 짐이 너무 많네요, 짐이 많네요, 그 말을 한다고 짐이 줄어들 리 없건만 일꾼들은 노래를 불렀다. 아주머니는 큰 것들을 어디다 놓을지만 생각하세요. 그래야 빨리 배치하고 짐을 넣어두지요. 영인은 생각할 수 없었다. 집 안에 들여놓는 데만도 밤이 돼오지 않았는가. 이거 오늘 밤 안에 이사 끝나겠나? 일꾼들은 불평과 걱정을 차례로 했다. 일 도와줄 사람 좀 오라고 하지 그랬어요?

딸아이의 피아노를 끝으로 짐은 모두 올려졌다. 그들은 저녁도 먹지 못하고 짐을 올려왔다. 열 시가 넘었다. 영인이 수고했노라며 저녁밥 값을 따로 내놓자 팀장은 머뭇거렸다. 값도 나가지 않을 쓸모없는 짐만 가득 안고 혼자 서 있는 여자가 어딘가 안쓰러워서 손이 선뜻 내밀어지지 않는 모양이었다.

장롱, 침대, 책상, 책장 따위의 큰 물건들은 어깨를 비비며 자리를 잡았지만 그 안에 넣어야 할 짐은 이삿짐센터 초록색 상자에 가득한 채로 성벽을 쌓고 있었다. 오늘은 그냥 주무세요, 내일 시간 나는 대로 와서 해드릴게요, 하는 일꾼들의 말에 영인은 단호하게 대답했다. 됐어요, 내가 할 일밖에 남지 않았어요, 내가 해야 하는 일들이에요.

어차피 와야 하는걸요, 우리 박스 가져가야 하니까요. 밤이 되니 되게 춥네요, 보일러 틀어드리고 가야겠네? 보일러 어디 있는지 아세요? 정말 아무도 안 와요? 아주머니 혼자 계셔야 해요? 그러려면 집 안이라도 뜨듯해야죠.

그들이 찾아낸 보일러와 작동기는 첫째, 기름이 들어 있지 않았고 둘째, 기계가 고장이었다. 그런 일은 집주인이나 전의 세입자에게서도 전해 듣지 못했다.

어떻게 하죠? 추워서 어떻게 하죠? 영인은 그들의 염려에 답하였다. 오늘 중에 물건이 다 들어온 것만 해도 얼마나 고마운지 모르겠어요.

영인은 그녀를 에워싸고 있는 짐과 함께 새로 이사 온 집에 남았다. 일곱 명이나 되는 일꾼들의 체온이 떠나자 집 안 기온은 급작스럽게 냉각되었다. 얼음 창고였다. 일꾼들이 창문이며 기다란 기역자형의 베란다 덧문을 잠가주고, 그들이 나간 후 현관문도 잘 닫아걸었는데 찬바람이 이쪽저쪽으로 오갔다. 입김이 희게 피어올랐다. 영인은 입고 있던 외투 위에 외투 하나를 더 걸쳤다.

몸이 노곤하면서도 얼어붙어서 의지와 상관없이 아래위 이빨이 다다다 소리를 냈다. 살갗은 두꺼운 옷감 안에서 마비되어 감각이 없었다. 손등과 팔뚝을 비벼보고 체조도 해보았지만 저릿저릿한 얼얼함은 가시지 않았다. 방법이 없군. 영인은 비어 있는 단 하나의 소파로 올라가 무릎을 안고 앉았다.

무엇을 해야 할지 모르겠다. 상자마다 가득한 짐을 꺼내기에도 잠을 자기에도. 그러니까 무엇을 하건 마땅한 시간과 공간이 아니다. 외투 두 장을 어깨에 얹었고, 쉽게 빼낼 수 있던 애들 허드레 이불로 무릎 위를 덮은 데다 집 안에 있으니 얼어 죽지는 않을 것이다. 얼어 죽는다고 하여도 할 수 없다. 사람은 자기에게 주어진 수명이 다하면 간다. 결코 아무 때나 가는 것은 아닐 터이다.

그녀는 전에 절전하며 살았을 게 틀림없는, 새로 이사 온 집의 높은 천장에 달린 너무도 흐릿한 30촉 불빛 아래 오뚝 무릎을 안고 한참 있었다. 그러고 앉아 있는 그녀에게 허공을 오가는 바람결처럼 여러 가지 생각이 떠올랐다가 사라지고는 했다. 그중에는 난데없이 이십 년 전쯤 읽었던 책의 구절도 있었다. 이런 내용이었다.

'이혼을 애타게 바란 건 나였다. 그로서는 조금도 원하는 일이 아닐 것이다. 내가 아니더라도 여자는 많고, 밥 짓고 물 긷고 빨래하고 잠자리에 들어줄 여자도 몇 명 기다리고 있을지 모르지만, 그로서는 그래도 바라는 바는 아닐 것이다. 왜냐하면 여자란 모두 똑같으며, 길들이려면 공연히 시간을 낭비하게 되기 때문이다.'

여자도 마찬가지 아닌가. 지금 와서 보니 그랬다. 남자는 많고,

직장에 다니고 월급을 타오고 잠자리에 들어줄 남자도 부르면 꽤
는 될 것 같지만, 그녀가 바라는 바가 아니었다. 남자란 모두 똑
같으며, 길들이려면 공연히 시간을 낭비하게 된다는 것을 알았기
때문이다.

그녀 생각은 여자, 남자로 축약되었다. 여자와 남자는 뭐가 다
르며, 어떤 의미가 있나. 섹스를 해결해 주는 것 외에 남자가 어디
에 더 소용되나. 정신이 들어가 있지 않은 섹스를 해보고 싶다고
영인은 생각한다. 영혼이니 사랑이니 질척이지 말고. 오, 건조하게
섹스를 해결해 줄 남자만 있으면 되리. 길들이지 않아도 되는. 뚝
뚝 문을 열고 들어와 곧바로 서로를 안고, 정사가 끝나면 벌떡 일
어나 가버리는 남자.

아마 그 생각 전에 동근의 말이 떠올랐을 것이다. 이번 일로 아
주 큰 것을 알았단다. 세상, 혼자 사는 게 아니라는 걸. 사람은
혼자 사는 게 아니라는 걸.

아니, 사람은 혼자 사는 거지. 영인은 엘리베이터 앞에서 동근
에게 하지 않은 말을 지금 한다. 그리고 혼자 가는 거란다.

내가 안 아팠던 게 얼마나 고마워? 지윤의 말. 오늘 중에 짐이
다 들어온 것만 해도 얼마나 고마운지 모르겠어요. 그녀 자신이
했던 말. 영인은 그 말들과 방금 했던 생각을 털어낸다. 사방팔방
의 짐이 그녀를 조여온다. 소름이 끼치고 진저리가 쳐진다. 낮은
실내 기온 탓이지만 그녀는 공포의 저 짐 때문이라고 생각한다.

이 모두 내 짐이구나. 끔찍하여라. 온통 쓸모없어도 내가 지고
가야 하는. 허나 어느 날, 홀가분히 이 짐을 내려놓고 나는 가게
되리라. 그러나 어디로?

당장 내려놓지 못하는 유형무형의 짐의 무게에 어깨가 욱신거린다.

그녀는 코앞, 켜켜이 쌓여 있는 상자 틈새에 구겨져 박혀 있는 신문지를 곱은 손끝으로 끄집어내본다. 삼분의 일쯤에서 뿌욱 소리를 내며 찢겨져 나온 조각난 신문 기사를 그녀는 무릎에 팔꿈치를 얹은 자세로 들여다본다.

'41세 가장 박시우(가명) 씨. 생활고로 아내와 아들을 목 졸라 죽이고 자신은 극약을 먹고 신음 중인 것을 다니러 온 박 씨의 여동생이 발견해 신고하였다. 세상에 남게 될 아들이 천덕꾸러기가 될지 몰라 함께 데려간다는 유서가 발견되었다.'

싫구나. 그녀는 신문 조각을 뒤집는다.

'해외 토픽. 17개월의 입양된 여아가 양모의 시신 옆에서 지내다가 일주일 넘도록 현관문이 열리지 않는 것을 이상히 여긴 이웃에 의해 구출되었다. 시신 옆에 빵 부스러기가 남아 있는 것으로 봐서 이 어린아이는 양모가 잠이 든 것으로 알고……'

영인은 어린아이가 눈에 밟히는 듯하여 신문 쪼가리를 또 뒤집는다.

'부도로 넘어가게 된 이들 회사의 PC 통신에는, 기필코 회사를 살리겠다, 생산직 여사원인 나도 가만있지 않겠다, 회사를 일으켜 세우겠다, 는 내용의 편지가 쇄도하고 있다.'

그 아래에 위와 똑같은 크기의 테두리 기사. '34년간 행상으로 모은 7억 원을 보육원에 쾌척. 정순진(69세) 할머니는 가락국수로 하루 한 끼를 때우고 겨울에도 냉방에서 자면서 통장을 불려왔다. 나를 살게 해준 세상이 고마워 은혜를 갚는 것뿐이라고. 이 일이 알려지자 정 할머니는 한 일도 없는데 부끄럽다며……'

갑자기 희망차진 기사를 영인은 두 눈 부릅떠 골똘히 들여다보고자 한다. 희망이 우스꽝스러운 색깔로 들어 있다. 영인이 가물

거리는 생각의 끈을 잡느라 애쓰는데 이 집에 들어와 여태 잠잠히 있던 전화기가 처음으로 소리를 낸다. 이 늦은 시각에 애들이 아직도 자지 않고?

"나야. 자기가 가르쳐준 번호로 전화가 되는구나. 여기 병원이야. 어떻게 해야 할지 몰라서. 자기 이사한 날이라서 참아보려고 했는데, 우린 아무도 없어서, 그래서……."

지윤이였다.

"우리 집 남자…… 죽었어. 교정지 갖다 주고 온 새에, 세수 대야가 굴러 있고 이 남자 쓰러져 있었어. 내가 없는데 다른 데 물이 샜던 거야."

흐느끼면서 흐느끼면서 지윤이 말하고 있었다.

"어떻게든 나를 도와주려고 이 남자. 그렇지만 물은 왜 퍼? 그냥 있었으면 됐는데. 그냥 손을 못 써도 됐는데, 절뚝거리며 걸어도 됐는데, 날 놀래어줘 보라고, 내가 그 소리 안 했으면 좋았는데."

영인의 두 눈가가 홍건해졌다. 마치 지윤네 천장에서 새는 물이 그녀 눈을 통해 흐르는 듯하였다.

"자기 생각나? 옛날에 연애할 때 샛노란 장미로만 스물일곱 송이 갖고 온 것? 내가 샛노란 장미만 좋아하니까. 이 남자 그렇게 나한테 정성을 바쳤는데, 나한테 고맙게만 해줬는데. 지금도 어떻게든 나를 도와주려고 이 남자. 그러니까 자기가 말해 줘 나한테. 이 남자 혼자 갔다고 욕하면 안 되지? 나, 이 남자한테 고맙다고 해야 하지? 그렇지? 그렇다고 자기가 말해 줘, 응?"

"그래. 그래, 고마운 거야."

눈물이 목구멍을 막아 영인은 어느 병원 영안실인가를 가까스로 묻는다. 전화기를 놓고 눈물을 훔쳐낸 다음 다시 소파 위에 무릎을 올려 턱을 고인다. 생각한다.

고마울 일이 인생에는 없는데.

사람들 말을 믿을 수 없네. 나를 믿을 수 없네. 사람은 얼마나 이상한가. 산다는 것은 얼마나 이상한 일인가. 이상한 날들이 지나간다. 아니, 지나가는 것은 '날'인가 '나'인가. 날은, 시간은 태곳적부터 의연하게 그저 있는 거고, 바람을 부르고 물결을 일으키며 흐르고 있는 것은 '나'다. 무엇을 향해 어디로 가는지, 끝에 무엇이 더 있는지 없는지, 영혼이란 게 있어 그것도 다만 먼지로 화하고 마는지, 아닌지 그 모두, 사실은 아무도 모른다.

……살고 있다.

구겨진 신문지 조각이 맥없이 떨어진다. 오도카니 웅크린 채 영인은 뺨을 무릎에 대고 깜빡 잠에 든다. 고단한 잠. 그러나 눈뜰 수 있는 잠. 깨어날 수 있는 잠. 엷고 흰 콧김이 따스하고 축축하게 동그만 무릎께에 스민다.

호수가 보이는 테라스의 나날

영인은 노안이 시작되었다는 소리를 들었다.

'근시라구요? 그럼 더 큰일이죠. 먼 데도 안 보이는 거고 가까운 데도 그렇게 되니 장님이 따로 있나요? 주의해서 상태를 살펴보세요, 틀림없이 전보다 멀찌감치 놓고 볼 겁니다.'

그러면서 두 가지 기능이 있다는 다초점 렌즈를 영인에게 권했다. 값은 좀 비싸지만 아주머니 나이쯤 되면 자신을 위해서 살아야죠, 하고 안경사는 말을 맺었다.

그날부터 영인은 정보지에서 오려둔 눈가 지압을 잊지 않았다. 본격 노안을 늦게 맞고 싶었다. 그녀는 노안도 늙음도 싫었다. 혹, 젊은 날이 신산스러웠대도 영인은 그 젊었던 날이 좋았다. 젊은 시절에는 연애 감정이나 실연당한 모습, 절망까지도 자연스럽고 아름다웠다.

"애, 이리 나와보련? 엄마, 테라스에 있다. 봐라, 너무 좋다!"

새벽안개를 내다보며 영인은 큰아이를 불렀다. 아들아이는 칫솔을 입에 물고 부엌문 밖으로 얼굴을 내밀었다.

"세상에! 안개 좀 봐라. 저기, 저 호수가 이 동네에 있다는 그 호순 거지? 언제 한번 가봐야 할 텐데."

언제 가봐야 할 텐데 하면서 이사 온 후 여태 가보지 못했다. 이사 오기 전부터 마음에 둔 호수였다. 먼저 살던 신도시에도 호수는 있었다. 고운 색깔로 치장해 놓은 인공 호수였는데 그녀는 흡족하지 않았다. 물고기를 방류해 놓고 백조 목재 조각이 떠 있었지만 무엇이 살아 있다는 실감을 할 수 없었다. 게다가 듬성듬성한 나무들로 햇빛을 가릴 곳도 돔형의 차양이 있을 뿐이라서 정이 붙지 않았다.

저 호수는 달랐다. 바로 옆을 지나면 오히려 보이지 않았다. 오래된 수목이 빽빽이 들어차 호수를 가려주었다. 멀고 높은 데서 봐야 보이는 호수였다. 그러니 그 안의 호수는 얼마나 다를지! 풍성한 수초 사이에 여러 종류 민물고기가 알을 품거나 아가미를 펄럭이며 동그란 입을 뻐끔이고 있을 것이었다. 호수 밑바닥 뻘에는 고동과 조개도 숨을 쉬리라. 물새가 종종거리며 호숫가를 걷고, 새벽에는 싱싱한 먹이를 구하려는 새들의 힘찬 날갯짓이 울창한 숲을 울릴 것이다.

"저기 호수 쪽은 아예 하얗다. 아예 안 보인다. 그치?"

아이는 치약 거품이 입을 넘쳐 얼른 욕실로 들어갔다가 나왔다. 그러고는 어이없어 하는 얼굴로 제 엄마를 보았다. 그녀 말대로 안개에 자욱하게 가려 호수라는 쪽은 보이지도 않았다.

"또 호수라네? 엄마 건망증! 호수는 백화점 옆에 있는 게 호수죠."

영인은 매번 그랬듯, 아! 하였다. 백화점은 그녀 집에서 버스로 여덟 정거장을 가야 있었다. 바람이 있는지 안개에 결이 생기며 그녀가 가리킨 큰길 건너 먼 곳이 젖빛으로 일렁거렸다.

"맞아! 호수는 백화점 옆이지. 엄만 어쩜 이렇게 잘 잊어버리니?"

"안 그러는 엄마도 이상하지만."

자동차 열쇠를 손에 땀이 날 정도로 꼭 부여 쥐고서 그 행방을 찾느라 은행, 식품점 등을 애타게 돌아본 일도 한두 번이 아니라서 영인은 그런 자신이 딱하기만 하였다. 남들의 건망증 이야기는 꽤 많았다. 어떤 여자는 층계참에서 딱 멈춰 서게 되었는데 다음이 문제였다. 내려가던 길이었나, 올라가던 중이었나 골이 터지도록 생각해도 오리무중이었다. 할 수 없이 계단을 내려갔다던가, 올랐다던가? 그 이야기를 듣고 영인은, 나는 그 정도는 아니다, 안심을 했었다.

영인의 보호자가 될 만큼 부쩍 커버린 아이는 너그럽게, "운전할 때만 쓰지 말고 집에서도 안경을 쓰세요, 안경을. 안경을 안 쓰니 자꾸 그러죠. 오마니, 밥이나 주시어요." 하고는 식탁 앞에 앉으며 재채기를 크게 했다. 창문을 활짝 열어두기에는 쌀쌀한 새벽이었다.

"어머, 너 추운가 보다. 엄마, 금방 테라스 창문 닫고 들어갈게."

재채기 뒤에 풋, 하는 웃음소리를 들으며 영인은 부엌 바깥 기역자 통로를 따라 길게 이어진 유리창문을 재빨리 닫아나갔다. 이사 들어올 때 집 안에 다 들여놓지 못한 부엌 살림살이와 책장, 책상자를 쌓아놓아 통로는 더욱 비좁아져 있었다. 그곳을 테라스라고 변함없이 말하는 엄마가 아이는 여전히 우스웠던 것이다.

"춥지?"

밥을 퍼주며 영인은 물었다.

"스팀 조금 넣을까? 새벽에는 아무래도 불을 조금은 때야 해."

"됐어요, 됐어요, 안 추워. 엄만 늙어서 그렇다니까?"

찬 기운을 오래 쐬고 있던 그녀만 추운지 모른다. 딸아이도 반 팔 잠옷 차림으로 아무렇지 않게 부엌으로 나오는 것을 보면 그녀 걱정만큼 춥지는 않은 것이다.

"일교차가 얼마나 큰지 아니? 이런 날씨가 감기 드는 지름길인 거야. 감기 들면 엄마 골치가 아파진다. 이젠 절대로 아프면 안 돼."

딸아이 일기에서 읽었다. 공부만 잘하고 방 안에서 빌빌대는 허약한 아이는 부모님에게 진정한 효도를 하는 게 아닙니다. 진짜 효도는 건강한 것입니다. 나는 세상이 멸망하는 그날까지 절대로 아프지 않고 건강할 것을 선포합니다!

큰애는 밥 한 그릇을 뚝딱 비우고 일어난다.

"엄마, 우리 오늘 오전 수업인데 근처에 올 일 없수?"

"글쎄? 시장 볼 게 전혀인데?"

아이 학교 근처에 영인이가 일주일에 한 번 장을 보는 큰 시장이 있다. 장을 보는 날은 일부러 큰애 하교 시간에 맞춰 서로 약속을 하여 같이 돌아오고는 했었다.

두 아이와 다시 살면서 영인은 전에 아이들과 살 때의 많은 습관을 버렸다. 일주일치 필요한 품목을 세세히 검토하여 물건을 샀다. 매사 그렇게 하지 않으면 아이들과 같이 살 수 없을 터였다.

돈벌이가 되지 않아 이혼한 전남편에게 아이들을 보냈던 지난

두 해 동안, 영인은 혼자 사는데도 힘이 들었다. 지금 애들에게 오는 양육비는 전과 똑같이 교육비로 바닥이 났다. 영인은 요새 파출부 일을 나가고 있었다.

얼마 전에는 후배 정주가 놀러 왔었다.

'이 집 아직도 그렇게 추워요?'

'애들은 아니라네? 엄마는 늙어서 추운 거라고 나를 놀려먹는다. 지금은 계절 덕분이지. 이사 와서 이 집 한참 추웠지.'

'추웠죠. 나도 오버를 못 벗고 있었으니. 그런데 선배, 생활은 돼요?'

'나, 달라졌지. 이사 오던 날에 차 기름 넣고 안 넣었다. 시장 보는 일 말고는 전철을 타니까. 몇 번씩 갈아타는 곳도 전철 탄다. 물건 하나를 사도 수십 번 생각하고 사고, 수십 번 생각하다가 안 사기도 하고.'

대학 시절 운동권이던 정주는 가소롭다는 표정을 지었다.

'선배. 그것 특별하게 사는 것 아니에요? 보통 사람들은 다 그렇게 살아요. 옛날에도 지금도. 뭐, 앞으로도 그렇겠죠.'

영인이 머쓱해져 입을 다물자 정주는 곧 격앙된 어조를 내렸다.

'그래요. 선배로서는 힘들 거예요. 사람마다 똑같지는 않으니까. 선배는 백조처럼 살았으니까. 저번에, 선배가 파출부 협회에 등록했다고 해서, 거기다가 이 집은 너무 춥고 해서, 여러 가지로 마음이 아팠어요.'

백조라는 말에도 야유는 있다. 백조가 우아하게 보이기 위해 그두 발이 물 밑에서 얼마나 우스꽝스러운 꼴로 수고하고 있는지. 애들 아버지와 살던 나날이 그랬었다.

'비관하거나 그런 건 없다. 두 아이 하고니까. 그러면 됐지?'

‘그래요. 그러면 된 거야. 그러느라고 이 고생 아니에요?’

그러면 된 것인가. 아이들도 전과 다르게 산다. 제과점 빵을 무서워하며 슈퍼마켓에서 어느 회사 빵이 더 싸고 많이 들어 있나 대보고 사온다. 두 아이는 재미있어 하며 깔깔거리지만 때로 비애감을 감추고 있음을 어머니의 느낌으로 알았다. 살면서 슬프지 않을 도리야 없지만, 아이들을 슬프게 하면서?

엄마와 살기 위해 이 집으로 들어오던 날 큰아이가 물었다.

아빠를 보면서 생각했어요. 불쌍하다고. 그런데 왜 그렇지?

생명은 모두 불쌍한 거야.

왜애?

살아 있으니까.

그다음은 뭐라고 해야 할지 몰랐다. 사는 일을 생각하노라면 도무지 정답도 해답도 없어 먹먹해져 버렸다.

두 아이를 학교에 보내고 나서 영인은 방과 테라스의 창문을 열어나갔다. 새벽에는 춥다는 생각이 들도록 쌀쌀하건만 세상의 절기는 여름을 앞에 두고 있었다. 창문 하나 열릴 때마다 바람이 태풍으로 몰아닥쳤다. 바람이 많은 날이라는 일기 예보를 모르는 그녀는 달리 생각하였다. 확실히, 호수 근처라서 달라. 바람도 많고, 새벽에는 안개도 많고. 안개는 호수가 있어서지. 춘천이 그렇다지.

그녀는 큰길 건너 희게 일렁이는 호수를 아득한 눈길로 바라보았다. 오늘은 바람 덕분인지 파도마저 치고 있었다. 거의 다 풀어져 나간 엷은 안개 그물 사이로 햇살이 솨아 하고 내비쳤다. 호수는 일렁인다기보다 펄럭이며 큰 장례의 수천 개 만장이 되어 벌떡벌떡 일어설 것처럼 보였다. 만장. 그 묘한 물결을 영인은 오래

서서 보았다. 머리와 마음이 텅 비어 어떤 생각도 들어서지 않았
다. 죽음이 그럴지 모른다.

　안쪽에서 들려오는 전화벨 소리에 그녀의 무연한 시간은 깨졌
다. 왼손에 들려 있던 무선 전화기에서도 한 박자 늦게 소리가 났
다. 아침 아홉 시가 되기 전에 전화를 해오는 사람은 창희밖에 없
다. 창희는 부지런하여 새벽 산을 오르고, 문화 센터의 조각, 문
학, 모던댄스 등을 섭렵하였다. 그러는 사이 그 애 남편이 모르는
가볍거나 혹은 깊기도 했던 연애도 몇 번 지나갔었다. 전화를 걸
어온 아이는 창희가 아니고 한번 온다 온다 하던 지윤이였다. 두
아이는 그래서 지윤을 기다렸었다. 지윤이 아니라도 누구든 사람
을 그리워하며 기다렸다. 낯선 동네에 이사 와서 아는 사람이 없
자 그렇게 되었다.

　"뭐 해 자기?"

　가느다랗게 떨리는 목소리의 지윤이 조그맣게 물었다. 바깥을
지나는 차량 엔진 소음과 큰아이 방에 틀어놓은 라디오의 노래로
영인은 지윤이가 무어라 하는지 정확히 알아들을 수가 없었다.

　"왜 이렇게 시끄러워? 차 소리가 들리고? 내 말 들려?"

　"테라스에 있어서 그래. 안으로 들어갈게."

　영인은 들어와 라디오 볼륨을 낮추었다. 키리 테 카나와가 부르
는 「더 웨딩」이 끝나는 중이었다. 아예 전원 단추를 눌러버리려는
데 마르티니의 「사랑의 기쁨」이 열한 명의 바이올린 주자 연주로
나오기 시작했다. 영인은 꺼버리려던 라디오 볼륨을 두 배로 높여
놓고 멀리 떨어진 소파로 가서 앉았다.

　"들어왔어? 솔직히는 바쁜데 내가 방해하고 있는 것 아니야?"

　영인은 뭐라 대답하기 어려워졌다. 솔직히 말하면, 하필 「사랑

의 기쁨」이 연주되기 시작하여 영인의 마음은 갑자기 바빠진 셈이
되었다.

사랑의 기쁨은 어느덧 사라지고 사랑의 슬픔만 영원히 남았네.

사람은 죽으면 끝이니까 슬픔이 영원히 남을 리 없지만 사랑의
짧은 기쁨 뒤에 슬픔이 길게 남는 것은 사실이었다.

어떤 가수가 어떤 식으로 부르든, 연주자가 어떤 악기로 연주하
든 영인은 그 노래가 좋았다. 「사랑의 기쁨」은 그녀 가슴을 쓰라
리게 해주었다. 어느 날은 온갖 「사랑의 기쁨」 연주를 수집 녹음
해 라디오를 끄고 하루 내내 듣기도 하였다. 종일 가슴이 문드러
지고 싶은 날이면 그렇게 했다. 그런 날의 전화나 방문자는 불청
객이며 방해꾼이랄 수밖에 없었다. 언젠가 창희에게 「사랑의 기
쁨」을 들으면 가슴이 찢겨나가는 것 같다고 말한 적이 있는데 창
희는 오히히힛, 괴성을 내며 영인의 등짝을 소리 나게 갈겼다.

'이 아이 너, 웃긴다. 네가 무슨 진짜 사랑이라도 해본 것처럼
말이다. 사랑의 화신 한창희가 그 노래에 가슴이 찢어진다면 모르
겠다.'

영인은 애들 아버지를 떠올렸었다. 왜 그 당시 등 떠밀리며 급
급하게 결혼했나. 결과는 애들 아버지 입장을 난처하게 만들어주
고 말았다. 결혼이 사랑만으로 이뤄지는 것은 아니라지만, 사랑이
택한 결혼이라면 증오로 헤어지더라도 참으로 좋았겠다는 생각이
었다.

창희는 사랑의 항목에서 영인을 깎아내렸지만 영인에게는 사연
이 있었다. 그것은, 그녀가 이혼 후 어느 남자를 만났던 일이었다.
영인은 친구 누구에게도 그 일을 말하지 않았다. 그녀가 운영했던
찻집 '프로메테우스'에서 만난 남자가 아니기 때문인지도 모른다.

영인은 길에서 남자를 만났다.

　그날 영인은 1차선을 택하여 액셀러레이터를 밟고 있었는데 뒤에서 오는 차가 위협하는 불을 번쩍거려 비상등을 켤 수밖에 없었다. 비상등을 켤 만큼 차의 속도가 느려졌으며, 비상등을 켤 만큼 마음 어디가 아파와서였다. 중앙 분리대 옆에 비칠비칠 차를 세웠다. 통증이 심해 더는 운행할 수 없었다. 그녀는 운전석에서 멀거니 앞을 보고 앉아 있다가 그 이상 어쩌지 못해 차문을 열고 나왔다. 평일이라면 퇴근길 차량에게 엄청난 방해가 되었겠지만, 그날은 일요일이었다.

　'괜찮습니까?'

　영인은 다른 차가 비상등을 깜빡이며 정차하는 것을 몰랐었다.

　'차에 무슨 문제가 있습니까? 아니면 어디가 편찮······.'

　남자는 묻다 말고 영인의 시선을 따라 눈길을 돌렸다. 그러고는 그녀에게도 들릴 만하게 나지막한 영탄조 한숨을 내쉬었다.

　'노을이······ 노을이······ 아, 그렇군요.'

　남자는 그녀의 마음 앞부분을 대신해 말했다. 뒷부분은, 죽고 싶게 해, 였다. 물론 노을 한 가지로 만들어진 풍경은 아니었다. 노을을 배경으로 추락하는 새떼처럼 은행잎이 흩날리고 있었다.

　남자는 그렇게 말하고는 죽고 싶은 마음이 들게 하는 노을을 보듯 영인을 바라보는 것이었다. 남자는 이 여자와 커피라도 한잔 나누고 싶었다. 남자의 마음은 차츰 맹렬해졌다. 서로 걸어온 길이 다르기에 앞으로 갈 길도 함께 가지는 못하겠으나, 저 노을을 보고 차를 멈춘 이 여자와 인연이 다하는 날까지 알고 지내고 싶다.

　그런 적이 있었지. 그 일이, 그 남자가 지금 와서 무슨 의미인가.

　지윤은 영인이 예상했던 대로, 기필코 오늘은 이사 간 너희 집을 가고야 말겠노라고 했다.

"내일은 일 나간다며? 같이 점심 먹을 수 있도록 갈게. 그러려면 나 지금 떠나야 하는데 이왕이면 필요한데 없는 것을 말해 봐, 자기가, 응?"

지윤이 필요한 물품을 대라고 재촉했지만 그녀 집에는 없는 물건이 없었다. 지윤이 다녀간 다음에 필요한데 없는 무엇인가가 틀림없이 나타나긴 할 것이다. 그런 게 인생이다. 영인은 그 생각을 하였다. 아암, 그게 인생이지. 배가 떠나고 기차가 지나간 후에. 오, 그러나 나는 손을 흔들며 따라 가지는 않으리라.

지윤이는 장례 때보다 편편해진 얼굴로 나타났다. 누구 눈에도 몇 달 전에 남편을 영영 보낸 여자로 보이지는 않을 것 같았다.

"점심을 차려놓고 있었네? 나는 우리 둘이 먹고 애들도 먹이려고."

식탁 위에 양념 통닭 봉투를 놓고 식탁 아래에는 다른 비닐 봉투 꾸러미들을 내려놓았다.

"아무것도 필요 없다고 하니까 뭘 사야 할지 몰라, 보이는 대로 집어넣었어. 이쪽 건 떡볶이 떡이야. 애들 떡볶이 좋아하잖아. 냉동실에 넣어두었다가 가끔씩 해줘."

그렇기는 하다. 두 아이는 지치지도 않고 떡볶이를 좋아했다. 근래에 아이들이 원하는 것은 떡 꼬치였다. 꼬치에 꿴 떡을 기름에 튀겨 양념장을 발라 먹는 것이지만 해줘 본 적은 없었다. 지윤은 집 구경부터 하자고 들었다.

"먹고, 먹고. 나는 배가 고파서 쓰러지는 줄 알았다."

쓰러지겠다니까 지윤이는 어쩔 수 없이 손을 닦고 식탁 의자에 앉았다. 양념 통닭 몇 쪽을 뜯고 나자 잡다한 소음이 들려왔다.

소음은 지윤이 들어오기 전부터 있었는데 지윤이는 그 소리를 지금 들었다. 실상은 지윤이도 영인이만큼 시장했던 것이다.

"이게 다 무슨 소리야?"

"생선, 야채네. 새벽에 청소차가 오면 말도 못한다. 그 아이들 유세 부리며 경적을 꽝꽝 울리며 지나간단다. 너무 험악해서, 내려다보고 있으면 화가 불끈불끈 치솟고는 한다. 그래 어떻게 지내?"

지윤의 남편이 죽고 나서 지윤은 이쪽에 전화를 해서는, 한 번 가야 하는데 내가 혼자서는 아무것도 못하잖아, 변명을 했었다. 건강하게 살아 있을 때 지윤의 남편은 두 사람 사이에 아이가 없어서 아내를 아기로 길렀다. 머리를 감겨주고 빨래며 밥을 하고 김치 송송 썰어 지윤에게 상을 차려주었다. 지윤이는 밥이 질다 되다, 반찬이 싱겁다 짜다 하기만 하면 되었다. 그러다가 그 남자는 뇌졸중으로 쓰러졌다. 쓰러진 기간은 짧았지만 남자는 그가 지윤에게 해준 것보다 더 많은 보살핌을 받다 가버렸다.

어떻게 지내냐는 영인의 물음에 지윤은 노력하지 않아도 죽은 그 남자를 잊을 때가 많아 삶에 몰두하고 있다, 해놓고는 죽은 남자 이야기를 이어서 했다. 시신이 얼마나 깨끗했는지, 그 손이 얼마나 찼는지를 말하였다.

"그 손이 얼마나 차고 손끝이 퉁퉁해져 버렸는지, 그 손이 내 어깨를 감싸고 밥을 해서 내 입에 넣어주고 그랬던 손이라는 게 믿어지지를 않는 거야. 자기, 알겠어? 그 이상한 기분?"

이삿짐을 풀지 못하고 빈소로 달려가야 했던 영인에게도 입관 장면은 생생히 남아 있었다. 영안실 입구에 서서 영인은 지윤이가 남자의 푸르스름하고 뻣뻣한 손을 만지며 하염없이 우는 모습을 보았다. 슬픔인지 아픔인지 알 수 없는 눈물이 영인의 눈시울을 타고 흘러내렸었다.

"그 손이 그랬다는 거, 그 손이 살아 있어 이렇게 움직였고, 같은 이불을 덮고. 아, 말도 안 돼! 자기는 그 기분 모르지. 상상도 못하지."

영인은 안다. 죽지 않았다 해도 그녀에게서 떠나볼 수 없게 된 사람은 흙이고 먼지였다. 죽은 사람의 차가워진 손이었다.

펀펀한 지윤의 뺨은 눈물로 흥건해졌다. 통닭의 불그레한 양념이 열 손가락에 번질번질해 지윤은 손목으로 눈물을 눌렀다.

"잊어버리고 사는데, 일부러가 아니라 저절로 그렇게 되는데, 오늘 이러네. 자기를 만나서 이래."

손가락 사이에 휴지를 끼워 눈물을 찍어내면서 지윤은 죽은 남자를 계속 추억했다.

"작년엔 내가 생일에 미역국도 못 얻어먹었지. 그 남자, 미안하다고 미안하다고 용서해 달라며 엉엉 울었다. 그 사람, 보고 싶네. 왜 지금 와서 보고 싶은지. 그 남자 나하고 이십 년을 살았다. 그랬으면 뭐 해. 그 사람 돌아올 수 없는데, 왜 보고 싶은지……."

웃으면서 흘리는 지윤의 눈물은 휴지 한두 장으로 닦아지지 않았다. 그 눈물을 그치게 할 수도 없었다. 영인은 지윤이 눈물을 몸에서 다 뽑아낼 때까지 기다리며 이십 년! 숫자를 뇌어보았다.

길에서 만난 남자와는 이 년을 만났다. 석 달 넉 달에 한 번이었다. 한 달에 한 번도 있었지만 모두 합해 열 번이 될까 말까였다. 그 만남은 그녀에게 몹시 진했다. 처음 본 순간부터 헤어진 시간까지 남자를 생각하지 않은 날이 없었다. 얼마 후에는 생각하기 위해 생각했다. 그런 것들이 그녀는 기뻤다. 한번 해봤으면 하던 일을 영인은 해봤었다. 반드시 그 남자가 아니었어도 그랬을 것이다. 기회만 닿는다면, 하고 기다리던 일이었으니 말이다. 그리고 삶이 황폐하게 여겨지던 좋은 시기에 남자는 손을 내밀었다.

"우리 맨 처음 어떻게 만났는지 자기 들었었나?"

들었다고 해도 지윤은 죽은 남자와의 역사를 말할 것이다. 운명이었어, 그때 내가 초짜였는데, 출판사에서도 사회생활에서도, 그런데 그날……, 운명이라는 말로 시작되는 이야기.

지윤이 죽은 남자와의 운명적 만남을 말하는 동안 영인은 길에서 만난 남자와의 운명을 헤아려보았다. 운명의 낱말 뜻도 생각했다.

운명—인간을 지배하는 필연적이고 초월적인 힘, 또는 그 힘으로 말미암아 생기는 길흉화복. 타고난 운수나 수명.

남자는 말없이 갔다. 너무 오래 연락이 없어 꼭 한 번 타신해 보았다. 응답이 없었다. 영인은 그가 갔음을 알았다. 오랜 시간 그녀 마음에 찬바람이 불었다. 마음의 문을 닫았다. 운명? 그녀가 만들고 있는 힘이었다. 어느 날 또 다른 사람을 향해 빗장을 풀지 말지 결정할 사람은 그녀 자신이었다.

"희한한 집 구조네?"

지윤은 집 안을 둘러보며 평을 했다. 구조가 나빠 지윤이의 검회색 종이곰팡이가 자라나는 21평 아파트보다 좁고 쓸모가 없는 집이었다.

"테라스는? 테라스는 어디에 있는 거야?"

"거기."

"여긴 다용도실이잖아? 테라스라고 자기가 하도 그래서. 「위대한 개츠비」 같은 영화에 나오는, 작은 정원도 있는, 그렇게까지는 아니라도 흔들의자 정도는 놓을 수 있는 곳인 줄 알았네."

다용도실이다 테라스다 승강이하고 싶지 않아 영인은 그냥 웃었다.

"그래도 호수가 보인다니. 이 다용도실에서 호수가 보인다는 말이지? 어디야, 호수?"

흔들의자와 정원이 있는 테라스는 아니라고 해도 호수가 보이는 장소는 흔하지 않으리라. 바람이 세찬지 호수의 물결이 출렁거렸다. 사거리 붉은색 신호등에 걸려 길게 늘어선 차량이 착한 어린 아이들처럼 잠잠하게 서 있는 차도 건너, 그러고도 저 너머의 호수를 영인은 가리켰다. 햇빛이 찬란한가, 물결은 희게 반짝이기도 하였다.

지윤은 길 저쪽을 한참 본 후 영인을 돌아보았다.

"거기서 보면 잘 보인단다. 빨간 의자 있잖니? 거기 앉아도 돼. 그러면 창턱에 가려 호수가 잘 보이지는 않지만."

창틀을 잡고 발을 곤추세워 봐도 호수는 없었다. 길 저쪽을 건너다봐도, 멀리 산 능선의 희겁게 번진 선까지 찬찬히 훑어나가도 영인이 말하는 호수는 보이지 않았다. 한 뼘의 물웅덩이조차도. 외곽이라서인지 공터가 남아 있고 그 땅을 그냥 둘 수 없는 비닐하우스 밭이 광대무변하게 널려 있을 뿐이었다. 지윤이 감탄을 금할 수 없다면, 명색이 서울인 이곳에 웬일로 이토록 넓은 땅이 남아 있다니, 였다. 섬약한 지윤은 또다시 두 눈에 눈물을 핑그르르하며 코맹맹이 소리로 말을 꺼냈다.

"미안해. 또 눈물이 나. 자기가 이 집을 그렇게 좋게 말했던 게 속상해서. 자기 옛날에 어떻게 살았는데 고작 이런 데 와서. 저 앞에 뭐가 있어? 호수가 어디에 있는지는 모르지만 여기서는 보이지도 않는데."

아아아, 이 건망증! 아니면 안경을 쓰고 살든지, 였다.

비닐하우스가 있다고 하여 불행해지는 건 아니었으므로 호수가 아닌 비닐하우스라고 하여도 영인은 상관없었다. 호수가 있다면, 호수가 있어서 새벽이면 안개가 짙고 바람이 많구나, 하는 것이고, 비닐하우스라면, 비닐하우스가 드넓게 펼쳐져 있는 것도 꽤 시원한 기분을 들게 하는구나, 라고 할 정도였다. 삶이란 삶을 영위하는 본인에게 어차피 편하고 이롭게 경영되기 마련이었다.

"아이고, 내가 정신이 이렇단다."

지윤은 쿨적거리며 콧물을 들이마셨다. 영인은 웃으며 웃으며 자기 관자놀이 쪽을 세 번이나 쳐대었다.

"안경을 안 쓰고 사니까 노상 이런단다. 저게 비닐하우슨데, 자꾸 잊어먹는다. 내 눈에 무슨 강물이나 호수로 보이니까 저게 강물이다 호수다, 나도 모르게 그러는구나. 아이가 나를 얼마나 구박하는 줄 아니? 그런데 고때뿐이지 또 잊어버린다. 생각을 해봐라, 상식적으로 호수건 강이건 있을 데가 아닌데 내가 그렇게 멍청하다."

지윤이 슬프고 딱하다는 기색을 풀지 않고 있을 때 초인종이 울리고, 영인은 지윤의 어깨를 다독이며 현관께로 나갔다.

"우리 아드님이다. 잘됐네. 떡 꼬치를 해주어야겠다."

일찍 온 아드님은 신사복 교복에 떡 꼬치를 물고 있었다. 입 언저리가 떡 꼬치 양념으로 벌겠다. 아이는 지윤 아줌마에게 꾸벅 인사하기 바쁘게 떡을 꼬치에서 빼어 냠냠 소리가 나도록 씹었다.

"아줌마가 떡볶이 떡을 잔뜩 사 오셨어. 지금 막 떡 꼬치를 하려고 했는데, 다음에 해야겠네?"

"아냐. 딱 두 개밖에 돈이 안 돼서 입맛만 버렸다구요. 사주지는 않을 거고, 빨리 해줘요 엄마. 난 그걸로 점심 할래요. 아, 배 고파!"

영인은 양념장 거리를 꺼내고 튀김 냄비에 기름을 올렸다.

"자기, 할 줄은 알아? 그냥 사 오라고 하자. 일이천 원밖에 더 해?"

"일이천 원이 어딘데? 애들 음식 다 뻔해요. 새콤달콤매콤하면 되는 거예요. 맛을 보니 그렇데?"

영인은 간단하게 대답했다.

"떡 꼬치라며? 꼬치가 없어서 어떻게 해? 자기, 기름 끓네."

달라붙은 떡볶이 떡을 갈라놓다가 영인은 꼬치에 꿰지 않은 떡 을 우선 한 줌 넣었다. 떡은 끓는 기름에 들어가 동그랗고 작은 기포를 수십 개 만들었다. 얼마 지나지 않아 타글타글거렸다. 고 소한 소리였다.

"이것 얼마만큼 튀겨야 하지?"

표피가 딱딱해져 가는 떡을 뒤적이며 영인이 물었지만 지윤은 방금 아이가 먹는 걸로 떡 꼬치를 처음 보았다. 퉁퉁 소리가 냄비 에서 났다. 떡들이 풍선인 양 부풀어올랐다. 불안해진 영인이, 비 켜! 외쳤다. 그 순간 흰 부풀음이 확 늘어나더니 기름과 함께 탕 소리를 내며 튀어올라 천장을 치는 동시에 영인의 손등을 덮쳤다. 벌써 저만큼 비켜섰던 지윤이 비명을 질렀다.

"괜찮아? 자기 괜찮아? 수돗물 틀어! 찬물에 식혀야 돼."

영인은 아무 말도 할 수 없었다. 뜨거운 기름의 무서운 작열감 과 타격은 영인의 온몸과 뇌수를 뒤흔들었다. 어깨 한쪽이 온전히 빠져버린 듯 뻐근한 충격도 있었다. 흐르는 물소리가 들리기 시작 해서야 몇 초간의 정적이 깨지며 주위가 비로소 수라장으로 변하는 것이었다.

기름이 주르르한 부엌 바닥, 식탁 위의 접시들이 튕겨나온 떡 조각에 맞아 마구 떠밀려 있고, 싱크대 상판의 고추장 양념에도 폭발력 있는 떡이 떨어져 산지사방 고추장 파편이었다. 가스 불을 끈 기름 냄비에 남은 떡이 탕탕 소리로 위협을 계속하고 있었다. 수돗물 소리까지 합세한 부엌 꼴은 공습당한 시가지나 다름없었다. 삽시에 정경이 바뀌어져 있었다. 영인은 간신히 말문을 열었다.

"바닥부터 닦아야겠다."

질린 얼굴로 지윤은 부엌 바닥에 세제를 뿌렸다. 부엌일을 모르는 아이 방에서는 오후의 팝송이 흘러나오고 있었다.

The book of life is brief, And once a page is read…….

인생이란 책은 간단해요 이미 한 페이지가 넘겨졌습니다.

지윤이 걸레를 빨아 거푸 바닥을 닦는 틈에 영인은 그녀 집에서 하는 대로 화상 물집에 소금을 두껍게 덮었다. 그렇게 하면 뜨거운 기가 가신 후 물집의 물이 빠지고 살 껍질이 착 달라붙는 걸 예전에 영인은 식구들한테서 봤었다.

붕대로 친친 동여 반창고로 마무리해 주며 지윤은 미안해하였다.

"내가 괜히 맨 떡을 사 왔나 봐. 소금으로 돼? 오래 고생할 것 같아. 자기 때문에 얼마나 놀라고 정신이 없었는지……."

"이 난리 통에 언제 당신이 울었는지 슬퍼했는지 다 잊어버렸지?"

"그러네? 눈물이 쏙 들어가 버렸어. 정신도 쏙 빠진 것 같고."

"정신이 빠지긴? 정신이 팍 돌아온 거지."

어쩐지 잠깐 사이에 치열한 삶의 한 장이 지나간 것 같았다.

그래. 아무리 소소해도 현실이 대단하지. 서글픔 따위는 그림자지.

지윤이 먼저 푸푸푸 웃음을 뱉기 시작했다. 반창고를 잡아주던 영인도 슬근, 웃음이 나왔다. 손이 자유롭지 않은 두 여자는 손바닥을 마주치지 못하는 대신 머리카락이 엉키도록 머리를 박으며 웃어댔다. 너무 웃어서 눈물이 날 판이었다. 그 감정을 뭐라 꼬집어 표현할 길 없는 웃음이 그쳐지지 않았다.

"돈 아깝다고. 할 줄도 모르면서, 아하하…… 겨우 요것 덴 것에 이 난리를 치고, 아하하하하……."

"겨우가 아니다 자기. 큰일인데, 이렇게 많이 데었는데, 자기는 웃으면 안 되지, 아하하하하……."

"살다 보면 더한 일도 많은데, 이 소란을 떠니, 아하하하하…… 저 안에 저 아이는 이 소동도 모르는데 말이다."

요란한 웃음소리에 아이는 떡 꼬치가 다 됐느냐며 방에서 나왔다. 웃음을 깨물며 지윤이 아이에게 사정을 설명하고 일단 약국에서 약을 사 오라고 하고서야 두 여자는 웃음을 멈출 수 있었다.

"역시 흉이 크게 남을 것 같아. 손등 전체부터 손목까지야."

지윤은 커피 물을 올리며 앞으로 남을 영인의 화상 흉터를 염려하였다. 욱신거리는 통증을 참으며 영인은 다른 생각을 하고 있었다.

이렇게 해서 화상 흉터가 생기누나. 내 생애에 흉터가 남는구나.

거기에는 작은 흥분이 있었다. 흉터는 손에 관한 것은 아니었다. 손등에 생길 흉터는 마음과 상통해 있었다. 가난에서 온 흉터든, 사랑에서 온 흉터든, 다른 부끄러운 일에서 온 흉터든, 흉터만이 그녀가 살아 있었던 날을 증명해 주는 것이었다. 그런데 약을 사 온 아이가 전하는 말은 그녀의 야릇한 기쁨을 깨어버렸다.

"소금을 발랐다니까 웃더라. 빨리 이 약을 바르래요. 열심히만

바르면 절대로 흉이 남지 않는대요. 요즘 화상 약은 그렇게 좋대
요.”

아들은 으쓱한 다음, 의젓한 어투로 또 그다음을 말하였다.

“오는 길에 떡 꼬치 아줌마한테 들렀거든. 떡 꼬치 할 때 어떻
게 튀기느냐, 노하우를 가르쳐달라고 했죠. 기름에 살짝 집어넣었
다가 빼기만 해야 한대요. 엄마처럼 오래 튀기고 있으면 대폭발이
일어난다는 거예요. 살짝 집어넣었다 빼기만 하는 거요. 알았죠
엄마?”

영인은 여러 번 끄덕였다. 떡 꼬치 튀기기는 현명한 삶의 방법
을 강의해 주는 것 같았다. 무엇이든 깊고 진하고 세면 탈이 나는
것이다.

“이렇게들 살아도…… 자기네 아들 그늘 없이 밝아서 좋다.”

큰아이가 제 방으로 들어가자 지윤은 커피를 두 잔 타서 식탁
의자에 앉으며 다소 진정된 듯 차분하게 말을 꺼냈다.

“자긴 달라. 자기, 고통을 그런 식으로 숨기고 사는 것 난 알
아. 저기 호수가 있다, 여기는 테라스다. 여기는 나의 훌륭한 성
이다. 자기가 소공녀야? 파출부 노릇 하면서? 정말 싫다. 한참 웃
었어도 그건 그거고, 속상한 건 속상한 거야.”

영인은 고개를 저었다.

고통을 숨긴다고? 숨기려고 하지는 않아. 왜냐하면 고통에는 뼈
저리는 아름다움이 있단다. 고통이 없다면 삶은 아무것도 아니지.
넌 단맛이 행복이라고 생각하니. 아니야 그 단맛이 바로 고통이
야. 고통만이 두고두고 감미로울 수 있는 거야. 두고두고.

“그러니, 자기, 하도 많이 들은 얘기라서 듣기 싫겠지만, 고집
을 버리고 애들 아버지하고 합치면 어때?”

　몇 년 전까지 영인은 그런 소리를 들으면 자신의 의사를 전하려고 부단한 애를 썼었다. 지금은 고개를 저으며 미소를 지었다. 어쨌든 친구들은 충정을 갖고 해주는 권고였다.

　"사랑할 수 없어서, 그게 미안해서 헤어져야겠다고 그랬었지. 우리 나이에 무슨 사랑 같은 소리야? 이러고 사느니 애들 아버지하고 다시 살아. 옛날이 나았잖아? 소문 들으니 그 사람은 돈 버는 게 괜찮다던데. 애들도 자기도 풍족하게 사는 게 낫잖아? 자기, 학벌 좋은 인텔리 파출부라서 최고 대우받아? 그러지 마. 도대체 인생에 뭐가 필요해? 안정이 최고야. 자기보다 더 힘들고 누추하게 사는 사람이 많은 건 알아. 하지만 자기는 이렇게 안 살아도 되잖아. 애들 아버지하고 합쳐라."

　아니, 나는 찬란하게 살고 있는 거란다. 찬란까지야 하겠냐만, 이 선택이 나쁜 건 아니잖니. 사랑하지 않아도 된다, 척만 하든지, 그것도 말든지, 그냥 살면 된다고 너희들은 말한다. 안정이 필요하다, 돈을 쥐고 있어야 한다, 늙었을 때를 생각하라고도 말한다. 안다. 돈이 없으면 이렇게 고달프지. 애들아, 그런데도 나는 왜, 인생에는 뭔가 어떤 다른 중요한 게 있다, 아직도 그런 생각이나 하고 있는지 모르겠다. 과연 인생에는 무엇이 필요한 것일까. 나는 내일의 일을 모르는데, 늙었을 때가 내게 올까? 늙은 날 내가 거기에 있게 될까?

　"자긴, 건망증이니, 안경을 안 써서 그러느니 변명하지만……."

　변명은 아니다. 정말 건망증 때문에 어느 날 호수가 너무 궁금해져서 영인은 넓은 차도를 건널지 모른다. 비닐하우스가 있고 상추며 적채, 방울토마토 따위의 야채를 보게 될 것이다. 그러면 비닐하우스를 호수로 착각하는 건망증이 사라질 것이고, 뚜렷하고 확실한 많은 것들이 그렇듯 더 이상 그것은 그녀에게 호수가 될 수 없으리라.

그렇게, 건망증을 아주 부인할 길은 없겠지. 근시도 핑계만은 아니겠지. 그렇지만 지윤아 어쩌면 네 말이 맞는 것도 같다. 나는 안개를 원했는지도. 그래서 내게는 테라스가 있고 호수가 있나 보다. 없는 호수, 그러나 있는 호수.

애들 아버지와의 일도 영인은 생각해 본다. 애들 아버지와 뜨거웠던 날도 있었으리라. 그리하여 저 두 아이가 하늘의 빛을 보고 태어나 맑고 밝은 햇살이 되었을 것이다.

지나간 날들에 나는 안개를 믿지 않았다. 절망하지 않았다. 절망 위에는 희망이라는 거짓의 싹이 돋을 것이지만 내게는 절망조차 없었다.

지금 그 거짓들을 믿고 싶어한다. 인생에 희망이 필요함을 안다. 희망을 만들어내기의 어려움도 안다. 그러나 나는 믿기로 한다. 근시와 안개에 가려 호수가 된 호수를. 그 모든 것들을. 어떤 희망이라도 갖게 되기를. 인생에는 어리석음이 필요한 것이다. 욕심, 증오, 사랑, 눈물, 환상, 세상의 모든 부질없음들 말이다. 남자를 만나고서 안개를 꿈꾸었다. 안개 속에 있을 무엇을. 남자에게 바란 게 없었지만 사실은 시리게 아름다운 사랑을 기대했을 것이다. 가버린 남자는 고마운가. 그는 환상을 거느리고 함께 왔었기 때문이다.

영인은 자신에게서 들려오는 현실의 소리에도 귀를 기울인다. 안경. 이젠 나를 위해 쓸 돈이 없단다. 그게 진짜란다. 더구나 그 안경은 값이 비싸다지. 사람들은, 너를 위하여 네 자신을 사랑하며 살라고 쉽게 말한다. 하지만 그렇게 하는 것과 그렇게 하지 않는 것은 어떻게 다른지 알지 못하겠다. 어떻게 달라지는지도 모르겠다. 그랬든 아니든 삶은 계속되다가 불현듯 막을 내린다.

지윤이 가느다랗게 떨리는 조그만 목소리로 침묵을 깬다.

"공연한 소리를 해서 미안해. 자기, 씩씩하게 잘 살고 있는데. 커피 다 식어. 커피는 뜨거울 때 마셔야지."

뜨거운 커피 잔을 다치지 않은 손으로 쥐어 올리며 영인은 문득 부엌 문가를 본다. 어느새 석양 무렵인가. 좁고 기다란 테라스에 노을빛이 주황 기운을 띠고 노랗다. 그 빛에 빨간 의자의 동그란 판이 잘 익은 열매처럼 더 붉고 단단해 보인다. 저 쓸쓸하고 따스한 색감.

그 여자가 쓰는 소설의 나날

일거리가 없어서 나는 요새 만화만 빌려다 본단다. 독신자 기숙사라는 만화에 레이꼬라는 인물이 있어. 재벌가 외동딸인데 사랑을 쟁취하기 위해서라면 안 하는 짓이 없는 굉장한 캐릭터야. 광대뼈도 얼마나 굉장한지 얼굴 양옆에 번개 한 개씩 달고 있는 것 같아. 순자라는 서른일곱 먹은 애가 있는데 그 애가 단발머리에 그렇게 생겼어. 큰바다 출판사 거기서 알았던 애야. 자기하고처럼 친하진 않지만 연락은 서로 해. 한번 알게 된다는 것. 그것 대단하지? 자기가 말했었지. 안다는 건 참 징그러운 거라고. 질기고 질긴 끈이라고. 죽거나 손이 닿을 수 없는 먼 곳으로 떠나기 전까지는 만남이라는 건 확실히 그래. 그런데 살다 보니 대부분 같은 여자끼리만 그런 것 같아. 남자하고 오래오래 이어지면 좀 안 돼? 남자와는 이별이 더 가깝고 많더라. 남자와는 죽음이 아니라도 언제고 헤어지게 되어 있어. 왜 그럴까? 무엇 때문에 그럴까?

서론이 길다고 창희는 지윤에게 핀잔을 주며 또 담배를 빼 물었다. 오후에 뜯은 말보로 라이트가 빈 갑이 되어 창희는 여분으로 갖고 다니는 새 말보로 라이트 한 갑을 꺼내 금줄을 떼어냈다. 창희가 줄담배인 반면 지윤은 성냥도 그을 줄 몰랐다. 영인은 가끔 피우고 가끔 끊었다. 성냥뿐 아니라 라이터도 켤 줄 모르는 지윤은, 나는 담배 피우는 사람이 좋아, 왠지 멋있어, 하면서 도서출판 박민사 영인이 앉은 책상 맞은편 자리에서 말을 붙여왔었다. 그렇게 해서 영인은 지윤이와 알게 되었고 지윤은 영인이 동창인 창희와도 알고 지내게 되었다.

창희는 심통을 부리고 있었다. 지윤이가 영인에게는 자기라고 부르고 저에게는 꼬박꼬박, 창희 씨라고 존대를 해서였다. 이십 년 가까이 지내왔어도 지윤이가 창희와 영인이를 제대로 알지 못한 탓이었다. 영인은, 영인 씨, 하는 호칭이 관계를 오래 지속하는 데 좋다고 생각하고 있고 창희는 야, 자 혹은 자기, 하는 게 절대 친밀 감정의 표출임을 믿어 의심치 않았다.

임지윤, 저 아줌마한테 자기라고 좀 하지 마라. 레즈비언이야? 남이 들으면 꼭 그렇게 생각하겠어? 그런데, 그래서, 순잔지 레이꼰지가 어떻게 됐다는 거야? 뭔 얘기를 하려는 거야? 주제가 뭐고 결론이 뭐야?

꼭 지윤이 때문이 아니라 창희는 심기가 편하지 않다. 승승장구하던 창희네에도 아이엠에프 한파가 밀어닥쳤다. 여러 채 아파트와 단독 주택과 다가구 주택을 갖고 있는데 전세금 하락 파동으로 곤욕을 치렀다. 어어, 하는 새에 날린 집이 두 채라나 세 채라나 하였다. 부자는 망해도 삼 년을 간다니까, 이혼 후 영락하여 파출부 일을 나가는 영인이나 남편이 죽어 졸지에 과부가 되어버린 지윤이와는 사정이 근본적으로 달랐다. 그래도 마음의 빈곤 증세는 창희가 그중 심하게 타고 있는 듯했다. 그렇기에, 얘 니들도 집 몇 채 멍청하게 날려봐라, 인생이 얼마나 허망한지 알게 될 거다, 이거 뭐 집 가진 사람이 죄인이니? 이젠 막 돈 쓸 거야, 써보지도 못하고 날리느니 쓰는 게 남는 거더라, 하면서 전보다 더 펑펑 돈을 써대는지도 모를 일이었다.

순자가 살았다는 거야 죽었다는 거야? 임지윤 얘기 끝까지 들어주는 사람, 내가 존경한다니까? 그 인내심!

누가 독침을 넣어 말해도 지윤이는 태연하다. 그런 말이 쇠못이나 바늘이 되지 않는다. 뾰족함을 모른다. 지윤의 남편이 살아 있을 때 지윤은 그 남자에게서 섭섭하거나 나쁜 말을 듣지 않았다. 오직 칭송이었다. 당신은 천재야, 천사야, 만물박사야. 나의 공주, 나의 여왕, 나의 주인, 내 강아지, 그리고 나의 아기 같은 말도 있었다. 너무 오래 그러고 살아서 몹시 단순해져 버렸다. 그래선지 지윤은 아무렇지 않은 표정으로 응, 그래, 그 순자가……, 하면서 순자 이야기를 이었다.

그 애가 젊은 외국인 신부와 결혼을 했어. 두 사람 연애 때, 신부는 본래 돈이 없고 순자는 몇 년째 실업자라서 둘 다 돈이 없는 거라. 또 신부는 사적인 시간을 내기도 어렵고. 온갖 핑계 다 대고 나와 봤자 시간이 어디 많나? 돈 없지, 시간 없지. 도무지 같이 있을 장소도 시간도 되는 게 없는 거야. 그러니 급하니까 어두운 공원 벤치 같은 데서 막 키스하고, 막 섹스를 하는 거라. 어느 때는 사람들이 옆으로 지나가는데 골목에서도 막 섹스를 했대. 누가 있든 지나가든 그런 건 아무렇지 않더래. 상관되지 않더래. 그저 미칠 것만 같더래. 울면서 울면서 섹스를 했대. 그러지 않고는 배길 수가 없었대.

　잠깐, 임지윤! 그거 우리나라 이야기야? 우리나라 사람 이야기야? 우리나라도 길에서 키스하는 애들은 많이 보지. 껴안고 물고 빨고 요즘 젊은애들은 난리지. 그렇지만 섹스 하는 애들은 못 봤는데?

　섹스.

　그 말이 정숙하고 순진한 지윤에게서 나오자 창희는 금세 싱싱하고 활기차졌다. 답답한 애라고 믿던 지윤이를 새로운 눈으로 바라보았다.

　창희는 섹스 이야기를 좋아한다. 창희는 누웠던 자세에서 상반신을 벌떡 일으켰다가 소파 팔걸이에 팔꿈치를 괴고 턱을 고이며 다시 반쯤 누웠다. 그다음 담배를 깊이 빨아들였다가 연기를 푸우 내뿜었다. 거실 공기가, 특히 창희가 앉아 있는 천장 아래는 더욱 희뿌예졌다.

　영인네 건물 앞 골목 전봇대에 붙어 있는 나트륨등은 수명이 다했는지 처음부터 불량 전구였는지 두 달째 광고판 같은 불빛을 만들고 있었다. 빛이 희미해지다가 꺼지고 들어오기를 반복한다. 이 5층 아래 저 골목에 순자와 젊은 신부가 벽에 몸을 붙이고 그늘을 의지해 몸을 떨며 섹스하고 있는 광경이 있다. 오렌지색 불빛이 전봇대 아래로 지나는 사람 얼굴을 느닷없이 비춰준다. 순자네는 음울한 골목에서 전신주 아래로 장소를 이동해 온다. 스포트라이트를 받으며 두 사람은 벽에도 기대지 않고 서로 몸을 의지하여 격렬하게 섹스를 한다. 앗앗, 울면서 울면서 섹스를 한다.

　그러다가 영인은 흰 먼지 같은 게 둥둥 떠다니는 것을 발견하였다. 눈이 오시는구나, 영인은 중얼거렸다.

  이번 겨울에는 눈이 귀했다. 여름에 그토록 많은 비가 내려서 겨울에 눈이 흔할 줄 알았다. 눈이 오고 난 후의 질척거림을 상상하며 그 길 다닐 일을 미리 끔찍해했건만 참으로 메마른 겨울이었다. 기상청은 라니냐가 어떠니 하며 엄청난 추위를 예고했는데 전혀 춥지 않았다. 밍밍한 날씨가 계속되었다. 기상청에서 뒤늦게 할 수 있는 통보는 그저 건조 주의보였다. 살아온 기억에 의하면 비가 많았던 여름 뒤 의 겨울에는 펑펑 소리 나도록 내리는 흰 눈이 있었다. 하지만 지금 와서는 자신 없는 부분이었다. 그랬던 것 같을 뿐이야, 영인은 고쳐 생각했다. 저 애들한테 물어봐도 마찬가지리라. 그랬어가 아닌, 그랬던 것 같아라는 답변이 돌아올 테고, 기억만큼 흔들리는 그림은 세상에 다시 또 없다는 사실을 확인하게 될 것이었다. 기억이라거나 추억이라고 부르는 지난날들 장면은 조금씩 조금씩 변모하기 마련이었다. 그리고 거실 1인용 소파에 앉아 있는 지윤이는 쉰 살이 되었고 늘 발랄하여 가장 젊게 느껴지는 창희는 쉰한 살이며 영인은 4학년 마지막 반, 마흔아홉 살이었다. 그러니 목울대처럼 마구 떨리며 흔들려온 기억에 의하면 지난날은 지난날이 아니라 어떤 또 하나의 새로운 날이라고 해야 할 판이었다.

  영인은 원고지를 식탁 벽 쪽으로 밀쳐놓았다. 요새 원고지에다 글을 쓰는 사람이 어디 있어요? 그녀의 두 아이는 영인을 흉보았다. 영인이가, 엄마도 엄마 인생을 찾을 것이다, 엄마가 문예반을 했다면 소설가가 되었을지도 모른단다, 하면서 원고지와 모나미 볼펜 한 자루와 볼펜심 한 다스를 사 들고 들어온 날이었다. 그러지 말고 제 컴퓨터를 쓰세요, 당분간 빌려드릴게. 큰아이는 흥분해서 컴퓨터의 한글 프로그램을 켜서 강의를 하고 프린터 다루는 법, 플로피 디스켓에 저장하는 법 등을 한꺼번에 다 가르쳐주고 싶어 안달이었다. 소설만 쓰면 제 엄마 영인이 당장 소설가로 인정받을 듯 좋아하였다. 파출부 엄마보다는 소설가 엄마가 더 나은가? 옛날이나 지금이나 몇몇 소설가를 빼고 나머지 수많은 소설가들은 겨우 연명을 할까 말까 하다, 살아들 있는 게 기적이다, 라고 지윤에게 들었다. 밥벌이로는 파출부가 나으리라.

아들이 가르쳐준 대로 한글만 켜서 쓰는 일은 어렵지 않았다. 출판사에 근무할 때 사장이 부탁하는 타자 서류를 자주 쳐주었던 덕분에 세월이 지났어도 자판은 익숙했다. 게다가 한글이고 전처럼 자료를 보면서 타이핑하는 게 아니라 더 수월했다. 다만 원고지와 볼펜이 아까워서 영인은 원고지에 쓰겠다고 마음먹었다. 그날로부터 두 달이 지났는데 영인이 고심하며 메워놓은 부분은,

'새로운 어떤 날들이라고 해야 할 판이었다.'

거기서 끝나 있었다.

소설가 꿈을 가져보지 않은 영인이었다. 중학 1학년 작문시간에 잘된 작문으로 교단에 불려 나가 급우들 앞에서 몇 번 낭독하기는 했다. 소설가가 되겠다는 마음은 없었지만 소설을 쓰고 싶은 적은 여러 번이었다. 소설가가 쓴 소설들을 읽다 보면 감정이 불쑥 솟아났다. 출판사 일을 할 때 진짜 소설가라고 하는 사람들이 써온 소설 원고가 맞춤법, 띄어쓰기, 문장과 내용이 손도 댈 수 없게 형편없으면 울화가 치받히던 것이었다. 아이고, 내가 써도 당신보다는 낫겠다.

출판사를 그만두고 나서도 종종 그런 기분으로 마음이며 심장이 울렁울렁해지고는 하였다. 마음을 움직이게 하는 좋은 소설을 읽었

거나 그 반대일 경우였다. 하지만 그 의욕을 소설에만 대고 말할 수는 없다. 비디오를 빌려다 보고 있어도 같은 현상이 왔다. 훌륭한 영화거나 아니거나 하면 영화를 직접 만들어보고 싶다는 충동에 심장이 벌렁거렸다. 그리고 그것은 그녀만 갖고 있는 심장 박동이랄 수도 없었다. 독자나 시청자 중 많은 이들이 그런 마음에 몸을 반 마디쯤 틀어보게 되는 모양이었다. 누구든 책 몇 권 분량의 인생 마디마디를 갖고 있다. 누구든 머릿속에 「메디슨카운티의 다리」나, 「자전거도둑」 같은 영화 한 편이 들어 있는 것이다.

곧 오십이 될 테니까, 영인은 무엇으로든 작위적으로라도 변신해 보고 싶었다. 그중 하나가 소설 쓰기였다. 원고지와 펜, 의욕이 있으면 월, 수, 금, 파출부 일을 나가고 살림하는 틈틈이 일단은 시작이 가능한 일이었다. 어느 여자 소설가는 층층시하 고달픔 속에서도 밤마다 촛불을 켜고 벽에 원고지를 대고 이부자리 끝에서 옆으로 누워 소설을 썼다는 이야기를 오래전 잡지 기사에서 읽었다.

그런 악조건에서 소설을 쓴 분도 있는데 나는 감지덕지지.

그녀에게 외람된 희망을 주는 여자 소설가들 사례는 얼마든지 있었다. 마흔이 되어 등단했다던가, 어느 해는 환갑을 넘긴 할머니가 장편소설에 응모하여 당선하기도 하였다. 그러니 영인도 시작은 할 수 있는 일이었다. 이번에는 남의 책을 읽으면서가 아니라 순자 이야기를 듣다가 그런 생각이 불쑥 솟아났던 것이다.

최근 읽은 책들을 곰곰이 반추해 보고 영인은 자기가 쓸 소설을 생각했다. 모든 예술은 모방에서 시작된다고 하지 않던가.

근래에 읽어본 소설은 젊고 어린 소설가들이 쓴 것이었는데 무엇보다 섹스 묘사가 탁월했다. 그 소설들이 보여주는 정교하고 적

나라한 장면을 따라가자면 하늘과 땅 차이의 실력이겠지만, 그래
서 영인은 순자의 섹스 이야기를 앞에 넣어보았다. 섹스가 주가
아니라 순자의 사랑이 주가 될 이야기이긴 했다.

섹스는 영인에게 여러 가지로 어려운 분야였다. 젊은 날에는 그
일을 잘 이해하지 못했고 이해하게 되었을 때는 상대가 없었다.
저들 소설 속 섹스는 대단했다. 찐득거리고 격렬하며 처참하기도
한 육체적 격투를 그들은 그렸다. 뭉크의 색깔 같았다. 그러면서
도 읽고 있는 이의 성감대를 움씬거리게 만드니 훌륭하달 수밖에
없었다. 젊다 못해 어린 작가들이 이 경험을 진짜로? 그래, 경험
하지 않고는 쓸 수 없는 상황과 심리 묘사야. 아니라면 사람이 저
마다 다르듯 섹스 경험이 다르고, 섹스에 관한 통념 또한 그동안
달라져서일 것이다.

그렇기에 책을 읽는다. 독서의 효용에 관해 배웠듯, 한 사람이
모든 경험을 평생에 다 해낼 수는 없다.

소설에서 본 오늘날의 섹스는, 현대인이 가진 정서적 메마름,
허무, 단절, 자아 파괴, 이기주의를 잘 드러내 보여주는 창이었
다. 그나마 그녀가 터득한 줄 알았던 두 영혼의 맞닿음, 맑은 이
슬처럼 정제된 외로움 등의 유치한 낭만이 아니었다.

영인은 원고지를 끌어당겨 반듯하게 놓았다. 아무도 왜 그렇게
지지부진이냐고 탓하지 않고 묻지 않지만 순자가 전봇대 아래에서
두 달이 넘도록 섹스만 하고 있도록 할 수는 없었다. 그리고 영인
은 자신이 몇 자 끼적거린 내용 중에 잘못된 부분을 찾아냈다. 기
본적으로 소설에 등장하는 이름을 실명 그대로 써서는 곤란한 것
이었다.

어느 책이든, 소설이 아닌 연구 논문이나 만화라 할지라도 모든

창작품에는 그것을 만든 사람이 들어 있다. 글은 곧 그 사람이라고 한다. 모든 창작은 작가 자신인 것이다. 작가 자신을 곧이곧대로 가리키는 건 아니라 해도 작가 의견이나 생각이 당연히 들어간다. 그런 만큼 주인공 이름까지 실명을 쓴다면 자전 소설로 오인받고 말겠다. 누구도 읽어주지 않을 소설이지만, 또한 모든 소설은 자전이라는 극단적인 표현이 있기는 해도, 등장인물들 이름을 소설적으로 바꿔야겠다. 순자라는 여자나 창희와 지윤에게 이 소설을 보여줄 리 없고, 어디에 응모하지도 않을 테며, 서투른 대로 소설적 장치를 갖춰 허구가 될 것이다. 그렇더라도 알고 있는 이름을 그대로 쓰면 어쩐지 소설 같지 않은 기분이 드는 게 사실이었다.

진짜 소설처럼.

영인은 소설에 등장하는 이름을 새로 지었다. 그녀는 이름 만들기에 시간을 들였다. 두 시간 이상이었다. 소설 진전에 따라 몇 명인가 보태질 수도 있다. 그녀 뇌리에 있는 소설 줄거리는 미완성인 데다가 주제도 없었다. 사랑의 맹목과 그 비극성인가, 아니면 어디에 초점을 두나. 어디에 중점을 두든 사람의 이야기다. 그 점만은 확실했다.

순자는 순이, 영인은 인혜, 창희는 미라, 지윤은 도영으로 바꾸었다.

이름을 되풀이 불러보았다. 두 시간이나 씨름을 해서인지 잘 아는 듯한 느낌이었다. 그녀, 그 하는 식으로 요즘 소설에 잘 쓰는 익명이 아니고, 세미, 쏘야, 제이, 케이처럼 예쁘거나 국적 불명도 아니었다. 그다지 밉지 않고 예쁘지도 않아 실체감을 주는 이름이었다.

더 솔직히 작명하자면 이보다 촌스러워도 좋았다. 영인이 또래 친구들 중에는 아들이기를 원해 미리 지은 득남이니 원남이들이 있고, 영희 정희 순희도 부지기수였다. 여고 때는 같은 학년에 김혜숙이 아홉 명이었다. 이영숙이 여섯 명. 성을 빼고 말한다면 순자는 열 명이 넘었다. 영자도 열 명은 되었다. 김영자, 박영자, 이영자, 최영자로 말이다. 현숙이와 정숙이도 많았다. 그러나 모두 다른 정숙이며 현숙이였다. 이름이 같다고 해서 사람마저 같을 수는 없었다. 지금 와서는 그 이름들에게서 피의 온기와 함께 살아 있는 진짜 개성을 느꼈다.

이름을 입 안에 머금어보자니 영인은 눈시울이 뜨듯해졌다. 소녀 시절 친구들이 먼 세월을 비잉 돌아와 그녀 앞 허공에 떠 있는 것 같았다. 이름 네 개를 지었을 뿐인데 그녀는 탈진된 기분도 들었다.

하긴, 아이 하나 낳는데도 뼛골이 물렁물렁해지고 온몸에 멍이 퍼렇게 드는데.

영인이 그랬었다. 첫아이를 낳고서, 둘째인 딸아이를 낳고도 흠씬 두들겨 맞은 것처럼 양쪽 팔 전체가 새까맣게 멍이었다. 하물며 지금 네 명을 만들어낸 것이다. 실제 아이를 낳는 일에 비하면 식은 죽 먹기였다. 하지만 아이를 낳은 지는 오래되었으므로 이름 몇 개 짓는 일로 지치고 말았다.

파출부 일보다 칼로리가 많이 소모되는 게 분명하다. 영인은 새로운 첫 경험을 한 셈이었다. 뭘 좀 먹을까 하다가 근래 들어 불어난 몸무게가 신경 쓰였다. 파출부 일과 살림, 두 아이 치다꺼리를 하자니 먹지 않고는 배겨낼 수 없었다. 끼니를 놓치면 당장 배가 고프고 현기증이 났다. 영인은 뭐든 먹고 싶은 유혹을 물리치며 거실로 나가 창문을 열고 커튼을 젖혔다.

거실 창문으로는 문 틈새로도 바람이 칼끝이 되어 찔러온다. 창문을 열면 바람은 위세를 부리며 거실 안으로 휘몰아쳐 들었다. 유리문을 밀고 바깥 덧문을 열자 세 여자가 모여 앉았던 그날 늦은 저녁과 똑같이 나트륨등이 깜박이 광고판을 만들고 있고, 불빛 덕분에 검노란 허공에 먼지보다 커진 눈송이 몇 점이 나풀거리며 날아다녔다. 그날처럼 영인은, 눈이 오시는구나, 중얼거렸다. 불빛이 소멸되는 잠깐 잠깐의 묵청색 어둠에서도 눈송이가 보였다. 이 계절 마지막 눈이리라.

눈송이는 수가 점점 불어나더니 곧 어둔 허공에 가득 찼다. 사위가 조용해져 갔다. 차량 운행이 일시에 끊긴 듯한 정적이 감돌았다. 거실 유리창 앞쪽 멀리 있는 교회의 붉은 네온등 십자가도 눈발 사이로 적막한 느낌을 주었다. 붉은 십자가는 악마의 이마처럼 쓸쓸했다.

왜 악마가 쓸쓸하리라고? 천사와는 달리 열악한 환경에 살아서다. 또 악마는 악마의 운명을 원하지 않았을지도 모른다. 악마, 그도 어쩌면 피해자인 것이다.

영인이 십자가에서 악마를 연상하고 있는 동안 주차되어 있는 승용차 등판에 흰 너울이 만들어졌다. 살이 피둥피둥 쪄서 네 다리가 개보다 굳건해진 도둑고양이 한 마리가 몸을 S 자로 휘며 차량 밑바닥으로 기어들어갔다가 다른 차 밑으로 나오는 게 보였다.

영인은 순간 잡혀오는 줄거리를 놓칠세라 식탁으로 돌아가서 급하게 볼펜 꼭지를 눌렀다. 이름은 나중에 고치지. 이름들이 어디로 갈 리는 없다. 줄거리 적어놓는 일이 더 급하다, 급해.

이 아줌마야 창문 닫아라, 춥다. 그 태풍에 이 연약한 한창희 날아가겠다! 후우, 임지윤, 그 애기, 우리나라 애기 확실한 거지?

창희가 휘파람 같은 한숨과 더불어 영인을 나무라며 거실 공간에 웅크리고 있던 제법 긴 침묵을 깨었다. 다그치는 물음에 지윤은 뭔가 어리둥절한 눈치고, 영인은 그때까지 창가에 서서 머리카락을 날리며 허공에 떠다니는 첫눈을 바라보고 있었다. 눈이 오시게 푸근한 기온 덕분인지 창희가 투정 부릴 만큼 추운 날씨와 무서운 바람은 아니었다. 둥그렇게 원을 그리며 불어 닥치는 바람이 도리어 거실 환기를 빠르게 해결해 줄 것이었다.

눈이 오시네? 영인은 들릴까 말까 하게 말했다. 첫눈을 혼자 알고 싶은 욕심이 영인에게 있었다. 역시 두 친구는 영인이 뭐라 하는지 듣지 못했다. 공연히 죄책감을 느낀 영인은 결국 조금 크게 말하고 말았다.

눈 온다. 벌써 꽤 내려. 집에들 가려면 위험할까? 길이 막힐까?

남편이 죽고 없는 지윤이는 자유롭고 편한 입장이니까 자고 가도 상관없지만 창희는 늦어도 들어가야 할 처지였다. 눈이 오시고 있고 이미 밤이 깊어가고 있는데도 평소 호들갑스러운 창희는 그까짓 첫눈에는 별 무반응이고 순자 연애에만 온통 정신이 빠져 있었다.

그 여자, 순자! 아이고 영인아, 이 아줌마야 창문을 열어놓으니, 추운 것도 추운 거지만 이 몸 정신이 헷갈린다. 문 좀 닫아라!

창희는 화급증이 나는지 반 겨우 태운 담배를 재떨이에 문질러 끄고 새 담배에 불을 댕기며 영탄에 감탄을 거듭하였다.

그 사랑! 진짜 거야! 순잔가 뭔가 그 여자 진짜 거야!

창희 얼굴은 잠깐 새인데도 열에 떠 있었다.

애들아, 난 그것 안다. 난 안다. 그렇게 짧은 시간에 돈 없는 두 사람이 보여줄 수 있는 게 뭐겠니. 사랑의 무슨 달콤한 얘기, 인생을 탐구하는 깊은, 그런 얘기 나누겠니. 그런 때는 섹스밖에 없단다. 내 전부를 집약해서 보여줄 수 있는 건 섹스밖에 없단다. 그게, 사랑해, 사랑해, 사랑해, 그 말 천만 번보다 더한 거란다. 너희들 아니?

영인도 지윤도 지금에서야 알았다. 창희의 한숨에 찬 강의는 상당한 설득력이 있어서, 아 그렇구나 하는 생각을 들게 했다.

그렇게 절절한 사랑을 해보는 게 내 인생 최대최고의 꿈이라는 것 아니니. 역시! 금지된 사랑을 해야 해. 금지된 사랑이 진짜야. 사랑해선 안 될 사람을 사랑하는 게 진짜야. 얼마나 처절하니! 피가 뚝뚝 흐르지 않니? 신부나 중 같은 남자들을 겨냥해야 그런 사랑을 해보는 거야. 애들아, 처절한 사랑 말이다! 아, 사랑은 그렇게 피를 흘려야 해. 온몸을, 가슴을 찢어발겨야 해. 갈가리, 갈가리! 가시나무 새처럼 말이다, 지바고처럼 말이다. 지바고가 유리창을 들입다 깨서 떠나는 라라를 내다보잖니. 미치지 그 장면! 그렇게 말이다. 그게 나한테는 똑같다. 지바고가 유리창을 개머리판으로 막 깨부수던 것하고, 순자가 길에서 막 섹스를 하는 것이 나한테는 똑같다. 지바고는 섹스를 한 거다. 순자네는 총으로 유리창을 막 깨부순 거다. 그 심정, 너희들 알겠니? 내 말을 알겠니? 애들아, 정말 평생 그런 사랑 한번 해야 이 세상을 살았다, 할 텐데! 그런 사랑이 내 앞날에 기다리고 있을까? 있겠지? 있을 거야.

영인은 창문을 닫고 돌아서며 창희에게 한마디 안 할 수가 없었다.

당신 사랑도 그런 거야. 중이나 신부는 총각이지. 훨씬 자유스럽지. 자유인이지. 그러니까 당신은 더한 사랑을 하는 거야. 처자식 있는 유부남. 그쪽 식구들 모르게, 자긴 또 향이 아버지 모르게, 향이도 모르게, 그러려니 얼마나 힘들고 고통스러워?

창희는 흥, 하였다.

고통? 고통 같은 소리 한다! 스릴은 조금 있지. 이거 들키지 않나, 조마조마하지만, 들킨다고 해서 대수겠니? 이십오 년을 살았는데 나를 내쫓겠니? 내쫓아도 상관없다. 위자료 받고 재산 분할 청구 하면 된다. 오늘의 반석이 저 혼자 이뤄졌다니? 오분의 사가 내 힘이었다. 그러니까 진짜 사랑을 하려면 순자네처럼 탈탈 빈손이어야 한단다. 가진 게 없어야 해, 어디서 받아낼 데도 없어야 해. 피나게 가난해야지. 돈 없고 시간 없고 그래야 절박한 사랑을 하게 된다. 우리는 고급 호텔에 든단다. 객실에서 점심 저녁 시켜 먹고, 돈이 좀 딸린다 싶은 날에는 장 급 여관도 재미 삼아 괜찮지. 박 사장 크라이슬러나 내 비엠더블류로 북한강변 남한산성 드라이브하고 우아한 집에서 우아하게 커피 마시고 국산 오페라 보고 외국 초청 발레단 발레 보고 영화도 본다. 얘, 내가 말하지 않았니? 로얄 발레단 공연 때 휴식 시간에, 우리 집 그 인간이 두 줄 앞에서 미스 최하고, 그래, 작년에 새로 온 경리 애. 그 애하고 아예 부둥켜안고 있는 거라. 피장파장 아니니? 그 인간이고 한 창희고가 무슨 오페라에 무슨 발레니? 저나 나나 서로를 빤히 다 아는데. 그 인간은 나를 못 봤지. 그런데 그게 뭐니? 사랑이라고 생각하니? 돈지랄이야. 그 시간에 이불 뒤집어쓰고 잠을 자거나 책을 읽는 게 나을지도 모르지. 애들아, 사랑은 다른 거야. 창문을 깨부수고, 저 멀리 떠나는 연인에게 보이지 않는 눈물을 보내는 거다, 가슴 에면서, 가슴 찢기면서 말이다. 그 여자 순자처럼 골목에서 공원에서 막 섹스를 해야 하는 거다. 미칠 것 같은 심정이 되어서 울며 울며 섹스를 하는 거 말이다. 아, 미치겠다. 미치겠다. 부러워 죽겠다, 정말!

누구도 창희의 장광설을 막지 않았다. 누구라고 해봤자 영인과 지윤이가 있을 뿐이지만 각자 다른 생각에 몰두하고 있어서였다. 영인은 친구들 누구도 모르게 이혼 후 이 년 동안 만나다 헤어진 남자와의 관계를 떠올리는 게 분명했다. 그 만남은 무엇이었나. 사랑이라 할 수 있는 만남이었나. 창희 말처럼 돈지랄은 아니지만 어떤 허욕이었나. 도대체 무엇이었나.

지윤이는 유일하게 절친한 친구 영인에게도 아직 말하지 않은 한 남자를 생각했을 것이다. 남편 백 일 탈상 후 만난 젊은 남자를. 그것이 무엇이었나. 사랑이었나, 당장의 허전함을 메워준 틈새용 쐐기였나.

창희는 번열로 벌겋게 몽롱해진 얼굴과 목소리로 남편에게 전화를 했다. 당연한 이야기지만 창희는 여자 친구 집에 와 있으면 알리바이가 필요 없으니 남편에게 꽤나 당당히 굴었다. 창희 남편의 운전사는 사장님 지시대로 사모님 차를 끌고 가기 위해 지하철을 두 번 갈아타고 와서 사모님 휴대 전화기를 울렸다. 창희는 남편 운전사가 운전하는 자기 차를 타고 무사히 귀가할 것이었다. 창희는 영인네 집 여러 조각 계단을 내려갔다. 층계참에서는 몽상적인 표정으로 난간을 잡고 서 있기도 하였다.

하룻밤 자고 가기로 쉽게 결정한 지윤은 영인이 수선스레 이부자리를 깔고 있는 틈에 얼른 말을 꺼냈다.

나, 사실, 그동안 남자를 만났었어.

과연, 정말, 창희나 영인이 상상하지 않았고 앞으로도 지윤이 말하지 않는다면 모를 일이 지윤에게 있었다.

남편 죽은 지 얼마나 됐다고, 욕들 하겠지만…… 어떤 일들은 내 힘으로 안 되는 게 있어. 그런 게 운명인가 봐. 생전에 금슬 좋은 부부 중 한쪽이 먼저 죽으면 더 빨리 잊는다는 말도 괜히 있는 게 아닌가 봐. 상대방이 없는 걸 남보다 더 견딜 수 없어 그렇게 되는 거야. 변명인지 모르지만…… 변명이라고 누가 욕해도 할 수 없지만…….

지윤은 더듬거리며, 세 들어 사는 영인네 5층이 꺼져라 중간중간 깊은 한숨을 쉬며 그 말을 하였다.

우리 집 남자 죽은 지 일 년이 됐니, 반년이 됐니, 상철이란 사람 만날 때는 겨우 백 일 탈상 하고였으니. 정말 이 얘기는 아무한테도 못하겠는 거야. 자기는 욕하지 않을 거라고 생각하면서도 입이 안 열려서 여태 못했어. 그런데 이 남자 한 달째 소식을 안줘. 간신히 연락이 닿으면 온갖 핑계를 다 대며 피해. 다른 여자가 생긴 건 알아. 그렇지만 나한테 끝이라고 말해 줬으면 좋겠어. 난, 난, 이런 일이 처음이라서, 어떻게 해야 할지 모르겠어. 죽고 싶어. 그렇지만 죽으면 우리 집 남자가 욕할까 봐 무서워서 사실은 그럴 용기도 없지.

영인의 두 아이는 어른들 일에 관심 없이 저희 방에서 숙제를 하고 씻은 다음 고단한 잠에 들었다. 밖에는 눈이 내렸다. 전봇대를 마주 보고 있는 작은방은 전봇대의 나트륨등 불그레한 불빛이 졸아들었다가 퍼지는 바람에 덩달아 어슴푸레한 밝음과 까무룩한 어둠을 교차시키고 있었다.

지윤은 지금 열심히 핑계를 대며 피하고 있는 그 남자 상철을 어떻게 만났나, 영인이 덮어준 이불 속에 똑바로 누워 어두웠다

밝았다 하는 천장을 올려다보며 이야기했다. 걷잡을 수 없는 눈물이 지윤이의 귓가를 적시고 귓속으로 흘러들어갔다. 지윤은 휴지를 뽑아 눈가와 뺨과 귀를 닦고 코를 풀었다. 죽은 남편보다 젊은 남자 상철의 이야기에 지윤은 더 많은 아픔과 눈물을 할애하고 있었다.

아니야, 이게 아니군.
순자와 창희와 지윤을 함께 출연시키면 안 되겠다, 영인은 생각을 바꾸었다. 세 여자, 네 여자가 나오는 소설은 책 한 권 이상 될 장편에 합당한 것 같고, 세 여자, 네 여자가 나오면 머릿속이고 줄거리고 함께 복잡해지는 데다가 영인으로서는 그만한 이야기를 꾸려나갈 힘 자체가 절대적으로 미약하였다.
음, 그러니까 구조 조정을 해야겠어. 임지윤만의 이야기를 써야겠다.
주인공을 지윤이로 바꾼다. 구성과 줄거리와 나오는 인물도 달라진다. 두 여자 대신 상철이라는 마흔 살짜리 남자가 등장한다.
창희에게는, 애 내 연애 이야기만 써도 대하 장편소설 백 권은 나올 거다, 로 연애 사건이 많지만 당장은 지윤이 일이 더 소설거리였다. 거기에서는 끌어내 주장해 볼 만한 무엇이 있을 것 같았다.
그러니까, 무엇이냐······.
지금도 영인은 뚜렷한 주제를 잡아내지 못한다. 쓰다 보면 자신이 말하고 싶은 점이 점차 확연해지며 드러나지 않을까? 상당히 안이한 자세겠지만 그녀로서는 어찌해 볼 수 없는 부분이었다. 정식으로 인정받는 소설가들 중에도 그녀 식으로 소설을 쓰는 소설가가 있을지 모른다. 오래전 꼭두새벽에 했던 텔레비전 프로가 뇌리를 스친다. 「작가를 찾아서」라는 기획물이었다. 그 프로그램은 반년 이상 방영되었다. 글을 쓰기 전 버릇이 있다면? 많은 작가들이 연필을 깎거나 만년필 청소, 서랍 정리, 혹은 손발톱을 다듬는다고 하였다. 글을 쓰실 때 구성을 먼저 하시는지요? 그렇다는 쪽이 많았지만 쓰면서 만들어나간다는 이도 어쩌다 있었다. 아니면 처음에는 세부 그래프까지 만들어 꼼꼼하게 구성을 해놓고 시작하지만 다 써놓고 보면 작가 자신도 의도하지 않은 방향으로, 저절로 손이 그렇게 나가서, 이야기가 진행되고 끝나 있더라. 머리로 쓰는 게 아니고 손이 쓰는 거더라. 손가락 끝에 신성한 혼 같은 게 있어서, 소설 속 이야기라고 하여도, 즉 허구인데도 소설 속 인물의 운명을 작가가 신(神)인 듯 마음대로 주물러 처리하지는 못하는 어떤 엄숙한 한계가 있더라고. 그럴까? 그런가? 아직 한 편의 소설도 써보지 않은 영인에게 와 닿는 이야기는 아니었다. 그런가 보다 짐작할 수 있을 뿐이었다. 그것이 진짜 소설가와 소설가 지망생의 차이일 터였다.

그리고 또……, 그래, 이것도 안 되겠다.

쓰다 보니 글 속 영인은 실제 영인이나 다름없었다.

나도 시나리오 작법을 읽었고, 젊은 시절에 소설 작법도 독파했는데. 작가는 작품 속으로 뛰어들지 말라는 충고가 곳곳에 있었는데.

안 되겠다, 새로 쓰자. 이번에는 원고지가 아니라 마음먹고 컴퓨터로 시작해야겠다. 제목을 정하고, 무엇을 쓸 것인가, 오로지 남녀의 사랑인가, 인간의 이기심인가, 파렴치함 등등 도덕이 말살된 시대상인가, 이런 확실한 것을 정해 놓고. 친구들에게서 따온

소재라도 전혀 새로운 상상력으로…… 새로운 이야기를, 내일부
터…….

영인은 이를 닦고, 머리를 빗고, 거실과 부엌 불을 끈 다음 딸
아이가 고른 숨소리를 내고 있는 침대로 들어갔다. 딸아이 목 뒤
에 팔을 넣어 껴안으며 하품을 하였다. 여중생이 될 텐데 아이에
게서는 젖 냄새가 솔솔 풍겨나왔다. 어른스러운 척하며, 사춘기
초입에 들어서서 반항기를 보이기도 하는 아이지만 잠자리에서는
여전히 아기였다. 엄마, 내 주위에는 인생을 논할 만한 친구가 하
나도 없는 거야. 딸애가 했던 말에, 인생은 논하는 게 아니라 살
아내는 거란다, 말해 주고자 했지만 먼저 미소가 머금어졌었다.
그녀는 아이 머리카락에 코를 묻었다. 세상 어떤 향수가 이 아이
에게서 나오는 달큰한 젖내보다 향기로울 수 있을까.

영인은 하루가 다르게 두 아이가 자라나는 모습과, 내일 파출
부 일을 다녀온 후 새로 써야겠다고 작정한 소설 생각에 뿌듯한
심정으로 잠이 들었다. 그리고 꿈을 꾸었다. 소설을 쓰고 있는 꿈
이었다.

꿈에, 컴퓨터를 능수능란하게 척 켰다. 그다음 두 손 열 손가락
이 「열정」 소나타를 연주하듯 자판 위를 너울거리며 달음질쳤다.
커서는 모니터 안에서 깜박일 새 없이 바쁜 행진을 해나갔다. 커
서는 영인의 손놀림을 따라오지도 못하였다. 그러면 모니터에 글
자가 나타나기를 기다리고 있어야 하는 영인은 조급함으로 발을
굴렀다.

왜 이렇게 늦니? 글자야?

아들이 주장하듯, 돈을 모아 하루 속히 686급 컴퓨터로 바꾸어
야 하는 것일까.

방금 쳐놓은 글자를 기다리는데 모니터에 거무레한 얼룩이 번져 나왔다. 얼룩은 글자를 떠밀어내며 꿈틀거리더니 한 여자 모습으로 살아났다. 여자는 앞을 향해, 그러니까 화면 안쪽으로 걸어 들어가기 시작했다. 화면은 길이 되었다. 여자는 뒷모습이지만 지윤이었다. 영인이 잘 알고 있는 지윤이의 갈색 바바리코트였다. 길은 원근법으로 저 안쪽이 좁고 길었다. 멈추는 일 없이 자꾸 가고만 있는 지윤이는 무섭지 않을까?

믿어지지 않는다. 블랙홀 같은 저 길 속으로 지윤이가 겁도 없이 들어갔다. 혼자서는 아무 일도 못하는 겁쟁이 지윤이가 어둡고 낯선 거리 낯선 도로변을 가고 있다니. 뒤돌아 찾아 나오지 못할 것 같은 저 길, 깊은 안쪽으로 자꾸자꾸……

오랜만에 와서일까, 이곳이 낯설게 느껴진다. 무엇인가 두렵기도 하다. 두려운 것쯤, 하면서 용기를 내지 않으면 안 된다.

지윤은 의도적으로 허리와 어깨를 폈지만 그녀도 모르는 사이에 어깨가 옹송그려졌다. 용기를 잃어서가 아니라 늦가을 강바람이 그녀 가슴 한복판으로 밀어닥쳐서였다. 바람을 막고 이겨내기 위해서는 어쩔 수 없는 자세다. 때로 삶은, 피하는 동작이 맞서는 방법임도 가르쳐주는 것이다.

지윤이 걷고 있는 보도는 가로수를 휘감은 조그만 알전구들로 환하다. 적막이 아래 길바닥에 깔려 있다. 그리하여 거리는 전체적으로 어둑했다.

적막한 휘황함이 거리를 꿰뚫고 흐른다. 강바람과 안개가 그 뒤를 따른다. 어깨를 덮는 머리카락이 흩날린다. 바람에 머리카락은 좌로, 우로 지윤의 얼굴을 스치고 목 뒤를 가른 다음 뺨에 착 달라붙기도 한다. 시신의 검은 손인 양 뺨을 스치는 머리카락이 차고 뺏뺏하며 날카롭다. 지윤은 가만히 진저리를 친다.

어디쯤이었지. 조금 더 걸어가야 하는구나.

전에도 미리내 산장 옆 공터에 다른 이들처럼 차를 세워놓고 걸어서 다음 장소로 이동했다. 전에는 둘이었기에 길이 긴지 짧은지 몰랐다. 혼자 걷고 있는 지윤에게 그녀가 차례로 들르는 집들은 저마다 저만큼씩 제법 먼 거리를 유지하고 있었다.

가로수로 서 있는 나무들, 작은 별 같은 알전구 불빛. 크리스마스이브를 방불케 하는.

문명한 불빛이 주는 아름다움이 지윤을 쓸쓸하게 적신다. 이 거리는 만남과 열락의 거리인데 무슨 연유인가. 만남과 만남. 그 만남의 숫자와 맞먹는 이별 때문인지도, 라고 지윤은 생각한다. 위장된 적막에도 답이 있다. 컴컴한 휘장을 들추면 살만 탐하는 육욕의 밤 혹은 낮, 용트림으로 뭉개진 시간이 보인다. 서로의 살갗을 핥고 빨고 물어뜯으며, 우리는 외로워서라고 하는 무리들.

상철은 노상, 너무 외로워를 연발했었다. 당신은 모르지, 나의 외로움을. 당신도 나도 외로운 한 마리 들짐승 산짐승이야.

애야, 너만 외로운 척 마라.

나는 그 말을 하고 싶었지만 너를 놓칠까 봐 두려웠다. 너는 말장난이 많았다. 절대 고독을 표현하는 온갖 말을 구사했다. 그러나 애야, 정말 외로운 사람은 입을 다무는 법이지. 나는 그때 그 남자가 죽고 내 곁에 없어서 혼자라는 것에 겁이 났지만 외롭지는 않았단다. 앞으로도 나는 외롭지는 않으리라. 하나 그때는 네 말대로 나도 덩달아 그런 척하지 않을 수 없었다. 외로움이 우리를 정당하게 해줄 수 없으며 너의 불륜에 면죄부가 될 수 없다는 사실을 알면서도 말이다.

너의 불륜. 그럼 내게는 무엇이었나. 우리에게 불륜이라는 말은 우습다. 불륜이란, 어긋난 만남에 애정이 개입된 상황을 지칭하는 것이다. 불륜도 되지 못했던 너와 나의 만남을 네가 네 식으로 정리했듯 나는 내 식으로 정리해야겠지.

미리내 산장을 출발점으로 하여, 호반 모텔, 하이퍼 리조텔, 다솜 모텔…… 외래어와 우리 옛말이 섞여 있는 숙박업소가 띄엄띄엄, 그렇지만 행렬이 좀체 그치지 않으며 연이어 서 있다. 그 위 물안개가 피어올라가는 검푸른 허공은 바닥 없는 하늘 호수로 보인다. 개성이라고 할 수 없는, 그래도 개성이라고밖에 할 수 없는 각 업소의 독특한 이름과 네온사인 장식이 밤의 이 거리, 저 허공 호수를 물결 되어 떠다닌다. 빛의 꼬리를 끌며 이리저리 흐르고 있다.

어깨를 안은 젊은 연인 몇 쌍이 그녀 옆을 지나간다. 지윤은 걸음을 멈추고 뒤를 돌아본다. 안개는 바람을 몰고 와 계속 그녀 머리카락을 축축하게 헝클어뜨리고, 지윤은 안개에 지워져가는 연인들을 본다. 곧 너희도 이별의 선뜻함을 맛본다. 만남은 길지 않다. 언제고는 죽음이라도 너희를 갈라놓을 것이다. 어깨를 안고 속삭였던 달콤한 대사와 침대 위 시트 안에서 새어나오던 환희의 비명이 거품 되어 사라질 것이다. 애들아, 내가 너희 사랑을 시기한다고는 말아다오. 애들아, 내일 아침 너희들 모든 게 재가 된다고 해도 지금 사랑이라면 나는 너희를 시기하지 않겠다. 축복하겠다. 적어도, 지금 이 순간만이라도 사랑이라고 한다면 말이다.

날 선 무엇이, 풀을 잔뜩 매겨 톡톡해진 무명실 한 오리 같은 게 그녀 가슴을 베며 지나갔다. 마음이 싸늘한 향으로 아파왔다. 그녀는 흘러내리는 마음 자락을 다시금 추슬렀다.

강 쪽에서인가 도로 끝 한가운데서부터인가, 촘촘해진 밀도로 안개가 새로이 밀려왔다. 안개는 바람결에 뭉울거리고 둥둥 떠가기도 하였다. 강변에는 나무가 서 있기도 하고 나무가 없는 곳도 있다. 나무가 없는 강 둔덕 너머로 불빛으로 된 성이 연달아 있는 게 보이고, 저 반대편에서는 이쪽이 불야성으로 보인다는 것을 지윤은 안다. 상철과 강 건너편 모텔에 들어본 적이 있었다. 언제나 이쪽에서는 저쪽이, 저쪽에서는 이쪽이 훨씬 요원한 아름다움이었다.

강물은 검은 재색으로 일렁인다. 저쪽 강둑 아래에서 내리 뻗쳐오는 빛기둥이 부드러운 톱니바퀴 형상으로 물결에 흔들린다. 상철을 만난 절기는 봄이었다. 남편이라는 자리에서 이십 년 동안 같이 산 남자가 죽고 백 일이 지난 다음이었다. 친정 식구며 시가 어른들까지 탈상을 서둘렀으므로 지윤은 삼 년, 안 되면 일 년 탈상을 하려던 결심을 권고에 몰려 바꾸었다. 어서 네가 죽은 사람에게서 벗어나 산 사람과 살아야 한다. 가까운 사람들이 하는 한결같은 소리였다. 이십 년이나 같이 살았는데 어떻게 그렇게 빨리 잊으라고 하나, 어찌 그렇게 빨리 잊을 수 있단 말이냐. 주위 사람들 말은 야속하고 섭섭한 것 투성이였다.

사람들은 옳았다. 죽은 남자는 더 이상 이 세상에서 사람일 수 없었다. 이곳은 살아 있는 이들을 위한 장소였다. 탈상 후 홀가분한 기분이 은근히 있어서 지윤은 당황하기도 했다. 아무리 미미하다 해도 홀가분함을 느끼다니! 세상에 없는 그에게 미안했지만, 어디에 대고 미안해해야 한단 말인지. 그렇기에 지윤은 혼자가 됐음을 더 뚜렷이 알게 되었다. 전에 그가 건강하게 살아 있어 그녀에게 해주던 일들을 지윤은 혼자 해야 했다. 죽은 그 남자나 살아 있는 지윤을 대신해 줄 사람은 없었다.

출판사에 **OK** 지를 넘겨주고 결제를 해오는 일은 지윤의 일이었다. 밥과 빨래를 하고 옷을 다리는 집안 살림은 남자가 하던 일이었다. 지윤을 목적지까지 데려가고 데려오는 일도 그의 몫이었다. 점포 브로커였던 그는 자기 일 틈틈이 지윤을 뒷바라지했었다.

그래서 겁이 났던 것이다. 사람을 만나고 일거리를 갖고 오는 게 아닌, 전에 그가 해주던 일은 두려웠다. 가스 불 켜기, 밥하기, 경첩이 빠진 침실 문, 지나가는 바퀴벌레 따위들이 두려웠다. 그가 앓아누웠던 기간에는 지윤이 했음에도 불구하고 그가 없어서 혼자 해야 하는 심리상의 지도는 꽤 복잡했다.

너는 그러한 시기에 내 마음을 흔들었지.

그랬다. 상철이 그런 것이다.

여러 달 전 봄이었다. 강물은 연둣빛이었다. 물은 하늘의 색을 받고 있는 게 아니라 산의 숨결을 들이마시고 있다는 것을 지윤은 이 강가에 와서 알게 되었다.

너를 만나면서 알게 된 일도 많다. 살아가는 데 하등 쓸모없는 것들이지만 쓸모만으로 삶이 지탱되는 것은 아니니까. 지윤은 저쪽 강 둔덕에서 내려온 빛기둥을 보며 생각하였다. 그렇게 인생은 허섭스레기가 더 많이 섞여 짜여지는 한 장의 태피스트리인지도 모른다.

여기에 온 첫날이 주말이었는지 주중이었는지는 기억나지 않는다. 상철은 강의를 맡지 못해 대학 시간 강사에서 잘려 나왔고, 출판사 번역물을 구걸하다시피 받아 갔으며, 지윤은 일거리도 없었으므로 아무 날이든 상관없었다. 모두 주말 같고 모두 주중 같았다. 이곳에 오면 안개가 있었다. 가장 독했던 날은 프린스 장에서 나온 새벽이었다. 상철에게 일이 생겨서였다. 상철이 고대하며 기다리던 좋은 일이었다. 검은 새벽에 호출기에서 경보음이 바투 났고, 호출기에 찍힌 번호와 통화를 한 상철이 말했다. 과 몇 년 선밴데? 춘강대학에 가보라는데? 강의를 맡았던 작자가 교통사고를 당했다는데 이거 좋아해야 하나 말아야 하나? 상철은 과 몇 년 선배와 춘강대학 관계자에게 부단히 공들여온 일이 없었던 것처럼 굴었다. 그리고 넋 빠진 표정으로 커튼이 드리워진 창문 쪽에 멍한 시선을 주었다. 바로 그런 때는 지윤도 상철의 외로움을 이해하였다. 상철도 외로워 보였다.

그날 새벽은 전조등이 전혀 쓸모없었다. 지윤은 죽어도 좋다는 기분으로 라이트를 다 껐지만, 상철이 불안해했기 때문에 그 길을 천천히 기다시피 하며 운행하였다. 조심해, 천천히, 급할 것 없잖아, 학교에서는 열두 시 전까지만 오면 된다고 했다구. 열한 시 반에 선배하고 만나 같이 올라가기로 한 거니까 아직 시간이 많아.

간신히 일자리, 밥자리를 구한 자의 안도가 상철의 온몸에서 풍겨왔다. 본인이 자각하고 있지 못한 그 음성이 샵(#)으로 떠 있었다. 눈물이 쏟아질 만큼 상철이 가여웠다. 상철은 운전하고 있는 그녀 어깨에 한 팔을 올려놓아 여유에 해당될 행위를 표방하고자 했다. 지윤은 상철에게 생기기 시작하는 불안의 그림자를 볼 수 있었다. 오늘, 이 여자와 안개 속에서 죽고 싶지는 않은 것이다. 살아서, 교통사고 당한 전임자의 현대영미문학을 맡아야 하는 것이다.

그렇다. 못 살아도 적어도 너는 십 년은 더 살아봐야 하겠지. 그런다고 해도 십 년 후, 십 년 전 늙은 연인의 심경을 알지는 못하리라.

연인.

혼자 중얼거린 말에 쓰디쓴 미소가 인다. 연인. 입에 담아보고
싶던 단어였다. 상철이 이쪽에 대고 해주었으면 하고 바랐던 말이
었다. 연인, 애인, 사랑, 그런 말들.

사랑이 남발되는 시대라고 한 허언은 누구 입에서 나왔나. 잠깐
대화가 통하면, 잠깐 눈빛을 부딪치면, 잠깐 어떤 한 문제에 동감
을 하면, 그렇게 사소한 감정 이입에까지 사랑표를 붙이던 시대는
벌써 오래전에 물 건너갔다. 그 시절이 그립다. 지금은 아무도 함
부로 사랑을 입에 올리지 않는다. 상철도 끝내 하지 않았다. 아주
포괄적으로, 인연, 이라고 두 사람 사이를 표현했다. 상철이가 사
랑이었다는 말을 기어이 하지 않았기에 지윤도 하지 않았다. 네가
사랑이라고 해야 사랑인 것이다. 혼자서 화해를 이루어낼 수 없듯
남녀 사랑의 실상도 그렇다고 지윤은 생각한다. 또한 이 점도 생
각한다. 연인이라는 말은 빈 껍질이지. 어디 연인이라는 말뿐이
랴. 세상 모든 것은 빈 껍질이지. 도대체 사람이 사람에게 무엇이
되어줄 수 있단 말인지.

그래도 연인이란 말에 주문이 깃들기를 바라며, 사랑이던 날도
있지 않았나, 억지 부려본다. 너도 이쪽을 사랑한다고 여긴 시간
이 있지 않았니, 너와 나의 첫날 말이다, 하고.

그날은 둘 다 운이 나빴다. 사장은 수금해 온 사 개월 보름짜리
문방구 어음이 죄다 십만 원, 이십만 원권이라며 분개하고 있었
다. 푹 꺼진 응접세트 소파에는 선참자가 불편한 자세로 앉아 사
장의 울분에 대책 없이 휘둘리고 있는 중이었다. 몇 번 마주치기
는 했던 남자인데 사장과 경리는 왜 그랬는지 두 사람을 인사시켜
주지 않았었다. 그랬어도 그가 무엇을 하는 사람인지 지윤은 그냥

알고 있었다.

사장은 경리 미스 김 몸을 미닫이 문짝처럼 옆으로 밀치며 서랍에서 어음 다발을 꺼내어 앉아 있는 남자와 그때 마악 들어와 숨을 고르는 지윤에게 흔들었다. 어음 다발은 애들이 은행 놀이 하려고 오려 묶은 종이 조각과 다름없어 보였다. 민 선생 드릴 고료도 급하지만, 내가 우리 임지윤 선생한테는 무슨 일이 있어도 이번에 결제를 해드리려 했습니다, 큰일을 당하시고 얼마 지나지도 않은 분이라서. 그런데 도무지 얼마나 더 버틸 수 있을지, 이놈의 출판을 할 수도 없고 안 할 수도 없고!

사장은 엄살을 부리는 게 아니었다. 씩씩하던 전과 달리 희망이 삼분의 이는 빠져나간 표정이었다. 번역 원고료와 교정료, 인세, 직원 월급을 제날 지불하지 못하게 형편없어진 출판 사업에 회의를 느끼고 있었다. 지난번에 임 선생에게 드릴 때, 부군 다시 입원하셔야 한다고 했을 때 말입니다. 임 선생 사정이 딱하니까 우리도 와리깡을 해왔지요. 다발로 들고 가봤자 몇 푼 됩니까? 깡 안 하고 이 쪼가리를 껴안고 있으면 그건 그것대로 불안하지요. 언제 도매상들이 부도날지 한 치 앞을 알 수 없으니 말입니다. 내 배 째라! 이러는 세상이라서. 또 달려가 봐야죠. 어음을 어떻게 바꾸는 대로 얼마라도 통장에 넣어드리겠습니다.

소파 끝에 엉덩이를 걸치고 있던 남자가, 정부에서 준다는 출판 기금인가 하는 것은 어떻게 되느냐고 아는 체하며 물었다. 사장은 골이 흔들리면 어쩌나 싶게 머리를 저었다. 하이구, 그건 우리하고 상관없는 일이에요. 부익부 빈익빈이라는 거 아닙니까. 담보와 기반이 튼튼한 출판사라는 조건이 붙어 있어요. 너희 같은 영세 출판사는 알아서 빨리빨리 문 닫아라, 하는 거지요.

지윤은 남자와 번갈아 사장을 한참 위로한 다음 삐걱이는 나무 계단을 내려왔다. 요즘도 삐걱이는 나무 계단을 갖고 있는 건물이 도심에 더러 남아 있었다. 지윤은 인정 많은 출판사 사장과 그 계단에 마음을 주었었다. 허름한 이들을 위해서도 세상이 있나 보다 싶어 안심이 되고는 했던 것이다. 작은 규모로 알뜰하게 운영하던 출판사였는데 아이엠에프 대세 앞에서는 앞날을 종잡기 어려워졌다. 서너 해 전부터 다른 출판사와의 거래를 끊고 있던 지윤은 그날 앞이 아득하였다.

남자에 앞서 계단을 내려온 지윤은 그래서 잠시 문턱에 서 있었다. 저 2층 사람들의 암담함과 현관 앞에 서 있는 여자의 아득함을 알 바 없이 바깥세상은, 태양의 찬연한 빛살을 은혜롭게 받고 있는 봄날 오후였다.

두 사람 다 오늘 일진이 안 좋네요. 사장이 웬만큼 어려워서는 저런 소리를 안 하는 양반인데. 선비 중의 선비인 분인데. 지윤과 나란히 서서 오가는 사람으로 분주한 좁은 길바닥을 내다보며 남자는 말을 건네왔다. 우리가 여러 번 마주쳤지만 정식 인사는 해보지 않았지요? 제가 차 한잔 사겠습니다. 오늘 기분도 그런데 차 한잔은 하는 게 낫겠지요? 그를 따라 건물 지하에 있는 다방으로 내려갔다. 지상의 찬란한 햇살 한 줌 들어오지 않는 완벽한 지하 다방이었다. 그런데 아까 들으니 무슨 큰일을 겪으셨다고요? 남자가 근심 어린 눈빛으로 물어왔다. 조심스러우면서도 친밀한 말투였다. 답답하고 순진해서 완고하게 여겨지는 성품의 지윤에게 남자는 그녀를 안심시키는 상대로 다가왔다. 사실은 잘 아는 출판사에서 만나서였을 것이다.

지윤은 지나온 날을 천진하게 말했다. 번역에 관한 일을 상철에게 묻기도 하였다. 제2의 창작이니 번역은 반역이니 하는 말을 주고받았다. 공통 화제는 충분한 편이었다. 커피 한잔은 꽤 시간이 걸렸다. 민상철이라고 이름 석 자를 정확하게 밝힌 상철도 자신의 신변을 주르르 꺼내 보였다. 이번 학기에 강의를 맡지 못한 불운과 대학 사회의 닫힌 문과 이기주의, 여섯 살짜리 아들, 마누라를 말하였다. 괜히 장가를 들었지 뭡니까. 결혼을 하고 나서야 이크, 이거 일을 저질렀구나 했지요. 남들도 다 하는 결혼이니까 아무 생각 없이 한 게 불찰이죠. 와이프만 해도 강사 끝나면 앞길이 창창한 예비 교수 정도로 알고 인간 민상철에게 의탁했을 텐데. 그러니까 잘해 줘야 하는데 이렇게 세상만사 뜻대로 되지 않으니 집에 가면 매사 귀찮기만 하고요. 웃어본 지가 언제인지 모르겠습니다. 우울합니다, 외롭고. 이런 말을 하고 싶어도 들어줄 사람 없고. 남자가 돼서 값싸게 어디다가 말할 수도 없고. 정말 외로워요, 뼛속까지.

나는 네가 정말은 외롭지 않다는 것을 그때 알았다. 다른 많은 남자 아이들이 그렇듯 입에 발린 습관성 발언임을. 진짜 외로운 사람은 외로움을 말하지 않는다. 죽은 그 남자가 아무 말도 하지 않는 사람이었단다. 그렇지만 그 남자는 외로운 사람이었다. 부모가 일찍 죽고, 형제도 없고, 큰집에서 눈칫밥 먹으며 자라서 그런 건 아니야. 모르겠다. 그 성장 과정이 그 사람을 외로움의 원본인 것처럼 느끼게 해주었는지는. 내게 지성으로 하는 행동만으로도 그의 외로움이 얼마나 짙은 것인가를 나는 알았다. 그는 죽는 날까지 외로움이니 고독이니 하는 말을 내본 적이 없었다. 내색도 하지 않았다. 그게 진짜 외로움을 가진 사람이 보여주는 태도지.

많은 말이 머릿속에 와글거리며 들어찼지만 지윤은 상철에게 반

론을 펴지 않았다.

왜 그날 상철의 말을 다 받아들이는 척했나. 그런 따위 말이란 대꾸하거나 동조하는 척할 가치조차 없는 것인데. 그런데도 상철이, 임 선생님도 외로우시겠어요, 했을 때 고개를 끄덕여주었다. 상철이 대학 사회에 받아들여지지 못한 소외자였기 때문일 것이다. 그 대신, 사람은 다 외롭죠, 어떤 이유로든, 하고 대답했다. 상철은 제법 깊은 생각에 빠진 듯이 엄지손가락과 집게손가락으로 턱을 쥐고 골몰한 표정을 짓다가 고개를 주억거렸다. 예, 그렇죠, 어떤 이유로든.

지윤은 강 둔덕에 준 시선을 거두어 걸음을 재촉한다. 기억이란 어쩌면 이다지도 정확한 재생이 어려울까. 사람은 녹음기나 비디오 기기가 아니라서다. 뇌 세포에 들어 있는 재생기는 불량품 아니면 자유로운 상상력으로 만들어진 것일 게다. 시간과 공간과 대화들이 이상한 비율로 뒤섞이며 큐비즘을 만들어놓는다. 그러나 그림의 맥락은 같다.

상철과 첫 만남에서 지윤의 감정은 그날 이중적 고리였어도 좋은 쪽에 속해 있었다.

어째서 감정은 시시각각 변하는 것일까. 그러니까 사람이다. 좋은 것도 변하고 싫은 것도 변한다. 미움도 변하고 사랑도 변한다. 진짜도 변하고 가짜도 변한다. 그러다 보면 미움이 사랑 자리에, 사랑이 미움 자리에 가 있을 수도 있다. 그러니까 사람이다. 안다. 그러니까 상철도 그랬을 수 있다. 그날만 해도 커피를 마시고 상철은 지윤을 밀어젖히며 고꾸라질 것처럼 뛰어나가 커피 값을 계산했다.

지윤은 멋쩍어졌다. 상철이 십 년 아래며 처자식이 딸려 있다는 사실을 알아서였다. 그런데 커피 값을 내게 하다니, 그 민망스러움으로 무심코 본 상철의 지갑이 홀쭉하였다. 애틋한 감동이 그 순간 지윤에게 밀려왔다. 죽은 남자를 떠올렸을 것이다. 그도 그랬었다고.

그도 그랬었지. 그와 나, 우리 처음 연애 시절에 둘 다 빈손으로 만나고는 했지. 밤이 늦으면 그는 택시 안에 택시 요금을 집어던져 넣으며 어떻게 해서라도 이쪽을 택시에 태워 보냈다. 그런 후 그는 마포에서 창신동 꼭대기까지 걸어갔던 것이다.

지윤은 상철이 허둥지둥 커피 값을 계산하는 데에서 감동을 받은 차였는데, 지갑을 주머니에 넣고 앞서가던 상철이, 아, 하고는 멈춰 섰다.

상철은 지갑을 도로 꺼내며 나를 바라보았어. 나는 긴장했다. 남편 죽은, 나이 든 여자가 출판사에서 받을 대금을 받지 못하고 가는, 그런 내 처지가 얼른 떠올랐어. 그걸 상철이 알고 있지만 서로 같은 처지 아닌가, 저 빈한한 지갑에서 무엇을 꺼내려고 하나, 했지. 상철은 지갑에서 뭔가 꺼냈어. 돈이 아니고, 사실은 나한테 돈을 줄 리 없고 내가 받을 리도 없지만.

상철은 뭔가를 황급히 지윤에게 내밀며 약간 더듬거리는 어투로, 저어, 이것 가지세요, 하고 쑥스러운 미소를 지었다. 지윤은 그게 무엇인지를 손바닥으로 건너오는 중에 알 수 있었다.

메스였어. 은색 포장에 그림이 그려져 있었거든. 얼떨결에 그것을 받았어. 매끈한 은색지에 든 얇은 메스 몸피가 손바닥과 손가락 사이에서 느껴졌다. 번역을 하는 상철의 지갑에 왜 메스가 들어 있는지는 모르지만, 누군가에게서 어떤 용도로 얻었겠지만, 그러고 나서 상철은 먼저 손을 조금 들어올려 흔들어 보이고는 총총히 계단을 밟고 올라가 버렸어. 나는 걸음을 옮기며 껍질을 계속 들여다보았다. 아무리 들여다봐도 메스임을 나타낼 뿐인 겉포장을.

지금 와서 상철이 그녀에게 준 처음이자 마지막 물건이 하필 메스였는지 그 의미는 자못 의미심장할 수도 있지만, 지윤은 당시 가졌던 긍정적인 자신의 반응을 떠올렸다. 그녀는 그때 생각했었다.

민상철은 나한테 무엇인가를 주고 싶었던 거야.

죽은 남자가 살아 있었을 때, 남자가 점포 브로커를 하기 전에, 세월을 이십 년 저편으로 뛰어넘어 두 사람이 운명적인 연애, 사랑을 시작하려고 했을 때, 두 사람이 각자 출판사의 인쇄물을 들고 인쇄소에서 처음 만났을 때, 촌뜨기 같은 지윤과 남자가 맞닥뜨렸을 때, 사실은 그도 촌뜨기 같았지만……. 지윤은 남자가 다른 출판사 직원이리라고는 상상도 하지 않았다. 인쇄소 막일꾼인 줄 알았다. 그녀는 인쇄소에서 얼마나 쭈뼛거렸는지. 모든 일에 서툴기만 해서 누가 뭐라고 하지 않는데도 걸핏하면 눈시울이 뜨거워지고는 했었다. 여태 꾸물거리며 해놓은 게 뭐냐, 일을 끝까지 보고 인쇄소에서 직접 퇴근하라는 출판사 사장의 호통 전화를 받고 돌아섰던 날, 남자가 지윤을 불렀다. 임지윤 씨! 좀 봅시다! 돌발적인 데다가 명령투라서 지윤은 겁에 질렸다. 가뜩이나 움츠려 간동거리며 붙어 있던 심장이 뚝 떨어져버렸다. 남자는 대단히 중요한 비밀문서라도 건네주는 듯한 신속한 동작으로 지윤의 손바닥에 무엇인가를 탁 올려놓고 그녀 손을 꽉 오므려 잡아 그 물건을 놓치지 않도록 하였다.

라이터였지. 집에 와서 라이터를 들여다보았어. 오래오래, 아주 오래오래. 잠자리에 누워서 다시 보았다. 혹시 무슨 말이라도 쓰여 있지 않은가 하고. 가스가 밑바닥에 몇 밀리미터 깔렸고 손을 오래 타서인지 라이터 겉에 쓰인 인쇄 글씨가 닳아 완전히 지워진, 그냥 일회용 싸구려 주황색 라이터였어. 그가 나중에 그랬지. 무엇인가, 절실하게 무엇인가를 주고 싶었는데 아무것도 없더라고. 주머니를 뒤지는데 라이터밖에 잡히는 게 없어서 그거라도 주지 않고서는 못 배기겠더라고.

지윤은 상철이가 준 메스도 그렇게 받아들였다.

그날 밤. 아니, 다음 날이었던가, 일주일쯤 후였던 것도 같다. 중요한 대목인데도 기억은 갈팡질팡한다.

자정을 바라보는 시각이었다. 지윤은 잘 채비를 했다. 타이머를 작동시킨 후 한 마리 애벌레가 되어 침대의 전기 이불로 파고들었다. 그러면 수면등을 끄기 전 똑바로 누운 그녀에게 천장과 사면 벽을 잇는 선의 중심에서 아래 벽면으로 퍼져가는 검회색 곰팡이가 보였다. 그때쯤은 곰팡이가 친구 같았으므로 지윤은 곰팡이에게 밤 인사를 하는 것이다. 잘 자. 곰팡이들아.

남자가 살아 있던 겨울에 위층에서 터져 흘러내린 보일러 파이프 물로 젖었던 벽이 마구 썩어 내리는 중이었다. 썩어 내린다는 표현은 친해진 곰팡이와 포자들에게 미안하다. 봄기운이 돌자 물이 샜던 서재 방에서 발아한 곰팡이가 침실에까지 번식해 들어왔다. 곰팡이는 그녀 눈이 닿지 않는 틈을 타서 야금야금, 그러다가 어느 순간에 올려다봤더니 기세 좋게 벽 중간을 거쳐 방바닥 걸레받이로 영역을 확장해 놓았다. 실내는 곰팡이 천지였다. 밖에서 들어오면 콧속이 간질거리게 매캐하고 눈자위가 아릿하였다. 곰팡이가 독기라도 내뿜는 걸까? 필시 건강에 좋지 않으리라 생각했지만 남자가 죽고 없는 집에 곰팡이라도 숨을 쉬며 살아주는 게 고맙다는 쪽으로 마음이 바뀌어갔다.

검회색 종이 곰팡이 덕분에 밖에서는 잊고 있던 죽은 남자와의 일이 집에 오면 어제인 듯 떠올랐다. 모습은 아슴푸레하였다. 그가 살아 있을 때 천장에 물이 샜던 것, 둘이 종일 흐르는 물을 받고 닦고 추위로 오들거리던 일, 자기가 출판사에 나가서 없는 사이에 또 와르르 물이 쏟아져 남자가 기우뚱거리며 세숫대야를 옮기다가 쓰러진 일, 쓰러지고는 영원히 돌아올 수 없게 된 것. 그가 가고도 그때도록 다 마르지 못한 도배 종이 습지에 어디서 왔는지 모를 포자가 아주 조그만 축포처럼 팡팡팡, 발포를 시작한 일.

생각은 끝이 없었다. 곰팡이 포자는 그가 남겨놓고 간 생명 부스러기가 아닐까.

집 안 모든 벽면이 얼룩져갔다. 새까만 곳이 있고 검회색 부분이 있는가 하면 흰 포도송이처럼 동글동글한 모양이 만들어지기도 하였다. 다른 종류 곰팡이가? 다가가서 보면 그저 깨끗한 벽지가 그렇게 흰 포도송이로 남아 있기도 한 것이었다.

불을 끄기 전 천장과 벽을 따라 곰팡이를 보고 있는데 전화벨 소리가 났다. 남편이 죽고 여자 혼자 남게 된 집에서 자정 가까이에 울리는 전화벨 소리는 괴기스러웠다. 전화기를 들면 죽은 사람 말소리가 나오지는 않는다 해도, 이 시각에 누가? 겁 많은 지윤의 팔에 소름이 돋았다. 얼른 받지 않아 계속 소리를 내지르고 있는 전화기는 심장을 한층 졸아들게 만들었다. 그 안에서 나올 목소리가 설령 죽은 남자라 할지라도 빨리 받아 응대해 주는 편이 차라리 나았다.

죽은 남자 전화라면 더욱더 받아야 예의 아닌가. 백 일 탈상은 너무 짧다고 우기던 적도 있었으니까. 자, 이제부터는 당신을 잊겠어요, 통고하는 것 같아 마음이 시렸던 지윤이니까. 탈상하던 날이 생각나자 눈물이 울컥하였다. 죽은 남자를 생각해서가 아니라 그녀 자신 때문이었다. 나도 잊혀지겠지. 이십 년 같이 산 사람을 이렇듯 쉽게 져버리는데, 나도 죽으면 그렇게 되겠지. 그리고 사람들은 그녀 측근에게 말하리라. 없는 사람을 생각하고 기리는 게 무슨 의미냐, 시간과 감정의 낭비일 뿐이다, 그 애가 살아 돌아오기라도 한단 말이냐.

그렇다. 그는 돌아오지 않는다. 지윤도 안다.

그는 죽었고 너는 살아 있다. 살아 있는 사람만이 중요하다. 살아 있는 자가 승리자다. 너는 젊다. 새로운 남자 만나 인생을 새로 시작하기에 늦지 않은 충분한 나이다. 다행히 아이도 딸려 있지 않다. 죽은 사람은 잊어라. 지윤은 울다 웃다 했었다. 나이가 오십인데, 너는 젊다, 새로운 남자를 만나 인생을 새로 시작하기에 늦지 않은 충분한 나이라고? 하지만 어머니는 그랬다. 당숙을 봐라. 그 양반은 나이 칠십에 처녀장가도 드신 분이다. 너도 이번에 미국으로 같이 가든지.

탈상을 하고 출판사에 다녀온 후 지윤은 두문불출하였다.

날씨는 온몸이 갑갑할 정도로 후텁지근하며 맑았다. 해가 들지 않는 아파트는 무척 어둡고 습습하게 느껴졌다. 느낌이 아니라 사실이었다. 아파트를 살 때 부동산 중개사 말만 듣고 동남향이라고 믿었다. 익숙하지 않은 동네에서 중개사가 그렇다고 하니까 두 사람 다 그런가? 했다. 아파트는 북북동이었다. 아파트에 박혀 있는 동안 텁텁한 바람은 베란다 유리창을 두들겨대고 결 고운 황사를 쌓아놓았다. 베란다에 놓여 있던 행운목이며 베고니아들이 시들부들했다. 그대로 놔둔다면 일주일을 넘기지 못하리라. 그녀 몰골과 비슷하였다. 내일은 자리를 털고 일어나리라, 내일은 저 애들 물도 주리라. 그가 저 애들을 키웠지. 나이 오십에 내가 할 줄 아는 게 교정지에 붉은 자국을 남기는 능력밖에 없구나.

편집 사무실을 차렸었는데 일거리를 얻어오지 못하고, 해준 일도 대금을 제대로 받지 못해 사무실 문을 닫았다. 십 년 전 일이었다. 그 후로 지윤은 혼자 사업을 벌인다는 엄두를 내보지 않았다. 세상은 참으로 가파르고 험악하며 조악하고 조잡하였다. 큰 경험을 쌓았다고 생각해. 남자는 그녀 어깨를 품어주었다. 그랬었지. 더구나 나이 오십에 편집 사무실을 차리지는 못한다.

그리고…….

이제는 한군데 걸어놓은 출판사 뿌리마저 흔들리려고 하지 않느냐. 슬픈 심정에 그 처량한 현실이 겹쳤다. 수화기를 들었을 때는 호흡기를 막는 눈물로 목소리가 나오지 않을 정도가 되었다. 시계 바늘은 자정을 향해 뚜벅뚜벅 걸어 올라가고 있었다.

기억하실까요? 민상철입니다.

어머!

눈물 탓인가. 죽은 남자 모습이 흐릿한 대신 민상철이 그녀 손에 쥐어준 메스는 또렷한 영상으로 남아 있었다. 따뜻한 메스.

기, 기억하지요 그럼.

아이고, 기억하시는군요. 전 또 지윤 씨가 저를 잊었으면 어떻게 하나, 그러면 전화를 끊어야지 하고요. 자는 분을 깨운 건 아닌가요? 아무래도 말소리가 좀 그러신 것 같은데…… 늦은 밤에 죄송합니다. 생각나는 사람은 지윤 씨밖에 없어서요. 사. 람. 말입니다. 사. 람. 죄송합니다. 제 맘대로 지윤 씨라고 해서. 아니면 임지윤 씨라고 부를까요? 아니면 임 선생님? 용서하세요. 늦은 밤에 전화를 해서……, 그러나 임 선생님을 생각하고 있었거든요.

용서하세요.

늦은 밤에 갑작스레 예고 없는 전화를 했다는 무례를 범하고는 있지만 정중한 말씨였다. 상철은 묘한 정중함으로 지윤에게 왔다.

여기가 어딘지 알아요?

몰라요.

지윤은 상철이 알아채지 못하게 휴지로 콧물을 누르며 대답했다.

여기가 어딘지 안다 해도 올 수는 없을 거예요.

상철의 어조는 구슬펐다.

먼 곳이에요.

지윤은 귀로 약도를 들었다. 먼 곳이었다. 그녀 아파트에서 두어 시간 잡아야 할 거리였다. 상철은 블루라는 카페에서, 당신을 옆에 있는 듯 생각하며, 글쎄 왜 생각하는지는 모르지만, 생각하지 않으려 해도 자꾸 생각이 나며, 한 잔의 칵테일을 마시고 있는 중이다, 당신이 보고 싶다, 당신이 이런 말들을 불쾌하게 생각해도 할 수 없다, 거짓을 말할 수 없고 지금 진실을 말할 뿐이다, 보고 싶어 당장 달려가고 싶어도 차가 없어 갈 수 없다, 같이 조교를 했던 옛 날 동료들이 한꺼번에 어디론가 사라져 혼자 남게 되었다고 했다.

당신은 못 오겠죠. 안 오겠죠. 올 이유가 없지요. 내가 아무 존재도 아니라는 것을 알아요. 당신이 나를 아무것도 아니라고 생각하는 것은 당연해요. 우리가 명분 있는 무슨 만남에서 깊은 이야기를 나눈 것도 아니니까. 당신 남편이 세상을 떠난 일은 안됐어요. 그래서 전화를 하는 것은 아니에요. 당신이 남편 없는 여자라서 함부로 구는 것으로 당신이 오해할까 봐 나는 전화번호를 놓고 굉장히 깊이 생각했고 한참 망설이기도 했어요.

그런데 상철은 지윤에게 아무것도 아닌 것이 아니었다. 상철은 지윤에게 갑자기 아무것이 되었다. 거기에 붙일 특정한 명사는 없었다. 연인, 애인, 그렇게 집어 말할 수는 없지만, 좌우지간 의미가 되었다.

가겠어요! 나는 갈 수 있어요!

밤길은 길고 깊었다. 블루를 향해 가는 길은 대체적으로 잘 닦여져 있었지만 군데군데 공사 중이었다. 공사 중인 길은 울툭불툭하여 차가 마구 요동을 쳐대었다. 가로등과 앞서 가는 차량도 없는 컴컴한 2차선이 이어지고 또 이어졌다. 상철을 향하고 있는 지윤은 그 길이 두렵거나 지루하지 않았다. 블루는 상철이 있는 거리 초입에 있었다.

오후에 지윤은 블루에 들렀다. 그날 밤처럼 상철의 동료들이 외상 해놓은 육십여만 원의 거금을 치르지 않아도 되었다. 간단하게 커피 한 잔 값으로 그곳을 나왔다. 이제는 인질을 풀어내 줄 일이 없었다. 만남이 계속되었다면 그녀에게서 속절없이 나가는 돈이 삼백만 원, 사백만 원 식으로 불어났을 게 뻔하다. 상철은 다른 늙은 여자를 만나고 있다. 지윤이라는 늙은 여자는 알고 보니, 진작 우려하지 않은 바는 아니지만, 그래도 과부는 은이 서 말이라고 해서, 그런데 이가 서 말이었던 것이다. 그나마 있는 현금을 앓아누웠던 남자가 죄다 긁어 쓰고 가버리다니, 오 지저스! 였다.

흐리마리하던 장면들이 그 장소에 가면 생생히 떠오른다. 이쪽이 받은 말, 저쪽에 했던 말, 술 이름과, 음식이나 안주 종류, 홀을 채우며 흐르던 노래, 계산대에서 치른 대금, 다음 날 아침이나 정오에 상철이 빌려가고는 했던 돈의 액수까지.

두 사람이 나눈 정 깊은 대화는 없었나. 지윤은 안타깝다. 그런 부분이 조금쯤 있었다면.

호반 모텔을 지난다. 옆에 강이 누워 있어서 지은 이름일 것이다. 그리고 리버 사이드가 먼저 세워져서일 것이다. 그보다 앞에 이스트사이드 리버가 있고 강변 호텔이 있다. 네온사인은 밤이 되어야 비로소 진가를 발휘한다. 지윤은 아침 일찍 하이퍼 리조텔 커피숍에서 커피를 마셨다. 그녀가 도착한 오전 거리는 초라했다. 리조텔 커피숍에는 외국에서 온 여행객으로 보이는 한 가족이 가벼운 아침 식사를 하고 있었다. 상철과는 밤에 들렀었고, 그렇게 커피만 마시고 나온 집도 더러는 있는 것이다.

커피숍에서 상철은 에, 하고 입을 열었다. 두 눈은 전면 유리창에 비치는 실내 장식의 이모저모를 보고 있었다. 여름이었다. 에어컨 바람이 슝슝 나오는 커피숍은 쾌적하다 못해 추웠다. 내가 당신에게 갖고 있는 감정을 설명하기는 쉽지 않아. 그즈음 상철은 지윤에게 말을 내렸다. 여러 밤 땀으로 질척인 시간을 가진 후였다. 사랑? 나는 그 말을 쓰지 않아. 세상에 사랑이 있긴 하겠지. 내가 당신에게 갖고 있는 이 마음이 그런 것이라고 할 수 있는지 아닌지는 모르지만 나는 당신에게 사랑, 그 말은 하지 않을 거야. 말의 상투성 때문이지. 그 말을 해놓고는 어쩐지 미안했는지, 마치 지금은 지윤을 사랑하고 있다는 듯이 갑작스럽게 모든 언행이 다정스러워졌다. 냅킨으로 그녀 테이블 앞을 훔쳐주고 각설탕을 커피에 퐁당 넣어 하트 모양 스푼으로 저은 다음 그녀 입술에 잔을 대어주었다. 마셔봐, 아 참, 지금 얼마나 갖고 있어? 밤에 후배를 만나기로 했는데, 이삼십은 갖고 있어봐야겠지? 내일 돌려줄게. 그리고 말했다. 내 생애에 당신을 만난 것은 행운이야. 당신은 편안한 여자야, 누이 같고, 어머니 같지. 지윤은 견디기 어려웠다. 당신은 할머니 같고 이쪽은 손자 같은 기분으로 편하다는 말이 나오지 않은 것만도 다행인가. 지윤은 상철이 너무 빨리 떠나기를 원하지 않았기 때문에 온몸과 마음을 수모와 굴욕감으로 개칠 당하면서도 자리를 지키고 있었다. 하느님, 부처님, 천지신명님, 이 남자에게만 늙음을 주십시오, 꼭 십 년 정도치만.

점심은 한정식 식당 잔치밥상 집에서 했다. 음식을 씹는 일이 내키지 않아 수제비를 시켜 국물을 마셨다. 먹지도 못할 잔치밥상을 가득 벌여놓기만 하고 그냥 나왔던 날이 자연히 상기되었다. 물론 그러려고 들른 것이다.

자시지도 못할 정식은 왜 시켰누? 정식은 사인분 외에는 안 되니까 잘 생각해서 시키라고 내가 누누이 설교하지 않았남? 난 또 돈은 남자 분이 내는 줄 알았구먼. 보니까 저번에도 그랬던 양반들인데 그렇게 제 배 속 가량을 하지 못하남? 먹을 걸 남기면 죄받는디. 츳츳츳…….

잔치밥상 집, 일하는 아주머니는 지윤을 알아보지 못하였다. 구두끈을 매고 있는 상철이가 옆에 없고 다 먹지 못할 잔치밥상을 시키지 않아서일 것이다. 알아본다면, 구두끈 매는 남자마저 없으니 그날보다도 더 부끄러워졌을까?

다솜 모텔 앞. 상철과 어깨를 안고 지나던 길이다. 그곳을 지날 때 밤은 중간쯤에 머물러 있고는 했다. 강에서 피어오르는 안개가 자주 둔덕을 기어 넘어 잘 켠 햇솜처럼 뭉클거리며 도로에 낮게 깔렸다. 다솜 모텔과 함께 근처 모든 건물들은 비슷한 형태로 변하였다. 아랫도리를 희푸른 안개에 묻고, 네온사인 언저리만 아득한 느낌으로 밝았다. 다솜이 뭔지 알지? 상철이 물었다. 우리 옛말이란 것 알아? 다솜이 사랑이라고는 하지 않았다. 무엇을 설명하기 위해서일지라도, 사랑이란 낱말을 상철은 조심하여 혀에 올렸다. 두 사람은 서로 다른 이유로 그 말을 사렸다. 지윤은, 이게 정말 사랑일까 하는 조마조마한 결벽증으로. 상철은, 말을 하는 순간 사랑이 상대편에게 갈까 봐 아까워서.

상철이 남에게 무엇인가를 줄 수 있다면, 닳는 걸 당장에는 알 수 없는 사십 먹은 몸뚱이뿐이라고 지윤은 생각한다.

그 몸을 공것으로 내놓지는 않았다. 너는 언제나 화대를 받아 갔다. 네가 나이 든 다른 여자와 만나는 지금, 나를 끝없이 피하고, 그리하여 우리가 만나지 않을지도 모르니까 이 계산을 하는 것은 아니다. 사실은 그 때문인지도 모르지만, 나는 네게 너무 많은 화대를 지불했음을 깨닫는다. 어쩌다 네가 네 식의 성의를 보인 날도 없지는 않았다. 그러나 네가 받아 간 화대만큼이라고 할 수는 없다.

지윤은 프린스 장 앞에 도착했다. 프린스 장은 가까이 다가가면 이 거리에 있는 모든 건물을 통틀어 그중 낡고 구식임을 알게 된다. 멀리서는 다각형 계단식 건물이 왕궁처럼 보이는 모순된 외양을 갖고 있다. 위로 올라갈수록 좁아지게 하여 건물 꼭대기를 왕관 모양처럼 만들어놓았다. 그 왕관 모양을 따라 밤에는 흰색 네온사인이 빛을 냈다. 하룻밤이나 한두 시간, 불륜의 혹은 비련의 당사자들이 묵고 가는 장소로 보이지 않았다. 동화 나라 꼬마왕족이 살고 있을 것 같았다. 멀리서 보기에 그곳은 환상의 작은 성이었다.

지윤은 상철과 몇 개의 숙박업소를 섭렵하며 프린스 장까지 오게 되었다. 그 후로는 프린스 장에만 들었다. 프린스 장에만 들었다니 수십 번인 것 같지만 몇 번이었다. 몇 번을 적다고 할 수는 없을 터이다. 상철과 지윤에게 아는 척하는 종업원도 생겼다. 매번 지윤은 출입구 앞에서 멈칫거렸다. 상철의 등 뒤에 몸을 숨기며 서 있고는 하였다. 빈약하고 좁은 상철의 어깨와 가슴은 제대로 방패막이가 되어주지 못해 지윤은 쥐가 구멍에 머리만 박고 있는 꼴이었다. 그렇다고 그 구멍에 머리를 박고 있지 않을 수도 없었다. 처음 모텔로 들어가던 날 상철은 누누이 설득했다.

섹스를 하자고 저곳에 들어가자는 게 아니에요. 같이 잘 여자는 많아요. 그렇다고 아무하고나 섹스를 한다는 건 아니에요. 내 마음이 흠씬 동할 수 있는 여자가 아니면 나는 반년이든 일 년이든 섹스를 안 합니다. 나는 남자들도 그렇다고 생각해요. 오팔팔이나 미아리 텍사스에서 여자를 사는 남자들을 나는 이해 못해요.

상철은, 더 말하자면, 하고 계속 말했다.

당신이 쉰 살이라서 섹스를 하지 않겠다는 게 아니에요. 나이 같은 건 아무 문제도 안 되고 상관도 되지 않아요. 요컨대 당신이 원하지 않는 일은 하지 않겠다는 거고, 내가 당신과의 섹스를 원해서 저기에 들어가자는 게 아니라는 거예요. 요컨대 그저 당신과 나란히 누워 있고 싶다는 것이에요. 외로움이 가실 거고, 얼어붙은 몸과 마음이 풀릴 거예요. 세상으로부터 받은 이 냉대가 당신이 옆에 있다는 사실 하나로 위무될 것 같아요.

그러나 지윤은 지금 생각한다. 너는 쉰 살 난 여자와 섹스도 해보고 싶었던 것이다. 쉰 살 먹은 늙은 여자와의 섹스는 어떤가 하고 말이다.

지윤은 프린스 장 주차장으로 성큼 들어선다. 나트륨등은 모텔 담을 따라 주욱 둥글게 세워져 있다. 넓게 풀어져가는 안개에도 불구하고 주차장에 세워진 차량 번호판이 뚜렷하게 읽힌다. 안개는 프린스 장 주차장과 정원을 겸한 공터와 꽃밭 위로 밀려들고 환한 나트륨등 불빛은 안개 앞에서 어느 순간 맥을 놓아버린다. 불빛은 정원에 차오르는 안개를 명료하게 보여주는 일밖에 할 수 없게 되고 만다.

전에는 주춤거렸건만 지윤은 오늘 혼자서도 당당하다. 어떤 구멍에도 머리를 박지 않는다. 현관 출입문을 열고 프런트라고 쓴 작은 테이블 앞으로 간다. 전에도 그랬듯 프런트 테이블에는 아무도 나와 있지 않다. 지윤은 네 손가락을 오므려 테이블을 탁탁탁 친다. 처음 해보는데도 익숙한 기분이 든다. 왠지 마음에서부터 조심스럽지 않다. 용감해진 것이다. 그녀 행동은 숙박업소에 근무하는 여자처럼 자연스러웠다. 테이블 안쪽, 열쇠가 열을 지어 붙은 내실 문이 열리며 안면 있는 종업원이 나온다. 종업원은 이쪽 얼굴을 보지도 않고, 방 없어요, 한다.

지윤도 요령이 생겼다. 상철이 가르쳐주었다. 혼자 온 여자는 받지 않는다. 뜨내기 창녀거나 내일 아침 시체로 발견될 여자일 확률이 99.9퍼센트기 때문이다. 사람은 그렇게 쉽게 죽지 않으며, 어떻게든 살아내려 한다는 것을 숙박업소 사람들은 모르는 모양이다. 숙박업소 불문율을 알고 있는 지윤은 재빨리 말한다. 그 사람은 친구와 한잔 더하고 온다고 먼저 가 있으라는대요, 저 아래 덴버에 있는데…….

흘깃 눈길을 준 종업원은 그제야 낯익은 지윤을 알아본다. 지윤을 기억하는 이유는 간혹 목격하는 풍경이기 때문이다. 젊은 제비에 늙은 여자. 상대적으로 지윤이 늙었달 뿐이지 상철을 젊은 제비라고 할 수는 없겠다. 종업원이 이미 방을 하나 주려고 마음먹었는데 지윤은 하지 않아도 될 소리를 또 한다. 곧 올 거예요, 친구가 붙잡고 있어서, 하여튼 술이라면 워낙 좋아하니까…….

종업원은 따라오라는 말 없이 앞장을 선다. 엘리베이터가 없는 7층 건물의 많은 계단을 오른다. 7층이나 되는데 엘리베이터가 없다니! 처음에 놀랐었다. 옛날에 제일 먼저 세운 건물이라서 그래요. 상철은 이 거리 많은 건물들 내력과 비사를 알고 있고 단골도 여러 집이었다. 계단에는 쑥갈색 카펫이 깔려 있어 발소리를 흡수한다. 종업원이 5층 복도로 꺾어들자, 몇 호실과 몇 호실에 들었는지 다 잊었지만 마지막이 된 밤에는 515호실이었다는 기억이 확실해진다. 종업원은 515호실에 열쇠를 꽂는다. 종업원은 내일 아침에 시체를 목격하고 싶지 않아 확인한다. 사장님, 곧 오시는 거죠?

객실 문을 닫고 정사각형 소형 냉장고에서 캔 맥주와 싸구려 비닐봉지 김을 꺼내 정방형 탁자에 놓는다. 상철은 점잖고 생소하게 맞은편 의자에 앉았었다. 창문을 열자 안개에서 비롯된 습기인지, 단지 기온 차이인지 뺨과 목덜미가 곧 눅눅해 왔다. 상철이 쓴 안경이 뿌예졌다. 지윤은 팔을 뻗어 안경을 조심스레 벗겨내 그녀의 실크 블라우스에 문질러 닦아주었다. 창문을 닫아야겠다, 지윤이 말했다. 됐어, 벗고 있지, 이렇게 보니 당신 처녀처럼 젊고 예쁜데? 상철이 캔 꼭지를 따며 그녀를 바라보았다. 안경에 늘 가려 있던 눈빛은 멀고멀었다. 내가 보여요? 지윤이 물었다. 상철이 대답하기 전에 그다음도 물었다. 내가 당신의 무엇으로 보이나요? 우리는 무엇인가요? 상철은 신중하게 시간을 끌다가 대답했다. 당신은 편한 여자야, 좋은 여자지.

그녀 등줄기며 심장, 마음, 위장, 간이며 허파, 창자 전부를 날선 바람이 훑으며 지나갔다. 바람이란 마음 이쪽에서 저쪽으로 휘몰아 다니다가 마침내 그 몸을 터뜨리고 나가 대기를 이동시켜 세상의 바람이 되는지도 모른다. 그 바람의 날에 온몸이 에이었다.

120

편하고 좋은 여자는 많단다. 알고 지내는 동안만이라도 너에게
서 연인, 애인, 그 표현을 듣고 싶었지. 나는 너에게 지극했는데.

지윤은 캔 꼭지를 따고 맥주 한 모금으로 입술과 혀를 축인 다
음 서리가 희게 돋아난 캔을 뺨에 댄다. 선뜩하다. 그러나 그날
상철로 인해 맛본 선뜩함을 따르지는 못하리라.

어머니 말이 맞다. 나는 겨우 오십이고, 남은 날들을 살아내야
한다.

가겠다면 보냈을 텐데. 유감이야. 네가 말한 좋은 여자, 편안한
여자라는 건 네가 그따위 방식으로 가도 좋다는 말이었니. 그렇지
는 않지. 그러면 안 되는 거야.

눈물이 흔한 지윤도 이젠 울지 않는다. 캔의 냉기가 닿았던 뺨
이 차갑다. 찬 기운은 얼굴에 퍼져 목덜미를 타고 내려가 심장에
머문다. 그녀 심장이 냉각된다. 얼음이 되었다가 돌덩어리로 변한
다. 그것이 네 방식이란 말이지, 네 마음이란 말이지. 나는 네 방
식을 용납하지 않겠다. 용서하지 않겠다. 네게 매달리지 않았고
같이 살자고 하지 않았고 같이 죽자고도 하지 않았다. 나는 너와
너의 가족에게 예의 바르게 했다. 그랬던 내 진심을 이렇게 짓밟
아서는 안 된다. 그 대가로 너는 네가 세상에서 사라지는 날까지
두고두고 세상이 힘들 것이다. 사는 일이 어쩌다 잘 되더라도 바
로 그 일에 너는 네 콧등과 발등을 짓찧고 말리라. 나는 네가 그
렇게 되기를 간절히 기원할 것이다.

지윤은 맥주 캔을 치우고, 전화기 옆에 얌전하게 차례로 놓여
있는 봉투 뜯기용 볼펜과 프린스 장 로고가 찍힌 메모지를 당겨다
테이블 위에 반듯하게 펼친다.

민상철에게.

지윤은 볼펜심을 눌러가며 서두를 적는다. 당신이라는 호칭을 버리고 너, 라고 쓴다.

너와 함께했던 이 몇 달…… 나는, 대충대충은 못한다. 이 계산서는 정확한 것이다.

영인은 숨이 가쁘다. 손끝에 신이 들렸는지 컴퓨터 자판에 신이 내렸는지 모니터는 글자 띄우기가 벅차고 바쁘다. 곧 소설이 끝을 볼 것 같다.

지윤은 프린스 장을 나온다. 처음 이곳에 왔던 날 밤을 보내고 맞이한, 화창하다는 말 외에 표현할 길 없던 봄이 아니다. 그날 아침에는 나지막하게 이어진 오른쪽 산 사면에 진달래꽃이 남아 흔들렸고 희디흰 조팝꽃이 엷은 바람결에 하르르, 하르르 가지를 떨고 있었다.

지금 나뭇잎들은 단풍이 들기도 전에 말라 떨어져 거리를 뒹군다. 바람이 한바탕 잔치를 하면 마른 잎들은 덩어리지어 하수구 철망에 처박혔다가 몸을 일으켜 차도 한복판을 버석이며 굴러간다.

지윤은 액셀러레이터를 밟는다. 차의 향방은 거침없다. 그가 사는 아파트까지 데려다 주고는 했기에 가는 길과 아파트 동 호수가 망막에 훤하다. 차는 아파트 주차장에 멈춘다. 망설임 없이 계단을 올라 아파트 2층 문의 초인종을 누른다. 지금은 상철이 있는 시각이다. 상철의 아내가 있는지 없는지는 잘 모른다. 언젠가 지나는 말에 상철의 아내와 아이가 골프 하러 갔다는 소리를 들었고, 지윤은 속으로 놀랐었다. 거대한 메스가 척추를 반으로 쪼개는 기분이었다.

초인종을 누르자 지윤이 모르는, 그러나 꼭 아는 것 같은 삼십대 초반 젊은 여자가 상냥한 얼굴을 내민다. 상철의 아내가 이토록 젊다는 게 심장을 아슬아슬하게 만든다. 지윤은 발바닥 아래로 덜컥 떨어지려는 심장을 붙잡는다. 여자 뒤로 소공자 풍인 사내아이가 고개를 갸웃하며 서 있다. 실내는 지윤이 막연하게 갖고 있던 예상을 배반하며 정갈하고 부유하다. 넓지 않지만 알차고 우아하다. 집 안은 전체적으로 크림 빛이다. 얼굴을 내밀고 있는 여자와 아이도 크림 빛이다. 깨끗한 얼굴과 분홍빛 두 뺨, 아이보리색 포근한 앙고라 털스웨터 같은, 세상과 생활 어떤 쪽으로도 찌들어보지 않은 고귀한 자태를 하고 있다.

여자는 지윤에게 생긋 웃으며 무슨 일이냐고 묻는다. 민상철 씨를 만나러 왔다고 하자, 여자는 교양이 있어 꼬치꼬치 캐묻지 않고 손님이 찾아 왔다는 걸 안쪽에 곱게 소리쳐 알린다. 상철은 거실로 나와 현관을 향하다가 지윤을 보게 된다. 꿈도 꿔보지 않은 늙은 여자의 등장에 상철은 얼굴이 새하얘지며 어떤 말도 떠오르지 않는다. 손님을 보고 들어오란 인사도 없나요? 지윤은 무채색 얼굴과 목소리로 묻는다. 어머, 들어오세요, 무슨 일로 오셨는지는 모르지만. 상철 아내가 등을 벽에 붙여 길을 내주며 말한다. 별일 아니다, 받을 돈이 있어서 왔다며 지윤은 거실 마루로 올라선다. 받을 돈이오? 여자가 깜짝 놀라 지윤에게 되묻고 상철에게도 묻는 시선을 던진다. 상철은 한 발 앞으로 내딛으려다가 두 발 뒤로 물러선다. 지윤은 크림 색 1인 3조 응접 소파를 바라본 후, 좀 앉겠어요 하고 1인용 소파에 앉는다. 그리고 주방으로 가려는 여자를 붙잡는다. 간단한 용건이니까 커피 같은 건 필요 없어요. 두 사람 다 보세요. 지윤은 복사한 계산서 두 본을 각기 두 사람에게 건넨다. 내역서인데, 둘 다 같은 거예요, 얼마든지 있으니 하나씩 가져도 돼요, 선심을 쓴다. 상철의 몸체가 후르르 떤다.

바라보기 민망스러울 만큼 부들거린다. 무릎이 꺾이며 상철은 3인
조 긴 의자에 털썩 주저앉는다. 명세서를 본 여자의 두 팔 두 손
도 바들거리고 있다. 여자는 아랫입술을 가만히 문다. 지윤이 말
한다. 거기 계산된 대로 다 받겠다는 건 아니야. 숙박비, 밥값,
그런 것은 뺐어. 나도 먹고 즐긴 것들이니까. 그 계산은 뒷장에
해놓았다. 네가 빌려간 돈만 갚으면 돼. 나는 사채업자가 아니니
까 이자는 붙이지 않았어. 상철 아내는 파르르하면서 악물었던 이
를 풀고 무조건, 여보세요 이건, 이건, 한다. 이럴 수는 없는 거
예요, 이건 뭔가 사람을 잘못 알고, 이런 사람이 아니에요. 집만
알고 처자식만 아는 사람이에요. 진짜예요. 자식이라면 벌벌 기는
사람이에요. 이건, 이건…… 다솜 아빠, 말 좀 해봐, 어떻게 된
거야? 정말 아는 여자야? 나는 전혀 이해가…….

지윤은 상철 아내에게 건조하다. 굳이 이해력까지 필요한 명세
서는 아닌데요. 유치원생도 보면 아는 건데. 부부는, 부부인 동안
어느 한쪽이 지은 빚을 갚을 의무가 있죠. 상철이 두 눈으로 치를
떨며 지윤을 쏘아본다. 그렇다고 속이 떨리지 않는다는 것은 아니
다. 이봐요, 이게 뭐 하자는 수작이야? 남의 집에 함부로 들어와
서, 우리한테, 나한테, 뭘 노리는 거야!

지윤은 고르게 메마른 억양이다. 뭘 노리냐고? 뭘 노릴 만큼 네
가 가진 게 있기라도 하단 말이냐. 그렇지만 아무리 없더라도, 이
렇게 해서는 안 되는 거야. 네가 지금 만나는 그 늙은 여자한테는
이렇게 하지 마라. 알겠니? 네가 빌려 간 돈을 받지 말까 하는 생
각도 했다만, 그러나 그러기에는 네가 빌려 간 돈이, 너한테 지불
한 화대로 치기에는 너무 많지 않니?

좋아, 좋아, 영인은 신이 난다.

파이팅! 너는 그렇게 해야 해. 그런 놈한테는.

이제 상철, 그놈이 제 딴에 분하다며 벌떡 일어나 지윤의 뺨을 치려는 순간, 지윤이가 0.001초 먼저 상철의 뺨을 사정없이 갈겨버릴 차례다. 영인의 열 손가락이 탭 댄스 발놀림보다 빠르다.

이놈아, 네가 내 진심을 짓밟아 뭉갠 것도 모자라서 내 뺨까지 치겠다는 말이냐! 지윤이 잽싸게 상철을 피하며 먼저 매서운 손바람을 날렸다. 상철의 두 뺨에 지윤이가 갈겨낸 손바닥 자국이 금세 선명한 자주색으로 찍혔다.

그런데 무슨 일인가. 모니터가 파아, 하는 폭발음을 내더니 부서져 튀어올랐다. 영인은 의자를 뒤로 밀며 비명을 올렸다. 모니터 뒤쪽 복잡한 전선이 푸지직 연기를 내며 타고 있었다. 모니터에서 터져 날아간 유리 조각들이 부채꼴 모양을 그리며 푸른 허공으로 흩어진다. 여기는 집 안인데 웬 갑자기 맨 하늘인가? 하늘은…… 햇살이 눈부시고 유리 조각은 한 알 한 알 보석처럼 빛나며 허공 저 높이로 사라져버린다. 영인은 쿵쾅대는 가슴을 부여안으며, 저 높은 창공을 치켜 올려보며 으악으악 계속 비명을 내질렀다. 안 돼! 안 돼애!

"엄마! 엄마! 일어나! 늦었어요! 엄마, 왜 안 깨웠어요? 아직까지 자면 어떻게 해? 아아아아, 오늘 지각이다!"

절망적인 아들아이 부르짖음에 영인은 안고 자던 딸아이를 내던지다시피 하며 후다닷 일어나 침대에서 달려 나왔다. 아들보다 영인의 절망스러움이 더 컸다. 거실이 이렇게 환하다면 로켓을 타고 간다고 해도 지각은 면하지 못한다. 아들아이 지각이 제일 큰일이고, 엉망진창이 될 하루 일정도 작은 일이 아니다. 오늘은 파출부 일을 나가는 날이다. 아들아이를 보내고 딸아이에게 어떻게 하라고 일러준 다음 일하는 집을 향해 가고 있어야 할 시각이었다. 이런 낭패가!

지각은 면할 수 없지만 최대한 빨리 학교까지 데려다 주어야 한다. 학교는 전철로 열 정거장이고 버스로는 정류장을 셀 수도 없다. 시장 보는 날에만 쓰는 차를 꺼내 달려가지 않을 수 없다. 아침밥은 먹이지 못하더라도 도시락은 만들어줘야 한다. 그러지 않으면 고등학생의 고된 하루에서 두 끼니를 고스란히 굶게 된다. 도시락을 꾸려 아이 학교에 데려다 주고 오면 모든 게 틀어져버린다. 오늘 파출부 일은 지금 포기하는 게 현명하리. 고용주가 누구인지 영인은 아직껏 집주인 얼굴을 보지 못했다. 모든 지시는 메모로 전달받았다. 영인도 메모를 남겨두고는 했다. 메모는, 무엇 때문인지 모르지만 간결하면서도 서로에게 어떤 불쾌감을 안겨주는 소통 방법이었다. 이즈음은 그 불쾌함을 서로 명백히 느끼면서도 고용인과 피고용인은 메모로 의사 전달 하기를 계속하는 중이다. 앞으로 어떻게 될지 모르겠다. 일자리를 잃게 될지도. 그것은 나중 일이고 오늘은 도저히 그 집에 갈 수 없음을 협회에 통고해야 한다. 도시락 만들랴, 협회에 알리랴, 딸아이에게 이것저것 일러주랴, 자주 있는 일이 아니기에 아들이 지각이라고 소리치자 영인은 우왕좌왕하였다. 기껏 다 쓴 소설이 컴퓨터 안에서 폭발하는 무서운 꿈을 꾸더니 하루를 여는 새벽이 이렇게 되었다. 가히 어딘가 폭발적이다.

아이를 학교에 밀어 넣자마자 닫히는 교문을 보고 돌아오며 안도를 한 영인은 필름 돌아가듯 쉽게 생각이 바뀐다.

꿈, 그건 악몽이 아니었다. 신의 계시다. 어떤 신인지, 천지신명인지 누군지 모르지만 꿈에서 쓴 소설을 빨리 옮기라는 신탁이다. 그래서 아이를 지각시킬 뻔했고, 그래서 오늘 파출부 일을 하러 갈 수 없게 되었다고. 꿈에서 쓴 소설을 제대로 잡아두는 데 필요한 시간을 누군가가 내주려고 했다고.

딸아이도 학교에 가고 비어 있는 집 안은 엉망이다. 옷가지들이 아무 데나 던져져 있고 밥통 뚜껑은 열린 채였다. 딸이 밥을 푸고 뚜껑 닫는 일을 잊었던 것이다. 어린 딸도 경황이 없었으리라. 영인은 식탁 위에 널려진 반찬 그릇을 주섬주섬 모아 보자기만 덮어 놓고 컴퓨터 앞에 앉았다. 꿈에서 산산조각이 나서 창공으로 날아가 버린 컴퓨터는 이상 없이 작동되었다.

파출부 일과 집안일을 모른다 해놓고 오로지 소설을 쓰노라며 컴퓨터 자판을 두들기고 있으려니 진짜 치열한 소설가가 된 기분이었다. 아침을 굶고 점심은 언제 지나갔는지 모르면서 영인은 컴퓨터에 붙어 있었다. 그녀의 손 움직임은 꿈에서와 똑같이 빨랐다. 시간이 지날수록 거기에 또 가속이 붙었다. 오자와 탈자가 있겠지만 개의치 않았다. 거의 끝나간다, 다 되어간다. 머릿속은 방대한 크기로 한없이 늘어나 그 안에 여러 개 방을 갖고 있는 듯 느껴졌다. 여러 생각이 각기 다른 방에서 다르게 움직였다. 지윤의 이야기, 영인 자신의 생각, 내레이터의 읊조림이 서로 따로이면서도 어쩐지 질서가 있는 것 같았다.

네 시 사십오 분.

끝을 맺으면 된다. 정말 하고 싶은 꼭 한 가지 말을 마무리 용도로 남겨놓고는 다 쓴 셈이다. 모르겠다. 세상에 대고 할 말은 많이 남아 있지만, 어찌 한술 밥에 배가 부르랴.

두 아이가 오기 전에 프린트까지 끝내 놓을 수 있다면 더할 나위가 없겠다. 딸은 방송반 활동이 있는 날이라 늦고 있는 것이고,

아들은 청소 당번이 아니라면 올 시간이 다 되어간다. 아이들이 오면 저녁 식탁부터 봐야 하니 지금 머뭇거린다면 글 마무리와 프린트 하기 등 마지막 정리를 언제 하게 될지 모른다. 영인은 팔이 아프게 작업을 서둘렀다.

이봐, 남의 집에 난데없이 쳐들어와선 웬 난동이지? 뭘 노리고 뭘 원하는 거예요? 생판 이게 무슨 영문인지, 이 여자, 정신병자 아니야? 미친 여자 아니야? 당신 누구야? 경찰을 부르기 전에 내 집에서 썩 나가지 못해? 반말과 존댓말을 섞어 상철은 협박을 해댄다. 제정신이 아니겠지. 정신을 잃으려고인지 차리려고인지 상철은 안간힘을 쓰고 있다. 얼굴빛이 새파래졌다가 벌게지기도 한다. 지윤은 싸느랗다.

민상철, 너 나를 모르니? 내가 누군지 모르니? 너와 내가 안고 뒹굴던 밤과 낮을 없었다고 말하겠니. 내가 너 따위에게 뭘 원하겠니. 내가 뭘 원한다고, 또 누가 너한테 정당한 무엇을 원한다고 네가 남에게 무엇을 주는 인간이겠니? 주는 척은 할지 모르지. 세상은 네 얄팍한 속셈에 넘어가겠지. 나는 아니다. 난 안다. 넌 치졸한 거지란다. 거지가 뭔지 아니? 네 것만 알고, 가질 줄만 알고, 뺏을 줄만 알고, 얻을 줄만 알고, 네 물건 한 점, 네 마음 한 톨, 진짜로는 남에게 줄 줄 모르는 게 거지란다. 너만 중요하고, 네 처자식, 네 집만 중요하고, 남의 마음은 지뢰밭으로 만들어놓아도 아무렇지 않은 게 거지란다. 너는 몸도 마음도 거지새끼야. 이 말을 하기 위해 내가 이렇게 큰 노고를 들이고 있다. 알겠니? 돈을 받으려고 온 게 아니다. 어떻게 화대 거스름돈을 받겠니. 그러나 민상철. 네 아내와 아들이 소중하고 네 집이 정말 소중하다면 남의 마음을 짓밟고 서지 마라.

지윤은 침착하게 일어난다. 상철의 아내는 아프도록 아랫입술을 문다. 이 사태를 어떻게 생각해야 하며 자기가 어떻게 행동해야 하는지 판단하지 못하겠는 것이다. 아내 앞이라서 공연한 허세를 부리며 상철이 소리친다. 야아! 너, 너, 이 미친년아! 알지도 못하는 남의 집에 들어와서! 당신은 누군지도 확인하지 않고 왜 문은 함부로 열어줘? 야아, 당장 안 꺼져? 안 나가?

아내와 자식 앞에서 늙은 여자에게 뺨을 왕복으로 맞다니! 까무러칠 일이다. 꺼져, 이년아, 어디서 굴러먹던 미친년이 여기가 어디라고 들어와 지랄하고 자빠졌어? 제 아버지의 숨넘어가는 듯한 욕질에 다솜이는 무섭게 놀란다. 귀한 자태를 망가뜨리며 목젖이 보이도록 으앙, 하고 울음을 터뜨린다. 급하게 와락 일어나는 바람에 상철은 테이블 모서리에 무릎 둥근 뼈를 세게 부딪쳐 으윽, 신음을 깨물며 주저앉는다. 자, 그럼 이만 안녕. 지윤이 철컹 닫는 철제 현관문 소리가 유난히 금속성이다.

안개는 그 거리에만 머무는가. 마른 나뭇잎은 그 거리에서만 바람에 부대끼며 몸살을 앓는가. 봄에 이 일이 시작되었는데 어언 가을이다.

투명하고 높은 하늘을 양어깨로 받쳐본다. 안개보다 진하게 응집된 밀도로 뭉울거리며 움직이는 사람들 거리에 지윤은 도약하려는 발레리나처럼 두 다리와 발끝에 힘을 주어 단단하고도 상쾌한 한 발짝을 내딛는다.

지윤은, 이제 괜찮았다.

—끝—

짝짝짝짝! 자아, 끝났습니다. 영인 씨 어쨌건 수고하셨습니다.

  영인은 자신에게 치하를 해주었다. 어쨌든 끝냈고 수고한 것이다. 아들아이가 가르쳐준 대로 플로피 디스켓에 복사를 해놓고 인쇄를 눌렀다. 곧 그녀의 처녀작이 프린터에서 상쾌한 종이 소리를 내면서 떨어져 내릴 것이었다. 하지만 그보다 먼저 전화벨이 울렸다. 지윤이었다. 이런 것을 텔레파시라고 한다, 영인은 혼잣말을 했다.

  "나야, 자기 정말 집에 있네?"

  가느다랗게 떨리는 목소리가 전화기 저쪽에서 들려왔다. 다른 날보다 더 가늘고 먼 파장이라서 외국에서 걸려온 것 같은 감의 음성이었다.

  "자기 일하는 집에 전화했더니 다른 아줌마가, 자긴 아파서 안 나왔다고 해서. 어디 아파? 많이 아파? 괜찮아?"

  영인은, 아프지 않다, 아프다, 너를 모델로 소설을 써보느라고 쉬었다, 그 어느 대답도 하기가 난처했다.

  "아프면 안 되는데. 애들은 어떻게 하고 자기는 또 어떻게 해?"

  "아냐, 그냥, 오늘은 그냥 농땡이를 부리고 싶었단다."

  "정말? 정말 자기답지 않다. 자기가 농땡이를 부리다니? 아프지 않아서 다행이지만. 정말 몸은 괜찮은 거지?"

  "아이참, 이 여자."

  "그래. 자기가 아니라면 아닌 거지. 그렇지? 자기도 그냥 쉬고 싶을 때가 있는 거지 뭐."

  문안 인사로만 전화를 해오지는 않았으리라. 창희나 다른 친구들도 자기 문제와 자기 이야기가 있어야만 전화를 해온다.

  "나 일하는 집까지 전화를 다 하고, 당신 무슨 일 있구나?"

  자기 이야기를 하기 위해 영인이 일하는 집까지 전화를 했다는

게 미안해서 지윤은 잠자코 있었다. 잠시 후 지윤은 더 조그마해
진 목소리를 냈다.

"미안해. 거기까지 전화하면 자기가 좀 그렇다는 걸 알면
서……. 나, 그동안 조금 아팠어. 자기 집에서 온 다음 한참. 전
화를 해야지, 해야지 하면서 전화도 못하고……."

쓰레기 같은 그 자식 때문이군. 영인은 제꺽 생각했다. 프린터에
서는 드디어 그녀의 처녀작이 차르륵 철컥하며 빠져나오고 있었다.

"어떻게, 상철인가 거기서 연락은 왔어? 정리했어? 정리고 말
것도 없는 일이지만."

"지금 자기한테 가도 돼? 누가, 날 좀, 어떻게 해줬으면 좋겠
어."

곧 아이들 저녁 준비를 해야 할 테니 올 거면 빨리 분명히 하라
고 영인은 말했다. 갑자기 전화선 저쪽 지윤이의 호흡이 흐트러지
더니 음음, 울음을 참는 소리가 들려왔다. 영인은 모르는 척, "당신
이 온다면, 좋아하는 두부찌개 얼큰하게 끓여놓으려고." 해주었다.

울보 지윤. 소설에서 지윤이를 더 씩씩하고 야멸치게 그려야 좋
았던 건 아닐까. 그 글에 주술이 붙어 지윤이 억세어지라고.

"자기라도 보면……, 그렇지만 자기 오늘 모처럼 쉬는 건
데……."

지윤은 우물쭈물거렸다.

"그럼 와. 와서 얼큰한 두부찌개에 밥 한 그릇 퍽퍽 먹고 나면
속이 시원해진다."

"아냐, 아냐."

지윤은 여러 번 아냐, 아냐 소리를 하고는 마음을 바꾸었는지
단호히 오지 않겠다고 했다.

“아냐. 나 뭐 하나만 물어보고. 그러면 돼. 안 갈래. 안가도 돼.”

코맹맹이 소리였지만 자리를 지켜보겠다는 확고함이 담겨 있었다.

“그 남자한테 나 어떻게 해야 해? 그냥 말 수밖에 없지만. 그렇게, 없던 일로 하고? 자기는 내가 어떻게 해야 한다고 생각해?”

영인은 흡, 하였다. 느닷없이 속마음을 들킨 기분이었다. 지윤은 콧물을 들이마셔 가며 느릿느릿 말했다. 그러나 지윤 안에 잔뜩 상승된 감정의 기류를 영인은 읽었다. 그래, 어깨를 있는 대로 누르고, 지윤이 너니까 그런 것이다. 창희라면 당하는 일은 생기지도 않겠지만 설령 그렇다 해도 참는 정도로 해결하지는 않을 것이었다.

“나, 우리 죽은 남자 빼고는 처음으로 마음을 줬던 남자야. 정말 줬었어. 목숨을 달라면 그럴 수도 있다고. 자기도 알지? 저번에 내가 말했지? 그런데, 그런데 그 사람은 매사가 아니었어. 그때도 알았지만, 언제고 달라지라고 늘 기도했었어. 그런데도 안 됐어. 늘 야박했어. 가는 것도 이렇게 인색하게. 사랑이란 말을 기대하지는 않았어. 자기도 알지? 사람들이 그 말을 얼마나 아끼는지. 알아. 죽은 그 남자 빼고는 모두 그렇다는 것을 알아. 이 세상에 나를 진정으로 위해 줄 남자는 단 한 명도 있지 않다는 걸 알아. 그러니 사랑이라는 말을 하지 않은 건 할 수 없어. 그런데 간다는 말도 하지 않고 이렇게 하는 거야.”

“그 작자가 빌려간 돈은? 결국 떼어먹었지? 벼룩의 간을 내먹으라고 해라! 아참, 드런 새끼다.”

상철은 자주 돈을 요구했다. 제비족처럼이 아니라, 매번 얼마를 얼마 동안 빌려달라고 확실하게 말하며 지윤에게서 돈을 가져갔다. 내놓지 못할 만큼 큰돈이 아니라서 지윤은 아주 주는 거다 마음먹고 상철이 원하는 액수를 만들었다. 영인이 화나는 대목은 거기에도 있었다. 지윤은 그 돈을 마련하기 위해 신용 카드로 현금 서비스를 받고, 그것을 메우지 못했을 때는 보험 대출을 받기도 하였다. 영인은 분해서 펄펄 뛰었지만 지윤은 조용히 말했었다. 그가 무엇을 원하든 다 해주고 싶었단다. 상철이 내 진정을 알아만 준다면. 알아주지 않는다고 해도 나는 잘해 주고 싶었던 거야.

"하나도 안 갚았지?"

"아냐, 아냐. 돈이 아까워서가 아니야. 그 사람한테 준 내 마음이 아까워서도 아니야. 채였다는 것 때문도 아니야. 채여서 끝나더라도 이렇게 끝나는 건 싫어서야. 어떻게 해야 해?"

어떻게 해야 하는지는 생각할 필요조차 없다. 꿈에 쓴 소설도 그렇고 종일을 걸려 답을 작성한 셈이 아닌가. 돈도 마음도 그런 치한테는 아깝지 왜 안 아깝니.

"꿔준 돈부터 받아야지. 그건 당신네가 계속 만난다 해도 마찬가지야. 약속은 지켜야지. 치졸한! 어떻게 여자한테 돈을 달라니? 그동안 네가 낸 돈도 조목조목 명세서를 작성해서 같이 받아내. 그게 먼저야. 그게 순서야."

영인이 거침없이 말했듯 지윤이의 대답도 곧바로 돌아왔다.

"말도 안 돼! 나, 진짜 사랑은 어떤 건지, 가짜 사랑은 어떤 건지, 그건 잘 몰라. 하지만 나는 상철을 좋아했었어. 얘기 했었잖아? 첫날, 상철이는 나한테 메스를 줬어. 그게 뭔지 알잖아? 자기는 알잖아? 그런데 나도 그랬어. 그 사람이 자기 논문, 그런 것 말하고, 대학 사회가 가진 완고함, 그래서 그 힘든 것, 그런 것들을 말하는데 어찌나 지쳐 보였는지 몰라. 메스를 받기 전에 내 마음도 그 사람에게 뭔가 주고 싶었어. 그날따라 아무것도 없었어.

일거리를 받지 못해 비어 있는 큰 가방과 가방 안에 있는 립스틱, 빨간 수성 볼펜, 동전 지갑밖에 없었어. 세 가지 중 그 사람에게 줄 것은 없었어. 아무리 내가 그 사람에게 무엇인가를 주고 싶다고 해도 말이야.”

영인의 처녀작은 차곡차곡 두께를 높여갔다. 프린터는 착하게 작동하고 있었다. 속이 답답해진 영인은 프린터 상태를 살펴본 다음 거실 창문을 화락 열었다. 지윤이와 창희가 왔던 날처럼 골목의 나트륨등은 밝아졌다가 어두워지기를 반복하고 있었다. 그날과 다르다면 골목이 외등 영향권 밖에 있다는 것이다. 낮이 길어진 까닭이었다. 푸른 잿빛 테를 두른 진분홍 노을이 골목 끝 하늘에서 사라지려는 참이고 곧 그곳은 검붉은 색깔로 바뀌었다. 그리고 어둠이 들어차기 시작하였다. 그새 집 안 기온이 쌀쌀하게 내려갔지만 속이 시원해지지 않는 영인은 열어놓은 창문 앞에 그대로 서 있었다.

“나는 생각해. 상철이 내게 어떻게 했더라도 나는 사랑이라는 말을 해야 했다고. 나는 상철을 좋아했으니까. 그런데 나도 안 했고, 못했어. 그 말을 써본 지 너무 오래되어서, 나도 그 말을 받기만 하고 해본 지가 오래되어서 그 말이 나오지 않았어. 사랑. 상대방을 향해 그 발음이 그렇게 어려운 거야. 자기도 해봐. 사랑. 너를 사랑해. 그 말이 잘 나오면 자기는 성공인 거야. 나, 그동안 누워 앓으면서 그런 생각을 했어. 다른 많은 생각도 했어. 순자 기억해? 창희 씨가 말한 그 진짜 사랑.”

영인은 외등 불빛 아래 울며 울며 앗앗, 섹스를 하고 있는 절박하고 처절한 사랑의 한 쌍을 본다.

“그렇지만 자기, 자기도 그렇게 생각하지? 울며 울며 섹스를 해야만 절실한 사랑은 아니라고. 뭔가 막 주고 싶은데 아무것도 없어서 메스를 주는 것도, 아무것도 줄 게 없어서 빈 가방을 그냥 닫은 것도…… 그런 거지, 그렇지? 그 사람은 계산하고 한 행동이 아니야. 요즘 애들, 요즘 사람들 그냥 그래, 그냥들 다 그래. 만남엔 계산이 있을 수가 없어. 상철이 아무리 그러려고 해도 그건 생각일 뿐인 거야. 실제로는 그럴 수가 없잖아, 그런 건 없는 거니까. 그렇지? 자기가 말해 줘. 자기는 말할 자격이 있어. 자기는, 내가 자기 옛날 남편하고 편하게 살라고 했어도, 내가 정말 계산적으로 말했어도 듣지 않은 여자니까, 자기는 말할 수 있어. 아무것도 계산할 수 없는 거라고. 사랑도 인생도 우주의 모든 것은 계산될 수 없는 거라고. 그러니까 나를 놀리는 소리는 하지 말아줘. 나한테 계산서를 보내라는 말 같은 건 하지 마, 응? 응? 우리도 서로 사랑했던 순간이 있었던 거야, 그치?”

끝내 지윤은 울고 있었다. 흐느낌으로 말끝이 지워지고 또 지워지고 해도 저쪽 말뜻을 모르지 않았다. 영인은 지윤이 원하는 대답은 죽어도 해주기 싫었다. 그 녀석을 증오해야 한다, 엎어놓고 발로 땅땅 밟아야 한다, 그 녀석 앞날에 잘되는 일이 없으라고 두 손 모아 경건히 기도해야 한다. 길을 가다가 뒤로 넘어져도 코가 깨지고, 차를 타면 그 차가 박살나서 팔다리가 뚝뚝 부러지고, 뇌를 다쳐 식물인간이 되고, 뭔가 잘되는 것 같은 일에도 곧 제 발등을 짓찧게 되고, 그 치를 비롯해 주변 4,000미터 친족 외족 모두 파멸하라고, 파멸하라고, 파멸하라고, 간절히, 간절히 기원해야 한다. 그런 기원도 있는 것이다. 그것이 사람의 길, 인간의 길, 네가 너일 수 있는 길이라고 말하고 싶었다.

싫다. 너는 왜 최소한, 내가 쓴 소설에서처럼 하지 못하는 거니? 소설이 아니라도 그렇게 하는 사람은 얼마든지 있단다. 너를 이렇게 만든 게 누구니, 무엇이니. 네가 그런 마음으로 살아야 한다고 부추기는 게 무엇이니. 너의 다정한 부모니? 쓸쓸히 살다 간 그 남자니? 어리석은 종교니? 저 뒤에서 저희들은 검누런 황금 늪에 온몸을 다 담그고 질척거리면서 너만은 그러지 말라고 하던 우리들의 알량한 도덕 교과서니? 네가 교정 보며 읽었던 소설의 밑줄 친 부분이니? 타고난 너의 선량함이니?

이 생명과 인생을 바치겠노라, 그런 것만 진짜 사랑이라고는 못하리라. 골목에서 울며 울며 하는 섹스도, 낡은 라이터를 차디찬 손에 꼬옥 쥐어주는 것도, 교정지 아르바이트 아줌마 손바닥에 쓸모없는 메스를 쥐어주는, 서로의 황량한 벌판을 잠시라도 어루만져주는 일은 모두 사랑이다. 사랑, 그게 뭐 그다지도 별것이겠니.

그럴 수 있게 너그러운 영인도 그녀에게 있었다. 그런 그녀는 영인 자신이 싫어하는 그녀였다. 정녕 지윤이 바라는 말을 영인은 해주기 싫었다.

"우리도 아름다웠던 시간이 있었던 거야. 서로 입 밖에 내서 말은 안 했지만, 그렇지? 자기도 그렇게는 생각하지? 그렇지 않다면 앞으로 내가 어떻게 살아?"

그렇구나. 기억은 끊임없이 흔들려서, 지윤아, 너의 날들이 네가 보낸 날들과 많이 달라진 정경으로 아름다웠다고 생각되기도 할 것이다. 오, 인생은 지나가 버려 이미 없는 날도 희망이 되는구나.

"당신이 좋은 경험을 했다고는 생각하지. 안 한 것보다 해본 게 낫겠지. 나이 오십에 흔치 않은 공부였으니. 잘한 거지 그 경험."

그러자 여태 흐느끼며 사랑을 읊던 지윤은 울음소리를 흐리더니 훨씬 명료해진 음성으로 가느다랗게 대꾸했다.

"사실은, 상철이나 나나 잘한 것도 없고 못한 것도 없고……. 그저 겪어나가는 도리밖에. 이런 인생이 싫기도 하고 괜찮기도 하고. 그 남자가 죽었을 때 알았건만. 사람과 사람이 만나는 것. 죽으면, 돌아서면, 어떻다는 걸 알았으면서. 내가 말한 적 있나? 나아는 여자 소설가 중에 그 딸이 소설책을 냈어. 그 애 책에 이런 말이 있어. 마지막에는 모든 것이 허무할 뿐입니다. 나이가 오십인데, 마흔 살짜리에게 이렇게 됐지. 내가 마흔 살짜리보다, 열두 살 그 애보다 나은 게 뭐 있어? 난 이제야 그걸 알았어. 산다는 건 빈껍데기인 거야. 우리는 서로에게 알맹이를 안 주는 거야. 변할 사랑이 어디 있어? 처음부터 알맹이를 빼놓고 시작하는데. 이런 게 인생일까? 인생은 참 웃기는 거지?"

통화를 끝낼 즈음에는 지윤이의 음색이 평정을 찾아 우리나라 안에서 거는 전화 같아졌다.

"두부찌개는 유효하니까 얼큰한 두부찌개 생각나면 언제라도 달려와. 두부찌개를 끓여주겠다고 애걸복걸하는 친구가 있고, 두부찌개 약이 정말 필요해지면 달려와 먹을 수도 있으니까 인생은 좋은 거지 뭐."

"맞아. 자기가 있고, 자기가 끓여줄 두부찌개가 남아 있으니까 아직은 난 좋은 거야. 인생은 좋은 거야. 자기 말이 맞아."

인생은 좋은 것인가. 두부찌개를 먹을 수 있으니까? 이쪽도 친구가 끓여주는 얼큰하고 다정한 두부찌개를 먹어봐야 알 일이다.

지윤과 통화를 하느라고 현관 초인종 소리를 아예 듣지 못했는지 큰아이가 거실 마루에 불쑥 나타나서 영인은 무척 놀랐다.

"엄마 집에 계셨네? 엄마 오늘 늦어서 일을 못 나갔구나? 엄마,

집에 있으면서 왜 문도 안 열어줘요?"

지윤은, 어머 자기네 아드님 왔구나 나중에 다시 할게, 하며 서둘러 전화를 끊었다. 제때 문을 따주지는 않았지만 엄마가 집에 있으니 아들아이는 기쁜 얼굴이었다. 그래도 영인은 이 몇 달 내가 왜 이러나 싶어졌다. 어디다가 혼을 빼놓고 두 아이에게 이렇듯 불성실하나, 그리 잘난, 평생 써보지도 않은 소설을 쓴다고 말이었다.

아이는 프린터가 웅웅대다가 철컥 종이를 떨어뜨리는 소리를 듣고는 가방을 멘 채로 책상 옆 프린터로 미끄러지며 달려갔다.

"엄마! 정말 소설 쓴 거야? 다 쓴 거야? 컴퓨터로? 엄마, 프린터도 잘 쓰네? 엄마 천재네?"

아이가 새까맣게 글자가 박힌 종이 한 장을 쳐들고 읽으려고 해서 영인은 기겁을 하며 채뜨려 빼앗았다.

"아냐, 얘, 다 썼는데, 아니다, 다 쓰지 못했어!"

왠지 창피했다. 아이가 읽을거리도 아니었다.

"후아, 엄마, 다 썼다면서, 다 쓰지 못했다면서. 무슨 그런 말도 있나? 엄마, 나 읽어보면 안 돼요?"

영인은 프린터를 막아섰다.

"안 돼. 이건 성인물이란다."

"야한 거예요?"

"지금의 너는 읽어도 모르는 거야."

"야아, 이 아드님을 무시하다니! 나는 정신 연령이 오십이란 말이에요. 야한 것도 아니라면서? 도대체 뭘 쓴 건데 그래요?"

무엇을 쓴 것일까. 누군가는 삶에서 마주칠 한 대목을 썼겠지. 그러니 무엇을 썼든 지금의 아이가 봐도 모를 거라는 말은 제대로 했다. 영인이 살아온 바에 의하면, 인생은 모범적으로 설법되어 있는 인생 책자를 들여다본다고 해서 알게 되는 게 아니고 최고로 정확한 인생 예언자를 만났다고 알게 되는 게 아니었다. 인생은 스스로 살아내기 전에는 알 수 없는 것이었다.

게다가 현실은 왜 이렇게 고단하고 착하기만 한 거니? 소설처럼 왜 못해? 왜 안 돼? 계산서를 보내고 따귀를 갈기고 냉랭한 얼굴로 말이다. 영인은 지윤이가 현실을 접어버릴 수 있다면 하는 바람을 버리기 어려웠다. 지윤에게는 반전의 기회가 충분히 남아 있는 것이다. 그렇더라도 지윤이 거부하고 있는 한, 자기가 쓴 소설이 지윤이의 인생이 될 수는 없을 터였다.

지윤이가 아는 삶은, 무조건적인 인내와 희생의 길뿐이었다. 사람과 사람 관계에 계산된 언행은 나쁜 것이며 계산될 수 없는 순수한 마음, 그것이 참된 인간의 행로라고 지윤이는 오십 년간 세뇌되어 왔다. 부단한 헌신과 참음, 눈물과 불행, 그 모든 것에의 극기와 용서를, 그 무엇인가는 그녀에게 요구한다. 그 끝에 보람이 있노라고, 그것이 참되고 착하고 아름다운 생을 살아낸 한 인간의 모습이라고 강요한다. 그리고……, 누가 그 말을 했던가. 어느 날 그 인생은 혀를 날름 내밀고 지윤을 집어삼킨다. 지윤은 그녀의, 소위, 아름다운 인생에 잡아먹힌다. 그것이 삶이다.

읽어보면 안 돼요? 조금도?

아이가 묻는다.

왜요?

뭐, 정신 연령이 오십 대라는데 안 될 건 없겠지만…….

영인은 생각한다.

선하고 너그러운 인간인 네가 걸을 길 역시 뻔하다. 네 인생에 잡아먹힐 네 삶을 위해 너는 사랑이니 용서가 아니라 세월의 여러 갈피에 그것을 간직해 놓지 않으면 안 되리라. 달무리 같은, 그 환상. 여리고 힘없는, 아니 힘센, 희망 말이다. 은빛 현명함이 아니라 어리석디 어리석은 용기가 네 삶에는 필요한 것이다.

그렇기는 그녀도 아직 마찬가지였다.

인도로 가는 길

바람 한 점 불지 않았다. 질깃해 보이는 짙은 초록색 잎을 매달고 나무들은 태양의 맹렬함 아래 정물인 양 가만히 있었다. 그토록 멋을 부리는 여학생들이 교복이나 평상복 차림으로 아이스캔디를 입에 문 채 오갔다. 사람들은 더워 죽겠다며 난리였다. 그녀만 덥지 않았다. 여름 내내 영인은 몸살기와 함께 오슬오슬 추웠다.

"우리 어떻게 해? 계가 깨졌어! 자기 몰라? 몰랐었어?"

그 말을 듣는 순간 온몸에 냉습한 기운이 좌악 퍼졌다. 다리가 풀리더니 후들후들 떨렸다. 동료 파출부 하나가, 이혼 법정에 서 있는데 다리가 떨리더라 했지만 영인은 이혼하려고 판사 앞에 선 자리에서는 아무렇지 않았었다.

"그게 무슨 소리야?"

영인은 송수화기를 부여 쥐었다. 무슨 소린지 알아듣지 못한 건 아니었다. 고만큼만이라도 어떤 유예의 시간이 필요해서였을 것이다.

열려 있는 창문의 사각형 허공으로 겹겹한 지붕 저 멀리에 무슨 산인지, 산 능선과 봉우리가 먹색으로 흐릿했다. 지윤이 전해 준 소식과 똑같은 탁한 하늘이 산 능선과 닿아 있었다. 잿빛 구름이 넓게 퍼진 하늘은 지저분했다. 끈적거리며 무더운 날씨였다. 그렇 건만 영인의 두 팔에는 소름이 오소소하게 돋아났다.

"정주, 도망갔대. 자기 못 들었어? 정말 몰랐어?"

그럴 리 없다. 콜타르라도 들이붓는지 큰골, 작은골이 엉키며 그대로 굳어버리는 듯했다. 무슨 생각부터 해야 할지 오리무중이 었다.

"도대체 무슨 소리야?"

영인은 기껏 그렇게 되물었다.

"개, 날랐다는 거야. 말이 돼? 응? 말이 돼?"

지윤이는 송수화기 저쪽에서 징징거렸다. 사실이라면 정말 말도 안 됐다. 계주인 정주에게서 간간이 전화가 오곤 했지만 어떤 눈 치도 챈 적이 없었다. 이런 일에서, 네가 어떻게 나한테까지? 그 따위 반문이 얼마나 어리석은지를 영인은 반백 년 살아온 세월에 서 알았을 뿐이다. 피해자 대부분은 말하기 마련이었다. 네가 어 쩌면 나한테 이럴 수 있니, 나한테까지? 하지만 그제야 내가 너에 게 의미 있는 한 송이 꽃이 아니고 다른 피해자들과 마찬가지로 '밥'이었을 따름이라는 걸 속 쓰려도 인정하지 않을 수 없게 되는 것이었다.

"어떻게 해? 개를 어디 가서 잡아와? 다음이 창희, 그다음 자기 잖아?"

응, 소리밖에 영인은 나오지 않았다.

"집도 모르잖아?"

“응.”

모래내에 산다고는 들었다. 모래내. 그것만 갖고는 정주가 지하에 세 들어 산다는 연립 빌라를 어찌 찾는단 말인가. 영인은 고개를 저었다. 백사장에서 모래 한 톨 찾기지. 정말 그 애가 그랬을까. 아냐 그럴 리가 없다. 여기에는 무슨 오해가 있을 거야.

“집을 알아낸다 해도 그 집에서야 벌써 날랐겠지. 그러니 우리 어떻게 해? 나 미칠 것 같아. 정주, 걔 어떤 애야? 원래 그런 애였어?”

여전히 징징거리는 소리로 지윤이 물었다.

정주는 어떤 애일까. 어려운 대답이었다. 지금 와서 보니 그랬다. 그러고 보면 알고 지낸다 하여도 모르고 지내는 거나 마찬가지였다. 정주와는 학번 차이가 커서 대학을 함께 다닌 적이 없다. 이십 년 훨씬 전에 출판사 일로 전산실을 드나들 때 만났는데 정주 쪽에서 자기가 대학 후배가 된다고 하여 안면을 텄다. 대학 시절 운동권이었던 관계로 취직이 어렵고 그때 만난 운동권의 철없는 연하 애인과 지금도 지내고 있다. 그 애인이 운동권 성향의 극단 단장이라서 들어가느니 돈이다, 라는 정도.

미혼인 정주는 남자 뒷바라지를 하느라 닥치는 대로 일을 해왔다. 전산실 일과 공단 생활을 했고 구슬을 꿰거나 신문 배달이며 우유 배달을 하기도 했다. 남자가 정주에게 와서 자고 가는지 어떤지는 모르지만 마흔이 넘도록 정주는 혼자 살고 있었다. 선머슴 행색인 정주를 남자가 과연 여자로 받아들이는지도 의문이었다. 아무래도 돈줄로 여기는 것 같았지만 정주에게 그런 말은 하고 싶지 않았다. 정주는 남자를 사랑했다.

그러면 된 것이다. 보잘것없는 돈줄일지언정 그만한 존재가 됨

에 행복해하는 사람을 두고 옆에서 어떤 말이든 할 필요가 없었
다. 인생은 본인이 만족하면 성공이라 할 수 있었다. 그렇긴 해도
정주의 인상은 덕지덕지한 궁핍으로 가득하였다. 정주를 보면 영
인은 「먼 그대」라는 소설과 그 소설 속의 여자 문자가 떠올랐다.
살다 보니 남자 문자는 못 봤는데 여자 문자는 부지기수였다. 정
주는 수많은 문자 중 하나였다.

　정주에 관해 영인이 알고 있는 다였다. 무엇보다 정주가 엮은
계에 영인이 지윤을 끌어들인 것도 아니었다. 정주가 한 번 들르
겠다고 전화해 왔을 때 영인은 속으로 성가셨다. 이틀에 한 번 파
출부 일을 쉬니까 모처럼 쉬는 날이라고 하면 어폐가 있지만 영인
은 이틀에 한 번마다 '모처럼' 쉬는 날인데라고 생각하는 버릇이
있었다. 쉬는 날이라도 쉬지는 못했다. 집안일이야말로 만만치 않
게 많았다. 게다가 영인의 오랜 친구 지윤이와 창희가 무슨 바람
이 불었는지 둘이 만나 영인네 집으로 놀러오겠다는 선약이 있던
날이었다.

　"무슨 일이 있나 보다?"

　은근히 경계하며 영인은 전화에 대고 물었다.

　"무슨 일은요. 선배 이사 갔을 때 가보고 그 후 인사 한 번 못
가서요."

　"내가 인사하러 와야 하는 사람인가? 나야 잘 있지 뭐."

　그런 대꾸에는 완곡한 거절이 들어 있지만 상대편은 끄떡도 하
지 않았다.

　정주는 영인이 이사 온 직후 가장 먼저 영인을 찾아주었다. 난
방이 고장 나 있었고 풀지 못한 짐으로 창고나 다름없던 추운 방
에서 오버도 벗지 못한 채 있다가 갔다. 꽤 지난 일이지만 그랬던

시간이 가상해서라도 오겠다는 사람을 더는 마다할 수 없었다. 서로들 전혀 모르는 사이가 아니니 다행이었다. 사람이 몇 십 년 살다 보면 이리저리 얽혀 그리되는 것이다.

"사실은 우리 선배, 계 한 구치 들라고 왔어요."

오겠다는 사람 중 가장 늦게 도착한 정주는 거실 문을 열며 대뜸 그 말부터 내뱉었다. 일 년 몇 개월 전, 어느 하루 오후에 생긴 일이었다.

"최고로 좋은 번호 줄게요. 맨 끝 번호."

창희는 요즘 세상에도 계라는 게 있냐며 흥미를 보였다. 영인도 흘러간 옛 노래나 빛바랜 옛날 영화를 보고 듣는 기분이었다.

"얼마짜린데?"

재미있어 하며 창희가 물었다.

"삼백이오."

"얘! 삼백짜리를 무슨 계를 해? 삼천이라면 몰라도."

창희의 생기발랄하게 초랑초랑하던 눈망울이 어이없는 듯 멍청해졌다. 당장 핸드백을 열면 오륙백만 원 정도 수표나 현찰이 나올 창희였다.

"푼돈 모아 인도 가려고요. 선배! 계 끝내고 인도 갑시다. 인원도 다 찼어요. 선배는 애들 때문에 외국 그런 데는 구경 못해 볼 것 아녜요? 애들 방학 맞춰 인도 갑시다. 끝 번호 줄게. 좋은 번호들은 원래 계주 거예요? 알죠?"

"글쎄, 곗돈이고 인도고 둘 다 좀 그러네? 내가 어디 자유여야 말이지?"

"아이고, 현실의 밧줄을 풀고 떠나는 것에 인도 가는 의의가 있는 거예요. 좀 버려봐요. 애들, 살림살이, 거기에 파출부까지 하고! 몇 푼이나 번다고 꽁꽁 묶여서 말이에요. 방학이면 애들 즈이 아버지한테 맡길 수 있잖아요? 선배는 돌아와야겠지만 저는 인도에 뿌리내릴 수도 있죠. 아니 선배도 득도하여 히말라야에 묻히겠다고 할지? 모든 인연의 고리 끊고 말이에요."

아이가 없는 채 남편이 죽었어도 시집 식구와 연결되어 사는 지윤이가 정주의 말끝을 잡았다.

"인연의 고리라는 게 그렇게 쉽게 끊을 수 있는 건가? 결혼도 안 하고 아이도 없으니 정주는 너무 뭘 몰라. 인연이 얼마나 끈질기고 겁나는 건지를."

"그럼, 그럼. 중이나 신부도 아주 그렇진 못하더라. 우리 집을 봐라. 그 인간하고 나하고 한 군데 맞아떨어지는 데가 없어도 자식 때문에 둘 다 진짜 도망은 못 가지. 인연이란 게 보통 징그러운 게 아니란다."

부부 각자 바깥 연애를 수없이 되풀이하면서도 한 이불 속에 살고 있는 창희가 지윤이의 말을 거들었다.

"그렇지만 유명한 큰스님들 스토린 안 그렇잖아요. 처자식이 찾아와도, 보살님! 이런 식으로 합장하고. 득도하면 그렇게 되나 보더라고요?"

"그렇게 매정한 게 득도라면, 에고, 나는 득도는 안 하고 만다!"

길게 누울 자리를 두리번거려 찾으며 창희는 이어 말했다.

"죽이 되든 밥이 되든, 지지고 볶고 울고 웃으며 신파로 사는 거지 뭐. 어느 날 가만 생각해 보면, 우리 같은 중생은 그게 어울리고 그게 맘 편한 거구나를 알겠더라. 우리한텐 그게 거룩한 득도더라."

정주 저부터 남자와의 인연을 정리 못하고 있지 않나. 하물며 남이 아닌 자식과의 인연을 저고리 옷고름 떼어내듯 뚝 끊는단 말인가. 영인도 두 친구가 하는 말에 공감하였다. 또한 다른 인연도 아닌 부모 자식 인연에는 책임과 의무가 따랐다. 자식이 없지만 지윤이는 여러 번 고개를 끄덕였다.

"그치? 나는 사람 인연이란 건 죽으면 끝인 줄 알았는데 우리 남자 죽고 보니 그렇질 않아. 그 인연이 같이 죽어버리는 게 아니야. 다른 걸로 계속 이어지게 되는 거더라. 그러니 우리 같은 평범한 사람들이 인도를 가는 건 단순히 구경 가는 거지 뭐. 그런데 인도 멤버는 어떻게 되는데?"

지윤이는 인도와 인도 계에 끌리는 마음을 감추지 못하며 정주 옆으로 다가앉았다.

"참나, 이놈의 땅에 무슨 대단한 게 있다고 놓질 못하세요? 순간이 인생을 확 바꿔놓을 수도 있는 건데. 잠깐 새에 큰 득도를 하는, 정말 그런 사람들이 있답니다. 인도에서 주저앉아 버리는 사람들이 있어요. 음, 멤버는, 지윤 선배도 우리 선배도 모르는 사람들이에요. 그런 게 또 인연 아니에요? 보름을 같이들 뒹굴며 지내다 보면 나이 들어 진짜 친구도 만날 수 있는 거니까. 아! 우리 선배하고 터울이 딱 맞는 남자도 몇 명 있어요. 생각해 보니 잘됐네? 선배, 팔자 고칠 절호의 기회니까 놓치지 마세요."

반쯤 누우려던 창희가 벌떡 일어나 앉으며 다시금 끼어들었다.

"남자로 팔자를 고쳐? 저 아주마이가 혼자 용쓰다가 모래밭에 혀 박겠다는 여자라네. 저 아주마이한테는 파출부 일이 자존심이라우. 고거이, 고거이, 우리 아주마이 욕보이는 소리로구만?"

창희는 영인의 남루한 생활을 높이 쳐주었다. 사실을 말하자면 영인은 팔자 고칠 수 있다면 고치고 싶었다. 그럴 만한 남자가 있다면 그렇게 하겠다. 다만 그녀의 팔자를 고쳐줄 남자가 적어도 이 세상에는 살고 있지 않은 거였다. 그렇다면 저세상에는 있단 말인가.

영인의 속을 모르는 지윤이도 영인의 자세를 높이 보기는 매한가지였다.

"자기, 팔자 고치려고 했으면 이혼도 안 했지? 여기 애들 아버지 얼마나 잘 나가는 남잔 줄 모르는구나? 그 회사 코스닥에 등록했다데? 신문에서 봤다. 코스닥 등록을 했든 아니든 자긴 관계도 없다고 생각하겠지만 말이야."

그러고 나서 지윤은 정주에게 한 무릎 더 다가앉으며 두 눈을 빛냈다.

"저 여인은 아이들 때문에 안 돼. 그 자리를 내가 하지 뭐. 나는 아이도 없고 남편도 없고. 정주 얘기 듣고 보니 할 일이라고는 인도에 갔다가 괜찮은 남자 하나 물어 올 일밖에 없는 것 같다. 그렇지? 응?"

여리고 순진했던 지윤이도 이젠 제법 능청을 섞어 말할 줄 알게 되었다.

"에이, 저는 제 걸 양보하려고 했던 거죠. 선배, 인도 갈 때쯤은 생활이 필 거예요. 득도고 남자고 다 괜한 소리고요. 볼거리가 많은 데잖아요? 예? 선배, 아까운 기회니까 인도 다녀옵시다. 이왕이면 세 분 다 가시든지."

'세 분'이라는 말에 창희는 순간적으로 기분이 동했다.

"그럴까? 이 여자야, 우리 함께 인도나 갔다 오자. 그까짓 몇 푼에 청승 떨지 말고. 너희 애들도 다 컸더라. 우리 단체로 인도

가자 인도 가자."

덕분에 힘을 얻은 지윤이도 영인을 졸라댔다.

"그래 여행은 마음 맞는 사람끼리 가야 해. 우리 언제고 인도는 다녀와 봐야 하잖아. 응? 응?"

"어이구, 이 궁상아. 네 여행 내가 책임지마. 여기 증인 세 명 있다. 곗돈은 살림에 써라. 네 경비는 몽땅 내가 낸다, 기분이다! 증인들 들었어? 들었지? 됐어. 얘기 끝났다. 끝 번호부터 짜르륵 여기 세 명 넣어둬."

정주는 엄살을 떨었다.

"이러면 안 되는 건데. 다른 계원들한테 나 몰매 맞을지도 모르는데?"

자못 생색을 내며 정주는 세 여자에게 뒤에 번호 세 개를 나란히 주는 것으로 인도 계에 기어이 끌어들이는 데 성공하였다.

정주는 부담이 적다는 걸 거듭 강조했다. 영인으로서는 십여만 원씩을 매달 생으로 내는 일이 벅찼다. 지윤이도 생활이 어렵지만 인도 여행에 희망을 걸고 정주 통장으로 열심히 곗돈을 보냈다. 남편 죽고 곧바로 사귄 젊은 남자에게 버림받는 등 오진 후유증 끝이어서 지윤이는 인도에만 다녀오면 마음이 평정되리라 믿고 있었다.

영인은 곗돈을 타면 고이 간수해 둘 작정이었다. 삼백만 원. 쏠쏠했다. 형편이 좋아진대도 인도에 갈 마음은 없었다. 정주나 지윤이와의 전화 통화 때마다 매번 화제는 인도 여행이었어도 영인의 실제 마음을 혹하게 하지는 않았다. 저축 없이 사는 두 아이 엄마로서 외국 여행은 언감생심인 데다가, 그보다도 영인은 오래 전에 인도를 버렸다.

한창 인도가 회자된 적이 있었다. 영인은 그 당시에 인도를 생각했다. 많은 지식인들, 의사나 고위직 공무원, 소설가, 시인, 고명한 스님들이 인도에 다녀온 후 앞 다투어 책을 내던 시절이었다. 영인은 인도 견문록들을 유심히 읽었다. 그냥 알아만 보고 싶어서 들여다보았다. 책을 읽었다고 인도를 알았다고 할 수는 없을 터였다. 하지만 그것으로 충분했고, 책을 읽고 보니 몰라도 상관없었다는 생각도 들었다. 그중 영인의 시선을 잡아끄는 게 있다면 어느 여행사 광고였다. 열심히 인도에 관한 책자를 읽고 있어서인지 여행사 광고 문구가 자주 눈에 들어오고는 하였다.

'인도에서 돌아오는 길, 사람들은 모두 부처의 미소를 닮아 있었다.'

참으로 훈훈했다. 그 문구에서 인도를 경험하고 오는 사람들 모습이 떠올려지고는 했다. 석굴암의 본존불과 신라인의 미소라는 신라 와당 조각 속 미소가 버무려져 있는, 상상만 하여도 마음이 푸근푸근해지는 모습이었다.

카피는 이제 매력을 잃었다. 인도에서 인생의 희로애락과 생로병사를 깨달았다며 머리와 수염을 기르고 감물 들인 생활 한복을 입은 몇 사람을 알게 되었는데 그래 봤자 속물임을 확인할 수 있었을 뿐이다. 사람은 본래 자기에서 바뀌기 어려운 존재였다. 그 모두 몇 년 전 일이고 당시에는 책을 본다든가 사람을 만나든가 할 만한 여유가 있던 모양이었다. 지금은 품 파는 노동자로 두 아이 키우는 일이 숨찼다. 굶기거나 헐벗게 하지 않고 교육도 시켜야 하는 일. 어떤 궁핍 속에서 산다 해도 홀몸으로 늙어가는 정주나 지윤이와는 처지가 달랐다.

"빨리 계 끝나고 인도나 다녀오면 살 것 같아!"

잊을 만하면 지윤이는 인도를 상기시켜 주곤 했다. 인도 타령 좀 듣지 않을 수 없나 싶었다. 창희는 꼬박꼬박 곗돈을 물고 있어도 특별히 그 이야기를 하진 않았다. 인도보다 재미있는 일이 창희에게는 매일매일 무진장이었다. 그사이에 북유럽과 남미, 아프리카 등지를 여행했고 홍콩은 너무 드나들어 탈이었다. 하여튼 그런 세월이 지나가며 인도 여행 계는 잘 존속되어 왔었다.

창희 전화가 온 것은 지윤이와 통화를 끝내고 잠시 후였다.

"나, 얘기 들었다. 기가 막혀 무슨 말을 해야 할지 모르겠다."

창희는 팔팔 뛰며 알고 있는 욕이란 욕을 다 퍼부었다. 창희는 지윤이보다 더 많이 흥분하며 더 길게 말했다.

"내가 내 돈 아까워 이러는 게 아니다. 어떻게 너한테 그럴 수 있니? 네 처지를 제일 잘 아는 년이? 지윤이는 애새끼가 없으니까 너와는 달라도 한참 다르지. 난, 너 인도 안 갈까 봐 네 자존심 알면서도 내가 비용 대겠다고 했던 거다. 어떻게 해서라도 고년을 잡아라. 나, 아는 사람 많다. 정보를 잡아주마. 공항에도 경찰에도, 내가 부탁하면 누워서 떡 먹기로 제격이다. 지윤이한테도 그렇게 말해 줬다. 지윤이 달라졌더라. 걔는 지옥이라도 쫓아가겠단다. 사람이 돈이 문제가 아니지. 믿는 도끼에 발등 찍히는 게 젤루 분한 거다. 눈 뒤집히는 일이다. 아암, 분하지. 내가 다 분하다면 이건 정말 분한 거야!"

영인의 생각은 창희와 달랐다. 창희가 분해야 정말 분한 게 아니라 영인이 그녀 자신이 분해야 정말 분한 거였다. 그녀로서는 발등 찍힌 게 문제가 아니라 돈이 문제였다. 어쨌든 창희가 고마웠다. 지금은 떵떵거리면서 살지만 불우한 청소년기를 보낸 친구였다. 여고 동창인데 창희가 영인이보다 나이가 많은 이유는 한두 해 친척집 사무실 사환을 한 적이 있기 때문이었다. 저 힘들던 시절을 잊지 않고 어려운 사람 사정을 알아주는 창희라서 영인은 창희가 어처구니없는 짓이나 그런 말을 해도 속 깊이 미워지지가 않았다. 정주가 곗돈을 들고 도망갔다는 증거가 확실하지 않아 영인은 정주도 본격적으로 험담하기가 뭣했다. 무슨 사정이 생겨 지윤에게 갈 돈이 잠시 늦어지고 있는지도 모를 일이다. 그게 단지 희망 사항임도 알고는 있었다. 그런 일에는, 피하고 싶어하는 너무나 정확한 육감이라는 게 따르는 법이었다.

역시 그랬다. 정주는 연락이 없고 당연히 나타나지도 않았다. 한 달이 지나 창희 차례가 되고 그다음 끝 번호가 왔어도 감감소식이었다. 전화번호를 눌러보면 이 번호는 없는 번호라는 똑같은 안내 말이 반복되었다. 그 소리를 듣기 위해 전화번호를 누르고 있는 것 같았다. 더 믿어볼 여지가 없다고 세 여자는 결론을 내렸다. 이젠 정주 고 기집애를 세상 끝까지 쫓아가서라도 끌어오는 수밖에 남지 않았다고.

창희는 정주 거처를 누워서 떡 먹기로 제꺽 알아낼 수 있다고 큰소리쳤지만 부딪쳐보니 실상은 달랐다. 그 치사한 새끼들은 지금이라도 한 번 같이 누워주면 정주의 바뀐 전화번호라든가 주소지, 출국 여부 등을 알아줄 것이다, 뭐 어려운 일 아니다, 하고 창희는 말했다. 아무리 지윤이와 영인이가 정주에게 이를 갈고 있고 그 돈이 천금보다 귀한 거라고 해도 창희에게 지나간 애인과 정사를 나눈 대가로 알아오라고 할 수는 없을 노릇이었다. 실속은 지윤이가 있었다. 지윤은 오래된 전화번호부 두꺼운 책을 돋보기 대고 눈 빠지게 꼼꼼히 살펴본 뒤 전화번호의 주소지를 알아냈다.

온종일 쉬엄쉬엄하며 눈이 오는 날 정주를 찾으러 가자며 지윤은 영인이 일하는 집으로 전화를 해왔다. 전의 주소지에 가보면 주변 사람들에게서 이러저러한 단서를 얻어낼 수 있지 않겠느냐, 우리가 너무 오래 정주 혼자 편하라고 내버려두었다, 이제라도 잡아 돈도 받아내고 정주에게 치도곤을 먹여야 된다. 그러는 지윤은 전화기 속에서 투지가 불타올랐다.

"세종문화회관 계단. 일 끝나는 대로 바로 와야 해."

남의 일이 아니니 영인은 나가지 않을 도리가 없었다.

세종문화회관 앞 계단과 보도에는 만날 약속이 있는 듯한 수많은 사람들이 눈보라에 휘감기며 초조한 모습으로 서 있었다. 지윤이도 그러한 사람들에 섞여 발을 구르고 있다가 계단을 내려왔다.

"그런데 모래내가 아니던데?"

전화번호부 책에 있는 주소에 의하면 남가좌동이었다. 정주가 모래내에 살아요, 했기 때문에 영인은 그렇게만 알았다.

"창희 씨는 자긴 빼달래. 돈 많은 여자가 뭐가 답답하겠어. 스키장 같은 데 하루 이틀 다녀오면 그 여자는 그만큼 쓰고 오는 것 같던데."

창희는 영인에게도 이미 통고하였다. 돈을 받으면 애쓴 사람 둘이 나누라는 말까지 함부로 곁들였지만 영인은 창희를 알았다. 옛날 애인이었던 남자들이 지시대로 수족을 놀려주지 않아 창희는 그 일에 매력을 잃은 것이다.

"자기 남가좌동 좀 알아?"

"모르지."

영인은 가끔 하던 생각을 또 잠시 했다. 천 년을 살더라도 내가 사는 나란들 제대로 알겠나. 산간벽지나 오지, 아프리카나 아마존 정글에 사는 원주민들도 딱 고만큼의 영역에서 일생을 보낸다. 내가 살았거나 사는 동네, 그들이 사는 오지, 바로 그곳이 그들과 내게 전 세계며 인생 자체다. 몸담는 곳 외에는 알 수가 없다. 여행 전문가가 있고 탐험가도 있다. 그들은 조금 더 많이 세상 구경을 한다. 보고 안다 하여 무엇이 크게 달라질 텐가. 안다는 것과 모른다는 것. 인생 전체를 조감해 보면 별 차이도 아니다. 사는 일은 어느 곳이든 다 같다.

"주소가 어디 갈 것도 아닌데, 왜 꼭 이렇게 날씨 나쁜 날에 가려고 해?"

내친김에 해야 한다고 지윤이는 다부지게 대답했다.

"시내가 이 정돈데 그런 데는 어떨지 모르잖아. 밤도 돼 가고, 벌써 이렇게 깜깜한데."

그러나 지윤이의 말대로 내친김이었다. 일 끝나자마자 부랴부랴 광화문까지 진출하였으니 되돌아간다는 것도 좀 그랬다.

두 여자가 남가좌동 어디 앞이라는 데에서 내려 고개를 젖혀야 올려다보이는 가파른 언덕 동네 앞에 섰을 때는 어둠이 검은 손등을 보이는 참이었다.

눈은 오는 도중 완전히 그쳤지만 눈에 덮여 있는데도 산동네는 포근해 보이지 않았다. 집집의 창문에서 나오는 오렌지색 혹은 푸르딩딩한 형광 색 전등 불빛은 을씨년스럽고 춥게만 보였다.

"요즘은 산동네들도 전부 아파트 단지로 바뀌었던데, 여기는 이러네?"

지윤은 언덕 동네를 올려다보며 한숨 쉬었다. 짙어져가는 어둠의 그늘로 동네가 가진 누추한 윤곽이 두드러졌다. 빌라라고 적혀 있는 3, 4층 연립 주택이 가파른 언덕에 층층이 줄타기 곡예라도 하듯 세워져 있었다. 길가 쪽으로 주차되어 있는 낡은 봉고, 소형 트

력들이 당장이라도 아래로 곤두박질치며 미끄러져 내릴 듯 거의 곧
추 세워져 있는 광경은 보기만 해도 등골을 스멀거리게 만들었다.

“이런 데를 차고 사람이고 어떻게 오르내리나? 이 길로 차가 다
닌다니, 이런 데서 차끼리 마주치면 그땐 어떻게 해?”

수동 기어로 된 차일 때 경사가 심한 언덕에서 멈췄다 올라가야
하면 영인은 식은땀이 먼저 맺혔었다. 운전도 하고 있지 않은데
영인은 아찔했다.

“우리가 그런 걸 걱정하고 있을 때가 아니야. 신나라 빌라를 찾
아야지. 흥, 곧 죽어도 빌라라지? 가겟집 가서 물어보자. 그게 젤
빨라.”

택시 한 대가 두 여자 옆을 스치며 기어 올라가 언덕 뒤로 사라
졌다. 영인이 보기에는 굉장한 운전 솜씨였다. 차 한 대 지나갈
폭의 언덕길 옆으로 수많은 골목이 가지를 치며 나 있었다. 언덕
중턱의 구멍가게나 다름없는 슈퍼마켓 주인은 언덕 위쪽 마지막
전봇대에서 옆으로 들어가 다시 위로 오르는 골목 중 세 번째 골
목을 찾으라고 가르쳐주었다. 지윤은 가게 주인에게 정주에 관하
여도 물어보았다. 정주는 한 곳에서 퍽 오래 살았다고 들었는데
주인은 그런 여자는 본 적이 없다며 고개를 갸웃했다.

골목길은 의외로 미끄러웠다. 전에 왔던 눈이 녹았다가 얼기를
되풀이한 후 눈 밑에 깔려 있는 게 틀림없었다. 골목은 세상 끝날
날까지 해 들 일이 없을 듯 좁고 으슥했다.

동네에서 가장 먼저 지어졌다는 가게 주인 말대로 어둠이 내는
빛 속에서 신나라 빌라는 영락없는 폐 건물로 서 있었다. 군데군
데 켜져 있는 집들의 불빛이 아니라면 틀림없이 그렇게 생각했을
것이다. 어느 날 저절로 무너져내리고야 말 것같이 바래고 삭은

시멘트에 철근 골조가 여기저기 내보였다.

"나 아는 여자가 빚을 받으러 갔대. 단칸 지하 방에 열 네 식구가 살고 있더란다. 방은 냉골에, 아이들만 일곱이더래. 시부모 두 노친네가 다 똥 싸 뭉개고 있고, 출가시키지 못한 시동생 시누이도 있고. 어떻게 그런 데서 애들은 대책 없이 그렇게 많이 낳았는지 막 화가 나더래. 애들이 올망졸망 고만고만한데 코에서는 누렇고 퍼런 콧물이 들락날락하고. 마침 저녁이라고 먹고 있는데, 요즘 세상에 누가 멀건 수제비를 먹어? 그 집 애들은 그게 모자라서 서로 싸우고 울고, 지옥이 따로 없더래. 그 여자가 하도 기가 막혀서 쌀말이라도 팔라고, 연탄도 몇 장 들여놓으라고 돈을 내놓고 왔단다."

"그래. 나도 그 비슷한 이야기들 더러 알지."

그렇다. 영인도 그런 유의 이야기를 많이 들었다. 그러면 산다는 일이 도무지 수상스럽기만 하였다. 인생은 알 수 없는 것이었다. 그러면서까지 왜 살아내야 하는가. 그 물음은 영인 자신에게 해당되는 것이기도 했다. 그 답은, 정주 개 어떤 애야? 하는 물음에의 대답보다 수십 배 난해한 답이었다.

"정주 고년은 그런 점에서는 얼마나 한갓져? 그런 년이 말이야!"

지윤이 새로이 전의를 내보였지만 어차피 정주는 신나라 빌라 지하에 살고 있지는 않을 것이었다. 그래도 여기까지 왔으니 정주가 살았던 지하를 찾아 문을 두들기고 초인종도 눌렀다. 사람이 있는지 희미한 불빛이 아래 안쪽에서 번져나왔다. 가슴이 두근거렸다. 정주가 어쩌면 그대로 이곳에 살며 은신하고 있을지 모른다는 기대 때문이었다.

안에서는 응답이 없었다. 사람 있는 불빛인데도 기척을 내지 않는다는 것은? 안에서의 침묵에 비례하여 의심과 기대감이 커졌다. 한참을 그렇게 두들기며 초인종을 누르고 있자 의심은 확신으로 변했다. 정주는 여기 있다!

"이럴 줄 알고 와보자고 했어. 내가 직감 하나는 얼마나 무서운지 모르지? 정주 이 안에 있어. 안 사는 척하면서. 뻔해. 그림이 다 보여."

지윤은 자신만만했다. 하긴 살아오는 동안 그런 일도 많이 보았다. 사람이 저지르는 일에는 있을 수 없는 일이 거의 없었다. 정주가 한 짓은 살인 같은 죄에 비하면 실로 사소한 것이었다. 지윤은 의기양양해져서 마구 철문을 두들기며 발로 차댔다.

"안 나오고 배기나 보자. 누가 이기나 보자구! 흥, 어안렌즈로 봤겠지?"

영인은 불안해졌다. 바깥이 어두워 렌즈로 이쪽이 보일 것 같지 않았다. 정주는 이곳에 없고 지금 주인은 불만 밝혀놓고 외출했는지도 모른다. 남의 집 문짝을 이렇게 부서져라 차대도 괜찮은 것인지?

시간이 지체될수록 지윤의 분기와 오기는 충천해 갔다. 그악스럽게 문을 걷어찼다. 그런 모습은 영인이가 오랜 세월 알아오는 동안 전혀 본 적 없는 지윤이였다.

"아이, 시끄럽다. 숨어 사는 사람이, 나 여기 있소 하며 불 켜놓고 있을 리 없잖아. 그만 해, 그만. 남의 집이면 어쩌려고 그래?"

영인은 지윤을 문으로부터 잡아끌었다.

"남의 집이라도 마찬가지지. 사람이 있으면서 요렇게까지 몰라

라 하는 게 잘하는 짓이래? 우리가 동냥꾼이야? 거지라고 해도 이
러면 안 되지!"

　스스로 해놓은 그 말이 여태까지의 분노에 불을 지피는 격이 되
었는지 지윤의 얼굴은 더욱 살벌하게 변했다. 공교롭게 안에서 몹
시 신경질적인 여자 목소리가 튀어나왔다.

　"누구예요? 남의 집 문을 왜 이렇게 박살을 내려고 해? 누구
야?"

　"남의 집이라고 잘한다. 문 열어 이년아! 사람을 이렇게 오래
골탕 먹여?"

　"아니 누굴 찾는 거야? 어디다 무턱대고 이년 저년이야?"

　여자는 찾아온 사람이 누구인지 확인하지 않고 벌컥 문을 열었
다. 여자도 화가 나서 조심성을 잊었을 것이다. 서른 살이 될까
말까 한 여자의 머리카락에 물기가 축축했다. 발그레하고 싱싱한
맨 얼굴이 갓 샤워를 끝냈다는 걸 말해 주고 있었다.

　"아니, 누구예요? 무슨 일이에요?"

　생판 모르는 나이 든 여자 둘이 서 있자, 더구나 그중 하나의
분을 못 참으며 파들거리는 얼굴이 안에서 나온 불빛에 돋아나자
잠깐 놀랐던 여자의 두 눈은 금세 파란빛을 띠었다.

　"야! 너 말고 권정주 나오라고 해!"

　지윤은 무작정 억지를 부렸다.

　"아이, 왜 이래? 확인을 하고 물어봐야지."

　민망해진 영인이 점잖게 말렸지만 소용없었다. 일은 순식간에
터졌다. 기가 막혀서, 야, 이 늙은 년아 뵈는 게 없니? 어느 년을
찾아왔는지 모르지만 이런 게 있어? 늙으려면 곱게 늙어 이년아!
여자가 악을 썼다. 뭐야? 대갈통에 피도 안 마른 년이 네 어미뻘

158

되는 어른한테 이년 저년을 햇? 그러고는 누가 먼저인지 분간할
수 없는 찰나에 두 여자가 엉겨 붙어버린 것이었다.

　지윤이가 젊은 여자에게 잘한 건 눈곱만큼도 없었다. 젊은 여자
가 정주와 아무 관련 없다는 사실을 지윤은 그 무섭다는 직감으로
벌써 알아차렸을 터였다. 그런데도 지윤은 애매한 화를 여자에게
풀고 있고, 여자는 진짜 성질을 이기지 못하여 머리끄덩이를 잡고
늘어졌다. 그런 무식한 몸싸움은 뜯어말리는 사람이 더 힘들고 고
달팠다. 고래 싸움에 새우등 터진다는 말이 왜 나왔는지 알 것 같
았다. 움켜쥔 손 네 개를 서로에게서 잡아 떼어내는 영인이야말로
두 명을 상대로 몸싸움하는 꼴이었다. 간신히 둘 사이를 막아서자
여자는 파출소에 알리겠다며 길길이 날뛰었다. 알리라는 둥 알리
겠다는 둥 하더니 두 여자는 다시 붙어버렸다. 집집의 창문이 열
렸다 닫히는 소리가 들렸다. 더운 여름이었으면 구경꾼으로 도배
를 쳤겠지만 누구도 나와 보고 싶어하지 않는 꽁꽁 언 겨울밤의
한 중간이었다. 그리고 무슨 일에든 끝이 있으니 망정이었다. 지
윤은 잘했다고 끝끝내 여자에게 식식거렸다. 영인은 백배사죄하며
있는 힘껏 지윤을 부둥켜안고 골목을 나왔다.

　"도대체 왜 그랬어? 당신도 알아챘을 것 아니야? 그 꼴이 뭐야?"

　지윤을 부축하다시피 끌고 동네 길을 내려오며 영인은 지윤을
나무랐다.

　"그거야 초장에 알았지. 아유, 어쨌건 들입다 싸웠더니 몸이 후
끈후끈하고 속이 씨언하네! 고 기집애! 우릴 보고 늙은 년이라니?
지 년은 안 늙을 거래? 어디다 대고 늙은 년이야? 나는 다른 사람
들이 부르는 아주머니 소리에도 핏줄이 터지고 용서가 안 되는데.
자긴 아주머니 소리 들으면 아무렇지 않아?"

영인은 피식, 하다가 앗하하 웃고 말았다. 사실은 영인도 그랬다. 아주머니라는 호칭에 익숙해지지 않았다. 나이 오십인데 말이다. 그렇다고 하여 지윤이처럼 머리채를 잡고 싸울 수는 없을 일이었다.

영인이 크게 웃자 지윤도 웃음을 터뜨렸다. 지윤이의 생각에도, 생각하면 할수록 그 어처구니없음이 우스웠나 보았다. 아예 멈춰서서 허리를 접었다 휘고 허공을 손으로 짚으며 웃어댔다.

"이런? 됐어요 됐어. 그만 웃어. 뭐가 그렇게 우습다고."

웃는 것마저 말려야 할 판으로 지윤은 웃음을 그치지 못했다. 무엇보다 내리막길이 여간 미끄러워져 있는 게 아니었다. 시꺼멓고 반들반들한 돌출이 붉은색 외등 불빛에 선연하게 잘 보였다.

"그만 웃고 잘 걸어. 가운데는 여기서도 완전히 얼음으로 보이네. 어째 그새 이렇게 빙판이 됐나? 옆으로 붙어 걸어야겠어. 조심."

옆이라고 나은 형편도 아니었다. 행인마다 가장자리 벽이나 차량을 짚으며 걸었는지 발을 놓을 만한 자리는 도리어 더 잘 다져져 얼음 계단이었다.

조심하라는 말이 끝나기도 전에 지윤이 다리 하나를 턱 꺾으며 영인을 붙잡았다. 영인은 지윤의 힘에 끌려 엉덩방아를 찧으며 주저앉았다. 그 바람에 지윤은 잡았던 영인의 옷을 놓쳐버렸다. 어머니! 지윤이 비명을 지르며 몇 바퀴인가 구른 다음 미끄러져 내려갔다. 두 여자가 아래위에서 거리를 두고 간신히 서려고 했을 때 아래쪽에 멈춘 지윤이는 일어서지 못했다. 지윤의 입에서는 끙끙 소리도 나오지 않았다. 고작 몇 분에 불과했을 텐데 접히고 꺾였던 발목과 발등이 시꺼멓게 퉁퉁 부어 다시 신으려던 구두를 신을 수 없게 되었다. 발등 뼈 어딘가에 금이 간 거였다. 성탄절이 가까운가. 동네 교회 붉은색 십자가 네온등이 환했다. 그 아래 부채꼴로 쳐져 있는 알전구가 색깔을 바꿔가며 깜빡이고 있었다. 한 해가 막바지를 향해 달음질치고 있는 중이었다.

밤. 벨소리에 영인은 수도꼭지를 급히 잠갔다. 일찍 자는 집은 이불 덮고 누웠을 열 시였다. 그 시각에 초인종을 누를 사람은 없었다. 천에 하나 만에 하나 지윤일지 모르지만 지윤은 바깥 거동을 할 수 없는 형편이 되고 말았다. 만약 그런 경우가 있다고 상상하면 영인의 뇌리에는 솔직히 지윤이가 아닌 정주였다.

콩나물을 다듬어 씻다 말고 영인은 심장이 옥죄며 박동이 빨라졌다. 온몸이 설렜다. 그녀는 손의 물기를 털며 인터폰으로 달려갔다. 방문객은 인터폰을 통해 정말 자기가 정주라고 밝혔다. 정주? 정주라고?

"애들 보기도 그렇고. 안 들어갈래요. 선배가 잠깐 나오실 수 있어요?"

영인은 외투를 걸쳤다. 정주는 층계참 벽에 길게 나 있는 창문을 향해 서 있다가 몸을 돌렸다. 면구스러워하는 표정이 얼른 지나갔다.

"아, 선배. 미안해요 선배."

그러고는 한 걸음 앞서 계단을 내려갔다. 희미한 전구 불빛에 잠깐 봤던 정주 얼굴이 그동안 꽤 졸아들어 있었다.

왜 아니겠니. 남의 돈 그렇게 하고 저는 편했겠니.

음식점이며 옷가게, 찻집이 있는 큰길로 나가자 행인이 끊긴 보도 아래쪽에서 바람이 날을 세우고 불어 닥쳐왔다. 앙상한 나뭇가지에 어쩌다 붙어 있던 마른 나뭇잎이 둔탁한 소리를 내며 보도블록에 떨어져 약한 소리를 내며 굴러갔다. 늦은 밤 상가 앞을 오가며 거리를 메우던 젊은이들은 제야의 종을 들으러 시내로 몰려 나갔는지 상가 거리는 평소와 달리 적적하기 짝이 없었다. 거리는 상가 불빛에도 불구하고 황량함에 비장미마저 있었다. 그리고 쓸쓸했다. 풍경은 영인이 젊어 한때 들었던 베토벤 피아노 소나타 같았다. 「비창」 2악장.

"말일인데, 한 해가 다 가는 건데, 그냥 이러고 말면 안 될 것 같아서요."

한 해를 마감하는 밤이어서인가. 적막하고 추운 거리에서 양팔 간격으로 서 있는 두 여자의 모습은 누가 덜하달 것 없이 초라하기만 했다. 어떤 서러움에 영인은 눈시울이 아리며 뜨거워져왔다. 정주를 찾아내겠다고 남가좌동 갔던 날이 떠올랐다. 겨우 열흘 남짓 지났지만 오래된 일처럼 아슴푸레하였다. 그러면서도 한편으로는 그날의 참담하며 비참했던 기분이 영인에게 생생히 스며들기도 하는 것이었다. 없던 일처럼, 없던 날처럼, 그랬으면 좋았을 시간들이었다. 그간의 나날 모두 삶으로부터 받은 수모에 다름 아니었다. 이제 와서는 정주와 할 이야기가 없다, 들을 이야기도 없다는 생각도 이어 지나갔다. 너그러워져서가 아니라 그저 그런 생각이 드는 거였다.

"어디 들어가서 차라도…… 욕 많이 하셨지요?"

그럼 칭찬했겠니? 그런 말이라도 해줘야겠지만 영인은 도무지 말이란 게 하기 싫었다. 그런 말 자체가 쓸모없었다.

"제가 꼭 갚을 거예요 선배."

그 돈 그만둬라 하면 좋겠지만 그 소리도 할 수는 없었다.

“지윤 선배 것은 장담할 수 없지만 우리 선배 것은 제가 꼭 갚
아요.”

아니다, 내 건 괜찮으니 지윤이 것이나 돌려줘라. 영인은 그 말
도 차마 하지 못했다. 그렇게는 할 수 없었다. 그런 자신이 쩨쩨
하고 초라하기만 하여 영인은 정주가 눈앞에 있는 게 싫었다. 어
쩔 수 없이 지금의 자기 자리를 확인하게 되는 것도 정주와 세상
과 삶으로부터 받는 모욕이었다.

“아니면…… 술 한잔 드실래요?”

정주 딴에는 영인이 최소한 그런 기분이라 짐작했으리라. 정주
부터 술 한잔 없이 그 이야기를 제대로 한다는 게 어려운지도 몰
랐다. 듣는 일과 듣는 말에 대꾸할 일, 두 가지 모두 영인은 비켜
가고 싶기만 했다.

“아냐, 그냥 가.”

“어떻게요? 그러려고 온 게 아닌데. 굉장히 분하고 화나셨을 줄
다 알아요. 입이 열 개라도 할 말이 없고, 말해 봤자 죄다 변명이
되겠지만 저도 힘들게 살았어요. 그럼 네가 어디 가서 호강하면서
살 줄 알았냐고 해도 또 할 말이 없고…… 이런 이야기, 어디 들
어가서 해요.”

“아냐, 들을 이야기 없어. 그런 일이 있었다고도 생각하기 싫
어.”

정주가 한 발 다가섰다.

“저 정말 인도 가려고 했던 거예요. 정말이에요. 선배들 하고,
좋은 사람들하고. 사는 게 힘들고 세상이 원망스럽기만 해서, 인
도에 가서 마음이고 몸이고 홀가분하게 비워 오고 싶었어요. 체념
할 것 체념하고, 세상에 대고 바라지 않으며, 저를 찾고 싶었어

요. 나이가 들수록, 이게 아닌데, 이렇게 사는 게 아닌데 하면서,
뭐가 진짜인가 찾아오고 싶었어요."

전 같으면 영인은 대꾸해 주었을 것이다. 인생에서 무엇을 찾아
내려는지 모르겠다만 너는 평생 찾아다니기만 하다 말 것이다, 애
야, 삶이란 뭘 찾는 게 아니라 그저 살아내는 것이다, 라고. 하지
만 영인은 한때 자신이 득도했다 자부했던 말과 마음이 부질없게
여겨졌다. 결국 말장난에 다름없었다. 그러나 또 그렇다면 도대체
세상에, 그리고 인생에 부질없지 않은 것은 무어란 말인지.

"그래 무슨 뜻인지 무슨 말인지 다 알았어. 그러니까 그냥 가."

"사기꾼하고는 얼굴도 마주하고 싶지 않다는 거죠. 선배, 저도
사정이 있었어요. 저도 그놈한테 사기당했어요. 이틀만 쓰고 넣어
준다고 하더니 뛴 거예요. 저는 방도 내놓고 그놈 잡으러 다녔어
요. 저야말로 세상에 없는 배신을 당했어요. 그놈, 여자가 있었어
요. 둘이 인도로 도망갔대요. 하필이면 인도로! 선배가 저에게 느
꼈을 배신감 알아요. 그렇지만 선배는 제 마음 몰라요. 제 기분
몰라요. 거기다 저는 계가 여러 개라 계원이 한두 명도 아니고,
저는 그런 년이 되고 마는 건데. 얼마나 기가 막혀요. 이런 저를
이해해 달라고 온 건 아니에요. 이건 제 사정이니까. 그래서 안심
하시라고 연락처도 적어드리려고. 선배에게는 제가 직접적으로 죄
를 진 거니까."

"어디 사는지 몰라도 돼. 아무것도 모르는 게 나으니까, 그만,
그냥 가. 내가 차 잡아줄게."

영인은 택시를 세워 강제로 정주 등을 밀어다 좌석 앞자리에 넣
고 차문을 닫았다. 자신도 모르게 모래내라고 운전기사에게 소리
쳐주었다. 차문을 닫자마자 운전기사는 차를 출발시켰다. 뒤돌아

164

보며 정주가 뭐라고 말했지만 물론 들리지 않았다. 차를 세우라고 했는지, 모래내가 아닌 다른 곳을 댔는지, 택시는 주춤했다가 이내 차선을 바꾸어 달려가기 시작했다. 차가 많이 다니지 않는 한적한 차도에서 정주를 태운 차는 쉽게 꽁무니를 보이며 사라졌다.

길 아래쪽에서 또 돌풍이 몰아쳐왔다. 바람에 쫓겨 종종 걸음으로 골목에 들어서는 순간 영인은 아차, 하며 이마를 쳤다. 정주 그 애에게 택시 요금도 없는데 택시에 밀어 넣기부터 한 건 아닌가. 그러고는 그런 자신에게 웃음이 나왔다. 인생에는 어떤 득도도 참 소용없는 것이었다. 창희 말대로 중생은 어떤 득도든 안 하는 편이 나았다. 영인은 다음 발짝을 떼어놓았다. 고개를 쳐드니 그녀의 두 아이가 잘 준비를 마쳤을 따뜻한 오렌지색 불빛의 방이 깊은 겨울밤 검푸른 창공을 떠받치며 지상에 있었다.

싱크대에는 씻다 말고 나간 콩나물이 푸른 기를 띠며 소복소복 가득이었다. 콩나물을 소쿠리에 넣고 수채 망을 올리다 말고 영인은 깜짝 놀라 수채 망을 들여다보았다. 머리 위 형광등 불빛이 수채 망 가득 쏟아져 들어차 있었다. 다듬어버린 콩나물 뿌리와 대가리, 파뿌리 찌꺼기들이 말갛게 씻겨진 자태로 환한 불빛을 받으며 천장 허공을 향해 뻗쳐오르고 있는 중이었다. 싱싱하고 씩씩한 찌꺼기였다.

'마치 희망 같다!'

영인은 왠지 가슴이 벅차왔다.

그러고 보면 희망은 있을수록 좋았다. 있어야만 하였다. 가슴을 벅차게 하는 무엇이 있어야 인생은 지탱되었다. 다듬어버린 얼마 전과 딴판으로 그새 웃자란 데다 빳빳한 생명력까지 갖고 있는 그것들은 콩나물이 아닌 콩나무로라도 자라나줄 것처럼 보였다. 그러나 역시 쓰레기에 불과했다. 반짝하다 스러지는 아침 이슬이었다. 콩나물 대가리에는 뿌리가 없고 뿌리에는 잎과 줄기가 없었다.

영인은 금세 맥이 빠져 희망을 갖는 어려움과, 가져 봤자인 희망의 속임수와, 덧없음 따위의 사념에 잠겼다.

아무리 헤집으며 들여다보았자 이미 버렸던 콩나물 찌꺼기에서는 취할 것이 없었다. 그토록 깨끗하고 싱싱해도 막상 골라낼 건 없었다. 몇 초든 공연히 버리는 미련한 시간이었다. 짧은 생각이 스쳐 지나갔다. 그래…… 정주, 잘 보낸 것이다. 콩나물 찌꺼기를 버리는 일과 같다. 그녀는 수채 망 속 찌꺼기를 음식물 쓰레기통에 미련 없이 털어넣었다.

그리고 그 나라를 향해 영인은 걸어가기 시작했다. 그녀가 생각하는 그 인도로, 천천히 천천히.

소설가를 만난 날

드뷔시의 「달빛」과 함께 저는 여기서 인사드리겠습니다. 좋은 밤 되십시오. 사회자의 마지막 말에 이어 라디오에서는 피아노곡이 똥강똥강 흘러나왔다. 조용하고 영롱한 선율임에도 밤하늘 투명했던 달빛이 뿌예지는 것 같았다. 영인은 맑고 고요한 밤에는 뇌가 터지도록 폭발적인 헤비메탈을 원했다. 물론 그녀의 취향이었다. 메탈 곡이 끝나면 바깥의 말간 달밤은 온전히 남아 있고 깊은 바다 속 같은 쓸쓸함이 그녀 내부에 가득 차오르던 것이다.

달밤에는 으레 베토벤의 「월광」이나 드뷔시의 「달빛」 종류를 내놓아야 한다는 구태의연한 발상. 저토록 둔감할 수 있단 말인지, 덧칠되는 게 아니니, 그 둔탁함을 감당할 수 있니?

덧칠은 그랬다. 두껍고 불투명해지다가 나중에는 지저분해져 버린다. 의외로 사람들은 튼튼하고 질겼다. 둔탁함을 감당할 수 있니? 하는 그녀가 바보였다. 감당이란 말 자체가 우스운 것이었다.

음악을 듣는 따위에 감당이란 말씩이나? 그러면서 그들은 잘 살았다. 영인만 힘겨워했다. 고작 음악 방송 하나 듣는데도 영인은 골과 어깨가 무거워졌다.

빗물이 플라스틱 슬레이트 처마에 토도독 빗소리를 내던 날, 「빗방울 전주곡」이 나오고 있던 때였다. 라디오는 친절하게 흘러간 팝송 「레인 엔드 티어」와 「리슨 투 더 레인」과 유라이어 힙의 「레인」까지 들려주었다. 다 그녀가 좋아하는 노래였지만 굳이 비오는 날을 골라 듣고 싶지는 않은 노래였다. 왜 그런가를 그녀는 생각했고, 알아냈다.

겹침 때문이었다. 꽃잎을 예로 들자면, 겹으로 된 모든 꽃에서는 순연한 아름다움이 안 보였다. 여러 가지 겹침, 특히 꽃잎의 겹침이 물밀듯 그녀 뇌리에 그려졌다. 겹 봉숭아, 겹 채송화, 겹 무궁화, 겹 동백, 겹 치자꽃, 겹 백일홍, 겹 맨드라미……. 겹침은 풍성하나, 두껍고 요란하여 힘들었다. 머리와 마음을 복잡하게 만들었다. 홑꽃잎에게서는 정결한 영혼이 느껴지는데 겹꽃잎은 그게 없었다. 후텁지근한 정열의 캉캉 드레스일 뿐이었다.

언제부터 겹침을 무거워하게 된 것일까? 문득 영인은 고개를 갸웃했다.

여름이 되자마자 가을 겨울이 그리웠다. 텁텁해서 싫어하는 봄까지도 괜찮았던 날씨로 기억되었다. 그만큼 격렬한 더위로 시작됐던 여름이었다. 폭우와 태풍이 겹쳐 전에 없는 난리마저 치렀다. 자연재해를 당한 이들은 가진 게 없는 자들이었다. 여름은 잔혹했다.

"그랬던 여름이 옛날이야기 같네, 벌써?"

사람 하나를 쉽게 변덕쟁이로 만드는 계절 중 하나가 가버린 것
은 사실이지만, 친구 지윤이가 웬일로 꼭두새벽부터 전화하여 변
죽만 울리고 있나. 영인은 화급증이 일었다. 쓸데없는 잡담일 뿐
이다, 이런 이야기가 인생에 무슨 보탬이 되나. 용건 없이 해오는
전화들이 영인은 갑갑했다. 나이가 들면서 느긋해지기는커녕 도리
어 성급해지기만 한다는 자책이 안 드는 건 아니었다. 세상 사는
데 쓸모 있는 이야기는 뭐 그토록 있었으며 그건 또 무엇이던가.

솔직히 꼭두새벽은 아니고 딸아이가 학교를 갔으니 오전 여덟
시가 겨우 지난 시각이었다. 영인은 그 시간대를 좋아하였다. 누
군가 전화를 걸어오면 소중한 자기만의 것을 손상당하거나 빼앗긴
다는 기분이 드는 거였다. 더구나 오는지 가는지 모르게 짧은, 너
무 아까운 가을날 아침이었다. 하지만 돈으로 살 수 없는 것에의
집착이란 졸렬하고 치사스러웠다. 물질을 탐하는 마음이 차라리
화끈하고 정직하며 건강한 것이었다.

"오늘 새벽에는 어찌나 추운지 얼어 죽는 줄 알았어. 자기넨 괜
찮아?"

얼어 죽기까지야. 시월 들면서 긴소매 남방셔츠 같은 게 요긴해
지긴 했다.

"그러면서도 낮엔 환장하게 덥데?"

같은 말을 하더라도 지윤이는 선녀다운 표현을 골라 했었다. 지
윤이는 지난해 올해 사이에 많이 달라졌다. 그러는 영인이 자신도
변했을 것이다. 우선 무언가를 느긋하게 잘 참아내지 못하지 않는
가. 그러고도 인품을 달라 보이게 할 무엇인가가 더 있을 터였다.

"일은 하러 다녀? 오늘 쉬는 날?"

"아니. 쉽질 않네. 두 달째인데. 여태 일해 줄 집이 안 나온다."

“내가 전화한 지 그렇게 오래된 거야? 그럼 어떻게 살고 있어?”

“잘 살고야 있지. 뭐.”

“그건 자기가 늘 하는 소리고. 정말로 말이야.”

영인은 몇 년 하던 파출부 일을 두 달째 쉬고 있었다. 단골로 다니던 집이 캐나다로 투자 이민을 떠나버려서였다. 파출부 협회에서 새로 소개해 줄 집을 기다리고 있는데 차례가 안 왔다. 단골로 다닐 집이어야 생활 계획을 세우는 데 유리했다. 일을 부탁해 오는 집이 줄어서 대기자 명단에 들어 있는 영인의 순서까지는 언제가 될지 몰랐다. 지금이라도 늦은 건 아니니까 조리사 강습을 받아 자격증을 따는 게 좋지 않을까. 협회 간사가 권하여서야 그런 일도 있다는 걸 알았지만 실행하지 못하고 있는 채였다.

재료비만 내면 무료로 가르쳐주는 데가 구청 단위로 있거든. 무료라고 해도 시간과 돈은 좀 들어요. 장차를 위해서는 그게 나을지도 몰라요. 잘사는 사람도 그렇게 많던데. 몇 백만 원 한다는 유치원을 밤새워 줄서서 기다린다지? 못사는 놈은 뼈 빠지게 고생해 봤자 평생 고생이고 잘사는 놈은 평생 잘살고. 살아 있는 동안에 우리 같은 사람들에게야 어디 볕 들 날 있겠어요? 어째 사는 게 이렇고 세상이 이런지!

잘사는 집은 일하는 로봇이라도 수입하여 쓰는 걸까? 알 수 없는 노릇이었다.

“그렇다면 오늘도 집에 있겠네? 나, 자기네 동네 갈 일이 있거든.”

드디어 지윤은 본론을 꺼냈다.

“오늘 소설가 하나 만나야 하는데, 알고 보니 자기 동네 근처였어.”

지윤이는 전에 거래하던 출판사에서 일거리를 받아 감지덕지하며 일하는 지 일 년이 다 되어가는 중이었다. 그러기 위해 컴퓨터를 장만하지 않으면 안 되었는데 열심히 해다 줘도 일한 값을 제때 받아본 적이 없다는 푸념을 매번 들었다.

"개네는 학술 신간 그런 것만 나를 주는 통에 나는 골이 빠개진다. 학술서는 천 부 정도 찍으면 다 소화된대. 요즘 일하는 애들은 무식해서 학술 쪽은 시킬 수도 없다네. 거기다가 출판 경기가 단군 이래 이런 불황이 없다는 데에야!"

단군 이래 이런 불황이 없단 말은 이십 몇 년 전 영인이 지윤과 함께 출판사에 근무할 때도 듣던 소리였다.

"소설같이 쉬운 일 좀 나를 주면 안 된다니? 개네도 소설을 아주 포기한 건 아니래. 잘 팔리는 작가는 작고 시시한 출판사에선 안 하려고 하니까. 사장이 좀 나간다 하는 젊은 작가로 교섭을 해 봤는데, 하이고, 너무 잘나서 이루 말을 할 수 없더란다. 나는 그 애들이 그렇게 잘났는지를 사장 말 듣고 처음 알았지. 학술서나 소설이나 결재액은 권당이라서 다 같거든. 소설은 휴가나 마찬가지지. 소설 하나 받아다 출판사에 줄까 하고. 사장하고 반은 결정 됐어. 설마 그 일거리야 날 주겠지? 내가 수를 써야지 하고."

수를 쓴다? 예전의 수동적인 지윤이가 아니었다. 병들었던 남편은 죽었고, 아이를 낳지 못해 애도 없는 여자가 무슨 일이 있어 이렇게 강해졌나. 영인은 궁금증과 부러움이 함께 일었다. 이 여자 지윤을 바꾼 게 무엇인가. 경제적인 압박인가, 출판 일에서 자꾸 좁아지고 있는 자신의 입지인가. 무엇이건 간에, '여자는 약하나 어머니는 강하다.'라는 말이 무색해지고 말았다. 지금 같아서는 어머니인 영인보다 아이 없는 지윤이 훨씬 강인한 모습이었다.

"아, 자기도 알겠다. 우순둑이라고. 걔, 우리보다 두어 살 아래
야."

"우순둑이 우리 동네 살았던 거야? 세상 좁네. 난 직접은 몰라
우순둑."

"아아아, 그렇겠다. 박민사에서 자기 나가고 난 다음에 우순둑
책을 했으니까. 그때 엄청 팔았다. 박민사 사장은 우순둑 책 팔아
서 집 사고 사무실 늘리고 한참 재미 봤지. 내가 우순둑 담당이었
잖아. 자기하고만큼은 아니지만 유일하게 친한 소설가야. 걔도 이
몇 년 일이 안 풀려. 인생은 운이 있어야 해. 걔, 할 줄 아는 게
글 쓰는 것밖에 없어서. 참 한심하더라. 덕분에 써놓은 소설은 있
다네. 우순둑한테 디스켓 받고 난 다음 근처 어디 찻집 같은 데로
갈게. 우리도 밖에서 기분 내보자, 응? 내가 맛있는 커피 살게."

밖에까지 나가고 싶지는 않지만 집에서 손님을 맞이한다면 두
아이에게 방해가 되었다. 몇 년 새 영인의 두 아이는 사람을 그리
워하던 어린아이가 아니게 성장해 버렸다. 누군가 와서 지체하고
있으면 엄마를 수시로 불러내 저 사람 언제 가느냐고 성화를 부려
영인을 무안하고 불편하게 만들었다. 무조건 환영했던 지윤 아줌
마도 예외가 아니었다. 자기들 일상에 차질이 생기는 걸 달가워하
지 않았다.

"일단 호수에서 만날까? 그 옆에 근사한 찻집이 있더라."
영인은 호숫가 숲 입구 들어서서 맨 첫 벤치로 약속을 정했다.

조금 일찍 나서려고 아이들이 학교에서 돌아와 먹을 간식을 준
비해 놓고 있는데 전화벨 소리가 났다. 지윤이였다.

"미안해서 어쩌지?"
약속이 파기되는 건가 보다. 그렇다면 영인으로서는 반가웠다.

"아주 중요한 일이 생겨서 그러는데, 나 좀 봐주라. 내가 우순둑도 그리로 오라고 했거든. 전화하니까 벌써 나갔나 봐. 휴대폰도 안 되고. 너무 중대한 일이라서 그래. 미안하지만 자기가 디스켓 좀 받아다 놓을래? 일 끝나면 자기 집에 들를게. 나, 고속버스야. 늦어도 꼭 갈게. 미안, 미안. 부탁, 부탁."

지윤은 미안해하는 어조도 아니었다. 나한테는 상의도 없이 제멋대로 셋이 만나기로 해? 그래 놓고 자기는 못 오니 심부름을 해달라고? 이런 경우가 있나, 얘가 어쩌자고 이런 엉터리 인간이 되었나. 그동안 바람직하지 않게 변한 지윤이를 확인하는 건 유쾌하지 않았다. 흐지부지 무마해 주고 싶지 않았다. 밤에 지윤이가 오면 호되게 뭐라 할 작정이 저절로 마음에 딴딴해졌다.

호숫가는 평일인데도 사람이 많았다. 대부분 노인이었다. 호수 주변 도로를 오가는 차량들 엔진 음과 경적이 연신 시끄러웠고 호숫가는 고적했다. 느릿느릿한 노인들 동작 때문인지 활기찬 생명력이 느껴지지 않았다. 호수 가운데 유원지 섬에서 놀이 기구가 저 높이 작동될 때 와아 하는 비명과 함성이 끊이지 않는 중이었지만 거기에서조차 약동이 아닌 일탈에의 안간힘만 감지되는 것이었다.

우순둑도 지윤과 약속한 첫 번째 벤치로 오겠지.

첫 벤치에는 인생 선배인 할머니와 할아버지가 별말 없이 나란히 앉아 있었다. 우순둑도 혹시 일찍 오지 않을까 하여 영인은 자주 호수 입구 쪽을 보며 벤치가 있는 둔덕에서 불그레한 우레탄 길로 내려섰다. 산책과 조깅을 할 수 있게 호숫가를 빙 둘러 만들어진 길이었다. 그녀는 천천히 걸었다. 호수에 오면 몸과 마음이

느리게 움직여졌다. 노인들로부터 전염이 되는 것이다.

물비린내가 살짝 풍겼고 쌀쌀한 바람결에 후지근한 햇살이 비벼져 있어 날씨는 괜찮았다. 운동 모자를 쓰고, 목에는 수건을 두르고 뛰거나 걷는 사람들이 그녀 옆을 스쳐 지나갔다. 얼마만큼 걸은 것일까. 처음 자리로 가지 않으면 안 될 지점이었다. 뒤돌려는 찰나 50여 미터쯤 앞에 사람들이 웅성이며 둘러서 있는 광경이 시야에 들어왔다.

약속한 벤치로 가야 하는 걸 알면서도 호기심이 발길을 끌어당겼다. 먼 데서 걸어오던 몇 사람이 그곳에 발길을 멈추고는 하여 무리는 열댓 명 남짓으로 불어나 있었다.

거리가 가까워져서야 싸움인 걸 알게 되었다. 사람들 틈새로 안쪽이 보였다. 이십 대 중반쯤 되는 키 큰 청년 셋과 고교생 둘이 있었다. 청년들은 얼굴만 봐도 불량배인 걸 알게 험상궂은 생김이고, 고교생 둘은 잔뜩 겁먹고 주눅 든 표정이었다. 불량배와 고교생의 싸움인가?

"무슨 일이래요?"

영인은 옆에 서 있는 할머니에게 물었다.

"저 학생들한테서 돈을 뺏으려고 했다나 봐?"

"백주 대낮에, 이런 데서요?"

"왜, 여기 그런 일들이 많아. 우리야 보고도 못 본 체하는데. 저, 젊은 색시, 어쩌려고 끼어들어서. 혼자서 어쩌겠다고? 저런 애들이 얼마나 무서운데. 모르는 체했으면 좋았을걸."

젊은 색시? 혼자?

영인은 사람들을 헤집으며 안쪽으로 파고들었다. 젊은 색시 혼자라니 여차하면 112에 전화를 해줘야지, 하는 의협심이 잠깐 발

동했던 것이다. 이유와 장소를 불문하고 칼을 휘두르는 정신병자
가 이 땅에는 얼마든지 있었다. 언젠가, 공중전화에서 앞사람이
통화를 길게 한다며 뒤에 서 있던 남자가 앞사람을 칼로 찔렀다는
기사도 읽었다.

영인이 들여다보는 순간 불량배가 틀림없는 청년 중 하나가 담
배를 빼 물며 이빨 사이로 말을 내뱉었다. 아마 지금까지는 젊은
색시 혼자 열심히 타이르고 있었던 모양이었다.

"그래서 어쩌라고? 경찰 불러, 불러보라고. 내 동생이라는데 왜
그러셔? 형님이 동생한테 무슨 말은 못하니? 웃기는 짜장면이네.
할 일 없으면 저기 가서 치마나 까셔. 저어기 할배 씨들 침 흘리며
기다리고 있네. 재수 옴 붙으려니까 별게 다 껴들어 지랄이야!"

할머니가 젊은 색시라고 한 여자는 젊은 색시가 아닌 영인이 또
래였다. 불량배가 삿대질하고 있는 젊은 색시는, 영인이 실제로
보는 건 처음이지만 우순둑이었다. 꽤 오래전 신문에 책 광고와
함께 나온 작가 사진과 흡사한 데다가 그냥 바로 알 수 있기도 했
다. 아니, 우순둑이잖아?

"이봐요. 나는 처음부터 다 본 사람이야. 어떤 형이 동생한테
그래요? 사지육신 멀쩡하고 기운 쌩쌩한 젊은 사람들이, 이렇게
번듯하게 잘생긴 젊은이들이, 그러면 안 되죠."

지나가던 개도 웃을 만큼 고루하고 진부한 설교였다. 당연한 맞
대꾸가 바로 튀어나왔다.

"웃기고 자빠졌네."

"법이 엉망인 세상이지만 그래도 앞날이 창창한 젊은 사람들인
데, 정신은 올발라야죠. 부모님을 생각해 봐요. 자기들 동생도 생
각해 봐야지. 또 젊은 사람들이 이러면 이 나라 앞날이 뭐가 되겠

어요? 응? 동생도 막내 동생뻘 되는 아이들 돈이나 빼앗으려 들
고. 창피한 줄을 알아야지. 이렇게 살면 안 되죠."

"놀고 있네. 내가 댁한테 뭐라고 했어? 얘, 진짜 동생이라니까?
아니라면, 아니라면 또 어쩌겠다고? 재수 옴 붙으려니까, 씨발.
그냥, 콱! 아니 웬 구경꾼들이야? 어이구, 그래 구경났다! 비켜!
아, 비켜주십쑈오? 가자, 가자. 쉐키들아, 가자니까? 형님께서 좋
은 구경 시켜주겠다고 했잖아."

불량배 하나가 고교생 둘의 등을 밀었다. 거기서 끝냈으면 하는
마음은 영인뿐 아니라 다른 이도 마찬가지인 것 같았다. 어차피
남의 애들 일이었다.

"안 되지. 얘들은 못 데리고 가지."

우순둑은 말과 동시에 팔을 벌려 두 학생을 막았다. 낮은 어조
에 당찬 말투였다. 실물로 보니 우순둑은 키도 작았다. 영인의 눈
으로 보건대 156센티미터쯤이었다. 우순둑에 비교하지 않더라도
불량배 셋은 요즘 아이들답게 체격이 좋았다. 고교생 두 아이도
해쓱한 낯빛인 채로 불량배들만큼 큰 키였다. 우순둑은 나이와 상
관없이 귀여운 면이 있었다. 그럼에도 불량배들은 더는 함부로 대
들지 못했다. 쉽게 비켜나지 않겠다는 단호한 의지가 우순둑에게
서 읽혔고 그것이 우순둑을 크고 강해 보이게 해주었다.

불량배는 텅, 소리가 나게 재차 두 학생의 등을 떠밀었다. 두
학생의 두 발이 땅바닥에서 벌컥 떨어지며 앞으로 쏠렸다. 그 기
세에 두 학생을 온몸으로 막고 있던 우순둑도 뒷걸음질을 쳤다.
구경꾼은 뒤로 물러나주었다.

영인은 망설였다. 칼부림까지 나올 것 같지는 않다. 이쯤에서
우순둑 편을 들어 함께 맞서줄 것인가. 아니면 성가셔질 테니까

모른 척하고 돌아가버릴까. 약속 시각은 지나 있다. 약속한 벤치에 우순둑은 없다. 그러니 우순둑을 만나지 못했다고 하면 될 일이었다.

"얘들아!"

뒤로 밀리고 만 우순둑은 열이 나는지 얼굴이 벌겋게 달아올랐다.

"너희들, 밥도 못 먹었니?"

그러고는 얼른 두 학생 배 사이에 정수리를 대고 들입다 힘을 주어 원래 자리로 밀어 넣었다. 두 학생은 갑작스러운 기세에 뒤로 앞으로 몸을 휘청거리다가 서로를 붙잡았다.

"아유! 저걸?"

가장 큰 불량배가 두 학생 등을 발로 차듯 팍 떠다밀었다. 아줌마를 그렇게 해버리고 싶다는 표현이었다. 두 애는 허리를 앞으로 꺾으며 우순둑 머리를 타넘어 고꾸라질 뻔했다. 우순둑은 이번엔 잽싸게 몸을 돌려 두 학생이 떠밀려나오는 것을 등판으로 되막았다. 두 학생과 불량배들이 비킨다면 우순둑이 뒤로 넘어지고 말 판이었다. 우순둑은 바닥에 발꿈치까지 박으며 한사코 버텨냈다. 그러다 화가 뻗쳐 견딜 수 없는지 휙 몸을 떼고 돌아서 제법 사납게 두 학생을 올려다보았다.

구경꾼들이 빙글빙글 웃기 시작했다. 으흐흐 하는 웃음소리가 몇 사람으로부터 나왔다. 사람들이 웃어서가 아니라 소설가는 그쯤에서 정말 화가 나버렸다. 불량배가 아니라 두 학생에게였다.

"가라 가! 깡패 형님들 따라가라. 그러고 싶으면 그래, 이 바보들아! 너희가 스스로를 지켜내지 못하면 아무도 너희를 지켜줄 수 없어!"

"썰 까고 있네. 쉐키들아, 형님들 그만 망신시키고, 가자, 가."

두 학생은 다리에 조금 힘을 주며 주춤하였다. 자그마한 이 아줌마가 저희들을 몸으로 막아주든 옷이라도 붙잡아주든 하기를 바라는 눈치였다. 두 학생은 여전히 저항할 용기가 없었다. 난처해하기만 하였다. 누구 눈에든 저 비겁하고 나약한 녀석들은 불량배에게 백 번을 당해도 쌀 녀석들이었다. 그렇긴 해도, 그 자리 누구의 자손이 어느 구석에서 저런 수모를 겪지 않으리라 장담할 수는 없었다. 우순둑은 화를 누르며 유치원생들을 대하듯 불량배와 두 학생을 새로이 다독였다.

"형님들은 그만 가요, 응? 잘못 한 번 덜하게 되는 거야, 그렇죠? 애들아, 집이 어디니. 어느 학교니? 아줌마랑 같이 가자. 아줌마가 데려다 줄게."

그제야 여기저기서 한 마디씩 거들었다.

"그러지 뭐. 젊은이들도 장난 한 번 해보려던 것뿐인데 뭐."

"어여 가요, 젊은이들. 그게 좋아요."

"그러지. 좋은 게 좋은 거야."

"학생들도 하라는 공부 안 하고 여기서 어정거리니까 저 형들이 그러는 거야. 지금 공부 시간 아닌가? 학교에 있어야 할 학생이 왜 여기 있누?"

그것은 이미 불량배들이 이 상황의 진전을 단념한 데다가 아줌마의 어처구니없는 참견에도 누그러진 빛을 보이기 시작한 때문이었다. 불량배들이 처음처럼 난폭하였다면 아무도 감히 입을 열지 못했을 것이다.

"그럼. 공불 안 하면 저 형들처럼 되지."

나중에는 그런 말까지 들려와서 둘러선 사람 모두 웃고 말았다. 불량배들도 피식 웃었다. 불량배들이 먼저 실실한 걸음걸이로 호

수 둔덕 계단을 천천히 올라갔다. 자기들 딴에는 서둘지 않는 척
하는 게 자존심일 거였다.

우순둑은 약속 시각에서 삼십 분 이상 지각이 되어버렸다.

"지금 몇 시예요?"

시계가 없는지 남아 있는 두 학생에게 대고 우순둑이 물었다.
학생이 손목을 들여다볼 때 영인은 가만히 우순둑의 팔을 찔렀다.

"저기, 혹시?"

"어머! 예. 그럼?"

"예, 그래요."

"예, 저두요."

그러고도 시간이 지체되었다. 두 학생이 학교 정문으로 들어가
는 걸 봐야 한다는 우순둑의 고집 때문이었다. 자기들은 불량 학
생이나 땡땡이꾼이 아니다, 점심시간에 선생님 심부름을 나왔다가
상가 화장실에서 여기까지 끌려온 거다, 우리는 학교밖에 갈 데가
없다, 라는 맹세를 받고야 우순둑은 두 아이를 보냈다.

더러 사람들은 소설가를 경외감으로 바라보기도 하지만 출판사
에 다녔던 영인은 그렇지 않았다. 그녀가 본 일부 소설가는 시시했
다. 영인이 지윤과 함께 다녔던 출판사, 당시 박민사에서 본 그네
들은 한결같이 쫄짜였다. 통이 큰 척하였지만 실상은 쩨쩨하고 남
의 칭찬에 야박하며 소심한 성격이었다. 그런가 하면 여자 소설가
들은 터무니없이 여장부연하여 영인이 보기에는 자연스럽지 않았
다. 인간관계를 맺어 그 진짜 인간을 알았던 건 아니다. 겉보기에
그랬을 뿐이다. 그러나 옛말이 있지 않은가. 겉 꼴 안 꼴이라고.

박민사와 연관되어 있던 소설가들의 글도 영인으로서는 하찮았

다. 맞춤법이며 문장 구사가 형편 무인지경인 작가가 이상하게 많았다. 영인이 새로 짓다시피 만들어진 책도 여러 권이었다. 소설가로서의 자존심, 선구자적 사명감은 간 곳 없이 자만심만 가득한 이들이었다. 명함에 박기 위하여, 경력으로, 소설가라는 문화적 허영으로 말이다. 지금 그런 작가들은 깨끗이 사라졌으리라. 그렇기 때문에 지윤이가 말했던, 요즘 작가들이 너무 잘나 있는지도 모를 일인 것이다. 우순둑은 어느 정도 되는 인격체일까.

"이것부터 받으세요. 안 그러면 저는 잊고 다시 가져갈 게 뻔해요. 사실은 지윤 언니에게 메일로 보내도 되는 건데. 이렇게라도 만나자고 해놓고 말이에요?"

약속했던 장소를 향해 가며 우순둑은 편지 봉투에 넣어 반으로 접은 디스켓을 웃옷 주머니에서 꺼냈다. 그러며 한꺼번에 물었다.

"그런데 언제 오셨어요? 오래 기다리셨지요? 어떻게 전 줄 아셨어요?"

"보니까 알겠던데? 광고에서 본 사진과는 다르지만 그래도 알아봤어요."

오래전이긴 하지만 사진 속 우순둑은 젊고 고왔으며 어두웠다. 실물로 보는 우순둑은 소설가로 보이게 할 요소가 도무지 없었다. 키가 문제가 아니라 예전에 영인이 별 볼일 없다고 여기던 작가들조차 소설가로 보이게 하는 결정적인 분위기는 갖고 있었던 것이다. 게다가 우순둑은 눈만 들여다본다면 맹하니 아둔한 눈빛이었다. 인생과 인간의 고뇌보다는 그저 눈앞 일에 웃고 울며 팔팔 뛰는, 싸구려 정의감이나 가득한. 당장도 우순둑은 보여주었다. 저런 사람이 인생과 인간의 굴곡지고 깊이 모를 진실과 비의를 캐내는 작업을 한다?

진짜 소설가란 무엇보다 눈빛이 깊어야 하는 게 아닐까. 우순둑은 이름마저도 촌스러우며 희극적이다. 우순둑이 뭔가, 우순둑이. 작가의 이름은 간판이나 마찬가지라고 생각해 온 영인이었다. 영인은 이름만 갖고 책을 사는 일도 있었다. 작가답게 멋있는 이름이 얼마나 많은가. 여자 소설가만 들더라도 박경리, 박완서, 오정희, 강석경, 최윤, 김형경, 은희경, 전경린, 그 외에도 나열할 수 없게 많았다. 이름만큼이나 그네들은 업적도 빛났다. 우순둑, 저 이름에 저 눈빛을 하고 어떻게 소설가가 되어 소설이란 걸 쓰고 있는 걸까. 하기야, 전에 박민사에서 책을 낸 작가니 뭐. 소설도 소설 나름이고 소설가도 소설가 나름이다. 유명 문학지에 소설을 발표하고 유명 출판사에서 책을 내는 것만으로도 저자의 역량을 알 수 있으며, 작가로서는 내로라할 수 있는 충분한 근거가 되지 않던가.

경멸을 숨기며 영인도 우순둑에게 한꺼번에 대답하고 한꺼번에 물었다.

"지윤이 못 오는 것 알고 있어요? 지윤이는 순둑 씨와 연락이 안 된다며. 나는 아까 왔어요. 다 봤어요. 처음부터는 아니지만. 그런데 그러다 정말 큰일 당하면 어쩌려고 그래요?"

"큰일 당할 게 뭐 있어요. 자기들이 잘못한 건데요."

"그런 거 가리나요. 무서운 애들이 얼마나 많은데."

"무서운 애들요? 에이, 못난 애들이죠. 어린애들 돈이나 빼앗고. 그리고 어디까지나 내가 옳고 자기들이 잘못한 건데요?"

이런, 내가 옳고 저들이 잘못한 거면 만사형통이니? 세상이 그러하니?

"지윤이 덕분에 이런 식으로 만났지만, 우리 커피라도 마시고 헤어져야죠? 벤치 옆에 커피 자판기가 있던데. 어디 들어가면 나는 왜 요즘은 답답한지 모르겠어요.”

“저도 그래요. 그게 나이를 먹는 건지? 잠깐만요.”

우순둑이 빠른 걸음으로 가서 자판기 커피를 세 컵 빼왔다. 남은 한 컵을 두 컵에 따르니 넉넉한 분량이 되었다. 커피 양에 관한 취향은 같은가 보았다. 두 여자는 노인들에게 점령당한 벤치를 지나 호수로 내려가는 돌계단에 앉았다. 시릿한 기운이 엉덩이에 와 닿았다.

“아, 차네?”

“차죠?”

벌떡벌떡 일어날 계제가 아닌 데다, 오래 앉아 있을 건 아니니까 하는 생각으로 두 여자는 그대로 앉아 종이컵을 입에 댔다. 커피는 금방 마실 수 없게 상당히 뜨거웠다.

“아, 뜨겁네?”

“그렇죠? 되게 뜨겁다!”

계단에 앉으니 호수 주변 풍경이 전체적으로 보였다. 처음 보는 그림인 양 생소했다. 영인도 우순둑도 눈앞 경치가 자기네와는 동떨어진 머나먼 나라처럼 다가오는 것이었다. 계절이 이만큼 깊어졌던가? 숲을 이루고 있는 나무들은 빠른 속도로 나뭇잎 색깔을 바꾸는 중이었다. 일조량이 적어지면 엽록소가 빠져나가 나뭇잎은 본래 색깔이 되는 것. 얼마 후 나무는 본연의 모습으로 돌아갈 것이었다. 유원지 섬에는 입장객이 늘었는지 더 많은 종류의 놀이기구가 움직이고 있었다. 왁자한 소리가 생생하게, 그러면서도 왠지 아득히 먼 느낌으로 들려왔다.

호수 물은 짙은 감청색이었다. 높지 않은 파고로 호수 전체에 물결이 일렁였다. 치솟는 분수 둘레에는 둥근 여울이 지고 있었다. 조금 전보다 부드러워진 바람결에 햇살도 따뜻했다. 입 안에 머금은 호수 공원 자판기 커피는 맛있었다.

"그럼 지윤이와는 연락이 된 거네요?"

"예. 보통 바쁜 게 아닌가 봐요. 그 언니, 전에는 식물 같았는데 달라졌더라고요? 그거 알지요? 지윤 언니, 보험 하는 거요."

"그래요? 몰랐네."

그랬단 말인가? 언제부터, 왜?

"모르셨어요? 부담될까 봐 언니한텐 일부러 말 안 한 거 같다. 지윤 언니 친구니까 언니라고 불러도 되지요? 저는 암 보험 하나 들었어요. 사주고 싶은 마음은 굴뚝같지만 다른 건 도저히 못 사겠더라고요. 그 미용기요. 구십구만 원이나 하니까……."

"미용기? 무슨 미용기?"

"화장품 방문 판매, 어머, 그것도 모르시나 보네. 그 언니 그것도 해요. 화장품보다 거기서 나온 미용기와 건강 보조 식품을 팔아야 이익이 크대요."

"그래요? 그건 또 언제부터?"

갈수록 지윤의 일은 태산이었다. 이거 달라져도 웬만큼 달라진 게 아니다. 머릿속이 멍한가 하면 띵하기도 했다.

"제가 괜히 입 가볍게 말하는 것 아닌가 모르겠어요. 말 안 한 까닭이 있을 텐데."

까닭이 있다면 영인이에게 부담을 주지 않으려는 배려 때문이었으리라. 극성스러워졌다 해도 그 정도 경우는 있을 지윤이였다.

"아냐, 괜찮아요. 순둑 씨 말이 맞아요. 내가 부담스러워 할까 봐였을 거야. 그럼 출판사 일에, 보험에, 화장품 외판. 세 가지나

하는 거네? 잘 된대요?"

"출판은 배운 도둑질이니까 하는 거고. 다 출판 일보다는 수입
이 낫대요. 단골도 꽤 생겼고, 회원 모집도, 아! 그 다단계 비슷
한 것도 한다. 네 가지네? 노후를 생각하니 너무 겁나서 돈 벌기
로 했대요. 남편도 자식도 없고 나중에 더 늙으면 어디에 기대냐
고. 돈밖에 기댈 데가 어디 있겠느냐고. 맞는 얘기지요 뭐. 돈만
큼 위대한 건 없다고. 그럴지도 몰라요."

그래. 영인은 크고 깊게 고개를 끄덕였다. 돈은 위대하다. 아무
리 고상한 척하려고 해도, 삶에는 돈보다 소중한 게 있으며, 그것
은 사랑과 건강이며, 결코 돈의 가치로 환산될 수 있는 게 아니라
고 외쳐보았자 돈의 위대함이 평가 절하되는 건 아니었다. 돈이야
말로 인생의 척추였다. 돈이 있고 그걸 어떻게 쓰는가에 따라 사
람은 달라 보였다. 그렇다면 돈은 인생의 척추이자 외피, 옷이었
다. 그게 현실의 진실이었다.

"지윤이는 그렇게 살길을 뚫고 있고, 순둑 씨는 어때요? 소설가
들 힘들다고 들었는데, 순둑 씨는 괜찮아요?"

영인은 은근히 민망하고 미안했다. 소설가에게 직접 대고 이런
걸 묻는 건 실례였다. 어떤 급이든 명색이 소설가라는 사람과 만
났는데 좀 더 지적이고 문화적인 질문을 해야 하는 게 아닌가. 차
원이 높은 이야기 말이다.

"몇몇 작가 빼고는 책이 그렇게도 안 팔린다던데?"

"그렇다네요. 어제오늘 일도 아닌데요 뭐."

남의 일처럼 우순둑은 에헤 웃었다.

"세상 탓이죠? 황금만능의 세상이니까. 우리나라 사람들 책 사
는 돈, 정말 아까워하지. 먹고 마시고 놀러 가는 데 드는 돈은 아

무렇지 않아 하면서. 애들도 책이나 읽고 있을 교육 풍토가 아니고. 또 소설 읽는 게 인생에 남는 거다! 그럴 마음 들게 기똥찬 소설도 소설가들이 써내지 못하고. 아이고, 소설가를 앞에 놓고? 나, 이런 말 할 자격도 없는데. 맞다. 이런 것도 있다. 전에 사재기 열풍 있었잖아요. 과거에 출판사를 다녀서인지 나는 책들 소식에 관심이 많아요. 베스트셀러 만들고, 그러기 위해 편법을 쓰고, 그러면 거기에 우리 냄비 국민은 와아 사주고. 텔레비전에 소개되면 몇 백만 부가 순식간에 팔리고. 그런 것 보면 내가 울화통이 터지는데 소설가는 더 그럴 거야. 그러니 모두 잘못이야. 그렇죠?"

"잘잘못……. 저도 전에는 사재기 문제, 또 소위 문학 권력이라는 그런 것에도 분해서 마음이 안정되지 않았댔어요. 문학지에 글 발표하고, 책 내고, 그런 일에도 일반인이 모르는 어이없는 비사가 많죠. 쓰는 일이 정말 매력 없고 한심하고……. 하지만 저는 어느 날 마음을 바꿨어요. 편법에 동조하고 편법을 쓴다면, 그들은 작가와 출판사이기를 거부한 거잖아요. 그냥 장사꾼인 거니까 많은 우리들에 포함시켜 말할 수 없다! 그런 일 따위 신경 쓸 것 없다, 써야만 하는 사람은 어쨌든 쓰는 거다! 그렇게요. 우리는, 잘 쓰든 못 쓰든 쓰고 있지 않으면 아무것도 아닌 거고. 우리는, 쓰고 있을 때만 비로소 우린 거예요."

그렇게 되나? 단순해서 편할 사고방식이었다.

우순둑 책은 지윤이가 갖고 있던 단편집을 빌려 읽었고 신문에 크게 광고됐던 장편소설은 한 권도 읽지 못했다. 광고되는 소설을 불신하는 경향이 영인에게 있는 탓이었다. 지금 와서는 읽었던 우순둑의 단편소설도 대략 아주 엉망은 아니었다는 잔영만 남아 있지 내용은 생각나지 않았다. 전에 영인이 남모르게 몇 달 동안 써보겠노라 애썼던 소설도 마찬가지였다. 그때만 해도, 아무리 못 쓰는 소설가라도 이젠 무조건 존경하겠다며 소설 쓰기가 어렵단 걸 알았지만 그때뿐이었다. 힘들게 썼고, 자기가 쓴 글인데도 세세히 기억되지 않았다. 지윤이가 젊은 놈에게 당한 연애 사건에 분기탱천하여 써봤던 글인데, 삶이라는 게 그랬다. 중요하고 대단했던 일이 지나고 나면 사소하기 그지없었다.

"글쎄 그쪽으로는 생각도 안 해봤네. 진짜 소설가와는 관계도 없다는. 아, 우리나라 작가들 발로 뛰며 쓰는 작가가 드물다는 지적도 여러 군데서 읽었다. 순둑 씨는 어떻게 써요? 여행 많이 다녀요? 아니면 상상력만으로?"

"저는 여행도 취재도 못하고. 그래서 발로 쓰는 분들 존경해요. 그런 작가들이 진짜 치열하게 쓰는 작가들일 거예요. 저는 형편 핑계만 대며 손으로만 썼어요. 정신이 치열하지 못하고 글은 치밀하지 못해요. 늘 엉성해요. 그러면서도 생각해요. 그냥…… 내 속에 세상이 있다, 나는 세상과 우주를 품고 있다고. 누가, 넌 순 자위다, 라고 하면, 할 수 없지요. 설령 지구를 몇 바퀴 도는 여행을 하고 현장 취재를 하였다 해도 제가 쓰는 게 과연 훌륭해질까요? 무엇을 겪든, 써지는 건, 제가 가진 한계에서 벗어나지 못할 거라는 걸 알아요."

영인도 그런 생각을 한 적은 있었다. 사는 모습은 지구 어디에서나 같다고. 앎과 깨달음이 자기 삶과 꼭 직결되는 것은 아니라고. 그런 만큼 많은 것을 보고 알고 깨닫는다 해도 그것이 소설 쓰기에 직통으로 간여되는 건 아닐지 모른다. 영인은 우순둑의 변명을 자기 식으로 해석했다.

"그리고 저는 여름에 창피했어요. 여러 단체와 개인이 수재민에게 자원 봉사를 나가는데 소설가들은 가만히 있었어요. 우린 우리 시련에만 급급해서. 없는 사람이 없는 사람을 돕는 게 세상 이친데. 저 같은 이기주의자는 관찰자임을 빙자하여 방관자로 있는 거예요. 그러곤 보세요. 아까 같은 때에 느닷없이 그런 애들에게 분개하죠. 인간은 모순된 존재지만 그 극치가 저 같은 종류의 소설가예요. 모든 소설가가 그렇다는 게 아니고요."

이야기가 묘한 데로 가서 영인은 난감해졌다. 그런 이야기에서는 영인 자신도 제외될 수 없었다. 텔레비전 화면을 지켜보는 걸로 양심과 도리의 의무를 다했던 것이다.

"그거야 뭐 나도 마찬가진 거지. 나, 또, 진짜 소설가 만난 김에 이런 것도 물어봐야지. 어리석은 질문이지만……, 소설 쓰기가 더 힘들어요? 실제 사는 게 더 힘들어요? 왜 흔히 피를 말리고 살점을 에고 뼛골이 빠진다는 표현들을 하잖아요. 산고를 겪는다고도 하고."

"저는 소설가 대표가 아닌걸요. 저만 말하면, 저는 소설에 인생을 걸거나 목매달지 않아서 산고니, 그런 말은 쓸 수 없어요. 소설은 제 인생의 부분이고, 저에겐 전체가 더 중요해요. 생존요. 생존! 어려워요. 뭐가 뭔지, 어떻게 먹고살아야 하는지! 나이가 오십을 바라보는데, 이런 사람이 소설을 쓰고 그 속에서 삶을 말하고 있다니 말도 안 되죠. 현실일 때는 어림 반 푼도 안 될 소리를 저는 소설 속에서 하고 있어요. 다만, 세상은 모르지만 인생은 알 것 같다는 거죠. 인생을 안다는 게 유능한 사회생활과는 별개라는 것, 생활을 헤쳐나가고 용기를 내고 하는 데에 도움이 못 된다는 것도요. 죽음을 편히 맞이할 것 같긴 해요. 그 일에는 확실히 도움이 될 거예요."

우순둑은 자기가 한 말에 자기가 웃었다. 종이컵에 넉넉하게 들어 있던 커피는 몇 모금 만에 바닥이 났다. 두 여자는 한동안 우두커니 호수 풍경을 바라보고만 있었다. 부탁대로 디스켓을 받았고 예의에 어긋나지 않을 만큼 커피를 마시며 담소도 나눴다. 일어나서 각자 집으로 돌아가면 되었다. 헤어짐이 아쉬울 건 없었지만 영인은 사는 일이 소설 쓰기보다 어렵다는 여자 소설가에게 대책을 주고 싶었다.

"그럼 순둑 씨는 뭐 먹고살아요? 뭐 해 먹고살아요? 남편이?"

"저는 미혼모예요."

미혼모? 지윤에게서 듣지 못한 정보였다.

"아, 잘못 말했다. 이혼모예요."

그러곤 또 깔깔깔 웃었다. 잘 웃는 여자였다. 잘 우는 여자보다는 나았다.

"다른 많은 소설가들과 동병상련의 심정으로 다 같이 조금 힘들어 하면서 살아요. 웃긴다. 언니에게는 자꾸 솔직하게 말하게 되는데요?"

"소설 쓰는 걸로만 살았어요?"

"예. 말은 그렇지만, 몇 년 동안 거의 못 벌었어요."

"그런데 어떻게 살았다는 거지? 기적이네?"

"예. 소설가들 대부분이 자기들도 그렇게 생각하는 것 같더라고요."

"이런 말하면 어떻게 생각할지 모르지만, 소설가도 먹고살아야 하는 생활인이잖아요. 자식도 키워야 하고."

"그게 문제죠, 그게 문제죠, 그게 문제예요. 다른 건 아무것도 문제가 안 되는데."

“용기를 내봐요. 소설이 밥 먹여주는 게 아니고, 인생을 건 것도 아니라면 밥이 될 다른 일거리를 생각해야잖아요. 투쟁적으로, 아까 걔들한테 하던 것처럼 말이에요. 아주 씩씩하고 당당하던데, 아니, 악착스럽던데? 그런 자세라면 뭘 못하겠어요?”

“아까는, 밥벌이와 상관없는 거니까 그랬겠죠. 왜 그럴까? 돈 되는 일에는 악착이 안 되고 돈 안 되는 일에는 제법 악착을 떤단 말이에요. 저란 인간은 왜 그렇게 치사한지 모르겠어요? 언니 말씀 당연해요. 옳아요. 다른 일거리를 찾아야 해요. 그런데 뭘 해야 하죠?”

영인은 비록 성공적이지는 않지만 자신이 온 길을 말해 주었다. 이혼 후 작은 찻집 프로메테우스를 했던 것, 그것을 말아먹었던 것, 파출부로 몇 년을 살아온 것. 요즘 일거리가 끊겨 다른 일거리를 생각해 보고 있다는 이야기를.

“가진 것 없는 사람이 무리하지 않고 창업하려면 말이에요. 음, 우리 동업하면 어떨까? 붕어빵도 있고 호떡도 있고, 그런 건 최소 자본으로 가능하니까. 우리 열심히 하면 괜찮을 거예요. 포장마차로 하는 어떤 장사도 실제로는 혼자 못하거든. 순둑 씨가 하겠다면 나도 용기 내어 함께 열심히 할 텐데.”

우순둑은 얼굴을 환히 펴며 반색했다. 불량배를 대하고 있을 때보다도 기운이 펄펄해졌다. 눈빛이 희망과 기대로 반짝거렸다.

“어머! 언니, 저 생각해 볼게요. 그동안 희망적인 게 없었는데. 고마워요, 언니. 맞아요! 언니! 그런 게 있네요!”

언니라는 호칭을 두 번 세 번 부르며 차가운 계단에서 우뚝 일어나 두 주먹까지 부르쥐었다. 두 여자는 서로의 전화번호를 주고받았다.

집에 돌아온 영인은 일이 많았다. 죄다 지윤이로 인해서였다. 빨래와 집안 청소가 밀려 있고, 딸아이 교복 다림질과 다음 날 찬거리를 마련해 두어야 했다. 우순둑에게 잊고 말하지 못한 다른 한 가지도 떠올랐다. 밤이 깊어지기 전에 서둘러 영인은 우순둑의 전화번호를 눌렀다. 무슨 일을 하게 되건 동지가 생기는 것이다. 벨이 울리자마자 바로 전화를 받는 우순둑에게 대고 영인은 성급히 말했다.

"생각해 봤어요? 아까 잊어버리고 못해 준 얘기가 있어서. 이건 약간 더 우아한 건데. 우린 한 동네니까, 구청에서 하는 조리사 자격증도 같이 따러 다닐 수 있어요. 그 집이나 우리 집이나 아이들은 어리고, 우리는 나이가 있고, 돈은 없고. 괜찮지 않아요? 지금껏 못 번 돈인데 뭐. 몇 달 투자하여 자격증을 따면 앞이 보일 것 같은데? 어때요, 조리사?"

"그래요. 그렇네요. 조리사. 호떡보다 우아하긴 한데, 그렇지만……."

우순둑은 한번 더 소설을 써보겠다고 했다. 지윤에게 가는 원고는 전에 써두었던 것이니까 그것 말고 마지막으로. 자기는 그 수밖에 없고, 수많은 사람이 수많은 길을 가르쳐주지만 자기는 아무래도 얼마쯤 참으며 마음에 꼭 드는 소설 하나 써야 할 것 같다고.

"저요, 삼십 년 가까이 썼지만 코피도 흘려보지 못했어요. 꼭 발로 써야만 치열한 건 아닐 거예요. 그렇죠, 언니? 제 마음에 지구와 우주를 품고, 여기 앉아 써도 치열한 정신으로 치밀하게 써볼 수 있을 거예요."

충심을 다하면 그럴 수 있을 것 같기도 하다고, 그러다 보면 글을 쓰고 있는 동안의 자기 삶도 충실에 속하는 게 아니겠느냐고.

저를 생각하여 진심과 애정 가득한 권유를 한 것인데, 영인은
몹시 불쾌했다. 공연히 입만 아프게 떠들었다. 난데없이 토사물을
밟은 격이었다. 이래저래 일진이 나쁜 날이라 기분이 착 가라앉아
버렸다.

밤에는 라디오를 켰다. 음악 방송 사회자는 가을이 깊어졌다고
운을 떼었다. 베를린의 열한 명 바이올린 주자가 연주하는 「고엽」
으로 방송이 시작되었다. 폐부를 꿰뚫는 현의 정갈하면서도 스산
한 음이 맑게 갠 밤하늘과 집 안에 울려퍼졌다. 가을 낙엽이 바람
에 따라 이리저리 구르고 날아다니는 광경이 저기압이 된 영인의
뇌리에 잡혀왔다. 바이올린으로 편곡된 「고엽」이 끝나자 부드러우
나 낡은 듯한 음색의 이브 몽탕이 「고엽」을 노래하기 시작했다.
다른 날과 달리 영인의 감성 주파수에 맞아떨어지는 선곡이었다.
영인은 가을을 느꼈다. 방송국 사람들은 날씨와 계절이 아니면 어
디에 대고 음악 선정을 할까 하던 평소 불만도 잊어버렸다.

얼어 죽을 만큼 춥지는 않은 싸늘한 가을. 라디오에서 나오는
노래와 잘 어울리는 계절이었다. 겹쳐지는 이 우울의 두꺼움이 보
통 사람의 것으로 알맞았다. 두꺼워야 했다. 겹이니, 홑을 따졌던
그때만 해도 평생 처음 써본 소설로 소설가 분위기에 젖어 있었기
때문인지도 몰랐다. 틀림없이 그랬다. 자의가 아니었지만 오늘 소
설가를 만나고 왔고 소설가와 나눈 통화로 개떡 같은 기분이 된
덕분에 영인은 자기를 되찾았다. 무능력한 채 변명만 가득한 우순
둑을 생각하니 영인은 힘이 나는 것이었다. 용기가 치솟는 것이었
다. 자기는 우순둑과 달랐다. 이 땅의 어머니였다. 생활인인 영인
자신은 앞으로 훨씬 잘 살아낼 수 있을 것 같았다. 조리사 자격증
을 따고 붕어빵, 호떡 장사도 필요하면 할 거고, 또 지윤이가 한

다는 일마다 따라다니며 할 수 있다는 자신감도 생겼다.

영인은 우순둑 부류의 소설가가 홑꽃잎처럼 초라하긴 해도, 또한 홑꽃잎에서 느끼는, 정결한 영혼의 그 순연한 아름다움까지 갖고 있다고 생각지는 않았다. 하나, 생활에 맹렬하고 글쓰기에도 맹렬하다면 어쩐지 소설가로는 좀 그렇지 않은가 싶기는 했다. 소설가에게 정열의 캉캉 드레스보다 홑꽃잎이 그나마 나은 모양새가 아닐까. 그렇다면 눈곱만큼만 우순둑을 용서해 주겠다.

의문은 남아 있었다. 우순둑은 소설가이기를 왜 버리지 못하는 것일까. 왜.

지윤의 전화는 자정이 넘어서 왔다. 미안하지만 디스켓은 영인이 네가 메일로 넣어달라, 는 내용이었다. 영인은 지윤을 탓하는 어떤 말도 하지 않았다. 바야흐로 이제부터 지윤의 신세를 지게 될지도 모를 일이었다. 영인은 험담을 섞어 우순둑과 만난 이야기, 나중에 한 전화 통화를 전했다.

"소설이 밥 먹여주는 것도 아니고, 소설가가 큰 벼슬도 아닌데. 자기가 무슨 베스트나 스테디셀러 써서 알아주는 작가도 아니고. 도도할 게 뭐 있어?"

"우순둑 걔가 도도해? 걔는 할 줄 아는 게 그것밖에 없어서야. 걔, 올해까지만 써보고, 올해까지만 써보고, 그런 것만도 벌써 오륙 년이야. 꼭 하나 써야만 하는 게 있단다. 자기가 아니면 안 될, 꼭 써야 하는 그런 게 하나 있단다. 그걸 아직 못 썼다네."

"누구나 할 말이 있어서 글을 쓰겠다고 하겠지. 그렇지만 생존이 더 중요하다면서? 맞는 얘기잖아? 살아 있어야 얘기가 되는 거지. 글짓기 교실이나, 논술 지도도 있고, 그런 것 해서 먹고살면서 자기 글 쓰면 더 좋잖아?"

"다 권해 봤던 이야기. 뭐라더라? 소설가 이름을 다른 데 팔진 않겠다나. 그리 잘난 소설에 그 이름이지만 자긴 그게 안 된다나? 먹고살기 위해서만이라면 전혀 다른 일을 하겠다지? 하이고, 많이 그러세요, 내가 그랬다. 실컷 그러시라고 했다. 누가 우순둑, 그 이름을 안다던? 사는 데는 모든 걸 수단으로 도구로 써야 하는데 말이다. 걔는, 순수가 밥 먹여주는 줄 알고 있다. 걔는 하여간 뭔지 모르지만 불가능한 걸 꿈꾸고 있더군."

그리고 지윤은 덧붙여 말했다. 영인이 너처럼 수입이 일정치 않고 가진 것 없는 사람에게 딱 적합한, 너무 좋은 보험 상품이 하나 나왔단다. 너 몰랐니? 나 생활 설계사 하는 것? 얘, 너를 생각해서 내가 네 이름으로 그 보험을 들었다. 첫 회는 내가 냈으니 보험 증서 도착하면 다음부터는 영인이 네가 계속 내면 된다. 모두 너를 위해 한 것이다. 도장은 다음에 만날 일이 있으면 주마. 그 도장, 내가 너를 위해 거금을 들여 판 것이란다.

너의 엄마

누구지?

밤 열 시에 현관 초인종을 울릴 사람은 없었다. 밝은 대낮이라고 해도 찾아올 손님이 없기는 마찬가지였다. 특별히 절친하게 지내는 사람 없이 성재 부부는 살아왔다. 여러 가지로 여유 있는 사람들이 대인 관계든 뭐든 복잡하게 사는 법이었다. 경제력이 튼튼해 마음에도 여유가 있는 사람들. 힘들고 어려운 날이 계속되면서 성재는 편견에 속할 생각을 종종 하고는 했다.

다시 초인종 소리가 났다.

당신이 일어나서 물어봐, 나는 없으니까. 이런 시간에 찾아올 불한당 같은 불청객을 나는 갖고 있지 않아.

부부는 눈짓에 웃음기를 묻히며 서로 질세라 게으름을 부렸다.

어머? 누군? 자기가 물어봐야지. 술 취한 사람이 아파트 호 수를 잘못 찾았을 수도 있는데.

이 몇 달 신혼 시절 맛보지 못한 달콤새콤한 분위기를 나이 오십 바라보며 모처럼 누려보고 있는 중이었다.

일어나서 서너 발짝 가면 인터폰이다. 그만큼 좁고 작은 원룸 형태의 아파트였다. 아이가 없고 둘 다 낮에 집을 비우니 잠자고 밥 먹을 수 있는 장소면 되었다. 더 큰 집이 필요 없었다. 넓은 공간이 필요하다고 넓혀갈 수 있는 처지도 못 되었다. 두 사람이 서적 외판과 생활 설계사를 하여 오 년간 저축하여 장만한 11평 내 집이었다. 어떻게 된 세상인지 두 입 먹는 일이 노상 벅차기만 했다. 대단히 잘 먹고 잘 살자는 게 아닌데도 그랬다. 때로 성재는 아이가 생기지 않는 게 하늘의 고마운 배려려니 생각되기도 하는 것이었다. 게다가 이제는 늦어버렸다. 나이 마흔일곱. 아내 나이 마흔셋. 늦었다고 할 때가 시작할 바로 그때라는 격언이 있다고 해도 자식을 갖기에 부부는 너무 늦은 시작을 했던 것이다.

결국 아내가 일어났다.

"누구, 세요?"

"접니다. 성재는 들어왔습니까?"

"아주버님? 예, 예. 들어왔지요."

열림 버튼을 누르려는 아내의 낯빛이 확 바뀌는 걸 성재는 놓치지 않았다. 하지만 성재의 혈색이 먼저 변했다. 심장이 툭 떨어져 발바닥에 닿는 기분이었으니까.

낮에 형 명재와 통화했으므로 마음 놓고 있던 게 사실이었다. 아내와 의논할 시간이 있어야 한다고 성재는 분명히 말했고 형도 알았다고 했는데 어째서 집까지 찾아온 것일까.

지난 몇 달 동안 한두 번 나온 소리가 아니다. 낮에 온 전화 역시 그 때문이었다.

명재는 낮고 작은 음성으로 소곤거렸다. 예전에는 형의 작은 말소리가 근처에 형수가 있다는 암시로 알았는데 원래 통화 버릇이 그랬다. 형제라도 서로를 모르는 점이 있고 새로이 알게 되는 면도 많았다.

명재는 다짜고짜 말을 꺼냈다.

'아무래도 안 되겠어.'

무슨 말인지 대뜸 알아들은 성재도 곧바로 물었다.

'형수 몸이 더 나빠졌어요?'

'음, 그것도 그렇고.'

형수 몸이 더 나빠졌든 엄마 노망이 깊어졌든 경중에 상관없이 정작 나올 말은 그것이었다. 엄마를 더 이상은 모실 수 없다.

'무슨 수를 쓰든 써야 해. 치매라는 양반이 어째서 느닷없이 난폭해지고는 하는 거지? 걸핏하면 네 형수 머리끄덩이를 잡아채는 통에. 기운이 어찌나 쎈지 불가사의라니까? 똥오줌도 문제고. 문제 아닌 게 어디 하나라도 있어야 말이지. 네 형수는 엄마하고는 이제 일 초도 있을 수 없다고 하는데, 내가 봐도 그렇고, 나도 아주 죽겠고. 엄마를 어떻게 하지 않으면 네 형수는 내일 보따리 싸서 애들하고 나가겠다고 한단 말이야. 엄마를 어떻게 안 하면서는 나도 마누라를 붙들 재간이 없지. 애들도 나하고는 안 있겠다고 하네.'

이번엔 진짜 같았다. 그렇다고 뾰족한 수는 없었다. 여차하면 보따리 싸겠다고 할 아내가 성재에게도 있었다. 게다가 엄마와 관련된 거라면 어떤 작은 사안도 아내와 의논해야 할 대상이 아니었다.

명재가 엄마를 모신 지 불과 석 달밖에 지나지 않았다. 그전까지 엄마는 성재의 몫이었다. 더 정확하게 말하자면 성재는 엄마의 몫이었다. 석 달 전에 성재는 아내에게 맹세하며 각서를 써주었다. 도장을 누르고 엄지에 인주를 묻혀 확약을 했다. 엄마를 모시는 일은 무조건 안 되는 것이다. 지금 와서 마지막이라고 단서까지 붙인 각서를 뒤엎을 수는 없는 노릇이다. 오 년 결혼 생활에 부부가 평화로운 날을 보낸 게 고작 석 달 남짓. 지금껏 두 사람이 부부로 남아 있으니 희한했다. 그 숱했던 언쟁과 불화를 놓고 보건대 말이었다. 부부는 어떻게든 헤어지지 않고 살아보려고 애를 써왔던 것이다.

"웬. 일. 이. 세. 요? 이. 렇. 게. 늦. 은. 밤. 에?"

아내는 형 명재가 현관 안에 발을 들여놓기 무섭게 어눌한 어조로 한 자씩 떼어 느릿하게 물었다. 불길한 예감을 떨쳐내고자 하는 그녀 나름의 보호색인 셈이었다.

"아. 제수씨 죄송합니다. 그렇게 됐어요. 아까 성재 저 애와 전화로 대충 이야기를 나누긴 했는데……. 얘기 못 들었어요?"

아니나 다를까 엄마 문제를 기어이 아내 앞에까지 끌고 오고 말았다. 그녀는 고개를 저었다. 무슨 이야긴지 알았을 테지만 영원히 모르는 이야기였으면, 할 것이었다.

"어, 어, 난 아직."

당황함을 숨기지 못하며 성재는 자신도 모르게 형과 아내 사이를 막아서서 등으로 아내를 가렸다.

"이 사람도 일이 많아 늦게 들어왔고요. 우린 지금서야 저녁을 먹었어요. 형 저녁은 어떻게 하셨어요?"

"지금 밥이고 뭐고. 먹는 게 문제가 아니다."

명재는 2인용 식탁에서 의자 하나를 빼내 털썩 앉았다.

"아주 내가 기운이 다 빠져서, 다리가 다 후들거린다. 몇 킬로

그램 나가지도 않을 텐데 왜 그렇게 무거운지. 엄마 이 아래 계
셔. 모시고 왔는데 1층 계단에 잠깐 앉아 계시라고 하고 올라왔
다. 너희들이 놀랄까 봐 일단 나 먼저 올라온 건데.”

“예?”

부부는 형이 아닌 서로를 쳐다보았다. 멍한 채로 몇 초가 지나
갔다.

“여기로 모시고 왔다구요? 아니, 어떻게 하라구요? 형! 전 아직
이 사람하고 아직 아무…….”

“얘기하고말고 그럴 틈이 없게 됐어. 네 형수가 집을 나가버린
걸. 수소문을 해봤는데 전부 짜고 그러는지는 몰라도 다들 모르겠
다고 하고. 난 며칠은 참아줄 줄 알았지. 제수씨한테는 미안하지
만 여자가 있는 집이 나을 거라서. 단 하루라도 말이야. 이거야
나는 대소변 처리를 도무지 어떻게 해야 할지도 모르겠고. 나올
때 기저귀는 채워 왔는데. 아까 얘기한 대로 제수씨 아는 교회에
서 한다는 그 양로원을 내일이라도 알아보면, 그러면 여기 계시다
가 가는 게 번거롭지도 않을 테니까. 노친네를 혼자 밖에 놔두어
서…….”

말끝을 흐리며 명재는 두 손으로 식탁을 의지하고 일어났다. 엄
마를 모시고 올라오겠다는 동작이었다.

어쩌란 말인가.

아내 얼굴은 사색이 되다 못해 붉게 핏기가 소용돌이치고 있었
다. 어쩌란 말인가. 이토록 급박하게 일이 닥치리라고 성재는 예
상하지 않았다. 낮에 했던 전화 통화로는 다소 여유가 있었다.

‘알아본다고 한 데는 알아봤어?’

낮에 형은 전부터 재촉해 온 무료 양로원 이야기를 다시 또 건

드렸다. 교회 다니는 아내를 통해 알아볼 수야 있지만, 형이 엄마 집으로 들어가고 성재 부부가 분가를 해나온 이후 엄마 이야기 자체를 아내와 해본 적이 없었다. 이미 충분히 그의 아내는 엄마라는 존재에 대해 진저리칠 만큼이 되어 있기 때문이었다. 엄마, 엄마 그놈의 엄마! 나는 엄마라는 말만 들어도 진절머리가 나서 우리 엄마한테도 엄마 소리가 안 나오게 된 사람이야!

'엄마는 자격이 될 텐데?'

'자격이야…… 되고도 남겠죠.'

서류 상 엄마는 형의 집 방 한 칸에 세 들어 사는 무의탁 노인이었다. 형이 모시고 있기는 해도 엄마는 서류가 말해 주고 있는 것보다 실제로는 더 빈한했다. 아버지는 땅 한 뙈기, 방 한 칸을 엄마 앞으로 주지 않았다. 엄마는 그런 요구를 전혀 해보지 않은 평생을 살았다. 설령 뭘 주장했대도 자식이 없으니 어떤 설득력도 없었을 것이다. 아버지나 어머니가 마음먹고 내주기 전에는 말이었다. 아버지는 어머니에게 돌아온 이 년 동안 병치레를 하느라 거의 전 재산을 말아먹었다. 남은 건 논밭 몇 마지기와 아버지가 시절 좋을 때 자식들 학교 다니라며 서울에 사놓았던 18평 주택뿐이었다. 논밭은 자연히 어머니 차지였다.

'자격이 되고 남는다고 해도…… 나 참…… 그걸 어떻게……, 아참, 엄만 왜 그러지? 왜 자꾸 그렇게 돼가지?'

엄마가 노망만 나지 않았다면 노인을 모시는 어려움은 그렇다 치고 사태가 이토록 꼬이지는 않았을 터였다.

'여태 참았던 한이 무의식 속에서 터져나오는 모양이지 뭐.'

형은 남 말하듯 여전히 작은 소리로 심드렁하게 대꾸했다.

그런 것인가. 그랬을까? 얼마나 품성 좋고 자애로운 엄마였던

가. 세상을 전부 품고도 남게 푸근한 여인이었다. 배우고 못 배우
고 학벌이 문제가 아닌, 타고난 우아함과 고귀함이 있었다. 남에
게 베풀 줄 알고 무릇 모든 생명을 애틋이 여긴다는 게 그 증거였
다. 그렇기에 삼 남매가 사람의 사랑을 받으며 제대로 자라날 수
있었다. 부모와 돈이 있고 논이 있고 쌀이 넉넉하다고 아이들이
다 잘 자랄 수 있는 건 아니었다.

'한? 엄마가 위선으로, 가식적으로 우리한테 잘한 건 아니잖아.
노망들어 그럴 뿐인데 그걸 갖고 우리가 무의식이니 뭐니 하며 매
도한다면 우리가 나쁜 인간이에요. 엄마 마음이 진짜라는 건 우리
가 더 잘 아는데.'

'그거야 뭐. 나는 엄마가 가짜로 그랬다는 말이 아니고. 엄마야
진짜로 우리한테 잘해 주고 싶어서 그런 거지만, 한 치 사람 속은
또 모른다니까. 모르지 뭐. 어쨌든 지금은 저 꼴이 난 걸 어떻게
하나.'

'어머니하고 같이 지내면 안 될까요? 시골로 보내드리면 안 될
까?'

'말도 안 되는 소리! 어머니가 아버지 없어 편해진 게 얼마나
됐다고. 엄마를 내려 보내면 어머니가 치다꺼리를 해야 되는 건
데, 그게 되겠어? 어머니야 당연히 싫다고 할 거고. 그리고 아버
지 수발할 때 어머니가 엄마를 얼마나 욕했는지 너는 모를 거야.'

어머니는, 형님 자기 혼자만 성한 아이들 데리고 서울서 호강하
며 산다고 불평이 많았다. 생각이 깊은 사람이라면 번갈아 아버지
병 수발 하자는 제안을 했을 거라고.

아버지는 지난해 세상을 떠났다. 평생 바람기를 죽어서야 끝냈
다. 늙고 병들어 죽기 몇 년 전까지 여자를 보았다. 거동이 자유

롭지 못하게 되자 마지막이었던 네 번째 여자는 아버지를 할머니가 다 된 본처에게로 돌려보냈다.

'왜요, 그 소린 나도 어머니한테 귀가 따갑게 많이 들었죠. 그렇지만 엄마가 아버지 병구완까지 해야 한다는 건 그거야말로 말도 안 되는 거잖아요. 이런 말은 뭣하지만, 부부 생활 한 건 솔직히 어머니지 엄마가 아니잖아. 엄마야 우리 집에 와서 고생밖에 더 했어요? 엄마는 빈 껍질인데. 엄만 정말 아무것도 없잖아. 어머니가 엄마를 나 몰라라 하면 안 되는 건데 말이에요.'

'그건 우리들 생각이고.'

그렇다. 그것은 자식들의 깊지 못한 생각이었다. 시골 어머니와 가족에게 엄마가 고마운 존재인 건 분명하지만, 또한 엄마도 한 남자로 인한 희생자라고 할 수 있지만 그래도 엄마가 어머니 마음 바닥에 전혀 상처를 주지 않았다고는 할 수 없을 거였다.

아버지가 만주에 돈 벌러 가서 총각이라 속이고 정식으로 맞이한 아내가 엄마였다. 세상 무엇도 의심할 줄 모르는 엄마는 아버지를 따라왔다. 와보니 아내와 세 살 난 아이까지 있는 남자였다. 그 뻔뻔한 남자는 두 여자가 형님 아우하며 방 하나씩 나눠 갖고 사이좋게 지내면 좀 보기 좋겠느냐고 양쪽을 달랬다. 아버지는 바깥에 또 다른 여자와 살림을 차려놓고 있었다.

엄마는 친정이 있는 만주로 돌아가지 않았다. 친정에 보일 자존심 때문이 아니라 삼팔선이 막혀 돌아갈 수 없게 되었다. 그 집을 나갈 수는 있었을 것이다. 홀몸인데 무엇인들 못하랴. 그런데 엄마는 방 하나를 차지하기로 한 모양이었다.

엄마와 아버지가 만주에서 돌아온 일 년 후 어머니는 성재를 낳았다. 명재는 네 살이었다. 엄마는 명재를 업고 성재를 안아 키웠다. 어머니는 난봉꾼 남편 때문에 골과 가슴이 핑핑 돌며 꽉 막히지 않는 날이 없었다. 이마에 수건 동여매고 자리에 누워 있는 게 어머니가 보여주던 모습이었다. 그런데도 아이는 어머니에게만 들어섰다. 엄마에게는 아이가 생기지 않았다. 어머니가 경계를 했는지, 아버지가 엄마 방에 들어가지 않았는지, 어른들 일이라 형제들은 그런 부분을 당시에는 알지 못했다.

'니들 어머니가 버젓이 있는데. 나는 싫다고 했네. 아암, 모르고는 몰라도 알면서는 안 되지. 나한테는 오시지 말라고, 내가 딱 고만큼에서 용서해 드리고 사는 거라고 못 박아 말씀드렸지.'

엄마가 아버지를 거절했던 것이다.

아버지가 바깥으로 떠돌고 없는 집에서 두 여자가 의지하며 살았다. 서로 형님이라고 불렀다. 엄마로서는 어머니가 본처이기에 형님이 되고 어머니 입장에서는 엄마 나이가 난봉꾼 남편보다 네 살 연상인 까닭에 형님이었다. 두 여자는 다투지 않으며, 오히려 다정한 날이 더 많던 긴 세월을 지냈다. 어머니가 아이를 낳으면 엄마가 아이를 길렀다. 엄마가 온 후 어머니는 성재를 낳고 진희를 낳았다. 그들 아버지의 자식 농사는 순조로워 수확이 컸다. 엄마 이후 아버지는 두 명의 여자와 살았고 바깥에 낳아놓은 자식이 여섯이었다. 그 모두 입에 거미줄 치게는 안 했으니 된 사람은 아니었어도 난사람이었다. 먹을 입이 많아 너나 나나 호강은 하지 못했다. 도대체 아버지 어디에 여자 넷을 거느리게 한 정력과 매력이 있던 것일까. 누구도 지금껏 풀지 못하고 있는 수수께끼였다. 어쨌거나 가장 가여운 처지가 된 건 엄마밖에 없었다. 뒤의 여자 두 명은 아버지와 사는 동안 집 한 채씩은 챙겼지만 엄마는 빈손이었다.

잠시 그 생각을 하는데 명재가 이어 말했다.

'그리고 설사 어머니가 엄마를 나 몰라라 하지 않는다고 해도 엄마를 맡길 수는 없어. 어머니도 노친네야. 어머니가 시골에 혼자 계신다고 하면, 사람들, 날 흉보고 욕하더라. 거기 혼자 계시게 한다고.'

'그건 그래요. 어머니 일도 걱정은 걱정이야.'

'그렇지. 그러니 최소한 엄마 문제는 여기서 우리가 해결해야 해.'

명재가 '우리'라는 복수를 써준 것만도 고마운 일이었다. 같이 짊어지자는 뜻이 담겨 있었다. 너는 엄마 몫이라고 옛날에 정해졌잖느냐. 너의 엄마야. 모셔가든, 고려장을 치든 알아서 해. 그러기라도 할까 봐 성재는 조마조마하기도 했던 것이다.

'양로원이 되기만 한다면 그게 더 나을지도 몰라. 이 사람 저 사람 고생 안 시키고. 그걸 뭐 나쁘게 생각할 건 없다고 봐. 그 대신 우리가 자주 면회 가면 되는 거니까. 지금 엄마 한 사람 때문에 우리 집은 아주 망가 나게 생겼어. 망가 나게 생긴 게 아니라 망가 났지.'

성재도 다르지 않았다. 아내에게 새삼 엄마를 모시자고 하면 부부는 그 순간 즉시 파투가 날 것이었다. 엄마 한 사람 때문에 진정 여러 사람이 오랫동안 편하고 평화롭게 살았건만, 세월은 무상하고 무심하며 냉혹했다. 지금 엄마는 쓸모없는 폐기물에 애물단지였다.

양로원밖에 해답이 없을까. 하긴, 그렇지 않다면 무슨 수가?

'내일이라도 들어가셔야 해. 양로원이 아니라면 너도 제수씨에게 다른 말은 할 형편이 못 되잖냐. 내일 모시러 올래? 내가 모시

고 갈까?'

'거기 간다고 무조건 받아주는 게 아닐걸? 수속이 있을 거잖아요. 증빙 서류 같은 것도 있지 않을까? 우리가 정말 그럴 거면 좀 더 알아봐야 해요. 거긴 교회 계통이라서 시립이나 그런 데와는 비교할 수 없게 시설도 좋고 대우도 좋다고 들은 것밖에 없어요. 좌우지간 집사람한테 부탁해야 하는 거니까 내일 당장은 안 돼요.'

'그럼 하루 이틀이면 되냐? 나도 네 형수 하루 이틀은 붙잡고 달랠 테니까. 지금껏 참았는데 하루 이틀은 참겠지. 안 모시게 해주려고 그러는 건데. 되도록 빨리 해야 해. 알았지?'

한숨을 가만히 내쉬었지만 오늘 당장 어떻게 하지 않아도 되기 때문에 성재는 다소 마음을 놓았다. 그렇게 낮에만 해도 약간의 느긋함과 여유가 있었던 것이다.

명재는 현관문을 열어놓은 채 급히 나갔다. 너희들의 의논은 소용 없다는 태도였다. 명재도 다른 방법이 없는 때문에 그럴 것이었다.

성재는 아예 말을 잊고 있는 아내를 훔쳐보았다. 아내가 보따리를 싸서 집을 나갈 일은 시간문제였다. 아내를 붙잡을 도리는 없다. 이 오 년 동안 엄마 일로 아내와 한 약속은 여러 번 파기되었다. 세상사 대개가 그렇듯 성재의 본심과 달리 생각대로 일이 풀려주지 않아서였다. 엄마 일은 특히 자꾸 어긋나기만 했다. 결과는 '거짓말을 밥 먹듯이 하는 남자'란 오명이었다. 분가를 계기로 거짓말이 될 일은 더 이상 없다고 성재는 아내를 안심시켰다. 성재 자신도 안심하며 살고 싶었다. 아내는 마음 놓았으리라. 위낙 깔끔하고 부지런한 데다가 자상함이 지나쳐 징그럽기까지 하던 늙은 여자에게서 드디어 놓여났으니까. 그러나 보름도 못 가 성재

혼자 끙끙 앓을 일이 생겼다.

야, 이런 일도 있냐? 엄마가 이상해졌다? 하루아침에, 하룻밤 자고 났더니, 갑자기 그런 거야. 금방 상 물려놓고는 밥 안 준다고 소리소리 지르지를 않나, 똥을 한 보따리 싸서 방문에 문대놓지를 않나. 어떻게 갑자기 그렇게 되지? 노망이란 게 조금조금 그러다가 나중에 엉망 되는 것 아니냐? 아버지는 그랬잖아? 혹시 엄마가 너하고 살고 싶어 수 쓰는 것 아니야?

처음만 해도 명재는 기대감을 가졌는지 경악할 노릇임에도 불구하고 제법 기운차게 성재에게 알려왔었다. 거기서 이틀도 안 가반은 죽어가는 소리로 징징거리며 탄식이 나왔다. 야, 이거 농담 아니다. 장난이 아니야. 대책을 세우지 않으면 안 되겠어. 개 귀신이 붙었나? 큰아이 팔뚝을 물어뜯은 거야. 애가 어찌나 놀랐는지 파랗게 질리더니 왕구슬 같은 눈물을 뚝뚝뚝 떨구는데. 엄마, 노망이 아니라 미친 것 아닌가? 노망도 제정신이 아닌 거긴 하지만. 엄마는 아무래도 일단 병원에 한번 가봐야 할 것 같아. 평생 병원 한번 안 가본 양반이 다 늙어 정신이 빠져서 가보네, 이거. 그런 병원은 비쌀 거야?

성재는 아내에게 엄마의 어떤 이야기도 하지 않았다. 아내 몰래 엄마 생활비를 늘려 보냈다. 엄마에 관한 말은 일절 하지 않겠다고 아내에게 약속했기 때문이 아니라 성재 자신 엄마가 노망이 들었다는 말을 누구에게도 하고 싶지 않고 믿고 싶지도 않아서였다.

한 번 안 오냐? 너 살던 집인데 고렇게 발길을 끊어? 와서 봐라. 어떤 지경이 됐는지.

형은 거짓말을 하고 있는 게 아니었다. 찾아가 본 엄마 상태는 명재가 설명하던 것보다 심각했다. 조카를 물어뜯었다는 사나움을 내보이지는 않았지만 내 아들이라고 점찍어 놓고 반백 년 가까운 세월을 헌신해 온 그 아들을 몰라봤다. 어서 오시오, 그런데 뉘시오? 엄마는 부끄러워 더듬거리며 그 아들에게 물었다.

엄마를 밖에 혼자 둔 게 마음에 걸렸었는지 명재는 엄마를 업고 금세 부리나케 올라왔다. 몇 달 사이에 엄마의 몰골은 말이 아니었다. 두 눈두덩 부근이 퀭하니 거무스레했다. 먹었다는 걸 잊어버려 먹고 먹고 또 먹는다는 사람이 앙상하기 이를 데 없었다. 형이 거짓말을 했다는 건 아니다. 성재도 두 눈으로 현장을 보고 왔었다. 무엇이 엄마를 갈퀴처럼 만든 것인가. 명재 등에서 떨어질까 봐 잔뜩 힘을 주어 양쪽 어깨를 꽉 부여잡고 있는 엄마의 두 손은 갈고리를 연상시켰다. 짧은 순간인데 그사이에도 두 눈망울이 뚜릿뚜릿 주위를 둘러보고 있었다. 누가 봐도 엄마가 정상이 아님을 알 것이었다.

명재는 성재 부부를 밀치다시피 하며 거실 안쪽으로 들어섰다. 마땅히 엄마를 내려놓을 곳이 없어 엉거주춤한 자세였다. 남들이 흔하게 갖고 있는 응접 소파 하나 없는 가난한 거실이었다. 유일한 호사라면 살림을 내며 장만한 부부 침대였다. 명재는 그 생각이 났는지 더블 침대 하나로 꽉 차는 부부 침실 문을 발로 차 열었다. 엄마를 내려놓을 곳은 거기가 가장 알맞았다.

"안 돼!"

엄마를 내려놓으려는 찰나 성재의 아내가 동시에 괴성을 질렀다. 악! 하는 비명이었는데 성재는 안 돼! 로 들었다.

"이럴 수는 없어!"

그녀는 연이어 고함을 쳤다.

"끝이야! 끝이야아! 끝났어!"

악악 소리를 내지르던 그녀는 두 눈을 휘번득이며 무엇인가를 찾았다. 지갑이었다. 지갑은 싱크대 위에 놓여 있었다. 지갑을 손에 쥐자마자 슬리퍼를 꿰어 신고 그녀는 현관 밖으로 튀어나갔다.

여보! 여보, 제발!

있던 차림으로 나갔으니 아내가 갈 데라고는 처제네밖에 없다. 처제가 사는 아파트 단지는 버스로 몇 정거장이었다. 크게 염려하지 않아도 되겠지만 그래서가 아니라 아내를 붙잡을 양심이 없었다. 명재도 네 아내 붙잡으란 말을 하지 못했다. 제수씨에게 염치가 없었다. 엄마를 이리로 데려와선 안 된다는 것도 알고 있었다. 명재 그 자신의 결혼도 참 힘들게 이루어졌지만 성재 경우 더 눈물겨웠음을 명재는 잊지 않고 있었다.

성재는 마흔두 살에 늦은 결혼을 하였다. 그전에는 선을 봐도 연애를 해도 의당 초장에 깨지기 마련이었다.

'우린 어머니가 두 분이에요.'

아버지가 함께 산 여인을 다 합한다면 네 분이라고 해야겠지만 형제들이 인정하는 어머니는 둘이었다.

'남이 들으면 이해가 안 되겠죠? 우리 형제들은 우리를 낳은 분은 어머니라고 부르고 다른 한 분을 엄마라고 불러요. 사람들은 우리가 엄마라고 하는 분을 생모로 생각하더라고요. 우리 형님도 저도 이 나이가 됐어도 아직 엄마한테는 엄마라고 부릅니다. 우습죠?'"

어느 여자든 호기심을 갖고 재미있게 이야기를 들었다.

'그러면, 엄마 그분이 유모?'

'유모가 아니고 같이 살았던 분이에요. 형이 세 살 때 오셨는데 덕분에 그다음 아이, 그러니까 저부터는 그 엄마가 산파도 하고 아예 맡아 기르다시피 했어요. 낳고 젖만 먹이지 않았지 기른 건 그 엄마가 다 길렀거든요. 엄마가 자식을 낳지 못한 바람에 엄마가 맨 처음 받은 제가 엄마 몫 자식으로 배당됐다는 것 아닙니까.'

'어머, 그럼 그분 양자인 거예요?'

'정식 양자는 아니고 그냥 말로들 그런 건데…… 제가 장가 못 가고 혼자 이러고 있으니까 지금도 시골에서 올라와 저와 함께 지내세요. 평생 우리를 기른 분이니까 우리 걱정을 많이 하시죠. 친자식이나 똑같으니까.'

'음, 그렇군요. 그런데, 그럼 결혼하면 그 엄마도 같이 살게 되는 건가요?'

'시골로 가셔야지요. 제가 혼자 있으니까 할 수 없이 계시는 거죠. 옛날 사람들은 결혼이란 걸, 밥하고 빨래해 줄 여자 구하는 걸로 생각하죠? 밥 빨래 그런 거야 저는 못하겠습니까?'

연락드릴게요, 헤어지면서 여자들은 말했지만 연락해 오지 않았다. 시어머니란 한 명도 많은데 그 비슷한 사람까지? 앗 뜨거워라, 했을 것이다. 이혼녀였던 지금 아내와 연애하여 결혼하기 전까지의 어떤 여자도 그에게 소위 애프터 소식을 전해 준 여자는 없었다.

그의 아내가 이혼녀라는 약점을 갖고 있어서 결혼이 호락호락 성사된 건 아니었다. 그녀는 이혼 전력을 약점이 아니라 인생의 훈장으로 생각하는 당찬 면이 있었다. 결혼 승낙에 한 가지 조건만 내걸었다. 엄마를 모시지 않는다는 조건이었다. 자세히 알고 보니 너희 집은 사람들이 말하는 바로 그 콩가루 집안이구나. 어른들이 저질러놓은 일, 너를 탓하지는 않겠다. 다만 나는 그 엄마와 함께 살지 않는다. 그 분께 잘하라는 등의 참견은 내게 하지 마라. 너를 낳아준 분에게는 잘하겠다. 엄마라는 그분께는 내가 어떻게 하겠다는 어떤 약속도 할 수 없다. 너를 길러주었다, 너희 형제를 길러주었다, 너에게 들어 잘 알고 있지만 나와는 상관없는 일이다.

그녀가 낳은 아이를 데려다 기르겠다는 조건이었다면 수월했을 것이다. 불행인지 다행인지 그녀는 아이를 낳아볼 새 없이 먼저 남편과 이혼했다. 결혼 삼 년 동안 아이가 생기지 않자 남자는 다른 데서 아이를 낳았다. 그녀는 참지 않았다. 요즘 세상에 겨우 삼 년 지났는데 애 못 낳는 여자라며 시앗을 봐야 한다는 건 말도 안 되는 처사였다. 또 그녀 생각에는 요즘 세상에 그런 남편 편을 드는 시어머니와 시누들을 참아낼 이유가 없었다. 그런 일은 텔레비전 드라마에만 있는 줄 알았다. 그런데 그녀에게 닥친 세계였다.

그렇게 아내의 첫 번째 결혼에서 아이가 있어 그 아이가 문제가 된다면 차라리 좋을 텐데, 성재에게 엄마의 문제는 건드리기 미묘한 부분이었다.

'네가 결혼해야 엄마가 내려가지.'

그랬던 엄마 말은 바뀌어갔다.

'너 결혼하면 엄마는 시골 안 갈란다. 가봤자 누가 반겨 준다더냐? 싸구려 월세 방 하나 얻어 이대로 서울서 살란다.'

'시골 안 가시면 저하고 계셔야지 무슨 월세 방 같은 말씀을 하세요?'

'너한테 방 해달라고 했간? 너 장가가면 명재가 이 집 들어와 살아야지. 명재 집인데. 엄마 일은 엄마가 다 알아서 할 테니께니.'

성재는 엄마가 했던 그 말만 믿고 아내가 내놓은 결혼 조건에 동의했다. 처음부터 약속을 지킬 수 없었다. 방을 마련하지 못해 살던 집에 그대로 있을 수밖에 없게 된 것이다. 그렇다고 엄마를 내쫓고 성재가 그 집에서 신혼을 보낼 수는 없었다. 엄마와 성재 덕분에 명재 가족은 자기 명의의 집이 있으면서도 전셋집을 전전 해야 했었다. 이사 때마다 명재 아내는 명재를 볶았다. 왜 당신은 이다지도 어리석고 미련하냐, 버젓이 자기 집 놔두고 자기 식구들 고생시키느냐, 빨리 삼촌을 내보내야 할 것 아니냐, 엄마도 시골 로 내려가라고 해야 할 것 아니냐. 명재대로 복안은 있었다. 성재 부부에게 아이가 생기면 자기 전세 보증금을 빼어 성재에게 주겠 다는 계산이었다. 명의만 큰아들 앞으로 되어 있지 성재 몫도 18평 집에는 엄연히 들어 있는 때문이었다.

성재 부부에게 아이가 생길 기미는 보이지 않았다. 결혼 몇 년 동안 생기지 않은 아이가 다 늙어 생길 리가 없었다. 명재 아내는 걸핏하면 그게 다 아버지가 지어놓고 간 죗값을 자손이 받는 거라 고 주장했다. 그렇기에 형제들이 좋은 직장 한번 가져보지 못하고 하는 일마다 손해를 보고 막판에 가서 이 사회의 빈민층으로 내려 앉은 거라고.

"안 따라 나가봐도 되겠어?"

방문을 열어놓고 나와 식탁 의자에 앉으며 명재는 자신 없게 물 었다.

"따라 나가봤자 뭐라고 할 면목도 없다만. 네 형수는, 이 게 전 부 아버지가 진 죄 때문이라고 하더라. 자손이 그 죗값을 받는 거 라고."

소용없는 말이었다. 그런들 어떻고 아니면 어떤가. 피할 수 있 는 건 아무것도 없었다.

"너희 부부 갈라놓자고 이러는 게 아닌데. 그렇다고 시집 사는 진희에게 뭘 하랄 수도 없고. 내 발등의 불이 뜨거워서.”

“알아요. 진희 신랑도 실업자 된 지 일 년이 다 돼가네. 어떻게들 사는지? 진희는 모르는 게 나아요. 언제고는 알게 되겠지만 그 애가 할 수 있는 게 하나도 없는걸. 우리 집사람도 나는 이해해요. 그 사람은 아무 잘못도 없어요. 계속 나한테 속기만 했지. 그러느라 그 사람도 아까운 세월만 축냈고.”

“너는 뭐 또 속이려고 그래서 그런 것도 아니잖냐.”

“속여야지, 하고 작정하고 속이는 사람이 세상에 얼마나 되겠어요?”

과연 시구(詩句)처럼 삶이 사람을 속이는 것이었다.

“그래 그것도 그렇다. 물이나 좀 줘. 엄마도 좀 갖다 드리고. 목마를 거야 엄마도. 라면 끓여 애들 먹이고 우리도 먹었는데 짜게 끓여졌더라. 애들끼리 있어서 나도 가봐야 하는데. 그것들은 어느 세월에 클지!”

물그릇을 건네자 침대 위에 웅크리고 오뚝하니 앉아 있던 엄마는 비식 웃었다. 엄마는 물을 달게 많이 마셨다. 그런 후에 물었다.

“어서 오시오. 그런데 뉘시오?”

“성재예요 엄마.”

엄마는 수줍어하며 고개를 저었다. 도무지 누군지 모르는 모양이었다.

“저는 아저씨를 모르갔는데요.”

그렇게 꼬박 존대를 하였다. 자정이 가까워지고 있었다.

“형은 일단 가세요. 애들만 있다면서.”

성재의 말을 기다렸다는 듯이 전화벨 소리가 났다. 조카였다.

“그래, 일단 가마. 공연히 왔어. 이 집이나 우리 집이나인데.

그리고 그냥 시립이라도 알아보자. 이 계제에 찬밥 더운밥 가리지
도 못하겠다."

명재는 지쳤는지 여전히 식탁 모서리를 잡고 일어났다. 그렇게
보니 형도 나이 들어가는 티가 완연했다. 쉰하나. 늙은이는 아니
지만 젊지도 않았다.

"응? 이게 무슨 소리냐?"

몸을 돌려 나가려던 명재가 두 귀를 쫑긋 세웠다. 그럴 만큼 작
은 소리는 아니었다. 북북 부르륵 부르륵 요란한 소리가 방에서
들려왔다.

"엄마 똥 싸나 보다!"

급히 들어가는 명재 뒤를 따라 성재도 방문 앞으로 갔다. 벌써
냄새가 문턱을 넘어 게딱지만 한 집 안 전체에 진동을 치고 있었
다. 악취였다. 배까지 아픈지 엄마 얼굴은 고통으로 일그러져 있
었다.

"라면이 탈 났나 보다. 그러잖아도 라면 드리면서, 그러나저러
나, 아이구, 어떻게 해야 하지? 기저귀는 채워 왔는데."

명재는 그동안 겪었을 텐데도 허둥거렸다. 성재는 당황한 데다
가 내키지를 않았다. 허리 고무줄을 들춰보니 용변이 허리 고무줄
을 넘어 등줄기 위로 부글거리며 밀려 올라와 있었다.

"야, 대야에 물을 받아 와봐!"

"범벅이 됐는데?"

"휴지랑, 걸레도 갖고 오고, 아냐 아냐 물부터 떠 와. 엄마 가
만있어, 지금 똥 싸 뭉개고 있잖아! 못 쓰는 수건도! 엄마 차라리
누워봐 누워봐. 고쟁이를 벗어야 할 것 아니야!"

"내가 할게 형. 형이 물 떠 와. 대야는 베란다에 있어요."

형제가 서두르기만 할 뿐 진전이 되지 않았다. 제대로 눕히지도 앉히지도 못하며 절절매는 통에 반쯤 벗겨진 고쟁이와 엉덩이의 배변이 침대 시트 여기저기에 흩뿌려지며 짓뭉개졌다.

"뭐가 어디 있는지 난 하나도 모르겠다. 비켜봐. 옷부터 벗겨야지. 물이나 떠 와. 웬 난리냐. 네 형수 말이 맞나 보다. 아버지가 진 죄 우리가 받는 거. 전생에 우리도 뭔가 죄를 지었겠지. 안 되겠다. 고무장갑이 있어야지."

근본적인 죄는 아버지에게 있을 터였다. 죄를 말하자면 말이다. 세상을 의심할 줄 모르는 순진한 여자를 속인 게 시작이었다. 그러나 엄마와 어머니도 묻는 죄에서 벗어날 수 없었다. 어머니는 집까지 들어온 그 여자를 왜 쫓아내지 않았느냐, 그때 아무리 갈 곳이 없어도 엄마는 왜 그 집을 나오지 않았느냐. 아니라면 셋째와 넷째처럼 앙살을 부리며 아버지를 당신 것으로 하지 않았느냐. 그로부터 많은 일이 엮이고 얽혀 풀어내기 어렵게 되었다. 그들 삼 남매도 그랬다. 명재, 성재, 진희 너희들은 머리가 자라 모든 사정을 알게 되었을 때도 엄마를 원했다. 너희들의 밥과 빨래와 청소를 해주기 원했으며 집을 지켜주기 원했고 너희들 심신이 고단할 때 엄마가 너희들 편에 서서 위안이 돼주기를 원했다. 그런 선택이 지금의 결과였다.

그러나 한편 인생은 이랬다. 엄마가 만주로 돌아가려고 했을 때 하필이면 삼팔선 길이 막혀버렸다. 엄마는 다른 집으로라도 가려고 하였는데 하필이면 농번기였다. 사람 많은 집에 세 살배기 명재가 혼자 내버려져 있었다. 거름통에 빠질지 저수지에 빠질지 개에게 물어뜯길지 아기가 아장거리며 다니는 길은 위험했다. 농번기만 나면 어디로든 가리라. 농번기가 지나고 논의 모가 하늘을

향해 뻗치며 자라 올랐지만 엄마 뜻대로 되지 않았다. 명재 엄마
가 심하게 입덧을 시작했다. 남자는 어쩌다 집에 들어왔다. 명재
의 외가는 멀리 있고 명재의 친할머니는 풍으로 누워 죽을 날을
기다리고 있었다. 명재 엄마가 몸만 풀면 가리라, 어디든 가리라.
성재를 낳고 이어, 진희가 세상을 보고, 가야 할 시기가 연장되고
연장되었다. 알맞은 때 떠났으면 좋았겠지만, 그 알맞은 때는 언
제나 없었다. 엄마, 엄마 때문에 우리들 결혼이 안 되잖아요, 우
리 이쯤에서 매듭을 집시다. 그렇게 못한 삼 남매에게도 냉정하지
못했던 죄가 있었다.

성재의 아내도 죄에서 벗어날 수 없었다. 결혼 전 약속이 지켜
지지 않고 있는데도 불만만 내보이며 살아왔다. 행동을 했더라면
달라졌을 것이다. 명재 아내처럼 집을 나가버렸더라면, 이혼장을
내보였다면 여기까지 오지 않았다. 그렇게 그 모든 게 죄라면, 한
마디로 사는 게 죄였다. 최소한 사람 모습을 하며 살겠다는 게 죄
였다. 대부분 그따위 식으로 운영되기 마련이며 그렇게 되기 십상
인 게 인생이었다. 누구도 탓할 수 없게 되었다. 가족 모두 공모
자며 동조자였다. 누구도 자유로울 수는 없다. 그중 단 한 사람이
라도 이제 짐이 된 엄마를 걸머지고 가야 한다. 그 단 한 사람이
엄마를 내다 버려도 상관없다. 그러나 당장은 이 사태부터 수습하
지 않으면 안 되었다.

"어떻게 하면 좋아? 침대를 똥으로 뒤발라 놨네! 아유우, 냄새!
어쩜 이렇게 고약해? 이걸 다 어째?"

돌연 등 뒤에서 앙칼진 목소리가 들려왔다.

"여보!"

"장정이 둘씩이나 있으면서 뭘 하는 거예요? 당신 보일러 온수

좀 틀어요. 아주버님, 엄마 좀 화장실까지 안아다 줘요. 세상에! 찬물로 엄말 씻기려고 그랬어요?"

성재 아내는 팔을 걷어붙이고 양말을 벗고 샤워 물줄기를 틀어 바닥에 놓으며 온도를 조절했다.

"그냥 입은 채 줘요. 여기서 벗겨야죠."

엄마는 물건이나 다름없이 다뤄졌다. 그러는 엄마는 두 팔과 두 다리를 웅크린 채 오금을 펴려 들지 않았다. 화장실 문이 닫히고 계속 성재 아내의 높은 목소리가 시끄러웠다.

"아, 이렇게 하라니까요? 말 좀 들어요, 말 좀!"

이어 철썩철썩 소리가 들려왔다. 희미하게 아야, 응응, 하는 신음 소리도 들려왔다. 성재는 벌컥 화장실 문을 열었다. 아내 얼굴이며 팔뚝에 엄마 용변이 튀어 냄새와 그 꼴은 설명할 수조차 없었다. 그녀는 벗기다 만 엄마 엉덩이를 손바닥으로 짝짝 내리치고 있는 중이었다.

"뭐 하는 짓이야? 이게 무슨 짓이야!"

그녀는 성재의 벼락같은 고함 소리는 들리지 않는지 엄마의 엉덩이를 계속 철썩철썩 때리며 악을 써댔다.

"똥을 뭉개놨으면 말이나 잘 들어야지! 정말 미워! 정말 싫단 말이야! 왜 이렇게 될 때까지 살았어. 왜 바보 병신처럼 아무것도 없이 살아왔느냐 말이야!"

"그만둬! 그렇게 싫고 미우면서 왜 다시 기어 들어와 엄마를 두들겨 패는 거야? 그만둬! 그만두라구! 하지 마!"

엄마 엉덩이를 쳐대는 손질을 그녀는 멈추지 않았다. 잘못하다가는 엄마의 앙상한 엉치등뼈가 뭉그러지거나 살이 발라져 나갈지도 몰랐다.

"이렇게 말을 안 듣는데! 그럼 어떻게 하란 말이얏?"

그녀는 엄마 몸을 마구 뒤흔들었다. 그러는 그 두 눈에서 눈물이 줄줄 흘러 얼굴이 번들거렸다.

"이렇게 말을 안 듣는데 나더러 어쩌라는 거야! 너무 미워서 이래. 너무 미워서 이래. 어쩌면 그렇게 바보같이 산거야? 왜 병신처럼, 바보처럼, 그렇게 살아왔냐구! 정말 미워, 너무 미워! 미워서 어떻게 할 수가 없어!"

"그렇게 싫고 미우면 안 하면 될 거 아니야! 하지 말라니까!"

화장실에 한 발을 들이고 아내를 밀쳐내려 하며 성재는 맞고함을 쳐대었다.

그녀는 무릎을 꿇으며 주저앉았다. 그러고는 엄마를 끌어안고 그 품에 얼굴을 묻으며 비벼댔다. 그녀는 오열을 참아내려 헉헉거리고 있었다. 고약한 악취와 더럽기만 한 오물도 상관없이 그녀는 결국 꺼억꺽 울음을 뱉어내기 시작했다.

"어떻게 안 해? 어떻게 안 할 수가 있어? 당신들 엄마잖아. 너의 엄마잖아. 그러니 어떻게 해? 어떻게 하느냐 말이야!"

샤워기는 호스 줄기를 뒤치며 따뜻한 물줄기를 연신 뻗쳐내고 있었다. 아주 작은 화장실 안이 따뜻한 수증기로 가득 차 뽀얀 우윳빛으로 변해 갔다. 오물 범벅에 눈물로 번들거리는 얼굴, 아니 누구의 얼굴이든, 뜨거운 김에 가려 곧 보이지 않게 될 참이었다.

옛 로망스

유년의 겨울에는 언제나 눈이 내린다. 뚜렷한 검정 바탕에 번져 있는 크고 작은 하얀 동그라미, 싸리 울타리 쳐진 초가집, 한 장 크리스마스카드 같은 그 풍경으로.

겨울.

눈이 내리고 있었다.

그날 아침도 어김없이 윗목 자리끼에 얼음이 끼었다. 세수를 하고 들어올 때는 손바닥이 문고리에 쩍 달라붙었다. 오전 지나 기온은 풀렸다. 눅눅한 하늘이 대지로 스며들었다. 오후부터 성글게 눈이 휘날리기 시작하더니 눈발은 곧 촘촘해졌다. 어둠은 다른 날보다 일찍 찾아왔다. 이웃집 개들이 깊게 울리는 목청으로 컹컹거렸다. 눈이 오고 개가 짖는데 왜 오히려 적막일까. 사위는 고요했다.

"낯바닥에 물이라도 좀 묻혀라, 얼굴에 개칠을 하고 다니네? 진종일 어딜 그렇게 쏘댕겨싸?"

몸뚱어리를 새끼줄로 친친 동여맨 마당 수도에서 물 두어 줌으로 얼굴을 닦으며 나는 문득 하늘을 올려다보았다. 거대한 눈발이 하늘 허공 중간쯤을 희부연 잿빛으로 덮쳐누르고 있었다. 눈은 눈이 아니라 하늘이 무너져내리는 것이었다.

"엄마! 눈이 너무 많이 온다?"

날씨가 이 지경인데도 가야 하냐는 물음이었다. 오버를 걸치고 내 몫의 윗도리와 까슬까슬한 털목도리를 들고 나오다가 어머니는 하늘과 땅을 차례로 보았다. 그러고는 불만스럽게 한숨을 내쉬었다. 새하얗게 닦인 어머니의 고무신이 쌓인 눈에 폭 파묻혔다.

"털신을 신나, 그럼?"

어머니는 털신으로 바꿔 신고, 여벌 신발이 없는 나는 눈에 젖은 운동화인 채 대문을 나섰다. 온갖 쓰레기와 시궁창 얼은 물로 지저분한 개천이 하얀 눈에 덮여 있었다. 개천 양옆으로 손수레 한 대씩은 다닐 동네 길을 어머니와 나는 앞서고 뒤서며 빠져나왔다. 곧 여고생이 될 누나는 열 시가 넘어야 귀가할 테고 아버지는 퇴근하면 바로 시민관으로 가겠다고 했다.

"큰집 식구들을 따라갔어야 했는데……."

다른 날처럼 정국이와 놀았다면 큰아버지네 식구에 붙어 편하게 갈 수 있었을 것이다. 지금 정국이는 시민관에 있을 터였다.

"하필이면 왜 오늘, 하필이면 왜 지금 눈이 오신다니? 그렇게 집 구석에 처박혀 있으라고 그렇게 신신당부를 했는데!"

어머니는 집에 붙어 있지 않았던 나와 눈 내리는 오늘을 계속 불평했지만 우리는 시민관 앞에 서 있었다. 아버지는 시민관 출입문 앞에서 중절모에 눈을 맞히며 낯빛이 검누른 큰아버지와 무슨 이야기인가를 나누는 중이었다.

“이 사람아, 내가 그렇게 쉽게 갈 사람으로 보여? 자네한테 받은 은혜는 갚고 가야지.”

“그런 말씀 마세요. 은혜 갚아야 할 사람이 누군데요? 털 달린 짐승 중에서 은혜 못 갚는 짐승은 사람밖에 없다는데, 그렇더라도 제발 건강하게 오래오래 사셔야 제가 조금이라도 은혜를 갚지요. 형님보다 제가 지레 먼저 갈 것 같아요. 전번에도 얼마나 놀랐는지 아세요?”

보름 전에 큰아버지가 또 밑으로 피를 쏟으며 병원으로 달려갔던 일을 두고 하는 이야기인 것 같았다.

“경서도 왔어? 별것 아닌 일로 온 집안 식구가 총 출동되었구먼 이거?”

어머니와 내가 인사를 하자 큰아버지는 지금까지 아버지와 나누던 화제를 돌리며 면구스러워하는 표정으로 주춤거렸다. 어머니는 나를 데리고 오는 내내 늘어놓던 불평을 싸악 숨기고는, “별게 아니라니요? 이런 경사가 어딨겠어요?”하였다. 아버지는 어머니와 달리 정말 기쁘고 놀랍다는 표정을 새로이 지으며 큰아버지와 어머니 사이에 끼어들었다.

“그럼요, 그럼요, 우리 집안의 큰 경사지요. 아이구, 기특해 죽겠습니다? 그런데 형님, 정국이가 그렇게 노래를 잘하는지를 우리가 여태 몰랐으니. 형님은 창가를 아주 못하는데? 형수님도 송아지밖에 못하시던데? 아이구, 들어가야겠네요. 형수님이 자리 잡아놓겠다고 하셨는데.”

“음, 시작하겠군. 뭐, 개 노래가 어디 신통하겠나? 황소가 뒷걸음질치다가 개구리 밟은 격인 게지. 워낙 좁은 바닥이니…….”

시민관 좌석 수가 몇 개인가는 모르지만 좋지 않은 날씨인데도 빈자리는 없어 보였다. 검정 휘장이 드리워져 있는 무대 위에 '시립 소년 합창단 제1회 발표회'라고 쓴 플래카드가 가로로 길쭉하게 걸려 있었다.

"출연자가 예순 명이나 되는데…… 어디 서 있는지 알 수 있겠나?"

큰아버지가 고개를 갸웃하자, "정국이는 따로 서 있겠지요. 여기 쏠로라고 따로 적혀 있으니까." 하며 아버지는 초대장 겸용으로 등사된 팸플릿을 펴 꼭 집어 가리켰다.

지휘자 이름, 반주자 이름, 그리고 정국이 이름이 있었고 다른 쉰아홉 명 합창단원은 불개미만 한 글씨로 뭉뚱그려 한꺼번에 적혀 있었다.

"아, 음, 그렇군. 그런데 애가 합창단엔 언제 들었나?"

늘 어깨가 처져 살던 큰어머니는 목에 힘을 넣으며 갑자기 활기차져서 큰아버지를 옆눈으로 흘겨보았다.

"걔네 음악 선생님이 뽑아 문화원인가 어딘가에 추천을 했다잖아요. 원 참, 그게 언제 일인데…… 여름 방학 끝나자마자 그러던데."

"그랬었나? 그런데 애가 혼자 노랠 해? 걔가 과히 큰 목청이 아닌데? 여기까지 들리기는 하려나?"

"마이클 대고 하겠지요. 누가 불러도 맨 목소리로야. 아, 이렇게 넓은 데서 들릴 만큼 큰 목소리가 어디 있겠어요?"

천장의 불이 차례로 꺼졌다. 소란스럽던 장내가 불빛이 점멸함에 따라 차츰 가라앉았다. 좌석에 있는 이들이 노래를 할 것도 아닌데 기침 소리라든가, 음음 목청 다듬는 소리가 여기저기서 들려왔다. 발끝이 시려오고 있었다.

사회자가 나오고 크지 않은 시의 살림을 관장하는 시장이 나와 인사말 겸 축사로 발표회는 막을 열었다. 비엔나 소년 합창단보다, 비엔나 소년 합창단 이상 가는, 동양의 비엔나 소년 합창단, 그런 말이 여러 번 나왔다. 마이크에서 가끔 전파 음이 귀청과 심장과 머리 쪽을 찢어낼 듯 울렸고 사회자가 황급히 시장에게 다가가 마이크를 조절하는 체했다. 시장이 말을 할 때마다 허연 입김이 뭉울뭉울 마이크를 감쌌다. 시장이 무대 옆 세 칸짜리 낮은 계단을 내려가자 늘어뜨려져 있던 휘장을 두 사람이 안쪽에 숨어 서로 반대쪽으로 천천히 끌고 갔다. 막이 양옆으로 갈라지며 흰 와이셔츠와 어깨에 둥근 모양의 빨간색 망토로 똑같이 차려입은 시립 소년 합창단 모습이 나타났다.

아버지가 장담한 대로 정국이가 따로 서 있지는 않았지만 첫째 줄 중앙에 쏙 들어가 있는 정국이 모습은 쉽게 눈에 띄었다.

사회자가 지휘자를 소개하자 제비 꼬리 모양의 검은색 연미복을 입어 왠지 초라해 보이는 지휘자가 어색하면서도 또박또박한 걸음으로 나와 반주자를 소개했다. 연이은 박수의 지루한 절차를 끝내고야 지휘자는 지휘봉을 휘말아 올렸다.

합창단이 관객을 향해 정중하게 고개를 숙였고 다시 한 번 박수 소리가 시민관을 가득 채웠다.

이윽고 땅땅 얼어붙은 실내 공기를 흐트러뜨리며 노래가 시작되었다. 엷고 흐릿한 입김이 합창단원들 입가에서 자그마한 동그라미를 만들었다.

방끗 웃는 월계꽃 한 송이 피었네.

사랑스러운 월계꽃 힘껏 품에 안고서…….

비엔나 소년 합창단의 합창이 어떤지는 들어보지 못했지만 과연 시립 소년 합창단의 합창은 학교 음악 시간에 우리들이 부르는 노래와는 엄청나게 달랐다. 곱고 질서가 있었다. 마치 한 사람이 내는 목소리인 듯 한 물결이었다.

사랑의 노래 들려온다아.

옛날을 말하는가 기쁜 우리 젊은 날…….

청아한 음성이 홀로 들려오기 시작했다. 정국이였다.

가냘프게 떨리면서도 매끄러우며 아주 예쁘다고밖에 표현할 수 없는 그 소리를 듣기 위해 비교적 조용하던 장내는 더욱 조용해졌다. 큰어머니가 예상했던 것처럼 마이크를 대고 있지도 않은데 우리가 앉아 있는 중간 자리까지 노랫말은 명료하게 잘 들려왔다. 작고 똥똥한 체격에 얼굴이 넓적한 정국이를 모르는 사람으로 노랫소리만 듣는다면 고운 여학생이 부르는 노래 같을 것이었다.

그가 중간 소절 솔로를 맡은 노래는 모두 세 곡이었다.

무난히라고 해야 하는지, 아주 잘이라고 해야 하는지의 평가를 내 소견으로는 내릴 수 없겠지만 나는 정국이를 다시 보게 되었다. 적어도 시민관 무대에서 쉰아홉 명을 젖히고 혼자 노래한 것이다. 특히 마지막으로 부른 보리순가 하는 노래의 뒤에 구절은 그가 살포시 두 눈을 감았다 뜨며 노래하던 모습과 함께 내 마음에 남았다.

'가지는 흔들려서 말하는 거엇같이. 친구여 내게 와아서 쉬어었다 가아거라 쉬어었다 가아거라.'

밖에는 눈이 펑펑 오고 있을 텐데 뇌리에는 잎새 무성한 나뭇가지가 바람에 흔들리고, 그 나뭇가지가 정말 나지막하고 다정한 이야기를 건네고 있는 느낌이었다.

가지는 흔들려서 말하는 것같이…… 쉬었다 가거라 쉬었다 가거라.

고달프고 외로운 한 사내를 나무가 친구로 맞아들이며 수많은 잎사귀 팔로 따뜻하게 감싸주는 정경이 떠올려졌다.

"왜 노래할 때처럼 크고 또렷또렷하게 말은 못해? 이 녀석아, 앞으로는 말도 노래하는 것처럼 좀 크게, 크게 해!"

발표회가 끝났다. 각자 제 가족에게 돌아가는 합창단원에 섞여 무대에서 내려온 정국이에게 큰아버지와 큰어머니는 핀잔을 주며 그의 머리통과 등짝을 쳤다. 정국이는 공연히 머리통을 긁었다. 우리 두 가족은 합승 버스에 올랐다. 어른들은 발표회는 벌써 잊어버렸는지 잔소리를 시작했다.

"너도 이젠 노는 것 좀 작작하고 공부를 해야지. 음악 발표횐가 뭔가도 끝났으니 소리 연습 할 일도 없잖냐. 3학년이 될 텐데. 남들은 3학년이면 공부하느라 수건으로 머리 동여매고 코피 흘려가며 밤을 새운다더라. 너처럼 그래 갖고 어디 고등학교 문턱인들 구경해 보겠냐?"

합승 버스가 동네 입구에 우리 두 가족을 내려줬을 때 눈은 그쳐 있었다.

버스 정류장에서 우리는 차도 이쪽 저쪽으로 갈라서 헤어졌다. 아버지는 큰길 건너 아랫동네 골목 사이로 들어간 큰아버지네 식구가 처마 그늘에 가려 보이지 않을 때까지 지켜 서 있었다.

"가자."

앞장 선 아버지 뒤를 어머니와 내가 따랐다. 눈 덮인 개천 바닥이 절경 산수화 속 계곡처럼 희고 검은 음영으로 아름다웠다. 덮인 눈과 달빛 덕분이었다. 검푸른 구름 사이에 끼어 있는 상현으로 동네 전체가 꿈속 풍경 같았다. 겨우 달빛뿐인데도 세상은 신비하게 환하고 푸르렀다.

"걔, 정국이 걔 큰일 났더구먼. 곧 3학년 2학긴데, 형님 건강도 여의치를 않은데, 왜 애까지 그렇게 말을 안 들으며 말썽을 부리지? 중학을, 서림을 척 붙어 수잴 줄 알았는데 말이야? 걔가 전에는 똑똑하지 않았나? 그거 참 걱정이야 걱정! 좋게 알아듣게끔 말을 해줘야겠어. 그저 코흘리개들하고 어울려 노는 것밖에 모르니 그를 어쩌나! 아, 지 나이가 몇 살인데!"

남들은 고등학교 입학시험 준비로 과외 공부를 한다, 밤을 새운다 난리를 치는데 정국이는 뒷산에 굴을 파고 딱지를 숨겨놓든지 거적을 덮어 동네 아이들 본부를 만들거나 하는 놀이에 열중하였다. 그는 대단히 중요한 사명을 띤 표정으로 삽을 메고 나와 조무래기들을 위한 땅굴을 파고 나뭇가지를 엮어 굴 입구를 가려주고는 했다. 어찌나 비장한지, 아이들은 손가락을 입에 댄 채 조용하다 못해 엄숙하기조차 한 자세로 본부가 완성되기를 기다리는 것이었다.

여름방학이 끝나가고 있었다. 음악 발표회 전에 치질 수술을 받고 괜찮아지는가 싶었는데 그 후 큰아버지는 여러 번 더 아팠다.

마당에 멍석을 펴놓고 수박을 갈라 먹으며 아버지는 진심이 가득한 어조로 정국이와 큰아버지를 염려했다. 씨를 발라 쟁반 귀퉁이로 모으며 어머니는 그런 아버지를 츳츳 하고 바라보았다.

"아이고, 이 댁 아드님 걱정이나 하세요. 남의 집 걱정은? 자기 집 서까래 썩는 것은 모른다더니? 쟤도 2학년인데 저렇게 편둥편둥 놀기만 하다가는 고등학교 문턱에도 못 가보게 생겼네요. 동계 진학은 해야 망신은 면할 텐데. 과외라도 시켜야지 안 되겠어요. 혜자는 혼자 알아서 척척 잘하는데. 그게 다 정국이랑 놀아서 그런 것 같아. 너 방학 숙제는 다 해놨냐? 애, 이젠 정국이가 찾아오면 없다고 할 테니까 틀어박혀 공부 좀 해라, 공부!"

애매하게 불똥이 내게로 튀는 순간이었다. 화통 같은 소리가 아버지 입에서 터져나왔다.

"이 사람, 말 같지 않은 소리를! 애한테 못하는 소리가 없어? 있는 애를 없다고 해? 아니, 그리고, 남의 집 걱정? 남의 집 걱정이라니, 이 사람이?"

나는 양어깨를 좁혀 자라처럼 머리를 집어넣었다. 결국 두 분이 싸움을 시작한 것이다. 자주는 아니지만 어머니 아버지는 일 년에 거의 정기적으로 두어 차례 다투었다. 우리 집 자체로서는 특별한 골칫거리라거나 문제가 없는 만큼 대부분 그 싸움은 큰아버지네 일이나 이야기가 발단이었다.

"큰집이 남이야? 어떻게 남인가? 아, 애가 뭘 배우겠어? 어엉?"

"하이고, 애가 뭘 배우다니요? 즈이 아버지가 주먹 조렇게 쥐고 즈이 엄마한테 호통 치는 것 배우겠지. 그래요, 새끼들이 잘 보고 잘 배우겠어요!"

"아니, 이 여편네가? 뭘 잘했다고?"

"아니, 내가 뭘 잘못했어요? 당신 앞에서는 무서워서 어디 그 집 이야기 뻥끗이라도 해보겠나? 그 집이 나하고, 우리하고 뭐예요?"

어머니는 큰집이 불씨가 되어 싸움을 할 때면 그랬듯이 아버지에게 바락바락 대들었다. 이쯤 되면 사태는 되돌이킬 수 없게 되었다. 손버릇 나쁜 아버지가 아니지만 일 년에 한 번쯤은 어머니에게 손을 대었다. 부르르 부르르 떨다가, 사람 같지 않은 것! 하면서 뺨을 한 대 갈기거나 어깨 같은 데를 한 번 내지르는 것이다. 아무래도 거기까지 갈 것 같았다. 그렇게 된다면 울분에 찬

어머니의 맞대꾸가 이어질 게 뻔했다. 나는 슬그머니 뒷걸음질로 기어 그 자리를 빠져나왔다.

"친형제도 자라면 남이 되는데, 그 집이 우리하고 도대체 뭐얏?"

아니나 다를까 툇마루로 올라서기도 전에 짝 소리와 함께 아야! 하는 과장된 비명이 등 뒤에서 들려왔다.

"사람을 쳐? 제 여편네를 쳐? 그래 쳐! 네 여편네보다 그 집이 중하다 중해! 모셔다 살지? 왜? 나 때문에 못해? 나 죽어주면 그렇게 할 수 있어? 그래, 내가 죽어줄게, 죽어줄게!"

"아니, 이 여편네가? 아직도 정신을 못 차리고? 이 여자가 웬 포악이래? 이 여자가 은혜를 원수로 갚으랄 여자네. 이거?"

화기애애하다고까지야 할 수 없겠지만 바로 전 멍석 위의 평화는 산통이 났다.

"그만큼 갚았으면 갚고도 남았다! 야, 은혜를 입었으면 네가 입었지 내가 입었니?"

그런 때의 어머니가 펴는 주장은 내 기분과 똑같이 구구절절 옳았지만 계집애들이 악쓰며 싸우는 꼴과 똑같아서, 뭐라고 할까, 거 참 품위가 없었다.

"나하고는 상관없는 인간들이야! 나한테까지 이래라저래라 하지 마! 세상에, 육이오 끝난 게 언제야? 아, 그때야 죽이기도 많이 했지만 살려주기도 많이 했지. 너 하나 살려줬다고 우리까지 평생 그 집 종으로 살란 말이야? 난 모르는 일이야! 나하고는 피 한 방울 안 섞였어! 너하고는 피를 갈라 마셨는지 어쨌는지 몰라도 경서하고도, 혜자하고도 피 한 방울 섞이지 않은 집이니까 우리한테까지 이래라저래라 하지 말라구! 너 혼자 잘해! 그 집이라면 나는 신물이 난다, 신물이 나! 이가 갈려!"

품위도 품위지만 어머니가 보이는 대거리는 확실히 심했다.

"아니, 이 여편네가? 점점? 한다 한다 하니까? 피? 엉? 그까짓 피가 뭐야? 그게 대수야? 피보다 진한 게 있다구!"

그 뒤는 아버지 말소리가 팍 꺾어져 잘 들리지 않았다. 그러나 나는 다음 말을 알고 있었다.

'피보다 진한 게 이 세상에는 있다구. 사람 껍질을 썼다고 다 사람인 줄 알아? 이 사람 같지 않은 것아!'

피보다 진한 것.

아버지는 감상적 인간이었을까?

어머니는 종종 우스워하며 아버지 말을 흉내 냈다.

"피보다 진한 게 있다구! 지나가던 개가 웃겠다. 피보다 진한 게 뭐가 있다니? 하이고, 피는 뭐 또 진한 줄 아니?"

나도 우스웠다. 의리를 지키거나 은혜를 갚으려는 마음은 물론 소중하다. 그렇더라도 아버지가 피보다 진한, 운운하면 속으로는 웃음이 먼저 터져나오려는 걸 어찌하랴. 아무리 아버지가 큰아버지에게 은혜를 입던 극적인 순간을 수십, 수백 번 열변으로 복창해 줘봤자 우리들 감정은 마찬가지였다. 영화나 라디오 연속극에서 워낙 흔하게 듣고 보는 이야기라서인지도 몰랐다. 실감이 나든 아니든 진지해질 수는 없었다. 그래도 이웃 사람들이 어머니에게 정국이네와 어떻게 되는 관계냐고 물으면 어머니는 현장에 있던 사람처럼 흥분하여 그 장면을 그려 보이는 것이었다.

"우리 혜자 아버지가 육 형제 중 셋째에서 대표로 뽑혀 인민군을 나갔잖아요. 혜자 아버지가 형제 중 제일 영리했대요. 너는 영리하니 꼭 살아올 거라고 했다지만, 딸이건 아들이건 그저 만만한 게 셋째니까."

"그럼 시댁 어른들은 지금?"

"지금 다 이북에 계시지요."

"저런! 아무도 넘어오시질 못했어요?"

"거기들 남아 계시죠. 하여튼 그래서 혜자 아버지가 형제들을
대표해서 인민군으로 끌려갔는데, 앞이고 옆이고 총 맞아 퍽퍽 쓰
러져 죽어 나자빠지는 걸 보니 이렇게 죽으나 저렇게 죽으나 개죽
음은 마찬가지겠더래요. 그래 기회를 틈타 죽자 사자 도망을 쳤
죠. 이리저리 마냥 끌려만 다니던 끝이라서 어디가 어딘지도 모르
겠더래요. 용케 잘 빠져나와 산길을 내려가는데 저 아래서 웬 인
민군 장교 두 명이 올라오고 있더랍니다. 소좌라나 대좌라나? 직
통으로 딱 마주쳤대요. 이 사람은 자기 손에 총 한번 쥐어보지 못
한 사람인데, 머릿속이 그렇게 재빠른 사람이 아무 생각도 떠오르
지를 않더랍니다. 뭐라고 둘러댈 말은커녕 눈앞이 깜깜한 게 이제
죽는구나만 알겠지, 개처럼 죽겠구나, 뭐 그런 생각도 떠오르지를
않고요. 그런데……."

어머니가 거기서 혀로 마른 입술을 축이거나 침을 삼키거나 하
면 다음 말은 상대방이 하기 마련이었다.

"밑에서 올라오던 인민군 중 한 사람이 바로 정국이 아버지였군
요."

"그렇죠. 세상에, 일면식도 없는 사람인데, 그 양반이 옆에 인
민군한테 뭐라 하고는 막 뛰어와 달려들더니 다짜고짜 부둥켜안고
속삭이더래요. 빨리 반가운 척하며 큰 소리로 형님이라고 부르라
고요. 글쎄 그러더래요?"

"세상에! 세상에! 정말로 그런 일이 있긴 있나 보네. 왜 연속방

송극에 그런 얘기들이 있잖아요?"

"있지요. 있으니까 연속방송극을 만들기도 하고 그러는 거죠."

새파랗게 질려 있는 심장으로 상대를 아무리 뜯어봐도 정말 생면부지의 사내였다. 아버지를 껴안고 반가워 죽겠다는 몸짓을 보이는 사내의 눈빛은 사내의 숨결만큼 가빴다. 사내는 재빨리 아랫동네 정보를 몇 가지 더 알려주었다. 낙오병도 아닌 두 사람이 어째서 외딴 산길을 터덜터덜 올라오고 있었는지 아버지는 알 수 없었다. 어쨌든 총까지 찬 그가 조건 없는 은전을 아버지에게 베풀겠다는 거였다. 바로 밑에 아우라는 거짓말까지 동료에게 하면서 말이었다.

아버지는 그 길로 남하했다.

휴전이 되었다. 혼자 몸인 데다 혈기왕성하게 젊은 아버지는 닥치는 대로 일만 했다. 돈 벌어 잘살겠다는 욕심 없이 그 시절 아버지에게는 일이라도 하지 않고는 배겨낼 수 없는 무엇인가가 자기 속에 있었다. 서울역에서 아버지는 그 사내를 만났다. 아버지와 사내 둘 다 한쪽 어깨에 빈 지게를 지고 있었다. 사내는 아버지를 알아보지 못했지만 아버지가 사내를 못 알아볼 리 없었다. 아버지와 첫 대면했을 때의 그 괴롭도록 숨 가쁜 눈빛 대신 이 세상을 도저히 견뎌내지 못할 선량하고 체념 어린 눈빛을 한 사내를 아버지는 단박에 알아봤다. 그는 아버지를 세상에 다시 있게 해준 이였다. 아버지는 그를 형님으로 모셨다. 그렇지만 아버지의 마음 깊은 곳에서는 아버지를 전쟁터로 내몬 부모와 친형제보다 강력한 존재였다.

그렇게 사람들에게는 자신의 활극인 것처럼 신이 나서 말하는 어머니였지만 아버지가 없는 시간이면 우리를 상대해서 걸핏하면 하소연이었다.

 "이제까지 그 집 간 것 다 하면 그놈의 은혜 백만 번을 갚고도
남았다. 세상에 무슨 사람이 그렇게 운이 없을까? 그 양반은 손에
대는 족족 되는 일이 없어. 학벌 좋고 머리도 좋다는 사람인데 어
떻게 고렇게 매번 속는대? 손가락 갖고는 셀 수도 없을 정도니.
우리가 언제까지 돕고 나눠 먹나? 구녁 빠진 독에 물 붓기지. 사
람이 세상에 대해 고렇게도 맹하게 건성이니, 우리가 어떻게 그
뒷감당을 다 한다냐?"

 아버지가 아무리 세상인심이 어쨌느니 설교를 하며 자본을 대줘
도 큰아버지는 모르는 이들, 또는 너무 잘 아는 이들에게 번번이
사기를 당했다. 큰아버지가 어떤 일에 손을 댔는지 소상히는 모르
겠다. 어른들 이야기에서 양조장, 십구공탄, 목재소, 뭐 그런 소리
를 들은 기억은 있다. 그 밖에도 여러 일에 손을 대었던 것 같은데
다만, 또 다 털리셨다는데? 아, 도망간 그놈을 어떻게 잡아? 그 일
은 형님께 애당초 무리였어, 뭐 다른 일을 하게 도와드려야지, 하
며 주고받는 아버지 어머니의 이야기로만 알 수 있을 뿐이었다.

 "은혜, 은혜, 느이 아버지는 해쌌지만 사실 그 사람이 느이 아
버지를 살려준 것은 이쪽 운이 좋아서지 아무것도 아니다. 그렇잖
냐? 느이 아버지 사주를 보면 개똥밭에 굴러도 돈이 붙고 명줄이
쇠심줄보다 질긴 사람이라더라. 다아 자기 타고난 팔자고 복인데.
자기 운이 좋았던 거지 무슨 은혜를 입은 거냐 글쎄. 안 그렇냐?"

 누나나 내가 아무 소리 없이 듣고만 있으면 어머니는 더 울화를
솟구치며 한탄을 계속하였다.

 "너희들이 아무리 어리고 철이 없어도, 생각을 해봐라. 그 집만
아니었으면 우리가 고래등 같은 기와집을 열 채는 지었을 거라.

안 그러냐? 아이고, 저만치 뚝 떨어져서나 살면? 어떻게 그 집 애들은 먹는 것도 너희보다 곱 배는 먹냐? 쌀을 똑같이 팔아도 꼭 먼저 떨어지니, 배 속에 넝마 통이 들었나. 아이고, 언제 우리가 그 집 신세 좀 져보고 그 집 밥을 좀 얻어먹어 보려나? 징그럽고 지겹다! 그 집 밥 안 먹어봐도 좋으니, 하룻밤 자고 나면 그 집이 눈앞에서 싹 사라져주는 일 좀 없으려나?"

하긴 어머니의 불만에 대대적인 맞장구를 치고 싶을 만큼 내 눈에 보이는 아버지는 불공평하기만 한 사람이었다.

'크레용? 정국이는 아직도 쓰고 있던데. 무슨 물건을 아까운 줄 모르고 그렇게 헤피 써대? 조금 기다렸다가 형 살 때 같이 사주마.'

국민학교 때 나는 미술반원이고 정국이는 아무것도 아니었는데 아버지는 그랬다. 중학생이 되면서는 크레파스 차원이 아니었다.

'무슨 놈의 교복을 고작 일 년 입고 새로 해야 한다는 게야? 키? 아, 정국이는 키 안 큰대? 정국이 교복이 작아지면 정국이가 새로 해야지. 그것 받아 입으면 된다. 모자? 아, 그깟 모자 그때 같이 물려서 써!'

누나 입장도 다르지 않았다.

'학생이 사복은 무슨 사복이야? 네가 옷을 척척 사봐라. 큰집 명혜는 너보다 아운데 얼마나 부럽겠어? 며칠 기다렸다가 추석에 여자 아이들 무엇 한 가지씩 입도록 해라.'

서열로 따지면 두 집 아이들을 합해 누나가 제일 위, 그 다음이 정국이, 그다음 나, 그 밑 명혜가 6학년이고 그 아래 조란조란 연년생으로 계집애 셋이 더 있었다. 그러니까 우리 집은 나와 누나가 있고, 정국이네는 아들 하나에 딸 넷을 두어 애가 다섯이었다. 아버지는 큰아버지네 아이들이나 당신 자식이나 다 똑같은 자식이라고 여기나 보지만 누나와 내 기분으로는 어머니 말대로 피 한 방울 섞이지 않은 남일 뿐이었다. 아버지는 피보다 진한 게 이 세상에는 있는데 그것이 큰집과 우리 집의 관계라고 누누이 우리를 세뇌시켰다. 그러면서 아버지는 어머니도 우리에게 하는 식으로 다스리려 들었다.

'어떻게 당신이 먼전가? 내가 기지 한 벌 끊어준다고 해도, 내가 당신이라면, 나야 걱정거리 없는 여편넨데 큰댁 형님부터 지어 입으시라고 양보를 하겠소, 원?'

하이구, 내가 왜? 그런 얼굴을 하면서도 어머니는 잠자코 말았다. 그러다가 심술이나 역정이 한계에 부딪히면 대들이 싸움이 벌어지는 것이다.

아버지가 우리 식구에게 매사 그런 식이니 이만저만 불리한 게 아니었다. 먼 데 뚝 떨어져서 살았으면 하는 마음은 나도 컸지만 어머니처럼 큰집이 이 세상에서 사라져주기까지 바라지는 않았다. 큰집이 좋을 때도 많았다. 우리 경서, 우리 경서! 하며 두 분 다 나를 진짜 피붙이 살붙이로 대했다. 설령 불만이 있다 해도 저쪽 웃는 얼굴에 침을 뱉을 수는 없는 일이었다. 더구나 진흙 범벅이 되어 전쟁놀이를 하며 함께 뒹굴 때의 정국이는 세상 누구와도 바꿀 수 없었다.

정국이는 무조건 내 편이었다. 내가 누구한테 두들겨 맞기라도 하면 완전히 총알로 달려와 온몸을 상대편에게 박아대었다. 잘잘못을 가릴 틈도 없었다. 덕분에 정국이는 상대편 더 큰 형들에게 내 대신 코피 터지는 일이 다반사였다. 정국이가 달려온다고 해도 상대편과 맞붙어 싸우는 건 아니었다.

'왜 우리 경서한테 그래? 차라리 날 때려, 날 때려! 날 때리라

구! 날 쳐! 날 치라구! 우리 경서한테는 손가락 하나 건드리지
마, 말란 말이야!'

그러면서 들입다 머리를 들이미는 게 다였다.

코피를 닦고 둘이 털레털레 걸어 들어오는 길. 정국이는 말했다.

'야 좀, 아무한테나 기어 붙지 말고 조심해! 형이 없을 때 아무
한테나 까불고 달라붙었다가 찐빠 되고 싶어서 그래? 형 없을 때
는 죽은 것처럼 하고 있어. 형이 갈 때까지. 알았지?'

여전히 나는 정국이가 없는 자리에서도 정국이를 믿고 아무한테
나 까불며 기어 붙었다. 내가 기어 붙는 동안 어디서든 듣고 정국
이가 달려와 줄 테니 겁날 게 없었다. 정국이는 내 빽이면서 방패
였다. 하지만 콩알 반쪽도 나눠 먹어야 할 때는 정말이지 싫었다.
어머니의 지긋지긋해! 끔찍해! 그 말이 진정 나의 것이 되었다.
큰집이 억센 흡판이 달려 있는 지독한 흡착력의 거머리로 순식간
에 변해 버리는 것이었다.

겨울 새벽이란 늘 희끄무레하기 마련이지만 그날 새벽은 유독
뿌연 어둠에 잠겨 있었다. 정국이가 고등학교 입학시험을 친 그
겨울 방학이었다.

철 대문 두들기는 소리와 찌익찌익하는 초인종 소리가 한꺼번에
요란을 떨었다. 평소에는 웅얼웅얼하는 정국이가 문을 두들기고
초인종을 누르며 울부짖었다.

"작은아버지! 작은아버지!"

사태를 충분히 아는 아버지는 서두르느라 바지에 다리를 제대로
끼지도 못하며 어헝어헝 이상한 울음소리부터 냈다. 그래서 다른
날보다 옷 입는 시간이 오래 걸렸다. 자기 아들 이름도 금세 떠올

리지 못했다.

"너, 너, 너 누구냐, 아, 너, 경서. 너는 성당에 가서 신부님을 모셔와! 빨리 모시고 와야 해. 당신, 당신, 당신, 당신도 좌우지간 빨리 내려와. 정국아, 어서 가자! 넌, 넌, 작은아버지하고 가야 한다! 갑자기, 갑자기, 내가, 눈이, 잘 보이지를 않는구나. 날 좀, 날 좀 붙잡아라. 어허허헝…… 형님!"

아버지는 정국이 등을 밀며 팔을 잡고 아랫동네로 달려갔다.

양력설을 지내고 난 후 보름 이상을 큰아버지는 앉은 채로 낮과 밤을 보냈다. 고통이 심해 잠을 잘 수 없었다. 동그랗게 몸을 말거나 앉아 있는 게 눈곱만큼이나마 견딜 수 있는 자세고 기진하여 어쩌다 깜빡 조는 외에 편히 누워 잠들 수 없다는 거였다.

에끼, 내가 그렇게 쉽게 갈 사람으로 보여? 시립 소년 합창단 합창 발표회를 하던 일 년 전만 해도 큰아버지는 멀쩡히 서서 그 말을 했는데 지금은 앉지도 눕지도 못하는 사람이 되어 있었다. 얼굴색이 누르뎅뎅하면서 검었고 뼈에 가죽을 얇게 붙여놓은 꼴로 말라버려 땅속에서 파낸 미라 같았다. 그 지경이 되고 나서야 알았는데 암이었다. 암이 대장으로 직장으로 어디로 저희들 마음대로 행군하며 세포 수를 늘려나갔다. 폐까지 번졌다. 엄청난 통증에다가 숨을 편히 쉬지 못하게 되었다.

'틀림없지, 틀림없어. 그게 치질이 암이 된 거예요.'

치질이 어떻게 암으로 변할 수 있는지 의학적이고 과학적인 근거는 아버지에게 조금도 중요하지 않았다.

'다 나 때문이에요. 함께 짐을 받게 되면 당신 지게가 미어지는데도 바리바리 얹고 나는 홀 지게를 지고 가는 거나 마찬가지였어. 그러지 말라고 해도 들으시간? 혼자서 그 짐을 거의 다 부리셨어. 근력이라는 건 나잇살이라고, 지게 품은 근력으로 해내는 거라고 그렇게 고집을 부리셨어. 그러니 밑창이 빠지지! 그때 벌써 치질이 이만큼 나와서 걸음이 힘들었는데…….'

그런 형님을 만난 아버지의 행운이지 아버지 탓이 아닌데도 큰아버지가 암이며, 갈 길이 오늘내일로 아주 가깝다는 사실을 알고부터는 보탬 없이 하루에 수십 번 가슴을 쳐댔다.

'내가 형님께 너무 무심했다! 내 핏줄보다 더 나를 생각해 주시는 분인데. 내가 은혜를 원수로 갚고 마는 인간이다!'

전날 밤도 통금 시간까지 큰아버지 옆에 붙어 있다가 집에 돌아와 서너 시간 눈을 붙였던 아버지였다. 일주일간은 구청장에게 사정하여 오전 출근만 하던 중이었고 그렇게 생활하는 아버지도 보름 남짓에 병색이 나도록 홀쭉해져 버리고 말았다.

아버지가 정국이와 큰집으로 내려간 다음에야 나는 느릿느릿 스웨터를 입고 캐시미어 잠바를 걸쳤다.

"아직 어둡다. 전지를 갖고 가봐라. 곧 밝기는 할 것 같다만."

그 상황에서도 어머니는 아들이 먼저였다.

"그 양반만 아니었으면 지난겨울에 우리가 전화를 놓을 수 있었잖냐. 그러면 이런 때 성당으로 전화만 해도 되는데 말이다. 큰아버진지 하는 양반이 오늘은 가시려는가 보다. 서로 편하게, 당신도 고생 덜하시게 진작 가셨어야 했는데. 죽는 복까지 지지리도 없는 사람, 보다 보다 처음이다."

어린 내 마음에 오늘의 어머니는 너무 심하다 싶었다. 큰아버지가 오늘은 돌아가실지도 모른다는데…….

"엄만? 아버지가 빨리 오라고 했잖아."

"에그, 들여다보긴 해야겠지. 오늘내일하면서도 여태 명줄 붙잡고 있는 분이니 급할 것도 없다. 사람 목숨이 그렇게 모질게 질긴 거란다. 너나 걸음 또박또박 걸어 잘 다녀와. 신부님인가 뭔가 하는 양반 오기 전에는 눈감지 않으실 테니. 알았냐? 알았지?”

어머니가 내주는 털목도리를 찬찬하게 두른 다음 미군 부대에서 나온 국방색 전지를 들고 언덕을 올랐다. 전지는 벌써 제구실을 하지 못했다. 미명이 걷히고 있어서였다.

고개 너머 포도밭 비탈을 내려간 다음 큰 거름통을 지나고 시금치 밭을 또 지나면 언덕 뒷동네로 들어선다. 거기에 뒷동네 국민학교와 동사무소, 파출소가 있었다. 뒷동네 앞을 흐르는 개울 옆으로 나란히 난 넓은 흙길을 따라 걸으면 그 옆 동네가 나오고 그곳 아담하고 조그만 교회당 옆에 모자이크 유리창을 달고 있는 성당이 우뚝했다. 교회 건물에 비해 다섯 배는 좋이 큰 화강암 건물이었다. 그곳에 외국 신부와 우리나라 신부가 같이 있는데 외국 신부는 본당 신부고 우리나라 젊은 신부는 보좌 신부였다.

그렇다면 어느 신부를 불러와야 하는지를 모르는 채로, 나는 비탈진 포도밭을 꿈틀거리며 기고 있는 검고 앙상한 포도 덩굴을 미명 속에서 내려다보았다. 칼끝 같은 바람이 억수로 불어 닥쳐왔다. 순식간에 콧속이 찌릿찌릿 얼어붙었다. 매서운 바람과 미끈한 길에 몸을 웅크리고 내려가는 내게는 길고 긴 여름날이 잠깐 스쳐 지나갔을 것이다. 여름날 놀이터는 마을을 지나 언덕을 오른 후 포도 덩굴 그늘에 숨을 수 있는 내리막 언덕이고 나는 언제나 정국이와 함께였다.

정국이는 비록 아이들 세계에서의 일이지만, 바깥일이라면 무엇이건 나보다 능숙하고 수월하게 잘 처리해 냈다. 바깥일이라고 해봤자 어쩌다 뒷마을을 벗어나 길을 잃었을 때 어떻게든 동네 오는 길을 찾아낸다거나 하는 정도였지만 정국이가 있는 한 나는 두려울 일이 없었다. 우주 물상이 어떤 두려운 신비와 막막함 따위로 차 있다고 할지라도, 어떤 폭군에 깡패 똘마니가 내 면상을 향해 주먹을 휘두르며 달려온다고 해도 정국이만 옆에 있으면 내가 걱정할 세상만사는 없었다.

내가 늑장을 부리며 가서인지 우리나라 사람인 젊은 신부와 큰집에 도착했을 때는 많은 게 늦어버렸다. 여러 명이 곡하는 소리가 콜타르칠이 벗겨져 우리 집보다 허름한 판자 담을 넘어 불협화음으로 들려오고 있었다. 젊은 신부가, 어이쿠, 소리를 냈던가? 나는 큰아버지! 큰아버지를 부르짖으며 마당 안으로 뛰어들기부터 했다. 왠지 울음이 북받쳐 올라왔던 것이다.

큰아버지 장례 날은 겨울 한가운데라고 믿어지지 않았다. 아버지 고향 사람들이 돈을 모아 샀다는 그 산은 온통 황토였다. 서둘러 고개를 내민 냉이며 개망초 싹들로 봄이 느껴지는 따사로운 날씨였다.

큰아버지 임종 날은 그토록 매서운 추위였는데 이틀이 지나 산으로 가는 길은 땅거죽이 녹아 지물지물한 물기가 돌았다. 발짝을 뗄 때마다 신발에 황토가 달라붙어 이내 발이 무거워졌다. 덕분에 삽이 잘 들어가서 일하는 이들은 큰아버지를 칭송하였다.

"겨우내 그렇게 고생을 하시고도 당신보다 남을 생각하셔서 가시는 길도 날을 골라 가시는 양반이시네. 조금만 더 사시다 가시잖고……."

큰아버지 마지막 가는 길에 아버지는 상당히 신경을 쓰고 돈도 풀었다. 상여꾼들이 노잣돈을 내놓으라며 멈추는 걸음마다 아버지는 그야말로 돈을 흩뿌리다시피 했다. 그러면 사람들은 내가 알아들을 수 없는 무슨 농을 하며 한바탕씩 웃음을 터뜨렸다.

그러니 큰아버지 장례는 잔치였다. 귀동냥으로 듣자 하니 큰아버지 생전에 큰아버지를 숱하게 골탕 먹인 작자들까지 빠짐없이 와서는 더 이상 속여먹지 못함을 애석해한 모양이었다.

하늘이 낸 천산데…….

산자락에 천막을 치고 솥을 걸고 밥과 국을 끓여 푸짐하게 음식을 먹은 다음 시간에 맞춰 하관이 시작되었다. 모두 흥겹게 땅을 다지며 얼쑤얼쑤 춤을 추었다. 아버지도 그날은 잠시 뒤돌아서서 눈물만 스윽 훔쳤을 뿐이었다.

그랬던 큰아버지 장례가 여러 달 지난 것 같은데 불과 보름밖에 지나지 않았다. 그리고 봄보다 따뜻했던 보름 전 날씨가 정말이었던가 싶게 기온은 다시 오그라들어 영하의 행진을 계속하고 있었다.

아버지가 연신 뱉어내는 담배 연기가 방 안에 빼곡했다. 나는 아랫목에서 로봇 만화 삐빠를 옆구리 잔뜩 쌓아놓고 보며 키득거리는 중이었다. 어머니는 키득거리는 나를 가만히 손 뻗쳐 찌른 다음, 36공탄 난로 열기로 성에가 녹아 흐르고 있는 유리창 밖 뿌연 하늘가를 올려다보았다.

서로 다른 입장에서 두 분은 똑같이 심기가 편하지 않았다. 두 분이 불편한 심경을 숨기고 있는 현안은 아버지가 구청을 그만두고 그동안 짬짬이 해오던 집 짓는 일에 본격적으로 손을 대겠다는 것과 또 한 가지는 큰집과 합치는 문제였다. 어머니는 아버지 퇴직이 아닌 큰집과 합치는 일로 심사가 몹시 나빠지려고 하는 참이었다.

"형수님이 그 집에서 계속 버티신다는 게 보통 괴로운 일이 아널 게요. 눈을 뜨면 형님이 계신 것 같을 텐데. 그러니까……."

어머니는 조심스럽게 입을 열었다. 큰아버지 장례 이후 어머니는 큰집 일에는 되도록 말을 삼갔다. 죽은 사람이 살아 있었을 때 좀 잘해 줄걸 하는 후회가 남아서인지 죽은 지 얼마 되지 않은 사람에게의 예의인지는 알 수 없었다. 어쨌든 근처의 죽음이란 주위 사람들을 당분간 엄숙하게 하는 무엇을 갖고 있는 게 분명했다.

"우리와 함께 있으면 더 생각도 나고 더 불편하지 않겠어요? 그것보다는 정국이 학교 문제도 있으니 몇 정거장 떨어진 정도에다가……."

어머니는 조신한 태도로 운을 떼었지만 나는 알았다. 어머니 속은 지금 간질간질한 것이다. 큰아버지가 계시지 않은 지금, 그리고 또 이다음까지 아버지의 고집으로 큰집 가족을 붙들어놓는다면, 에그, 그러면 나는 이제 더는 못 참아! 그것이었다.

아버지도 조심스러웠다.

"그 점을 생각하지 않은 바도 아니지만, 일이 년만 계시다가 말이오. 사람 빈자리가 어떤지는 직접 당해 보지 못한 사람은 알 수 없는 거예요. 베푸는 쪽이 낫다고 했어요. 아래채 하나 내어 달아, 방 두세 칸 정도 넣어서 말이지. 사내애들은 사내애들끼리 여자 애들은 방 두 개 나눠 쓰게 하고, 형수님 방 하나 따로 드리고. 또, 에, 내가 알아요. 사실은 당신이 너그러운 사람이니까 우리가 이러며 살아왔다는 걸…… 에…… 내가 알아요."

어머니 목젖이 꿈틀거렸다. 아버지는 놋재떨이에 담뱃불을 꾹꾹 눌러 껐다. 아버지 결정과 결심이 확고하다는 무언의 동작이었다.

"그렇게 합시다, 날 풀리는 대로…… 사랑채 매다는 게 얼마 걸릴 거고, 그러면 바로 들어오시게. 내가 사실은 당신이 동정심 많고 속이 너른 여자라는 것만 믿고……."

어머니가 받은 충격과 공포는 큰아버지가 통증으로 방바닥이 텅텅 소리가 나도록 나뒹굴던 임종 장면을 보던 것보다 더 컸다. 그러겠다는 대답을 어머니는 차마 입으로 소리 내어 하지 못했다. 아버지도 어머니와 정면으로 눈이 부딪칠까 봐 고개를 돌려 일어나며 덧붙였다.

"당신이 가장 힘들겠지만."

큰어머니가 좋은 말로 여러 번 사양했음에도 불구하고 큰집은 아버지의 고집스러운 권유에 우리 집 본채에 새로 붙여 지은 일자형 거처로 옮겨왔다.

같은 방을 쓰고 살면서 정국이와 나는 예전보다 더욱 똘똘 뭉쳐 서로 닮아갈 것 같았지만 그 반대가 되었다.

중고등학교가 한 교정 안에 있는 데다가 학생 수도 다른 학교보다 적은 우리는 교정에서 자주 마주쳤다. 같은 요일, 같은 시간대에 체육 시간이 들어 있어서 최소한 일주일에 한 번은 운동장에서 보게 되었고, 함께 쓰는 매점에서도 어쩌다 얼굴이 부딪혔다. 어린아이들과 노는 정국이를 두고 천친가, 바보인가들 해댔지만 동계 진학에 성공하여 서림의 고등학생이 되었으니 정국이야말로 진정한 수재가 아니랄 수 없었다.

"그 녀석이 머리는 좋아. 그렇게 놀아먹고도 서림을 간 애는 정국이 하나밖에 없을 거야?"

세상에 없는 큰아버지를 대신해 아버지는 흡족해하였다. 서림을 다닌다는 것은 대학 입학도 따놓은 당상임을 뜻했다. 취업하는 학생을 빼고 대학 합격률 100퍼센트를 자랑하는 우리 고장 최고 명문이니까 말이었다.

둘 다 중학생이었을 때 우리는 교내에서 만나면 서로 한 손을 조금씩 들고 공연히 싱글벙글하면서 스쳐 지났었다. 그런데 합가하여 같은 방을 쓰면서부터 정국이는 변하기 시작했다. 어느 결인지 방 안에서는 내 시선과 얽히지 않으려고 상당히 애를 썼다. 등교도 나보다 먼저, 아니면 몇 발짝이라도 뒤처져 집에서 출발했다. 교정에서 마주치면 저편에서 얼른 얼굴을 돌리며 고개를 숙인다거나 하늘 저 높이로 시선을 준다거나 하며 딴청을 부렸다. 그러는 그의 얼굴에 엷은 홍조가 깃들여 있었다. 정말 어쩌지 못할 경우가 있기도 한데, 그러면 정말 어쩌지 못하는 표정으로 몹시 어색하게 비싯 웃으며 지나갔다. 반년도 되지 못해 우리는 서먹서먹한 관계가 되어 있었다. 순전히 정국이의 태도 변화로 생긴 일이었다.

가끔 어머니 아버지가 하는 말을 옆에서 들어보면 확실히 정국이는 변해 가는 향방을 알 수 없는 채로 전의 그 정국이와 달라져 있었다.

"걘 왜 그러지? 인사도 하지를 않아. 목구멍은 어디 뒀다 쓸 건지 고개만 까딱하더라 이 말이야?"

"걔 엄마도 걔 때문에 속상해 죽겠다고 가슴을 칩디다. 공부가 저 밑이라지 뭐예요. 멍청해 갖곤 말이에요."

"당신 그 애들한테 무슨 눈치라도."

아버지 말이 끝나기도 전에 어머니는 버럭 역정을 냈다.

"아이구머니나! 생사람 잡는 소리 작작해요. 나도 심신이 편한 사람 아니니까."

"경서가 철이 없으니까 혹시?"

"아니 원, 나중에는?"

어머니는 아버지를 윽박지르며 나를 감쌌지만 정국이가 기이하게 수줍어하는 이상한 태도를 보이기 시작하자 나도 모르는 사이 내 속에는 정국이를 경멸하는 소리만 들어차 있게 되었다.

야, 너 왜 그래? 내가 뭘 어쨌게? 새끼, 너네 데리고 살아주는 것도 죄냐?

그랬다. 내 속에서 정국이는 형이 아니라 그 자식, 그 새끼, 너, 또는 정국이 개였다. 꼭 집어낼 수 없는 언제인가부터 정국이는 우리 가족과 큰집 식구 모두에게 골칫거리로 인식되었다. 정국이가 불량한 행동을 하거나 불량한 친구들과 지내는 것은 아니었다. 입학 초기에는 자기 반에서 우등권에 들었는데 학기말 성적표는 끝에서 턱걸이라고 하였다. 큰어머니보다 우리 어머니 걱정이 더 컸다. 걸핏하면 아버지에게서 억울한 소리를 듣는 일도 지긋지긋한 데다가 정국이가 잘되어야 큰집이 우리 집에서 나가도 마음 편치 않겠느냐는 게 정국이를 걱정하는 가장 큰 이유였다.

아버지 일을 걱정할 필요가 없는 어머니는 남의 집 아들 일로 한숨을 내쉬었다. 아버지라면 어머니는 마음 턱 놓고 믿는 구석이 있었다. 사주쟁이가 풀어준 아버지 사주가 그토록 좋다고 해서였다.

언제나 아버지가 하고 있는 일은 어제보다 한 걸음 앞선 풍족함을 약속하는 열쇠였다. 내가 얼굴을 본 적 없는 할머니나 할아버지는 당신 자식을 진작에 잘 헤아렸다. 사실 어느 자식인들 귀하지 않을까. 다만 발가벗겨 사막에 내놔도 살아 돌아올 인재라고 굳게 믿었던 게 분명했다.

그런 인재가 안전하고 편한 직장을 아무 요량 없이 버릴 리는 없었다. 모종의 정보가 아버지에게 있던 게 아니었는지. 아니면 전적으로 아버지의 혜안인지도 모를 일이지만, 아버지는 직업 전환을 했고 일마다 순조로이 잘 풀려나갔다.

"느이 아버지가 속뼈대 없이 착하기만 한 사람 같아도 꾀가 무섭게 많은 양반이니라."

잘되려고 하니 건축 붐이 새록새록 일었다. 한 채 두 채 지어 파는 집이지만 아버지가 지은 집은 잘 지었다는 소문이 파다했다. 좋은 자재를 아낌없이 쓴 튼튼한 집이라는 평판이었다. 비슷한 시기에 지은 다른 주택업자의 집보다 무엇이 새로워도 새롭고 나아도 나았다. 짓기가 무섭게 팔려나가는 것도 무서웠다. 일 년 후에는 한꺼번에 열 채 스무 채, 얼마 후에는 아예 동네를 몇 개나 만들었다.

크고 작은 많은 집을 지어 팔면서도 아버지는 우리 집을 옮기지는 않았다. 집 안에 서양식 좌변기 화장실을 들여놓은 다음 정국이와 내가 쓰고 있는 아래채 맞은편에 별채 하나를 달아 대학생이 된 누나가 혼자 쓸 수 있는 독방을 마련해 주었을 뿐이다.

고등학교 3학년이 된 나는 전보다 훨씬 풍족해졌다. 방과 후와 새벽에 담임선생 집에서 하는 과외 그룹 멤버일 수 있었고 필요한 돈은 얼마든지 받아 썼다. 친구 대여섯 명을 끌고 분식집에 가서 마음대로 시켜 먹으라며 큰소리칠 수 있을 정도로 어머니는 용돈을 넉넉히 찔러 넣어주었다.

큰어머니도 미제 물건 장사를 시작했다. 그런대로 자기네 저축을 늘려가고는 있었지만 한솥밥을 먹으면서도 큰집 쪽은 노상 여유가 없었다. 큰어머니는 날이 갈수록 늙고 쪼그라드는데 두 살 위인 어머니는 살아온 어느 날보다도 밝고 넉넉한 표정이 되어갔다. 뒤룩뒤룩 살이 올라 부잣집 마나님 태가 절절 흘렀다.

"이 집안에 걱정이라면 저 건달 하나뿐인데…… 어쩌면 좋으냐.

재가 저렇게 정신을 안 차리고 노상 매앵하니 별만 쳐다보고 있으
니 걜 보고 누가 학생이라고 하겠니. 잘못하면 낙제를 할지도 모
른다고 했다더라. 즈이 어머니 복장이 얼마나 터질까?"

낙제를 간신히 면한 정국이가 대학 입시에 실패해 서울 학원으
로 통학을 하자, 일주일도 못 되어 학원을 그만둘 게 틀림없다고
그렇지 않으면 내 열 손가락에 장을 지지겠다며 어머니는 정국이
흉을 보느라 입이 바빴다. 그런 어머니에 맞장구치는 아버지 모습
도 심심치 않게 볼 수 있었다.

"그놈의 새끼, 그저 거저 기차만 타고 왔다리 갔다리 하다가 마
는 것 같더구만. 정신이 올바로 박혀 있는 자식이야? 지가 누구
밥을 먹나를 한 번만 생각해 봐도 머리를 싸매고 밤을 새울 텐데.
아니, 올해 또 미역국을 먹겠다는 건가? 이번에 같이 시험을 쳐
서, 그래 경서는 붙고 저는 또 떨어져봐? 저도 삼수를 하겠다고는
못할 것 아니냐구? 우리가 저 공부하는 데 못해 준 게 뭐가 있나
말이야. 그 정도 해주면 그다음에야 혼자 알아서 해야지. 마소를
샘물가에 데리고야 갈 수는 있어도 대신 물을 마셔줄 수는 없는
일 아니야? 정신이 썩어빠진 녀석 같으니라구!"

미간을 접는 아버지 울화통에 어머니의 화답은 노랫가락 같았다.

"글쎄, 학원에서 걔 담임이 보자고 해서 형님이 가게 문 닫아걸
고 올라갔대요. 이건 학원에서 부모를 오라 가라 할 정도니. 걔가
지원할 대학이 없다는 거예요. 예비 고사 붙으면 그때 생각해 보
자고 하더라나?"

"그런 떠그랄 자식! 아, 형님이 뭐라고 그러시겠어? 바보 같은
새끼. 이제 즈이 집 앞날이 저한테 달려 있다는 걸 그렇게 몰라?"

"아둔해요. 뭘 물으면 맹 허니 보는데, 지금 이 양반이 무슨 말

을 하고 있나? 그러면서 아예 통 알아듣지를 못하는 것 같더라구
요."

"저도 찬찬히 말하면 알아듣겠지. 좀 진지하게 애기를 나눠봐야
겠어. 장차 희망이 뭔지, 그런 건 있을 것 아닌가? 대학은 나와야
취직을 해도 할 게고, 저가 빨리 취직해 가장 일을 맡아야 나도
한숨 돌려 저희 집 신경을 덜 쓸 텐데 말이야. 요샌 주택 분양도
경쟁이 치열해 골머리가 쑤시는 판인데."

과외 끝나고 통금 시간 다 되어 안방에서 독상을 받고 있는데
두 분이 주고받는 소리였다. 상을 물리고 마당으로 나왔더니 우리
방에 번쩍 불이 들어오며 정국이가 드르르 문을 열고 마당으로 나
왔다. 그는 우리가 맞부딪치지 않으면 안 될 어쩔 수 없는 상황에
서 그랬듯 실없이 비싯 웃었다.

통행금지 사이렌이 길게 울고 이 골목 저 골목에서 호각소리가
들려왔다. 잠시의 소란과 소음. 어이, 어이, 하고 누군가를 불러
세우는 굵고 큰 남자 목소리, 호각 소리, 그 통에 이 집 저 집 개
들이 한꺼번에 무작정으로 그악스럽게 짖어대는 소리. 마지막 순
간까지 찹쌀떡 메밀묵을 청승스러운 목청으로 길게 뽑는 소리. 그
러다가 차츰 주변이 고요해지며 깊은 초겨울 밤이 되는 것이다.

내가 마당 변소에서 오줌을 누고 나올 때까지 정국이는 분합 문
쪽마루에 앉아 있었다. 자기도 오줌을 누러 나오다가 내가 변소로
들어가니까 할 수 없이 기다렸나 보았다. 나는 실로 오랜만에 한
마디 물었다. 그렇다고 정국이 얼굴에 대고는 아니었다.

"오줌 누려구?"

정국이는 대답 대신 내 시선을 따라 하늘을 올려다보았다. 하늘
은 차갑게 개어 묵청색으로 맑았다. 그 안에 노랗고 희고 더러는

주홍이기도 한 초겨울 별자리들이 총총 박혀 있었다. 시리디시린 하늘은 유리 파편으로 부서져 별과 함께 우리 어깨에 뿌려질 듯 보였다. 머리통이 얼얼하도록 기온이 내려가 있었다.

"아, 별도 맑고 하늘도 맑다."

정국이가 중얼거렸다. 모처럼 듣는 정국이 말소리였다.

"옛날이랑 똑같다?"

그 옛날이 어느 옛날을 말하는지 모르지만 그래도 내가 뭐라 대꾸를 하려 하는데 어머니의 새된 음성이 먼저 들려왔다.

"이 애들이 얼어 죽고 싶어 환장을 했나? 왜들 안 들어가고 찬 바람을 맞고 있냐? 엄마는 밤낮 없이 불 땐다고 죽겠다는데? 정국이 넌 자다 깬 거냐? 그래, 일어났으면 공부 좀 하다 자거라. 초저녁부터 잠이나 퍼질러 자니 뭐가 되겠어? 지금이야 작은아버지가 계신다만, 작은아버지도 사업에 경쟁자가 많아 보통 힘든 게 아니라더라. 작은아버지가 맨날 청년도 아니고."

군불을 넣으려고 삼태기에 톱밥을 퍼 나르던 어머니는 우리 방 아궁이 앞에 톱밥을 부렸다.

아버지 수입이 좋은 데다가 건축을 하는 덕분에 우리는 춥게 살지 않았다. 마당 변소 옆으로 새로 들인 창고에는 목재업자가 보내주는 연탄과 톱밥, 장작이 봄을 지내도 가득하였다. 연탄과 장작을 같이 지필 수 있게 방마다 아궁이를 두 구멍씩 두었다. 방이 절절 끓었다. 어떤 외풍도 방바닥이 시꺼멓게 탈 열기 앞에서는 기를 펼 수 없었다. 어머니는 분합 문 앞에 앉아 우두커니 하늘이나 보고 있는 정국이에게 잔소리를 계속했다.

"대학 문턱은 가봐야 뭣이고 할 수 있다는데, 제발 정신을 차려라. 느이 어머니, 느이 동생들 생각을 해야지."

정국이는 변소에 가지 않고 도로 내 뒤를 따라 들어왔다. 방에 들어와서는 어디에 엉덩이를 놓아야 될지 모르겠는지 안절부절이었다. 서 있기만 했는데 내게는 그것이 안절부절로 보였다.

"아니 문도 왜 제대로 닫질 못하고 들어가? 바깥바람이 황소바람인데! 아이고, 누구는 땅 파 나온 돈으로 장작 때주는 줄 알아?"

바깥 유리 분합 문을 어머니가 세게 밀어붙여 닫는 소리가 들렸다. 그러고 보니 미닫이로 된 창호지 방문도 마찬가지였다. 거의 20센티미터 틈으로 열려 있었다. 나도 방문을 소리 나게 마저 닫았다.

쪼다 새끼, 문 한 짝 제대로 닫을 줄을 몰라.

옷을 벗고 불을 끈 후 자리에 눕자 정국이가 말을 걸어왔다. 내가 먼저 마당에서 말을 건넸기 때문에 훨씬 수월하게 말문이 열렸으리라. 다소 비밀스러우며 자랑스러운 어조였다.

"야, 경서야, 너 그것 아니? 모르지?"

어둠을 더듬어 옆자리를 보았다. 불룩한 이불 윤곽만 어슴푸레했다.

"왜 이북이 우리보다 못 산다고 하잖냐. 그거 다 공갈이래. 알아?"

나도 모르게 엉거주춤 일어나 앉았지만 마음은 벌떡, 이었다.

애가 돌았나? 어디서 정신 빠진 소리를 하고 있는 거야?

"이북이 우리보다 훨씬 더 잘 산다구. 이북만 가면 여기보다는 뭐든지 좋다는데. 아!"

"누가 그래?"

나는 싸우듯이 어둠을 향해 상체를 내밀었다.

"햐아, 누가 그러긴? 너 정말 모르냐? 사실을 아는 사람은 다 알고 있는데? 이북은 말이야, 천국이라고 천국."

"완전 간첩 소리 하고 있네. 이북은 공산주읜데. 자유도 없고 먹고살 것도 없는 덴데?"

"공산주의가 그런 건 줄 아냐? 다 함께 일하고 다 함께 나눠 먹는 게 공산주의다. 잘사는 놈 못사는 놈이 따로 없으니 서로 깔볼 일도 없고. 못살아도 같이 못살고 잘살아도 같이 잘사는 거야, 거긴."

웬일인지 정국이는 거침이 없었다. 몇 년 동안 보여온 정국이의 모습, 아니 바로 전까지의 정국이와도 너무 달랐다. 자신만만했다.

"먹고살 거 없다고 누가 그래? 지들이 가봤대? 거긴 먹을 것 천지야. 능력대로 일을 해도 사는 건 다 똑같다구. 사람마다 타고난 능력이 다 다르다는 걸 인정하는 세상이니까. 누군 태어날 때부터 못나게 태어나고 싶은 게 아니니까. 못났다고 깔보는 법이 없는 데야, 거긴."

"거긴 김일성 빼놓고는 전부 헐벗고 굶주린다잖아. 채찍으로 갈기고 반동은 아오지 탄광으로 보내고. 극악무도하기가, 이승복한테 한 걸 봐도. 걔는, 나는 공산당이 싫어요, 그 말밖에 한 게 없잖아. 국민학교 애밖에 더 돼? 그런 애를 무장 공비가."

"정말들 순진하다 순진해. 전부 우리들 속이느라고 조작한 거야. 척하면 삼천리지 그만한 것도 눈치 못 채? 우리가 전부 이북으로 넘어갈까 봐 겁주는 거라구. 너는 고 3이나 되어서 그런 어린애 같은 소리밖에 못하냐?"

간첩이 아닌 다음에야 저런 말을 어떻게 하나. 정국이에게 그 말을 들은 것만으로도 불온해서 나는 불안에 떨었다. 다른 누가

들었을까 봐 겁났다. 밤말은 쥐가 듣고 낮말은 새가 듣는다. 가슴
이 쿵쿵 울렸다.

미친 새끼, 말 같지 않은 소리를 하고 자빠졌어, 으이유, 개새끼!

"국민들을 다 속이고 있는 거야. 너 걔네들 삐라 본 적 없구나?
그 삐라 보면 다 알아. 능력은 둘째고, 무엇보다 거긴 정직한 세
상이거든. 서로를 속인다든가 그런 걸 할 수가 없어. 아예 처음부
터 정직하고 착한 사람이 더 대우를 받는대. 정직한 사람 깔보는
데가 아니니까, 모두 평등하니까."

반문이나 반박을 한다는 게 두려울 지경이었다. 의심도 들었다.

간첩한테 포섭된 것 아니야? 그렇다면 언제부터지? 그동안 재
언행에 수상한 점은 없었나. 갑자기 물 쓰듯 돈을 쓴다든지, 지금
이 자리 말고 다른 때 은밀하고 은근하게 남을 선동한 일이라든
가. 그렇지 않고서야 난데없이 빨갱이가 좋다고 말할 리 없었다.

아, 이 일을 어쩌나…….

나는 도중에 잠이 들었지만 며칠 후 어머니에게 정국이가 했던
말을 하고 말았다. 혼자 안고 있기에는 너무 부담스러운 공포였다.

"꺼꾸러 뒈질 놈! 원 즈이 엄마가 걔가 그러고 다닌 걸 아나?
알면 그렇게 놔두지 않았을 거고. 아이고, 그것 미친놈이네! 아이
구, 미친놈이야! 아무리 천치라도 그렇지. 세상에 할 소리 안 할
소리가 따로 있는 건데! 어쩌면 좋아? 집안에 빨갱이를 키웠네!"

그 말을 들은 아버지는 당장 정국이를 불렀다. 점잖고 사려 깊
게가 아니었다. 정국이가 들어서자마자 뺨부터 후려갈겼다.

"정신 차려 이눔아! 나더러 저세상 가서 어떻게 느이 아버지 얼
굴을 보라고 미친 지랄을 떨고 다니는 거여! 이놈이, 이놈이 순
간첩 빨갱일세? 엉? 느이 아버님이 왜 공산당에서 일루 탈출을 해

오셨겠어? 이눔아! 빨갱이는 이놈아, 죄 없는 사람을 죄애 이유 없이 쏴 죽이는 게 빨갱이여! 지 동족에게 총부리를 들이대는 게 빨갱이여! 공산당이 뭐? 어떻게 좋다고? 이북이 천당이라고? 세상에 그놈의 데가 천당이라면 이놈의 세상에 천당도 쎘다. 어이구, 차라리 죽자! 너 죽고 나 죽고, 나라에서 뭔 일 당하기 전에 죽어 뻔지자! 이눔아, 잽혀 들어가면 너 하나만 잽혀 들어가? 느이 집이고 우리 집이고 죄애 피 작살이 나는 거여! 이 얼빠진 새끼야!"

아버지는 마구 발길질까지 해대었다. 일 년에 한두 번 어머니를 향해 손을 날리기는 해도 누나와 내게는 손목 한번 쳐든 일 없는 아버지가 격분하여 펄펄 뛰었다.

"엉? 뭔 일 당하기 전에, 너하고 나하고 죽는 게 백 번 낫다! 이놈아!"

언제부터 시작된 매질인지 몰랐지만 내가 과외 공부에서 돌아온 늦은 밤이었다. 속이 후련했다. 두 번 다시 그 미친 소리를 내게는 하지 않겠지 하는 안도가 있었다. 듣기만 해도 큰일 날 죄가 분명한 그 말을 어머니한테 고하여 나는 면죄부를 얻은 것이었다. 의문은 남아 있었다. 간첩이 아니라면, 간첩에게 들은 소리가 아니라면 정국이는 어떻게 다른 애들은 꿈도 꾸지 않을 그 희한한 생각을 했으며 입 밖에까지 내게 되었나.

서림 중고등학교를 나온 아이니까 바보 천치는 아니다. 그러나 빨갱이 물이 들었다면?

거기부터는 복잡해졌다. 왜, 어떻게 그렇게 될 수 있는가였으니까. 어떻게 이 자유 민주주의 국가를 비난할 수 있는가 말이다. 우리나라보다 살기 좋은 곳이 세상 천지 어디에 있다고. 정국이 저에게 무엇이 부족했다고 쓸데없는 망상을 한단 말인가. 그렇긴 해도 국가 기관도 아닌 아버지가, 또 아무리 친자식과 똑같이 생각한다 해도 결코 친자식일 수 없는 정국이에게 내리는 벌로는 과한 데가 있었다.

안채에서는 계속 윽, 윽, 하는 짧은 비명과 쾅, 딱, 빡, 하는 소리, 분을 참지 못해 씨근덕거리는 아버지의 고함만 들려왔다. 잘못했다 잘했다, 앞으로 어떻게 하겠다 하는 두런두런한 말소리가 들려오지 않았다. 그래서 시간이 자꾸 길어지고 있는 것이었다. 가게 문을 닫고 들어온 큰어머니도 그 사실을 알고는 곧장 안방으로 달려들어갔다. 곧 고요한 밤하늘에 쇠창을 찌르는 것 같은 큰어머니의 통곡 소리가 터져나왔다.

아궁이에 톱밥을 넣으면서 어머니는 누구나 들릴 만하게 중얼거렸다. 밉긴 해도 죽도록 맞는 소리는 좀 그런가 보았다.

"무조건 잘못한 걸 갖고 저렇게 뻗대? 잘못했다고 한마디만 하면 될걸. 아이고, 큰일 낼 놈! 양쪽 집안 다 말아먹을 놈! 우리도 놀랐는데 즈이 어머니는 얼마나 더 놀랐을꼬! 맞아도 싸다 싸! 저렇게 싸가지 없고 철딱서니 없으니 형님이 누굴 믿고 사나? 아니, 다니라는 학원은 다니지 않고 어디 앞산 뒷산으로 빨갱이들 삐라만 주워 읽고 돌아다녔대? 경서 넌 밥 다 먹었냐? 밥상 치워가라?"

밥상을 내가면서 어머니는 앞에 있지도 않은 정국이를 다시 나무랐다.

"아, 즈이 집에 뭐가 있어? 돈 잘 버는 아버지가 있나. 쌓아놓은 재산이 있나, 부자 친척이 있나. 즈이 엄마가 물건 숨겨 이리저리 도망 다니며 미제 물건 팔아 몇 푼 버는데. 일가친척도 아닌 이가 저희들 뒷바라지해 주는데. 그 고마운 걸 몰라? 그걸 모르면 사람 새끼가 아니지. 두 눈에 불 켜고 공부해서 보답을 해야 사람 새끼지."

통금 사이렌을 신호로 아버지의 고함은 수그러들었다. 세수를 하러 안채에 개조해 들인 세면장으로 가다 들으니 야단치는 게 분명한 큰어머니 말소리가 문틈으로 새어나왔다.

"다 널 위해 작은아버지가 이러시는 거다. 웬 도깨비 같은 소릴 하고 다녀 엄마 속을 박박 썩이고 뒤집어, 뒤집긴? 니가 잘돼야 우리 집이 잘되는 거야 이눔아. 잘돼서 작은아버지 은혜에 보답할 날도 있어야지. 엄마는 아직도 가슴이 벌렁벌렁해! 작은아버지나 너희나 월남해 온 사람들이다. 남보다 더 몸을 사리고 살아야 할 사람들인데 어째 니가 이러냐? 작은아버지께 잘못했다고 빌어! 너를 친 피붙이로 여기시니까 매도 드시는 거다. 어서 빌어!"

아무 대답도 들려오지 않았다.

어찌나 고집이 센지, 아니면 정말 정국이는 확신하고 있는지 울긋불긋한 데다가 울퉁불퉁 부어터진 얼굴로 들어와 이부자리에 누우며 그제야 혼잣소리를 냈다.

"전부 속고들 있어. 자기들이 전부 잘못인 줄도 모르면서."

나는 숨소리를 조심하며 가만히 누워만 있었다. 정국이는 어린아이들이 투정부리는 말소리로 혼자 분해하며 분개했다.

"삼팔선만 넘어가면 딴 세상인데. 자기들이 속고 있으면서 왜 내가 잘못이라는 거야? 그럼 여기가 천국이라는 거야? 진짜 총만 총이야? 아무한테나 총부리 겨누는 데가 어딘데?"

반공정신으로 무장된 나는 또다시 가슴이 저릿저릿해 왔다. 큰어머니 표현대로 가슴이 벌렁벌렁했다. 이제는 듣지 못한 척하는 게 능사였다.

일부러 멀리하려고 하지 않아도 정국이와 부딪칠 일이야 없었지만 그 일이 있고 나는 정국이를 더 멀리하게 되었다. 집에서는 그 일이 있고부터 정국이를 개, 라고도 부르지 않았다. 그 미친놈, 얼빠진 새끼라고 부르게 되었다.

예비고사 날이 가까워졌다. 자연히 어른들은 정국이가 치를 예비고사를 걱정하였다.

"작년에도 그거는 붙은 애니까. 서림 출신이 예비고사야 떨어지겠어요?"

"애가 점점 이상해져서요. 경서가 없으면 방문을 꼭 걸어 잠그고 있더라니까요. 내가 문을 두들겨 열어달라고 하면 멍청하니 앉아 있다가 문을 여는 거예요. 덜컹하죠. 또 빨갱이 생각이나 하고 있는 것 같고. 욕이 그냥 나와요. 내 속으로 낳은 자식인데……아주버니 뵐 낯이 없어요."

"그런 말씀은 하지 마시고…… 뭔가 제가 부족해서 이렇게 된 것이겠지요. 아무러면 예비고사야 안 붙겠습니까. 그거야 쓰레기 걸러내는 거라고 하지 않아요. 1회 예비고사에 붙었던 애가 올해 떨어질 리 있겠습니까. 어느 대학 어느 과를 가나, 그게 문젠데……."

가을에 치른 예비고사는 초겨울에 합격자 발표를 하였다. 정국이는 예비고사에서 떨어졌다. 대학 입학시험 자격 고사에 떨어졌으니 시험 칠 수 있는 대학이 없었다. 삼수는 시켜봤자고, 작은아버지한테도 더는 미안해서 안 될 일이라며 큰어머니는 수소문 끝에 입학 원서 한 장을 들고 들어왔다. 처음 생긴다는 임상병리학과 원서였다. 이 년제 전문 과정이라 예비고사와 관계없이 학생을 모집하고 있었다.

"그 왜 똥오줌 검사하는 것 있잖아요. 무슨 기술이든 익혀서 아주버니 신세를 갚아야지요. 우리 집 손님에 임상병리사 마누라가 있는데, 장래성은 있다고 해요. 남들은 똥 장군도 지는데 성냥 알갱이만큼 떼어 들여다보는 게 뭐 어렵겠어요. 그것도 못하면 죽어야지요."

입학을 하고 보니 우리가 알았던 것처럼 똥오줌 들여다보는 기술을 배우는 게 아니었다. 의과 대학 과정과 다름없었다. 허구한 날 실험 실습비가 요구되었으며 수강 시간이 많았다. 하루 여덟 시간에 토요일도 수업이었다. 해부를 하느니 하며 메스와 가운을 챙기고 두꺼운 의학 서적을 들고 다녔다. 그런 정국이는 교복 덕분인지 겉모습이나마 오래간만에 그럴듯해 보였다.

큰어머니 얼굴에 밝은 빛이 들었다. 가게 단골손님인 임상병리사 마누라 말에 의하면 벌이도 괜찮지만 앞으로는 임상병리야말로 현대 의학 일선에서 주역을 담당할 전도양양한 전문직이라는 것이었다.

"까짓것, 저만 잘하면 병리 연구소 하나 내주지 뭐."

아버지는 한시름 놓았다며 큰소리를 쳤다.

정국이에게 입영 영장이 날아든 것은 2학기가 중간쯤 지난 가을께였다. 정국이가 집을 나가 이틀이나 소식이 없어서야 큰어머니는 학교에 들러 같은 과 학생들을 수소문한 후 반쯤 실신 상태로 들어왔다.

"늦었답니다. 군대를 가도 휴학금도 내고 제대로 휴학을 하고 가야 한다는데 시기를 놓쳤대요. 잘 다니고 있는 줄 알았어요. 책 사야 한다, 실습 자재 사야 한다 매일 돈을 달라고 했으니까. 1학기 기말 고사 전부터 학교에는 놀러나 나와서 아이들 군것질을 시

켜주고 그랬다는 겁니다. 걔 아는 애들한테 죄다 듣고 오는 길이
에요. 교무천가 가서 통사정도 해보고…… 걔네 교수님들도 만나
보고…… 종일 미친년처럼 해갈을 하고 다녔네요. 허탈하고 허망
해서, 기찻길에 누워버릴까, 했다가…… 미친놈! 못난 놈! 아, 뭐,
자기 적성에 안 맞는다고 했대요? 누군 적성에 맞아 합니까? 세상
일이 호락호락 쉬운 게 어디 있습니까? 지가 지금 찬밥 더운밥 가
릴 처진가요? 그놈만 찾는다면 그 길로 저 죽고 나 죽고 그러려고
했는데…… 맥이 다 빠지고 아주버니한테 죄송하기만 하고…….”

아버지가 큰어머니를 위로하며 물었다.

“이런 때일수록 기운을 차려야지요. 형수님은 더 어려운 시기도
견뎌내지 않았습니까. 기운 내세요. 그런데 적성에 안 맞는다는
게 무슨 얘기래요? 걔가 비위는 약하지요.”

아직도 똥오줌에 대한 선입관을 갖고 있는 아버지는 비위 운운
하였다.

“주사 바늘 한번 제대로 꽂아본 적이 없대요. 그런 병신새끼가
어디 있어요? 어디 가서는 남부끄러워 말도 못합니다.”

“주사를 놓는대요? 간호원도 아닌데?”

“병원에서 하는 건 다 똑같이 실습을 한다는군요.”

“그럼 환자한테 주사를 놓는단 말인가요?”

“학생들이니까, 사람이 아니고, 호박이나 무에 바늘을 꽂는 건
데 호박에다가 바늘을 꽂는 것도 벌벌 떨다가 졸도를 하고 만다지
뭐예요. 창피스러워서 이런 말 어디 가서 하겠어요? 자기 말로도
그러더랍니다. 똥오줌 만지는 건 할 수 있어도 개구리 배 째고 쥐
새끼 배 째는 건 도저히 못하겠다고 말이에요. 개구리는 그렇다고
쳐도, 호박이 무섭다는 새끼는 첨 봤지 뭡니까.”

큰어머니는 소매 끝으로 코를 풀어내며 흐느끼고 있었지만 아버지는 웃지도 울지도 못하였다. 허공을 향해 한숨을 몰아쉬며 아버지는 다시 물었다.

"호박이 무서워 그랬겠나? 적성 운운한 걸 보면 그래도 개가 참기 어려운 뭐가 있었겠지요. 호박 때문에야 기절을 했겠어요, 어디?"

"아닙니다. 호박이 무섭답니다. 무 호박들도 사실은 살아 있는 것이니 그게 더 무섭다고요. 비명도 못 지르는 것들이니 더 불쌍하고 가엾다고."

"아니, 찍소리도 못하는…….."

"그러게 말입니다. 이건 더 잔인한 짓이라고 길길이 내뛰다가, 번번이 잘못 찌르니까 지 손가락 어디를 찔리게 되나 보더라고요. 그러면 무 호박이 피를 흘린 줄 알고 혼절을 해버린다는 거예요. 나중에는 선생이 개는 제쳐놓고, 넌 저쪽에 가서 구경을 하든지 말든지 네 맘대로 해라, 했답니다."

"무 호박이 피 흘리는 걸 제 놈이 봤나? 세상에 그런 무 호박이 있으면 어디 나와보라고 하지."

"미친놈! 제 놈은, 그걸 먹기는 어떻게 먹는 답니까?"

"글쎄 말입니다. 무 호박이 살아 있단 소리도 처음 듣고 무 호박이 피 흘린단 소리도 처음 듣지만 그까짓 피 한 방울을 갖고? 요렇게 바늘에 찔리면 나오는 그, 그, 그?"

"그러게 말이지요. 아니, 애들하고 싸우다가 코피도 한두 번 깨져본 놈인가요? 제가 알다가도 모르겠다니까요? 그러니 그놈의 병신 새끼, 이왕 나간 집, 아주 들어오지 않았으면 좋겠습니다. 어디 우리 모르는 데 가서 뒈지든지, 그렇게 타령하던 대로 천당이라는 그놈의 삼팔선을 넘어가 버리든지. 하여간 이 땅에서 개 꼴을 안 보게 되면 소원이 없겠어요. 아주버니 뵙기도 민망스럽고. 경서 엄마한테도 그렇고."

큰어머니의 한숨과 눈물, 한탄이 한참 더 계속되었다. 아버지도 큰어머니와 같은 마음인지 그 이상 위로할 말을 찾지 못하고 있는 것 같았다.

세상에, 피 한 방울에! 그러니 내가 그런 놈을 놓고 무슨 말을 하겠나? 하고 말이었다.

6교시 기말 고사가 끝나자마자 버스 한 시간 반, 기차 한 시간 반 걸려 막 돌아온 참이었으니 저녁 무렵일 것이다. 그해 마지막 시험이라서 종강이었다. 강원도 산간 지방에 첫눈 소식이 있은 지도 오래였다. 유난히 추우리라는 겨울이 진작부터 예고되어 있었다. 반코트를 벗어 못에 걸고 났는데 대문 걸어차는 탕탕 소리가 요란하게 났다.

"아니 요비링을 수십 번 울리는데 그렇게들 못 들어?"

성에 치받쳐 머리끝이 터져나갈 것처럼 보이는 아버지였다.

아버지가 다짜고짜 화를 내며 집에 들어서는 모습은 내 평생 몇 번이었다. 나는 쭈뼛거리며 아버지 뒤를 따라 안채로 들어갔다.

"아, 그렇게 안 들려? 이 집에 사람이 그렇게 없어?"

나는 아버지의 그 모든 언행에 놀라기도 하고 갑작스럽기도 해서 우물쭈물했다.

"벨 소리가 안 들렸는데……."

"라디오를 이렇게 크게 틀어놓으니 무슨 소리가 들려?"

아버지는 어린이 연속방송극이 한창인 마루 라디오를 탁, 꺼버렸다. 아마 어머니가 듣다가 옆집에라도 간 모양이었다.

"정국이 이 미친 자식, 집에 안 들어왔냐? 이놈의 새끼, 집에도
안 들어오고, 내 이놈의 새끼!"

정국이라면 우리 방에서 찾아야 할 텐데 아버지는 안채 안과 밖
을 휘휘 둘러보며 정국이를 찾았다.

"거, 거, 그 미친 자식!"

그러고는 맨 마룻바닥에 펄썩 주저앉아 담배를 빼 물었다. 나는
얼른 재떨이를 아버지 앞으로 밀었다.

"야, 경서야, 게 앉아봐라. 이 얘길 들어봐라. 내가 평생 이런
개망신을!"

정국이가 또 무슨 일을 저질렀구나. 그건 뻔한 노릇이지만 아버
지가 내게 대고 정국이 험담을 직접 한 적은 없었다. 아버지가 귀
가하였단 소리를 전해 들었는지 어머니가 뒷담 문으로 급히 들어
왔다.

"오늘은 일찍 들어왔네요? 바쁘다더니?"

어머니 물음에 대뜸 아버지는 정국이 소재부터 물었다.

"그놈의 자식, 집에도 안 들어왔다며?"

"누구요, 정국이요?"

정국이라면 데리고 일하는 당신이 알지 내가 알아요? 하는 얼굴
로 어머니는 아버지를 보았다.

"왜요? 그놈이 또 뭔 일을 저질렀어요?"

정국이 일이라면 지긋지긋하다 못해 따분하기조차 했다. 슬그머
니 일어나려는데 아버지는 어머니에게보다 나를 향해 물었다.

"경서야, 너 이 얘길 들어봐라. 이게 제정신 가진 놈이 할 짓이
냐?"

나는 다시 주저앉았다.

"이런 망신이! 아, 내가 세무서에 불려가서 진종일 오만 망신을
다 당하고 왔다. 그런 오라질 자식이 다 있나? 우리가 세금 포탈
을 했다고 종일 세무소 놈들에게 심문받지 않았겠어요? 나, 이런,
살다 살다!"

"무슨 소리래요?"

어머니는 무릎을 세워 몸을 앞으로 밀며 고쳐 앉았다. 아버지가
모함을 받는다면 어머니가 당장이라도 달려가 가만두지 않겠다는
자세였다.

"우리야 꼭 내야 할 세금은 다 내고 사는 사람들 아니에요?"

"정국이 그놈이 우리 회사도 이중장부를 쓰고 있다고 했다는구
만. 빙충이 같은 자식! 이중장부 없는 회사가 어디 있어? 그리고
우리 것은 다른 집과 달라요. 고객용과 회사용인데 그 머저리가
장부 조사 나왔을 때 순순히 말했다면서, 아 개가 우리 회사 장부
쓰는 놈이야? 우리 회사 내정을 알기나 하는 놈이래? 왔다 갔다
심부름이나 시키는 녀석이라고 누누이 설명했지만 세무서 놈들이
내 말을 들어먹으려고 하겠어? 꼬투리 잡았다 이건데."

순진한 어머니는 아버지 말을 믿었지만 아버지 사무실도 고객용
말고 다른 장부가 또 있다는 사실을 나는 알고 있었다. 아버지가
누구인가. 구청 공무원 옷을 오래 입었다가 벗은 사람인 것이다.
누구보다 요령이 좋고 빠져나가는 구멍을 잘 아는 아버지였다. 그
일 역시 담당 직원에게 몇 푼 쥐어주는 걸로 해결이 될 것이었다.

"세상에나! 세상에나!"

어머니는 방바닥을 치고 무릎을 쳤다.

"이 일을 어쩌면 좋대요? 즈이 부모나 있어야 그놈을 어떻게 하
지?"

“구멍가게라도 차려 정국이서껀 애들을 내보내야겠어. 정나미가 떨어질 대로 떨어졌어. 더는 그놈 낯짝 안 봤으면 좋겠어. 이러다 간 내 명대로 살아내지 못할 것 같아요.”

“예?”

어머니 낯빛이 햇살보다 환하게 펴지는 걸 나는 보았다. 아버지 그 말에 오랜 체증이 내려가며 나도 속이 편해지는 것이었다. 하지만 어머니는 아직 신중하여 조심스러운 말씨로 아버지 진짜 의중을 짚어보려고 하였다.

“그렇지만 겨울로 들어서는데, 당신 당장 화나는 건 알지만, 형님이라도 살아 계시다면 모르지만…….”

“그렇다고 그 애들 시집 장가 다 갈 때까지 붙들고 있을 수는 없는 거고. 당장 화가 나서가 아니라, 언제고는 자립을 시켜야 하니까 딱 됐어. 그놈이 뭐라며 사무실을 뛰쳐나갔는지 알아? 이렇게 더러운 짓으로 버는 더러운 밥은 안 먹겠다고 했다나? 나도 이참에 결정을 했네. 내일이라도 복덕방에 알아봐. 일이 이 지경인데 형님도 뭐라시진 않겠지.”

아버지는 세무서 사람들과 저녁을 먹기로 했다며 다시 나갔다. 아버지가 없는 뒤끝에 대고 어머니는 내게 벙싯벙싯 말했다.

“느이 아버지가 이제야 정신이 올발라지나 보다.”

구멍가게가 딸리지는 않았지만 정국이네가 나가 살 집을 얻는 일은 일사천리로 이루어졌다. 이삿날이었다.

막내 막달레나는 제 바로 위 언니인 명자 손을 잡고 서 있었다. 명자 위 명숙이가 입을 꾹 다물고 새끼줄로 솥과 솥뚜껑을 비끄러 맸다. 맏딸인 명혜는 숟가락을 챙겼다. 삼륜차 운전사와 어머니와 내가 이불 보따리며 옷가지 담긴 알루미늄 테의 트렁크 등속을 문

밖으로 날랐다. 짐이 많지 않아 삼륜차에 짐을 싣는 일은 한 시간도 걸리지 않았다. 어머니는 불길 활활한 연탄을 부지깽이에 꿰어 들고 나와 명혜에게 건네주며 길게 말했다.

"정국이는 여태구나. 사무실로 전화가 와서 미스터 함이 이사 가는 집은 가르쳐주었다더라. 여기는 안 와도 그 집으로는 들어갈 게다. 이따 저녁에라도 내가 들르마. 이건 네가 들고 가야 그 집에서 불같이 일어나 재산이 불어난다. 이제 네가 고생이다. 밑반찬은 자주자주 날라다 주마. 너희들도 다 큰 거나 마찬가지고, 언제까지 우리가 이러고 살 수만도 없는 거고. 작은아버지는 속이 상하셔서 오늘도 새벽같이 나가버리셨어. 속상하시겠지. 섭섭하겐 생각하지 마라. 너희도 이젠 자립을 하는 게 장래를 위해 나으니까."

"그럼요. 다 알아요 작은엄마. 고맙습니다."

명혜가 인사 겸 허리를 접었다.

"걱정 마세요. 잘할게요."

명자와 어린 막달레나는 삼륜차 조수석에 끼어 앉고 명혜와 명숙이는 연탄불 때문에 걸어가기로 했다. 아래 두 아이는 측은하도록 어렸지만 명혜와 명숙이는 멀쑥하게 자라 둘 다 어엿한 처녀티가 났다.

"털어 먼지 안 나는 업체가 어디 있겠냐. 작은아버지는 참 깨끗하게 신사로 사업을 해오신 분인데, 돈이 문제가 아니라 망신을 사서 당하셨으니 그 체면이…… 그놈의 자식. 총무가 세무서 사람들에게 장부 들이밀며 우리는 세금 도둑질 했소, 그렇게 고해바치라는 자리냐? 그래도 느이들 어머니 아버지가 계시지 않으니 그게 다행이다. 살아 개 그런 꼴을 본다면 그 억하심정을 어떻게 하셨겠냐. 손해를 봐서 이러는 게 아니다. 그까짓 돈, 없다가도 있고 있다가도 없는 거고, 어디 죽을 때 갖고 갈 수나 있는 거냐. 정국이 개가 정신을 좀 차리라고, 너희들도 거지반은 컸으니 하고."

"알아요, 저희가 더 알지요 작은엄마. 저희도 오빠가 걱정이지요. 이번 기회에 정신을 차려주면 좋은데."

본래 있지도 않은 총무라는 직함을 준 것은 아버지가 살아 있는 동안 당신 손으로 버는 날까지 먹여주겠다는 뜻 외에 없었다. 할 줄 아는 일이 단 한 가지도 없는 위인이니 당연히 총무 자리도 할 일 없는 자리였다. 월급을 주기 위한 배려였는데 장부 사건만 있던 건 아니었다. 곧 영업 부장이 갈 테니 집 사러 온 이를 집까지만 안내해 줘라 하면 쓸데없는 소리를 하여 거래를 망치기 일쑤였다.

'세상에 그런 멍충이가 어디 또 있겠나? 어떻게 집을 곧이곧대로 팔아먹나? 저쪽에서 묻지 않는 말을 미주알고주알 고해바칠 필요가 없다고 해도 소용이 없어. 이 집은 하수구가 어떻다는 둥. 이 연립은 도로 규격에 약간 못 미처 소방차가 진입을 못한다는 둥, 지가 왜 그런 것까지 걱정하고 참견을 해대는 거야? 집 살 임자가 관계찮다는데. 집 살 임자는 그런 건 안중에도 없는데 말이야. 어이구, 빙충이 같은 녀석. 아, 그리고 누가 저한테 집 팔아 달라고 했어? 오는 사람 가는 사람 얌전하게 인사나 열심히 하고 오차나 내주고 그게 너 할 일이다. 귀에 못이 박히도록 말해 주는데 말이지.'

아버지 말을 전해 들을 때마다 어머니는, '아이고, 안에서고 밖에서고 도무지 구제받을 사람 종자가 아니다!' 하며 방바닥을 쳐대었다.

분가를 해 내보낸 저녁에 아버지는 잘 마시지 않는 술 냄새를 풍기며 들어왔다. 오만 정이 다 떨어져 속이 후련하다고 하였지만 종내 아버지 마음을 괴롭히는 무엇인가가 있다는 증거였다.

"형님, 형수님이 그 꼴 저 꼴 안 보고 일찍 가시기를 잘하셨지."

아버지는 깊은 한숨을 여러 번 내쉬었다.

"아니, 즈이 놈이 나한테 돈 안 받으면 뭘 먹고살 거래? 어이구, 복장이야! 덜 떨어져도 한참 덜 떨어진 놈. 저가 지금까지 누구 밥 먹고 살았간? 뭐가 더럽고 뭐가 깨끗한지를 모르는 놈! 똥오줌도 구별 못하는 놈!"

"걔가 배곯는 설움을 맛보지 못했지요. 한번 호되게 겪어보라고 놔두세요. 저희 부모 없어도 온실 안 꽃이었으니 세상 물정을 모르는 거예요. 우리가 얼마나 신주 단지로 잘해 줬습니까? 직접 세상을 겪어보면 알게 돼요. 그런 애는 겪어봐야 압니다. 놔두면 다 아 저 살길 알아 갑니다."

"어떻게라도 사람을 만들어놔야 나도 눈을 감고 죽는데. 그놈을 죽이나, 살리나? 동생들은 주렁주렁 매달렸는데. 형님 형수님이 안 계시니 지가 가장인데. 정말이지 마음 같으면 다른 애들도 모두 놔두고 싶어요."

아래 애들을 모르는 체할 수는 없었다. 그 애들로서는 넉넉하지 못하겠지만 아버지는 다달이 생활비와 학기 때마다 등록금을 보내야 했다. 명혜와 명숙이가 교육 대학 1학년, 2학년, 명자와 막달레나가 고등학생이 될 때까지 뒤를 봐줬다. 우리 가족 넷뿐이라면 허덕일 이유가 없는데 아버지는 많은 입을 먹이고 학교까지 보내야 한다는 부담감에 몇 년 새 흰머리가 부쩍 늘었다. 뺨과 이마에 팬 주름도 한층 깊어졌다.

명혜가 선생 발령을 받았다는 소식에 아버지는 비로소 안도했다. 생활비 지원을 조금씩 줄이다가 그 어느 아이도 돈을 타러 오지 않게 되면서 자연스럽게 생활비 따위 명목의 돈을 끊었다. 자진해서 여고만 마친 명자와 막달레나까지 합해 정국이를 빼고 모두가 돈벌이를 하게 되어서였다.

그 집 남매 전부를 한꺼번에 보게 된 건 아버지 환갑날이었다.

그들은 피로연 장소인 일미정에 한복 차림으로 들어왔다. 정국이와 정국이 아내라는 여자가 먼저 큰절 후에 잔을 올리고 나머지 네 자매가 옆으로 나란히 늘어서서 이마가 바닥에 닿게 절을 한 후 잔을 올렸다. 여자 아이들과는 더러 왕래가 있지만 정국이는 정풍주택 세무서 사건 이후 처음이었다. 정국이는 저희끼리 따로 살림을 나가 혼인 신고만 하고 아이 둘을 낳아 사는 중이라고 했다. 아버지는 정국이 내외의 손을 잡고 놓을 줄을 몰랐다.

"잘 살아라. 그래야 내가 저세상 가서 아버님을 뵙는다."

정국이는 얼굴을 붉히며 자꾸 손을 빼내었다.

"그래 뭘 해서 먹고는 살고?"

"예."

"뭘 해서 먹고사나, 응?"

"그냥…… 이것저것이오."

아버지는 정국이가 무엇을 하며 먹고사는지 정확하게 알고 싶어 했다. 세월이 약이라서 정국이가 정풍주택에 들어와 일하겠다면 언제든 받아줄 아량으로 묻는 것이었다.

"먹고살 만은 한 게야?"

"예."

"정말 먹고살 만은 한 게야? 괜히 자존심 세울 것 없어. 이제라도 사무실에 와서 일 보려면 일을 봐아. 작은아버지 밥이 맘 편하고 고생도 덜할 거여. 지나간 일은 지나간 일이고, 그때는 너도 어려서 물정을 그만큼 몰랐고. 이젠 슬슬 집이라도 한 채 두 채 지어 팔아보고. 대충 세상이 어떻게 돌아가는지는 알 것 아니간? 처음 한두 채는 이 아버지가 뒤를 대줘볼 테니까.”

세무서 일뿐 아니다. 정국이와 살던 날에는 사건이 많았다. 두 눈에 흙이 들어가도 잊지 못하리라 여겨지던 일이 시간이 지나자 잊혀졌다. 아버지는 그럴지 모르지만 나는 정국이를 보니 지나간 일들이 영사기 돌아가듯 순식간에 재생되는 것이었다.

‘이놈아, 작은아버지 안 계셨으면 진작에 우리가 거리로 나앉았다. 제발 군대라도 가서 정신 좀 차리고 오너라!’

그렇게 사람 좀 되라며 보낸 군대에서 한 달이 멀다며 전보가 날아들던 일이 제일 먼저 떠올랐다. 두 다리가 떨려 도저히 혼자 갈 수 없다는 큰어머니를 정국이 부대까지 보필해야 하는 일을 매번 내가 맡았던 때문이었다.

‘무슨 일이다냐, 또?’

가보면 어이가 없어 말이 안 나왔다. 의무반에 배치된 녀석이 어느 다방에 몇 만 원 외상값이 있는데 갚지 않으면 고소를 당한다는 사정이 대부분이었다. 대학 등록금이 육칠 만 원인데 커피값이 어떻게 몇 만 원씩이나? 이 사람 저 사람이 정국이 이름을 대고 외상을 했다나 어쨌다나였다.

‘어째 저렇게 저 애는 돌아가신 느이 큰아버지냐?’

그래도 그런 전보마저 없으면 큰어머니는 자나 깨나 타령하는 휴전선 철조망을 넘지 않았을까 불안해하는 눈치였다.

‘그 애가 이북, 이북 하는 게 다아, 순진해서라는 건 안다. 남이 그렇다 하면 곧이곧대로 믿고, 거기다가 한번 믿으면 철석같이 믿는 게 병인 애 아니냐. 경서야, 이 큰엄마가 죽고 싶어도 못 죽

겠다. 정국이 저 애가 죽기 전에야 어디 내가 먼저 눈을 감을 수 있겠냐.'

제대를 하고 돌아온 정국이는 빈둥거리며 다시금 동네 조무래기들 대장이 되어 있었다. 삽과 망치를 들고 나가 아이들 본부를 만들어주고 망가진 아이들 무기를 고쳐주는 게 일이었다. 아이들을 모아놓고 부대 의무반 시절 이야기를 대단한 전공이라도 되는 양 떠벌리기도 하였다.

'너희들은 이 아저씨 본뜨면 안 되는데, 이 아저씨가 나라에 큰 죄를 진 사람이야. 아주 큰 도둑질을 했거든. 이 얘기는 너희들한테만 해주는 거니까 아무한테도 말하면 안 된다?'

아이들에게 본뜨지 말라고 하면서도 여간 으스대는 게 아니었다.

'이게 뭔지 알아? 수면젠데, 환자들한테 밀가루 반죽 뭉쳐 약이라고 속여서 주고 빼돌린 거라구. 왜 이걸 이 아저씨가 갖고 있느냐. 의무 기록하고 다르니까 버려야 하는데 버릴 데가 없어서 말이야. 이거 열 알만 먹어도 완전히 끽, 이래. 국산하고는 비교를 못하지. 밀가루 먹어도 죽지는 않으니까 내가 상난을 많이 치긴 했는데, 이 아저씨가 요새는 얼마나 악몽을 꾸는지 모른다. 밀가루 약 먹은 그 아저씨들이 매일 설사를 하거나 불면증에 시달린다면서 몽둥이 들고 나를 쫓아다니는 꿈을 꾸는 거라. 죄를 져놓으니 그런 꿈을 꾼다. 그때는 웃기는 게, 밀가루를 뭉쳐 준 건데 정말 수면제라고 믿고 잠들을 잘 자는 거야. 아냐, 역시 사람은 나쁜 짓은 하면 안 돼. 큰 죈 걸 알면서도 재미있어서 자꾸 했는데, 그게 문제라. 너희들 이다음 군대에 가더라도 절대로 이 아저씨 흉내 내면 안 된다? 그래서 이 이야기도 해주는 거야.'

정국이는 그 후 그 수면제를 썼다. 두 번 다 아슬아슬한 순간에 발견되어 응급실로 실려 갔다. 의사가 고개를 저으며 혀를 찼다.

'아주 진짜 죽으려고 작정을 한 건데?'

정국이에게도 암담한 앞날로 인한 고뇌와 갈등이 있었던 것일까.

위세척을 한 후 링거를 맞고 있는 정국이에게 들어갔다 나온 큰어머니는 더 이상은 지칠 수 없을 만큼 지친 모습이었다.

'남부끄러워 어디에다 말도 할 수 없네요. 그게 진짜 미젠가 아닌가 보려고 그랬대요. 미제는 국산하고는 비교할 수 없게 좋다고들 했다며 진짠가 아닌가, 진짜 죽나 안 죽나 보려고 그랬다네요.'

큰어머니는 병에 반 이상 남아 있던 수면제를 삼켰다. 그 약이 진짜 미제며 미처 발견되지 못하면 치사율 100퍼센트임을 정국이는 알게 되었을 것이었다. 어쩔 수 없이 가장이 된 정국이를 아버지는 정풍주택에 총무란 직함을 만들어 들어앉혔다. 화약을 지고 불속에 뛰어드는 모험을 한 셈이었다.

그 모든 일을 잊었는지 어쨌는지 아버지는 회갑연에서 돌아가는 정국이 뒤에 대고 여러 번 당부했다.

'근간에 꼭 한번 찾아와아. 작은아버지 말 허투루 듣지 말고.'

정국이가 자존심 때문에 정풍주택에 오지 않았다는 생각은 들지 않는다. 그날 아버지 말이 화근인 게, 정국이는 거의 그 시점에 집을 짓기 시작했다. 그다음 이야기는 작은 도시 길거리에서 어쩌다 만나게 되는 막달레나를 통해 더러더러 들어온 터였다. 막달레나 말에 의하면 집 짓는다며 남 좋은 일만 하곤 했다는 것이었다.

"정풍주택 물을 아예 처음부터 먹지 않았다면 조금은 낫지 않았을까 그런 생각이 들어요. 겉핥기로 아는 걸 갖고 자기도 집을 짓겠다고 덤벼들었으니 오빠네 식구들 고생이 어땠겠어요? 우리 오빠는 견적도 뽑을 줄을 모른다는 거 아녜요."

　매번 집을 지어 넘겨주고 나면 손해를 봤다. 남는 돈은 한 푼 없고 자기가 갖다 쓴 자재 값도 모자라는 일이 태반이었다.

　"자재고 인건비고 그냥 고 시세대로 견적을 뽑으니 누구나 오빠한테 집을 짓겠다죠. 거저 지어주겠다는 것 아니에요? 오빠네는 올케가 보험 사원 하지 않으면 죽도 못 끓여 먹어요. 조카애들, 아버지 잘못 만나 생고생이죠. 그 애들, 자기 아버질 얼마나 우습게 알겠어요? 사과 상자로 책상 하는 집이 요즘 세상에도 있다는 것 아녜요. 오빠가 우리 오빠 보면 충고 좀 해줘요. 부탁해요. 이건 세상 사는 에이비시를 모르니 말이에요. 집 짓는 일도 몇 년 전부터는 집어치웠다고 들었는데 뭘 하는지 모르겠어요. 노는지……? 우린 끔찍해서 그런 것은 물어보지도 않거든요."

　그날도 선 채로 꽤 많은 이야기를 나누었다. 그렇게 하고 있어도 마주 서 있는 내가 빛날 만큼 노처녀가 된 막내 막달레나는 청초하고 아름답게 성장해 있었다.

　"우리는 오빠하고 얘기를 안 하려고들 해요. 소용이 없으니까요. 우리가 답답해서 얘기 좀 할라치면 고개를 이렇게 푹 숙이고요, 날 잡아 잡숴라 하며 듣기만 해요. 아무 소리가 없어요. 우리가 지쳐버리죠. 도대체 그 머릿속에 뭐가 들어 있는 건지, 아무 생각도 들어 있지 않은 건지. 어떻게 올케와 연애를 해서 아이 둘 낳고 사는지 희한해요. 세상은 정말 요지경이다, 신기하다 그런 생각이 든다니까요. 그런 인간도 죽지 않고 사니까 말이에요."

　오랜만이라도 우리의 화제는 정국이에서 시작해 정국이로 끝났다.

　"아참, 곧 작은어머니 칠순이신데? 명혜 언니가 손꼽고 있어요."

　"이런? 내 정신 좀 봐라! 내가 어머니 칠순 때문에 지금 요기 저 로얄 뷔페에 예약하고 나오는 길이었지. 어머닌 잔치 같은 것

안 하겠다고 고집 부리지만, 말이 되나? 매형, 누나, 나도 그렇고, 우리들 체면이 있는데.”

그러다가 나는 아차, 했다. 칠순 잔치는 절대로 하지 않겠노라는 어머니의 이유 중 하나가 바로 정국이네 남매들인 걸 깜빡 잊었다. 하지만 이미 내뱉어진 말이었다.

“그날 뵈요 오빠. 우리 오빠 보게 되면 충고해 주는 것 잊지 말고요.”

골 아프게 생겼다. 막달레나를 어쩌다 보면 고 미모에 쏙 빠져 나도 모르게 할 말 안 할 말이 다 나오는 것이다.

계약을 하고 왔다는데도 어머니는 고집을 부렸다.

“남편 없는 칠순은 남에게는 흉스럽기만 한 거란다. 명줄이 쇠심줄이라는 양반이 왜 그렇게 일찍 갔다니? 애, 계약금 그까짓 것 떼이고 말자.”

“어머니는? 한두 푼인 줄 아세요? 어차피 나중에 계산할 돈이라서 넉넉히 걸었어요. 결국 치러야 할 일 갖고 자꾸 그러지 마세요.”

“너는? 전에도 계약금 많이 줘서 손해 본 적 있으면서 또 그랬어? 에미 말을 들어보고 뭘 해도 해야지. 난 이 사람 저 사람한테 쭈글쭈글 늙은 과부 할망구 얼굴 팔기도 싫고, 보고 싶지 않은 작자들이 밥 한 끼 얻어먹겠다고 우르르 몰려오는 꼴도 싫어.”

칠순이 되도록 팔팔한 성정이 그대로인 어머니를 모르지 않았다. 알지만 나는 어머니 속이 더 불편할 말을 해야만 했다. 막달레나를 우연히 만났다는 말을 안 할 수는 없었다. 그날이 되면 알게 될 노릇이었다.

“개를 봤어? 다른 말은 안 했지?”

"하고 말고가 어딨어요? 벌써 알고 있던데?"

"알고 있어? 개들이 말해 주지도 않은 식당을 어떻게 알고 있어?"

"바로 거기서 만난 걸 어떻게 합니까? 칠순 날짜도 다 알고 있고."

"그거야 알고 있어야지. 그걸 모르고 있으면 사람 종자가 아니지. 그렇지만 난 싫어! 정국이네 애들이 느이 아버지 환갑 때처럼 와아, 하고 떼거리로 몰려오면 난 잔칫상 엎어 버릴란다. 아이고, 그 집하고 전생의 무슨 업이라냐? 징그럽다, 소름끼치게 징그럽다. 한참 안 보니 내가 살 것 같더구만."

"칠순상 안 받는다고 하시더니, 받긴 받으시려나 보죠?"

어머니는 맵게 눈을 흘겼다.

"어쨌건 난 그 집구석 일이라면 신물이 나는 사람이다. 즈이 부모도 없고 너희 아버지도 안 계시니, 그러면 끝난 거야. 자식 대까지 물려갈 일 없다."

절레절레 고개를 저으면서도 궁금증은 남아 있는지, "그런데 그 앤 여적 시집을 안 가고 있다던? 개도 이젠 노처녀일 텐데? 명혜 집에 얹혀살고 있다던? 사는 것들은 어떻다던?" 하는 따위들을 물었다.

"그런 것까지 말할 만큼 오래 본 게 아니고 선 채로 잠깐 아는 체하면서 얘기한걸요."

"그 애가 너희 아버지 환갑 때 보니까 다 크면 인물이 나겠더라. 계집애 때는 까맣고 오종종하기만 하더니."

아무렇게나 입은 옷에 대책 없이 밖에서 놀게만 한 탓으로 까맣고 반들반들했지 어릴 때도 막달레나는 똑 떨어지게 생겼었다. 그 애가 나이 들어 때깔이 나니 고혹적이고 청초한, 두 종류 미모가 묘하게 어울려 있는 아가씨가 되어 있었다. 여상만 졸업했는데도 검사가 될 청년이 죽자 살자 한다는 이야기가 있고도 남을 외모였다. 말이 노처녀지 앳된 티까지 덤으로 갖고 있는 자태는 그 애 옆을 지나가는 누구라도 두세 번 뒤돌아보게 만들었다.

"에고, 그러면 뭐 해? 정국이 그 자식만 생각하면 나는 지금도 넌더리가 난다. 막달레나가 아무리 출중하게 생겼대도 동기간들 사는 꼴을 안다면 뜨거라 하고 내뺄 텐데. 사람이 평생 인물 팔아먹고 살게 되는 줄 아니? 아무튼 식당에는 그 집 애들 얼씬도 하게 하지 마라. 그런 어중이떠중이들 몰려오면 난 뒤도 안 보고 나올 거다."

어머니는 매정하게 이야기를 끝맺었다.

칠순 날은 유난히 하늘이 희뿌옜다. 여름이 아닌데 하루에 두 번이나 오존 경보가 있었으니 드문 일이었다. 예약해 놓은 뷔페 식당으로 가면서 어머니는 지치지 않으며 같은 말을 되풀이했다.

"얼마 안 되는 식구에, 혼자 덩그러니 상 받고 앉아 있는 것도 그렇고."

장모는 몇 년 전에 돌아가셨기 때문에 장인과 처남 부부 처제 부부, 그리고 우리 남매가 각기 낳은 아이 네 명이 우리가 가족이라 부르는 전부였다. 사회생활에서 알게 된 이들이 와주지 않는다면 단박 쓸쓸한 자리로 변해 버릴 게 뻔했다. 어머니는 바로 그 점을 염려하고 있는 것이었다.

뷔페 식당에 도착하자 회사와 거래처, 매형 회사에서 보낸 대형 화환과 꽃바구니, 꽃다발이 모란실 앞자리에 즐비했다. 주인공보다 일찍 도착한 하객이 자리의 반 이상을 메우고 앉아 있었다. 어느 날인가부터 뒤룩뒤룩하던 살집이 알맞게 빠지면서 조그마한 체구로 되돌아간 어머니의 마른 얼굴은 백열전구 모양 대번에 밝아졌다. 어머니는 가끔씩 붉어지며 자주 호호 웃었다. 풍악이 울리고 사회를 보기로 한 친구가 마이크를 잡았다.

자리가 펼쳐졌다.

사회자가 호명하는 대로 자손들은 큰절을 한 후 잔을 올렸다. 자손이라고 워낙 귀해 놓으니 의례 절차는 곧 끝나게 되어 있었다. 그다음은 불러온 소리꾼들이 소리를 하는 속에 이어질 어중간한 시간대의 오후 식사였다. 막 그럴 즈음에 종업원의 안내를 받으며 일단의, 그야말로 한 떼거리가 우르르 몰려들어왔다. 은근히 속을 졸이고 있던 나는 먼저 어머니부터 보았다. 엷게 분칠을 했건만 어머니 안색은 누구 눈에도 여실히 띌 만큼 싸느래졌다. 어머니가 그러리라는 걸 알고 있었으면서도 막상 정국이네 패가 들이닥치자 순간적으로 심장이 졸아붙는 기분이었다.

조랑조랑한 어린아이들은 명절이라도 만난 양 색동저고리라든가 갑사치마, 바지를 받쳐 입은 한복 차림이라 왠지 민망스러웠다. 정국이도 신경을 썼는지 더블 정장 양복이었다. 작달막하고 땅땅한 체구에 넓적한 얼굴이 얼룩덜룩한 기미와 그을음으로 이루 말할 수 없게 늙고 찌들어 있었다. 버적버적 소리가 날 것 같은 회색 싸구려 새 양복과 정국이 얼굴은 서로 겉돌면서도 어울렸다. 여자들이 전부 한복으로 차려입고 온 덕분에 누구의 눈에도 우리와 아주 가까운 일가붙이로 보일 게 틀림없었다. 어머니 기분을 생각하지 않더라도, 이건 낭패였다.

"죄송해요. 함께 모여서 오려다 보니 이렇게 늦고 말았어요. 작은어머니, 저희들 절 받으세요. 하마터면 제시간에 절도 올리지 못할 뻔했네요."

멀뚱거리며 서 있는 정국이를 대신하여 명혜가 일행을 정렬시켰다.

"외삼촌 외숙모 이모 이모부가 절한 다음 너희들이 하는 거야."

사회자가 나설 틈이 없었다.

"작은어머니 절 받으세요. 건강하시고, 오래오래 사세요."

그나마 다행이라면 명혜 자매들과 그 남편들은 정국이와 달리 보통 정도로는 보인다는 거였다. 사실 막달레나는 눈길을 끌었다. 동서양을 반씩 섞은 청초한 외모가 쪽빛 치마 흰 저고리에 받쳐져 한 송이 향기 짙은 난초 같았다. 어머니는 얼굴을 저쪽으로 돌려 버렸다.

저렇게까지 하실 거야. 이왕 온 사람들 아닌가.

하객들 눈도 있었다. 누가 봐도 예사롭지 않은 관계인 건 숨길 도리가 없게 되었다. 절을 하는 정국이네보다는 고개를 돌려버린 어머니가 용렬해 보인다는 점이 새로이 마음에 걸렸다. 절 받는 사람 태도는 개의치도 않는지 정국이네들은 저희 기분대로 한껏 감격스러워하고 있었다.

마지막으로 아이들이 시끌법석하게 절을 올리고 나서야 예정대로 식사 순서가 되었다. 주인공이 고개를 돌려버린 저들이 누구인가 사람들은 궁금해했다. 원수나 다름없는 집안인데……. 사람들이 기대하는 것은 그런 스토리일지도 몰랐다.

"아, 전에 우리가 좀 돌봐주던 집인데……."

대충만 말해도 원수의 집안이 아니라는 데에는 실망했지만, 사람들은 저마다 살을 붙이고 뼈대를 세워 쉽게 알아들었다. 이야기는 이렇게 전개될 것이었다. 좀 돌봐주었더니 저렇게 때마다 잊지 않고…….

와준 사람들에게 인사를 치르느라 누나와 나는 몹시 바빴다. 내가 청한 손님들 인사가 끝나 가는 자리에 정국이네들이 올망졸망 모여 앉아 갈비를 뜯고 회를 입에 넣고 있었다. 나는 옆눈으로 그들을 보았다.

막달레나에게 정보를 준 죄는 내게 있다. 그러나 정식으로 초대하지는 않았다. 엄밀히 말하자면 저들은 이 자리의 불청객이었다.

되도록 눈빛 한 가닥 부딪치지 않으려고 애썼지만, 막달레나의 시선에 잡히지 않을 도리는 없었다.

뭐 하는 거예요, 빨리 기회 잡아 우리 오빠하고 말 좀 나눠보라니까요. 자연스럽게 이 자리로 오란 말이에요.

막달레나는 미모를 제대로 활용할 줄 아는 아이였다.

저 애가 자기 마음대로 남자를 휘어잡을 줄 알게 되었다니. 세월의 강을 그만큼 저어왔던가.

참으로 오랜 시간, 세월이 흐른 후에 나는 호기로운 척 정국이에게 양주병을 들고 가 말을 건넸다. 막달레나가 부탁하지 않았다면 시늉도 하지 않을 짓이었다.

"와줘서 고마워요. 한 잔, 들겠어요?"

전혀 모르는 남보다 더 서먹서먹하였다. 정국이는 맥주 컵을 내밀었다. 나는 양주병을 놓고 맥주병을 집어 들었다.

"그래 어떻게 지내요?"

정국이 얼굴에 쑥스러운 웃음이 비긋 스쳐갔다.

"뭐, 그냥 그럭저럭."

"집 장사 해서 재미 좀 봤어요? 듣자 하니 다 날려버렸다던데. 어떻게 그렇게 됐어요? 이유가, 그러니까 원인이 뭐예요?"

"다 날려버리긴? 원래 빈손이었는데 빈손으로 돌아간 거지. 누구 원망할 것도 없고…… 제대로 된 건데 뭐. 그게 벌써 언제 얘긴데?"

정국이는 더듬더듬하며 맥주 거품을 입가에 묻혔다.

"좀 잘해 보지 그랬어요?"

"나도 무엇이든 잘해 보려고야 하지. 그런데 잘 안 되네. 둘러보면 세상이 온통 전쟁판이니까. 모르겠더라. 나는 아무것도 이해가 안 되니까. 사람들 생각하는 것하고, 세상 돌아가는 게 내 생각하고는 다 틀려. 도무지, 도무지 말이야, 어떻게 돌아가는지를 모르겠어. 이해가 안 돼."

"이해하고 자시고가 어디 있어요. 남처럼만 하면 되는 건데. 남들 따라 살면 되는데. 그럼 요즘은 뭘 하고 지내요?"

"그냥 뭐, 속 편하게 되는대로…… 공사판 나가 일당도 받고. 몸이 예전 같지는 않아. 보름 일하면 보름은 쉬어야 하니까. 그래도…… 머리 굴릴 필요 없고, 머리 굴려 살지 못할 나 같은 인간은, 제일 좋아. 요새가."

제일 좋다는 데야 더 물을 필요가 없었다. 시시콜콜 캐어 충고할 자리는 더욱 되지 못했다.

"잘됐네요."

마침 여러 테이블에서 장자, 술 한 잔 받으라며 채근을 해대었다. 두세 시간이 후딱 지나갔다. 슬슬 피곤하고 지루해질 만하니 음식도 바닥을 드러냈다. 하나 둘 자리를 뜬 손님이 어언 전부가 되었다. 텅 빈 모란실은 지나치게 넓어 보였다. 나머지 계산을 하고 갈 채비를 하는데 명혜와 막달레나가 또각또각 다가왔다.

"어, 아직 있었어? 바쁠 텐데 오래 있었네? 그래, 가려고?"

나는 마음에 없는 인사말을 했다. 좀 일찍 퇴장해 줬으면 하는 심중을 감추며 참고 있었는데 이렇게 끝까지 눌어붙어 있다니.

지나고 끝난 일이다. 어찌 됐든 칠순 잔치는 성황리에 막을 내렸지 않은가. 잔치 내내 함께 있던 긴장감이 언제였던가 싶게 온몸이 녹작지근해 왔다.

두 손을 가슴께에 모은 명혜가 조심스럽게 어두를 떼었다.

"아니, 그게 아니고 아직 일곱 시밖에 안 됐으니…… 작은어머니만 괜찮으시다면 가족들 모두 어디 가서 차라도 마시면 어떨까 해서요."

"차? 여기서도 웨이터한테 커피 달라면 줄 텐데?"

내 말꼬리를 채어 잡는 서늘하고 나지막한 막달레나의 차분한 음성이 이어 들려왔다.

"여기서 커피 주는 건 알죠. 저희가 잠깐이라도 작은어머니를 모시고 싶어서 그래요. 그러고 싶어서요. 작은어머니, 괜찮으시지요?"

여태 싫은 내색으로 있었건만 딱딱한 막달레나의 물음에 어머니는 싫다 소리를 못하였다. 나도 그랬다. 도도한 미모 때문인지 몰라도 다른 애들과 달리 막달레나에게는 여왕다운 위엄과 품위가 있었다.

"그러죠. 우리도 계속 서 있기만 해서 피곤하네. 집에 가면 여자들은 또 집안일이 기다리고 있잖아요? 빨리 가서 해치우면 좋겠지만, 좀 지쳤다. 집에 가기 전에 어디서 우리끼리 한숨 돌리고 가자."

뜻밖에 누나와 아내가 옆에서 선선히 막달레나를 거들었다. 우리는 순식간에 숫자가 배로 늘어난 대가족이 되어 거리로 나섰다. 번잡한 도시의 늦은 저녁이었다. 차량의 매연과 근방 공단에서 뿜어져 나오는 굴뚝 연기로 하늘은 뭉개놓은 짙은 잿빛 덩어리였다.

도중에 세어본 스물여섯 명이라는 인원 때문이었을 것이다. 그중 반을 차지하는 어린애들을 데리고 조용한 찻집에 우르르 들어간다는 일은 예의가 아니라고 매형이 주장했고, 우리는 작은 알전구를 아치형 입구에 가득 장식한 단란주점 입구로 들어섰다.

"여기서 기본만 시키고 잠시 쉬었다 가지? 제일 큰방으로 달라고 해서."

어쩐지 매형이 앞장을 서서 단란주점을 골라 들어간다 싶었더니, "내 동창생이 하는 집이거든. 아주 좋은 방이 있어요. 문만 닫으면 조용해, 완전 우리끼리야." 하였다. 매형 말은 사실이어서 사장이 달려 나오고 지배인이 옆에서 허리를 접었다.

"우리 장모님 칠순이셔. 잔치 끝내고 오는 길인데 좀 쉬려고 그래. 큰방 비어 있어? 그 방이면 이 인원이 편하게 잠깐 쉴 수 있겠지?"

놀랄 만큼 넓으면서도 아늑한 장소였다. 쿨렁쿨렁한 응접세트가 세 군데로 나뉘어 벽의 두 면을 차지하고 나머지 한 면은 노래방 기기와 모니터 화면이 놓여진 단출한 무대로 꾸며져 있었다. 스위치를 올리니 작은 알전구들이 천장에 가득 박혀 빛을 발하였다. 아이들이 와아 환성을 올렸다.

"와아, 크리스마스 같다! 와아, 노래방이다! 우리 노래해도 돼요?"

동창 장모님의 칠순 잔치 대부대를 맞게 된 단란주점 사장은 바빠졌다.

"아냐 배불러. 아무것도 내놓지 말고 커피나 한 잔씩 만들어주면 돼. 너도 초장인데, 우리도 그냥 가기는 싫으니까, 기본으로 맥주 몇 병 갖다 놓고. 정말이야."

그랬지만 서비스로 과일이 나오고 우유펀치가 나왔다. 어른들에게는 인스턴트커피가 돌려졌다. 벌써 아이들은 노래 책자를 들여다보고 여종업원에게 번호를 눌러달라며 노래 차례로 티격태격하고 있었다. 조용하던 방 안이 쿵작쿵작했다. 조용히 쉬겠다는 계획은 거품이 되었다. 오늘의 주인공인 어머니는 몹시 피곤할 텐데도 단란주점은 처음에다가 꼬마들이 그토록 좋아하는 바람에 다행히 모든 고단함을 잠시 잊은 모양이었다.

"아니, 애들 잔치판이야 뭐야? 에라 모르겠다, 이왕 들어왔으니 어른들도 한 곡조씩 뽑자구. 노래 기계 뒀다가 뭐에 쓰겠어? 아이구, 배불러! 이거, 소화시키지 않으면 다른 사람은 몰라도 나는 집까지 굴러가야 돼."

놀기를 워낙 좋아하는 매형이 아이들을 밀어내며 마이크를 잡았다. 어머니 생신인 점을 고려해서인지 매형은 낙엽이 우수수 떨어질 때 가을의 기나긴 밤 어머니하고 둘이 앉아, 하며 목청을 뽑았다. 훌륭하지는 않아도 적지 않게 돈이 들어간 능숙한 솜씨였다.

"아이고, 가수 나왔네! 저 사람, 나 몰래 노래방만 다녔구나?"

누나 말에 모두들 웃었다.

그랬다. 우리는 그저 웃었다. 우습지 않아도 웃고 우스워도 웃었다. 그래야 이 화기애애함, 화평을 유지할 수 있다는 의무감이 알게 모르게 있었던 것이다. 아이들은 자기 순서를 외치며 소리를 높였다. 조금 머리가 굵은 녀석들이 유행가에 맞춰 몸을 흔들면 유치원급 아이들이 동요와 만화 영화 주제가로 맞서고 다시 제 형들에게 밀려나는 일이 몇 차례 반복되었다.

마이크 체질인 매형이 너스레를 떨며 사회자를 자처했다.

"본 업소를 찾아주신 고객 여러분께 뜨거운, 뜨거운 감사말씀을 올리며, 카드는 삐씨, 비자, 국민……."

와하하 웃음소리. 맨 처음 들어섰을 때의 어색함은 사라지고 뷔페 잔치에서보다 훨씬 흥겨운 자리로 변해 가고 있었다. 능글능글한 매형의 다변에 어머니는 그런 사위 모습은 처음이라서 테이블을 치고 허리도 잡으며 폭소를 멈추지 않았다.

"아이구, 저 사람, 애, 네 신랑 원래 저러니? 아이고, 현 서방, 어째 저리 웃긴다니?"

어머니는 잔뜩 목소리를 높였다. 그러지 않고는 상대방들 말을 알아들을 수 없게 소음에 굉음 천지가 돼버린 실내였다.

"자, 저 구석, 옆 사람과 소곤대지만 마시고, 오늘 로얄 뷔페 오천만 하객 중에 단연 돋보였던 이름 모를 아가씨, 아, 옛날에 이름 모를 소녀라는 노래가 있었는데. 예, 예, 거기! 자아, 올라와 주실까요?"

매형이 가리키는 그 자리에 명혜를 위시해 정국이네 형제들이 동그마니 앉아 있었다. 매형의 지적과 반대로 서로 소곤거리지 않고 묵묵히 조용하게 말이다. 지명을 받은 막달레나는 주저하지 않고 매혹적인 미소를 지으며 당당한 걸음으로 통로를 지나고 춤도 출 수 있는 조그만 플로어를 지나 무대 앞으로 나갔다.

"아름다운 아가씨, 성함이? 죄송합니다. 우리 가족 중 한 분인 것 같은데 이런 미인은 본 기억이 없어서 말입니다."

누구 눈에도 막달레나는 뛰어난 미인이었다. 번호를 눌러주는 종업원이 막달레나가 하겠다는 노래를 찾아 번호를 눌렀다.

그러자 지금까지와 달리 비교적 조용해졌다. 그것은 함께 왁자지껄하니 들어와 놓고도 은연중 우리에게서 제외시켰던 정국이네 팀 중 하나가 무대에 올라섰기 때문일 테고, 또 하나는 쿵쿵거리던 유행가가 아니고 우리 가곡의 전주가 엿가락처럼 늘어지고 있어서였다. 애써 일궈놓은 흥이 깨지지 않나 걱정되었지만 도도한 막달레나에게는 잘 어울리는 곡 선택이었다.

막달레나는 가볍게 미소를 띠며 입술을 벌렸다.

"누구의 주제런가 맑고 고운 산,

그리운 만이천 봉 말은 없어도……."

우리는 모두 웃음을 머금고 있었지만 또한 모두 괴로워하기 시작하고 있었다. 굉장한 음치에 박자도 맞지 않았다. 막달레나는 그래서 오히려 더욱 우아해 보였다. 우리 귀와 막달레나의 우아함이 일치하지 않는 게 문제였다.

누군가 구제해 주어야 한다. 잘 나가던 분위기가 잘못하면 깨질 위기에 처해 있었다. 하지만 애국가나 마찬가지인 저 노래를 누가?

오금을 못 펴고 구겨진 듯 앉아 있던 정국이가 돌연 튀어 일어나더니 럭비공처럼 무대로 뛰어올랐다. 번개가 어둔 창공을 번쩍 가르는 무슨 광고 화면 같았다. 매형은 들고 있던 마이크를 급히 정국이에게 건네주었다. 축구 경기 같은 데서 구원 선수로 나온 이에게 얼른 자리를 마련해 주며 공을 패스해 주는 것 같은 긴박한 광경이 찰나적으로 연출되었다.

"오늘에야 찾을 날 왔나 금강산은 부른다."

"앙콜!"

정국이 아내와 두 아이, 그의 매제들이 손뼉을 치며 앙코르를 외쳤다.

"아빠 앙콜!"

정국이는 종업원에게 무슨 노래인가를 부탁했다. 흠, 하고 마른 기침으로 목을 가다듬고, 그리고 무대 앞을 향해 말문을 열었다.

"저어…… 드릴 말씀이 있는데……."

정국이가 마이크에 대고 말이란 것을 하려고 하다니 의외였다.

그는 금세 머쓱해하며 구두 뒤 굽과 구두코 아래 바닥을 무대 마루에 문질렀다.

저 작자가 무슨 말을 하려고 하나, 불안과 궁금증이…… 아니 사실은 그보다 내 발바닥쯤에서 아련한 무엇이 끓어오르고 있었다. 솔직히 토로하자면 그가 도중에 채뜨려 부른 「그리운 금강산」의 감동이 내게 그대로 남아 있는 채였다. 오로지 외마디 감탄사 아! 외에는 아무 생각도 떠오르지 않았다.

"전부터 이 말씀을 드리고 싶었는데…… 그럴 기회가 없었고, 일부러 찾아뵙고 말씀드리기도 좀 그랬고…… 저어, 작은어머니. 저와 제 동생들은 작은어머니 은혜를 늘 잊지 않고 있구요…… 저희들이 어렸을 때, 또 엄마 아버지가 돌아가신 다음 저희들을 돌봐주신 것도 저희는 잊지 않고 있어요. 추운 날이면 귀찮고 힘드셨을 텐데 늦은 밤에도 불을 때주셨지요…… 또 언제나 배고프지 않게 해주셨고. 저는 또 속을 많이 썩여드렸지요…… 그렇지만 동생들 모두 이젠 이렇게 잘 살고 있습니다. 저두요. 작은어머니 은혜예요. 작은어머니, 이젠 작은어머니밖에 남아 계시지 않은데……."

전주가 시작되고 있었다. 정국이는 누구에게 혼날까 봐 걱정하는 아이처럼 약간 겁먹은 얼굴을 하며 빠른 어조로 나머지를 말했다.

"저희에겐 너무 소중한 분이신 작은어머니…… 저어, 오래오래 건강하게 계셔주세요. 작은어머니가 안 계시면 저희는 이 세상에 아무도 없는 거구요. 작은어머니를 위해 이 노래를. 저어, 저희들은, 저희들은, 저어 그러니까, 사랑 합니다 작은엄마."

예기치 못했던 숙연한 기운이 실내 공기를 잡아 눌렀다. 조마조마해하며 옆에 서 있던 막달레나가 그 표정을 풀고 어머니 쪽을 바라보며 정국이 말이 맞다는 환한 웃음으로 깊숙이 허리를 굽혀 새로이 인사를 올렸다. 그러고는 손등을 세워 막달레나는 눈초리를 가만히 눌렀다. 그렇지만 그 애 뺨에는 벌써 눈물이 손등을 타넘어 흘러내리고 있었다.

"탈 대로 다 타시오 타다 말진 부디 마오.

타고 다시 타서 재 될 법은 하거니와.

타다가 남은 동강은 쓸 곳이 없소이다."

나는 정국이가 앉았던 빈자리로 갔다. 내가 앉자 명혜와 명자, 명숙이, 매제들, 그리고 정국이 아내가 미소 진 눈빛으로 조용히 나를 맞았다. 그의 두 아들은 제 아버지를 올려다보고 있노라 누가 자리에 앉건 관심 없었다. 그중 큰애 어깨에 나는 손을 올려놓았다. 아이는 힐끗 나를 본 다음 제 아버지에게로 고개를 돌렸다. 그 귀에 대고 내가 말했다.

"니네 아버지 노래 정말 끝내 주게 잘하신다, 응?"

아이는 나를 보지도 않으며 대꾸했다.

"아빠는요, 아무리 시시한 노래도 안 시시하게 불러요. 아빠가 부르면 어떤 노래라도 얼마나 멋있어지는데요."

나는 여러 번 고개를 끄덕였다.

뷔페 식당에서 꾀죄죄하고 초라하게만 보였던 정국이의 회색 더블 정장과 기미 끼어 거무죽죽한 얼굴은 빙글빙글 돌아가는 조명이 아니라도 더는 보잘것없지 않았다. 짧은 식견에 세계 유명 테너 누구에 가까운지는 모르겠지만 그의 음성은 유려하면서도 힘차게 쭉쭉 뻗어나갔다. 아름다운 높은 음과 무겁고 확실한 낮은 소리. 정확한 음정과 박자, 노래의 의미를 되새겨보게 해주는 분명한 발음의 노랫말.

어린 날 여릿했던 음성은 사라지고 세월의 무게와 상처, 깊이와 길이가 실려 거침과 부드러움, 높고 낮음이 자유로웠다. 더듬거리는 말투와 달리 그가 노래하는 모습은 자신감에 차 있었다. 그런 그는 은은하게 빛났다. 일찍이 정국이가 저렇게 보인 적은 없었다.

그렇지 않다.

준비하지 않았던 필름이 나타나 뒷걸음질치며 망막을 가려왔다. 우리들의 뒷산, 포도밭, 무밭, 잡초들 사이, 튀어 오르는 메뚜기, 개구리, 논의 미꾸라지, 형들에게 달라붙어 강짜 싸움을 시작하는 나, 차라리 날 때려, 날 때리라구! 저 먼 거리에서부터 박치기 자세로 총알이 되어 달려오는 정국이. 뒷동네 형들에게 맞고 쓰윽 코피를 훔쳐내는 더러운 정국이 손등, 해는 아직 어깨에 따갑고, 다시 또 울고 있는 나. 야 좀, 아무한테나 기어 붙지 말고 조심해! 형이 없을 때 아무한테나 까불고 달라붙었다가 찐빠 되고 싶어서 그래? 형 없을 때는 죽은 것처럼 하고 있어. 형이 갈 때까지. 알았지?

푸르름 가운데 하얀 언덕길을 내려오는 나의 젖은 검정 운동화, 찌걱거리는 정국이의 검정 고무신. 정국이 손등에 말라붙은 검자주색 코피. 실컷 두들겨 맞고도 이긴 사람보다 자랑스럽게 나와 함께 나란히 걸어오던 정국이.

그는 저 노래를 부르는 자세로 살아올 수도 있었다.

'어서 니가 제대로 가장 노릇을 해야 할 텐데, 그래야 내가 느이 아버님 은혜를 갚는 건데.'

그 말을 노상 입에 달고 살던 아버지.

'저 집만 아니면 우리가 고래 등 같은 기와집 열 채를 가졌을 텐데.'

불만스러워하던 어머니.

'새끼, 니네 데리고 살아주는 것도 죄냐?'

내리 깔보던 나.

'왜 노래할 때처럼 크고 또렷또렷하게 말은 못하나?'

'병신 새끼! 작은아버지 은혜를 어떻게 갚으려고.'

큰아버지와 큰어머니.

모두 그를 주눅 들게만 했다. 누구도 정국이를 칭찬하는 단 한마디를 왜 그토록 아까워하며 해주지 못했을까. 게다가 우리는 실제로는 베풀지 않았다. 우리 식구는 모두 오만하고 방자하였다. 우리 마음대로 은혜를 갚고 거두었으며 친절을 베풀고 거둬들였다.

"반 타고 꺼질진대 아예 타지 마시오.

차라리 아니 타고 생나무로 있으시오."

나는 그 거리가 꽤 되는 것처럼 천천히 그에게로 나아갔다.

"탈진대 재 그것조차 마저 탐이 옳소이다."

정국이의 양복 자락을 거머쥐고 박자에 맞추어 고갯짓을 하고 있던 막달레나는 노래가 끝나자 팔을 높이 올리며 힘껏 손뼉을 쳤다. 나도 박수를 쳐올리며 그에게로 다가갔다. 어머니와 누나, 그의 가족 모두 일어나 손바닥이 아프도록 갈채를 보내고 있었다. 정국이 실력이면 우리나라뿐 아니라 세계적인 테너가 될 수도 있었을 테지만, 지나간 날을 말해 무엇 한단 말인가.

노래를 끝낸 그는 안절부절이었다. 현란하게 돌아가는 조명 빛으로도 붉어진 표정이 감춰지지 않았다. 그는 허둥거리며 자리로 돌아가려고 했다. 그러는 그의 어깨를 붙잡은 나 역시 멋쩍었다.

단란주점 바깥은 매연과 사람들이 뿜어내는 욕망의 체취로 혼미한 거리일 터였다. 그런데도 어린 날 시민관 합창 발표회에서처럼

잎새 무성한 나뭇가지가 바람에 살랑거리는 맑고 풍성한 풍경이
마음에 가득 들어차 왔다. 여기 이 늦가을을 지나 겨울 밤하늘을
헤쳐가면 바깥은 녹음 우거진 들판이리라고. 그 노래가 마음 밑바
닥을 차며 울려왔다.

가지는 흔들려서 말하는 것같이…….

쉬었다 가거라 쉬었다 가거라.

고달프고 외로운 한 사내를 친구로 맞아들이며 수많은 잎새 팔로
따뜻하게 감싸주듯, 나는 나무 동생이 되어 그렇게 할 수 있을지.

어색한 나는 천장에 시선을 주었다. 작은 알전구들이 먼 데 빛
처럼 깜빡거렸다. 지난날이 지금 아무리 소용에 닿지 않더라도,
추억은 그런 것인가. 겨울밤 검푸른 하늘이 그곳에 있었다. 아,
별도 맑고 하늘도 맑다, 그가 중얼거렸었다. 옛날이랑 똑같이 맑
네. 눈 내리는 날의 시민관과 크리스마스카드 같던 마을 정경도
떠올랐다. 어린 내 눈에 세상은 신비하고 신기하며 온통 이해하기
어려운 늪이었다. 그런데 오늘 그가 말했다.

'나는 도무지 이해가 안 되니까.'

아직도, 그는 말이다.

피 흘리지 못하고 비명 지르지 못하는, 그러나 살아 있음에 틀
림없는 무 호박을 썽둥썽둥 썰어 국 끓여 먹을 수 있는 자기 자신
과 사람들에게 그는 오늘도 곤혹스러워하고 있었다.

밀반죽 알맹이로 친 장난이 그가 유일하게 진 큰 죄였다. 날품
을 팔며 곤궁하게지만, 그가 목숨을 부지하고 있으니 아직은 옛날
인가. 어린아이의 혼란한 정서에서 성장이 멈춘 채 이날까지 살아
올 수 있었던 정국이를 보면 난삽하고 험하다 해도 아직은 살 만
한 세상이었다.

"오늘은 귓속이 아주 대청소를 하는데? 귀가 시원하게 뚫렸어.
우리 앞으로는 자주 모여 이런 자리를 만들어야겠다?"
　그는 내 말에 뭐라 웅얼거리며 작고 낮은 무대를 내려가려고만
했다. 사죄의 벽이 너무 두꺼워 다음 말은 내게도 쉽지 않았다.
무엇보다 목구멍이 까끌까끌하게 아리며 아파 왔기 때문이었다.
　"응? 우리 앞으로는 그러자, 형."
　나는 한 번 더 그를 불렀다.
　"형."
　그는, 정국이 형은 문득 나를 쳐다보았다. 나도 형을 보았다.
몇 순배 돌린 맥주의 취기에도 그 눈의 흰자위는 푸른기 서린 흰
색으로 깨끗했다. 의아해하는 어린아이 눈이었다. 우리들 유년,
펑펑 눈 내린 후 겨울밤, 맑게 개어가던 밤하늘이 그의 눈동자 안
에 있었다. 그 별도.

월트를 기다리며

이것은 결코 개인적인 감정이 아니야.

그녀는 창문을 열고 하늘을 확인하며 중얼거렸다.

그녀가 올려다본 하늘은 어제와 똑같이 그저께와 똑같이, 간단히 말해 지나온 한 달과 다름없이 새파랬다. 여름날 흔한 뭉게구름 한번 이 한 달 동안 구경할 수 없었다. 가로수의 나뭇잎들은 다른 해보다 일찍 짙은 녹색 잎을 매달고 햇빛 아래 질깃한 느낌으로 반짝였다. 하늘은 비정한 묵직함을 드리운 채 푸르렀다. 체로 내려 한 겹 걸러진 것 같은 가을 하늘색과는 많이 다른 짜증나게 짙은 하늘색.

서른일곱 해를 사는 동안 하늘색, 혹은 푸른색 등을 짜증으로 바라본 적은 없었다. 그녀는 초록 계열의 차가운 색깔을 선호했다. 흔히 초록은 희망으로 비유되지만 그녀에게는 단지 차가운 색깔이었다. 그 차가움이 언제나 그녀에게 견뎌내는 힘을 주었다.

인내. 그녀를 지탱시켜 주던 것은 열정이 아니라 비정이었다. 그녀는 그랬다.

너무하다.

뇌리에 불만을 말하는 많은 구절이 지나갔다. 베란다 창문을 여는 것만으로는 모자라 방충망 문마저 죄다 열어젖히고 나서 그녀는 다시 한 번 하늘을 올려다보았다.

개인적인 감정이 아니라면 우국적이란 말인가. 내가 애국자가 아니라는 사실을 알고 있지. 방관자.

그러면서도 신문에서 읽은 1907년 이후라든가 하는 숫자가 지나갔다. 최악의 가뭄, 최악의 더위. 신문의 사진 기사, 또는 텔레비전 화면은 거대한 거북 등처럼 갈라진 논과 밭, 산야를 매일매일 보도했다. 말라비틀어진 나뭇가지, 말라비틀어진 풀, 태양에 타버린 농작물, 볕에 새까맣게 그을린 농부의 얼굴, 줄기에서 떨어져 넓은 밭과 고랑 가득 이리저리 뒹굴고 있는 상한 수박. 그 수박들은 아프리카 기아 난민을 연상시켰다.

우리 층 열두 세대에서 에어컨 없는 집, 그 집하고 우리 집 뿐이야. 알아? 다른 집들이 우리 두 집보고 대단하다고 그런데. 그래 요새 어떻게 지냈어. 꼼짝도 안 했지? 뭐 넌 언제나 그렇지만 요즘은 상황이 다른데. 새벽에 강둑에 나가보면 사람들이 거기 나와서 잠을 자. 전쟁터 같아. 시체들이 널브러져 있는 것 같거든, 참 구경거리야 그것. 우린 창문이란 창문은 죄다 열어놓고 잠을 자. 잠? 사실은 자는 게 아니지. 새벽에야 지쳐서 떨어지는 거니까. 넌 문도 안 열어놓고 어떻게 견뎌? 미쳤다.

16층 아파트, 9층 열두 세대 중에 유일하게 말을 하고 지내는 옆집 여자가 일부러 현관문을 두들겨서 열었더니 그런 말을 했다.

그 여자 뭐 하느냐며 우리 집 아저씨가 옆집 좀 가보고 오래. 시체 냄새 풍기며 구더기 끓기 전에. 우리 집 아저씨가 네 팬이었나? 걱정을 다 하는 거야. 웃겨. 자기 걱정일 거야. 옆집에 시체가 있는데도 모르고 지낸 무심한 이웃이라는 욕을 먹기 싫은 거야. 그 자식 치사한 이기주의자니까.

문을 왜 안 여니? 베란다 창문 하나 열어놓았는데. 담배연기 나가라고. 내가 죽어 있어도 시체 냄새는 빠져나갈 거야. 걱정 마. 니네 아저씨 난처하게 하지는 않을 테니.

애, 소름 끼쳐, 그런 말은 농담에 들어가질 못해. 이 찜통에 작업했니? 목련에서 소식 왔니? 작업은 다 끝냈니? 계속 찜통에 틀어박혀 있었으니 그랬겠네. 좀 보자.

옆집 여자는 한꺼번에 그동안을 물었다. 그녀도 한꺼번에 대답했다.

작업도 하고, 목련에선 아직 연락 없어. 해준다고 했으니 올 거야.

네가 먼저 전화 해보지. 목련 말고 다른 화랑에서는 소식 없니.

그런 건 있어. 그렇지만 난 목련이잖아. 거기서 처음 연락이 왔고, 곧 소식을 준다고 했고. 아무리 여러 군데서 프러포즈 해와도 다른 데는 나하고 상관없어.

왜 없니. 목련이 그렇게 사람을 기다리게 하면서 고통을 주는데 다른 데 하면 안 돼? 맘 편하고, 자존심도 살고 그러게.

아니. 괜찮아.

안 오면?

올 거야.

알 수 없는 고집. 왜 목련이 아니면 안 될까. 목련보다 수준 높은 데가 많은데.

그곳이 내가 원했던 곳이야. 바로 거기야.

알고 있어. 너한테 충분히 많이 들었지. 그렇지만 어째서 그게 타당한 이유가 될까. 왜 거기가 아닌 다른 데가 안 될까. 만약 조건도 더 좋고 너를 더 존중해 주고 이미지도 더 좋은 곳이라면.

고마워.

이해 안 되는 여자야. 차선이라는 게 있는데. 그럼 그림만 그렸니?

그림도 그렸고…… 그리고, 도.

도?

도.

도? 도사 되는 도? 웃긴다. 세상에! 도 닦는 얼굴이 왜 그래?

이건 땀띠야. 쓰리고 따끔따끔해. 재미있어.

참 퍽도 재미있겠어. 미친 여자야. 남들은 미친년이라고 하겠지.

동갑이며 같은 학번인 옆집 여자는 전에 그녀에게 충고했다.

너 너무 폐쇄적이야. 왜 그렇게 안쓰러워 보이게 하며 살아? 얼마나 조건이 좋아? 얼마든지 인생을 엔조이하면서 살 수 있잖니 넌?

난 이게 엔조이야. 지금 충분히 즐겁고 행복해. 이게 난 좋아.

갇혀서?

숨어서.

그런데 그때 가슴 아주 먼 끝 쪽에서 아, 소리가 나며 아릿아릿했었다. 오랫동안 잊고 있던 슬픔이라거나 서글픔의 그런 저림이 있었다.

숨어서 뭘 하는 건데? 숨어 저렇게 열심히 그리고 있다가, 얏, 등장해서 세상을 놀라게 하는 것?

아니 기다리는 것.

뭘?

아침에 창문을 드르륵 드르륵 열어젖힌 행위는 옆집 여자 때문인지도 모를 일이다. 새삼 확인할 하늘은 아니었다. 그녀는 조간신문과 석간신문을 구독 확장하려는 배달부원 아이들에 의해 강제로 신문을 받아 보고 있고, 이 한 달간 신문의 중요 기사는 몇 십 년 만의 가뭄과 무더위로만 채워져 있다시피 했다. 기상청은 똑같은 기후 동향을 매일 싫증 내지 않으며 아주 자세하게 밝혀주고 있던 것이다.

그녀는 비슷비슷한 기사를 아침저녁으로 꼼꼼하게 읽었다. 그리고 온 국민이 기다리는 태풍 월트를 그녀도 기다렸다.

정말 지독한 하늘이다.

하지만 그녀는 결국 담배 연기를 위해 열어놓던 한 짝만 빼놓고 죄다 다시 닫아 나갔다. 문을 열어놓는다고 해서 사라질 더위가 아니고 문을 열어놓는다고 없어질 답답함이 아님을 그녀는 알고 있었다.

담배 연기를 위해 열어놓은 공간은 그녀가 선택한 최소한의 숨쉴 구멍일 뿐이다. 옆집 여자에게는 그런 말을 한 적이 없고 또 누구에게도 마찬가지지만 그녀는 정말의 속말을 하지 않았다. 진짜 속말을 남에게 한다고 해서 무엇이 달라질 것인가. 달라지리라는 보장은 절대로 조금도 있을 수 없었다. 남이 뭐란 말인가 남이. 내 인생에 남은 아무것도 아니지 않은가. 그녀는 가끔 나이프와 붓을 놓고 쉴 때 그런 생각을 떠올리고는 했다. 남은 아무것도 아니야, 남은.

동갑에, 학교는 다르되 같은 미술학과를 나왔다고 해서 옆집 여자와 모든 이야기가 통하는 것만은 아니라는 사실을 옆집 여자와 알아온 지난 팔 년간 절실히 깨달아왔다. 사람의 이해 능력이란 자기가 처해진 상황에서 어차피 더 많이 나갈 수 없지 않던가. 그녀 자신이 그런 것처럼. 그래도 지난 팔 년간 옆집 여자는 그녀의 생활 변천을 지켜봐 왔다. 변화가 있을 때마다 그녀를 부러워하며 여자는 말했다.

대단해. 넌 미친 여자야. 남이 보면 그럴 거야. 말도 안 되는 년이라고. 나도 너처럼 그러고 싶어 미치겠어. 넌 용감해, 쥐뿔도 가진 게 없으면서. 그때는 아무 능력도 없었는데 어떻게 그렇게 했니? 난 무서워. 상상만 해도 무섭다. 아무도 날 모르고 내가 할 줄 아는 일도 없는데. 그렇게 생각하면 두 다리가 후들후들 떨리다 무릎이 팍 꺾이는 거야. 그리고 아침 출근 때까지 소새끼 개새끼 치사한 새끼, 속으로 욕하던 그 남자를 저녁에는 아이구 하느님 하며 맞아들이는 거야. 이것도 말이 안 되지, 안 돼. 나도 웃기는 년이야.

또 말했다.

남편이 네 명의 아이를 맡고 있을 형편이 안 된다며 도로 데리고 왔을 때였으리라. 이혼 말이 오가면서는 죽어도 아이 넷은 자기가 키워야 한다고 악에 치받쳐 있던 남자였다.

재네들 다요? 우리 애들이 서로 떨어져 있는 것은 나도 바라지 않아. 그렇지만 막내는 이제 겨우 세 살인데. 그리고 여자 아이니까 내 손이 몇 년은 필요해. 애들 욕심이 있어서가 아니야. 다른 남자와 결혼하면 난 또 아이들 다섯 명도 여섯 명도 낳을 수 있어. 그러니까 제발 지금은 놓고 가, 응? 네?

그녀가 애원을 했어도 처음에는 소용없었다. 그는 분기탱천한 그대로 아이들을 끌고 가버렸다.

그녀는 요새 세상에 연년생으로 네 명의 아이를 낳았다. 그 남자와의 결혼 생활은 오로지 배만 불러 있던 모습, 한 번도 몸이 가볍거나 편안한 적이 없었다는 기억밖에 없었다. 다른 임신부들도 조랑조랑한 애들 끌고 시장엘 가며 밥을 하고 빨래를 넌다. 그녀도 당연히 그렇게 했다. 다른 주부와 달랐던 일이 한 가지 있는데, 막내의 돌이 막 지난 여름날 막내를 등에 업고 두 아이를 양손에 잡고 큰애는 앞장세우고 슈퍼마켓에 다녀오는 길에서부터 비롯된 어떤 일을 들 수 있었다. 어느 날 동네 상가 건물 1층에 화방이 들어섰던 것이다.

길 건너에 문화 센터가 생겨 문방구에 화구를 찾는 아줌마들이 많아진 걸 본 꽃장수는 꽃을 집어치우고 과감하게 화방을 차렸다. 아침부터 밤까지 신경 써야 하는 꽃보다 얼마나 편한지 모르겠다고 꽃집 주인이었던 아저씨는 싱글벙글했다. 꽃을 사지 못한 그녀는 엽서 짝 같은 1호 캔버스 꼭 한 장과 물감 다섯 개를 사들고 돌아왔다. 초록, 쥐색, 오션 블루, 카키, 검정, 그것이 그녀가 선택한 물감이었고, 왠지 그 색깔은 그녀에게 인고와 인내의 색깔로 다가와서였다. 아이 넷과 남편이란 자리에 있는 한 남자. 그녀에게는 무엇인가를 참아낼 힘이 필요했다.

그게 다 뭐야?

막내에게 마지막 우유를 먹여 재우고 식탁 위에 꺼내놓은 그것들은, 그게 다 뭐냐고 물을 만큼 많은 양이 아니었음에도 남편의 표현은 그랬다. 그리고 그는 덧붙였다.

당신 어떻게 된 것 아니야? 옛날이 그리워졌어? 추억제라도 지내려는 여자 같군. 추억이란 사람에 따라 소중한 것일 수도 있긴 하지만.

남편 지적은 옳았다. 화구를 사 온 일은 추억에 의거한 무의식의 작용이었겠다. 그런데 그녀는 준비하고 있었던 것처럼 선뜻 야멸차고 또릿또릿하게 대꾸했다.

여보, 추억이라고? 이건 지금의 내 현실이야. 어떻게 그런 말을 할 수 있어? 당신이라는 사람이? 남편이라는 사람이?

그녀의 되물음도 틀린 말은 아니었다. 남편이 추억 운운하는 순간 그녀가 사온 화구는 순식간에 현실이 되어버렸던 것이다.

이보세요. 남편이니까 정말 걱정이 돼서 해주는 충고 아니겠어? 노래도 있잖니. 과거는 흘러갔다. 그대에게는 애가 넷이야. 알아? 자그마치 넷! 의료 보험 혜택도 받지 못하는 아이가 둘. 그런데 저게 현실이라니 설마 잠깐, 깜박 잊은 건 아니겠지? 알아, 알아, 요즘 세상에 애를 넷이나 키우는 일이 어떤 거라는 걸. 정신이 살짝 어떻게 될 때도 있긴 하겠지. 저 앞 동 여자는 애가 셋밖에 안 되는데도 옥상에서 떨어져 죽었다며? 그러니 어느 정돈지는 알아. 더구나 우리같이 사내 녀석이 셋 있는 집은 매일 기절하고 싶겠지. 그렇다고 그런 쓸데없는 물건을 사들여 위안을 받으려 한다면 내가 뭐가 되겠어?

그러면 그가 뭐가 된다는 말인가. 그녀는 남편이 하는 말을 전혀 알아듣지 못했다.

추억으로 충분하지. 예술은 아무나 하는 게 아니라구. 결혼과 함께 그댄 그 길을 포기한 거라고 생각해. 그게 편하지 않아? 알아, 알아요. 결혼해도 그림을 그리겠다고 했지. 그렇지만 그건 비현실이지. 그건 옛날 얘기야. 당신은 바로 아이를 가졌고, 신혼 재미를 위해 지우자고 한 내 말을 부득부득 우기고 낳아버린 쪽은 내가 아니니까. 저 작은애들은 당신의 실패작이고. 나는 콘돔을 써야 한다고 했지. 뭐든 싫다고 한 건 당신이었어. 저 애들을 지울 수 없다고, 낳아 어떻게라도 키워보겠다고 한 것도 당신이었어. 파출부를 해서라도 우유 값을 대겠다고 했지. 쩨쩨하게 돈 얘기를 하려는 게 아니고, 지금 당신은 몽유병 환자 같은 짓을 한 거야. 이것 몇 푼이나 하겠어. 돈이 아까워서가 아니라니까. 당신이 원하면 친정에 가서 쓰던 물건 다 꺼내와도 되고 내가 전부 새로 사줄 수도 있어. 그렇지만 이젤이나 캔버스를 장식품으로 놓아두고 있기에 우리 집은 좁고 아이들은 너무 많아. 그렇다고 생각 안 해? 예술! 아니다. 예술은 아무나 할 수 있는 건지도 모르겠다. 네 명의 아이를 끝내 주게 기르는 일, 그것이야말로 진짜 예술이 아닐까? 와, 내 말 삼삼한데? 어록에 실어야겠다, 응?

네 아이를 끝내 주게 키우는 일…… 여보, 그건 예술이 아니고 마술일 거야. 지금 내가 뭘 어떻게 하겠다는 건 아니고, 사실은 왜 샀는지 몰라. 나도 몰라. 그렇지만 나한테는 뭔가 필요했어. 당신이 이해하면 돼. 뭘 하겠다는 게 아니래두.

이해, 백번 하지. 그런데 천만번 이해를 해도, 이봐, 당신한테 필요한 것은 저따위 것들이 아닐세. 당신에게 필요한 것은 나야. 알겠어? 그걸 알아야 돼.

옳다. 그녀가 아이를 기르는 데 필요한 것은 화구가 아니라 남편일 것이었다. 석연치 않은 무엇이 끄덕이는 목줄기를 잡아당기기는 했지만 그녀도 동의를 하기는 했다. 어쩌면 거기서 모든 일이 끝났을 수도 있었다. 바로 거기서. 그녀가 조촐한 화구를 사들고 들어온 일을 남편이 두고두고 노래하지 않았다면 그녀의 집행 유예 기간은 좀 더 연장되었을지도 모른다. 그랬을 수도 있고 그렇지 않았을 수도 있다. 지나간 시간이란 언제나 후일담이 되어 버리고 마는 까닭에.

그날 그 순간 이후 두 사람은, 정확하게 표현한다면 그녀는 자신의 많은 면이 달라져 있음을 깨달았다. 그것이 무엇인지는 모르지만 남편 말대로 꼭 예술을 하기 위해서만은 아니라는 점도 함께였다. 그것은 조금 다른, 어쨌든 무엇이었다.

남편이 아이들을 놓고 가버린 후 남편이 재혼하기까지 삼 년간 그녀는 남편의 아이기도 하고 그녀의 아이기도 한 아이 넷을 키웠다. 양육비 조로 얼마간 송금이 되어 왔지만 그녀는 대부분의 날들을 전전긍긍하지 않으면 안 되었다. 미술 대학을 나왔다고 죄다 화가일 수 없고 그녀가 미대를 나왔다는 사실을 아는 사람은 동창들과 가족, 남편이었던 남자, 옆집 여자 정도가 다였다. 그것이 돈으로 바뀔 수 있는 건 아니었다. 대학 졸업장은 약간의 양육비를 받으며 아이들과 그녀, 도합 다섯 명이 살아가는 데 당장 어떤 도움도 되지 못했다.

그런데 그녀는 그림을 그렸다. 아이들에게 미안하고 전 남편에게 염치없는 짓이기는 하지만 그녀는 뻔뻔하게도 모자라는 양육비에서 야금야금 떼어내 물감과 캔버스와 그녀가 사용해야 할 붓 가지를 사들였다. 큰애는 국민학교에 입학을 했고 둘째 애는 유치원 유치반에 셋째 아이는 유치원 유아반에, 그리고 막내가 정 귀찮게 굴면 포대기로 둘러업고 그림을 그렸다. 목적이 있지 않았다. 처음에는 그저 그렸다. 그렇게 하지 않으면 견딜 수 없을 것 같은 기분이 있었다. 두 아이가 학교와 유치원에서 돌아오면 그 시간부터는 전쟁이었다. 수시로 간식을 먹이고 수시로 싸우는 아이들을 떼어 말리고 숙제를 봐주고 야단도 치고 밥해 먹이고. 아무리 열심히 빨아대도 아이들 입성은 마치 그 아이들이 직업 화가라도 되는 듯 온갖 색깔 물감이 묻어 지워지지 않았다. 아이들은 모두 작업복을 입고 사는 것이나 마찬가지였다. 옆집 여자가 와서 보며 혀를 찼다.

재들 아버지가 지금 네 꼴을 본다면 확실히 잘한 이혼이라고 생각할 거야.

옆집 여자는 시기심 없이 진정으로 말했다.

사람이 변하는 건 이렇게 순간인가? 우리 둘 다 대학 미전 한번 입선해 본 적이 없는 사람들인데, 어떻게 넌 지금 이런 의욕을 가질 수 있니? 세상에! 네가 무슨 대단한 화가라도 된다고 애까지 둘러업고 그림을 그려야 하는 거니? 애 안 무거워? 이리 줘. 우리 집에서 저녁때까지 데리고 놀게.

한사코 그녀는 옆집 여자의 친절을 마다했다. 아이가 무겁다면 그것은 그녀가 감당해야 할 무게였다. 반드시 그녀 자신이 치르지 않으면 안 될 대가라고. 그녀를 측은하게 여기는 옆집 여자는 목청을 낮추기도 했다.

이렇게 열심히 해서 데뷔할 수 있다면 좋은데. 너무 늦지 않았나 싶진 않니? 자신 있니? 하긴 그런 말이 있지. 늦었다고 생각할 때가 시작해야 할 바로 그때라고. 그러면 지금이 바로 그때니? 그럼 이게 너의 꿈이었니?

꿈.

그제야 그녀는 알았다. 인정받는 화가가 꿈이었다고 할 수는 없을지도 몰라.

아이들도 그녀의 꿈이었다. 나는 하나의 꿈을 더 갖고 싶었던 것이다. 나의 아이들 말고도 나를 지탱시켜 줄 수 있는 또 하나의 다른 꿈.

그렇지만 이건 지옥이다. 넌 이 지옥을 맛보기 위해 그 난리를 치며 이혼했니? 난 네가 훨씬 우아해질 거라고 생각했지. 끝내 주는 스폰서 하나 붙잡아 습작 기간 제대로 거친 다음 밖으로 안으로 팡팡 튀는 거야. 너는 여왕이 되어 있는 것 말이다. 그러나 넌 지금 그저 시녀에 하녀구나. 애들 아버지한테 쟤들 데려가라고 해. 엄마가 키우는 건 저절로 된다던? 힘들지 않다던? 겨우 한 달도 못 되어서, 아니 삼 주일인가? 저 힘들다고 다시 데리고 와? 이건 사람 사는 게 아니야. 정말 최악이군. 애 엄마는 엄마니까 힘들지 않은 거래? 왜 받아들였니? 난 이런 용기 못 내. 이건 용기도 아닌 것 같다. 네 꼴을 보면 그래. 그런데 오기도 아니겠지? 뭔지 모르겠어.

스폰서 하나 잡고 싶다는 생각을 했다고 해도 그 시절의 그녀는 그렇게 할 수가 없었다. 화가도 아니면서 고만고만한 네 아이 끌어안고 그림을 그리는 사람에게는 스폰서라는 단어야말로 망상이고 몽유였다. 그녀는 혼자 대답했다.

그래 내가 원하는 건 지옥이지. 스폰서 없는 지옥. 나는 지옥이 좋다. 그와 살던 천국보다 재미있다. 아주 훨씬. 너무나!

그리고 옆집 여자 말마따나 이게 뭔지 모르겠는 건 그녀 자신도 마찬가지였다. 용기가 아니고 오기도 아닌 무엇, 그것이 무엇일까. 그 흔한 자아 찾기라고도 여겨지지 않는. 그리고 그 순간에 알았던 것이다. 꿈.

지옥을 재미있어 한다고 해서 힘들지 않다고 할 수는 없으리라. 경제 문제가 그녀를 제일 괴롭혔다. 그렇지만 그 지옥 역시 하루의 삶을 지내고 나면 전과 다른 종류의 다른 천국이기도 했다. 다음 날 지옥이 기다리고 있음을 번연히 알면서 아이들 잠든 한가하고 고요한 시간에 그림을 그릴 수 있다는 게 행복했다. 그 밤도 지옥일지 모르지만 그녀가 원했던 것이 천국이 아니기에 그녀는 행복했다. 언젠가 세상은 그녀를 알아줄 날이 있을지 모르고, 설령 그렇지 않다 해도 꿈을 가질 수 있어 그녀는 지금이 소중했다.

첫걸음에 입선을 하고 다음 걸음에 특선을 하고 각종 공모전에 대상을 받고, 그녀는 옆집 여자 옷을 빌려 입고 종종걸음으로 시상식에 참석했다가 돌아오고는 했다. 때로는 옆집 여자가 외출하는 바람에 네 아이를 맡길 데가 없어 나중에 상패를 받아온 경우도 있었다. 그런 일이 그녀를 비참한 기분으로 만들어주지는 않았다. 그녀는 그림 그리는 사람 누구와도 어울리지 않았으므로 아무 상관 없었다. 애들 아버지가 재혼을 하고 네 아이를 바람처럼 빼앗아 가버리고 나자 그녀는 세상에서 가장 많은 시간을 소유한 사람 중 하나가 되었다. 시간이 많았지만 여전히 그녀는 누구도 만나지 않았다. 일 때문에 알게 된 남자들이 더러 전화를 걸어왔다. 그녀는 잘라 대답했다. 바빠요. 시간이 없네요.

더 이상 모자라는 시간과 돈이 그녀를 괴롭히는 일은 없었다. 부양해야 할 네 아이가 없는 까닭에 한 푼 없다 한들 괴로울 일은 없는 셈이었다. 많은 액수는 아니지만 하필 아이들을 데려가 버린 후 얼마 동안은 그녀 기준에 의하면 제법 그림 값이 들어왔다. 그녀는 그 돈을 남편이 이억 이천만 원에 아파트를 처분하고 우수리 이천만 원 떼어준 돈으로 주저앉았던 월세 아파트를 전세로 돌리는 데에 썼다. 이혼하던 당시 옆집 여자는 그녀를 붙잡고 자기 일처럼 펄펄 뛰었다.

너, 이억을 니가 가져도 모자란다. 어떻게 살려고 그래? 월세는 어떻게 물고? 대책이 있니?

대책은 없지만, 그래도 살던 여기서 살고 싶어.

그랬다. 대책이 없었고 그녀 자신이 품고 있는 게 무엇인지 확연하지도 않았지만 이미 그때 꿈이 있었던 것이다. 무슨 꿈.

부동산 소개소에서 새로운 전세 계약서를 만들어 들어오니 옆집 여자가 물었다.

미친 여자긴 하지만 넌 대단한 여자야. 무에서 유를 만들었어. 무엇이 너를 의지의 인간으로 만들었니?

그녀는 마음으로만 대답했다.

그냥 어떤 꿈.

좌우지간 진심으로 무지무지하게 축하한다. 거기다 넌 아직 젊구나. 서른다섯, 최고의 나이잖니. 남편 없고 애도 없고 이젠 사회적인 인정도 받고, 애, 연애하면서 쉬엄쉬엄 멋있게 살아라. 나중에 후회한다. 쭈글쭈글 되어서 연애하겠다고 추하게 굴지 말고. 지금 한창 완숙하고 원숙한 기막힌 나이란다. 많은 남자들이 여왕으로 떠받들어 모실 나이야. 지금 나가. 밖으로 나가. 화랑도 좀 돌고. 좋은 조건을 찾아 전람회도 하고. 내가 소개해 줄까. 난 이렇게 집구석에 틀어박혀 있지만 그쪽에 너보다는 더 많은 사람 알고 있어.

고마워. 그렇지만 괜찮아. 기다리면 돼.

어리석은 소리야. 지금은 기다리는 시대가 아니다. 난 알아. 지금은 찾아 나서는 시대야. 넌 매일 기다리지. 나가서 사람들을 만나지 않는데 풋내기의 실력이 아무리 좋으면 뭘 해. 이제부터는 사교가 중요해.

옆집 여자는 그녀의 매니저인 양 꼼꼼하게 이 일 저 일 간섭하며 조언을 아끼지 않았다. 한때 미술 대학 물을 먹은 여자인 것이다. 게다가 비록 집구석에서 썩고 있지만 여자의 두 귓바퀴만은 썩지 않고 생생했다. 사실인지 유언비어인지 몰라도 화랑가의 많은 일들을 알고 있었다. 그녀가 여자 말을 귀담아 들은 적은 없었다. 그녀에게는 옆집 여자의 모든 조언이 실행 불가능한 환상이며 몽상이고 비현실이었다.

어떻게 하란 말인가. 아무도 불러주지 않는데 화랑가를 기웃거리며 어슬렁대란 말인가. 어떤 남자를 만나 어떤 연애를 하란 말인가.

간혹 잘 모르는 화랑에서 전화가 걸려오기는 했다. 그녀 그림에 매료되어 신뢰를 갖고는 아닌 것 같았다. 그녀의 그림이 보여주는 내밀한 어떤 특이함에 호기심을 갖고 서로 얼굴이나 한번 보자는 정도의 제의였다. 매우 드물게였고 저쪽 의사가 다소 흐리멍덩한 구석이 있어서 응하게 되지를 않았다. 저쪽은 심사숙고에 속하겠지만 그녀 입장에서는 흐리터분하게 생각되었다. 그녀는 명쾌함을 좋아했다.

더위는 주변의 모든 사물을 잠식하는가.

한낮인데 사위는 고요하기 이를 데 없다. 바깥과 안 모두.

이 한 달, 안과 바깥은 비슷했다. 쓰르라미만 요란하게 소리를 질러대고 매미 소리가 들리지 않는 사이사이 무서운 정적이 들어찬다. 정적의 무게로 세상이 가라앉는다.

늪 같아. 태양의 늪.

굳은 물감을 풀어내며 그녀는 중얼거린다.

늪 같아.

늪을 절망으로 말할 수는 없을 터이다. 그 밑바닥에 생명의 꿈틀거림이 존재하고 있는 것이다. 그녀는 늪을 믿었다. 어둠에서 생명이 탄생됨을 믿었다.

땀이 끊임없이 그녀 정수리를 통과하여 쾌감으로 흘러내리고 자주 속눈썹을 적시며 눈으로 들어가 아리고 쓰리게 한다. 더워서 집중이 잘 안 된다.

비가 와야 하는데.

붓을 들고 그녀는 망연히 베란다 쪽 창문에 시선을 준다.

아니다. 그녀는 사실 더위와 땀을, 지옥을 즐기는 중이다. 그래도 기다리고 있다. 모두가 바라는, 온 국민이 기다리고 있는 단비를.

이것은 개인적인 감정이 아니야. 우국적인가. 나는 애국자였던가.

방관자지.

붓을 놓고 그녀는 팔말 한 개비를 뽑아 문다. 팔말을 피우는 자기는 역시 애국자는 아니라고 생각한다. 작품들은 완성되어 가고 있다. 그녀가 계획했고 저쪽에서 처음 이야기했을 때 나온 대로 오십 점에 육박한다. 오랫동안 소리 낼 줄 모르는 전화기를 보며 그녀는 라이터 불을 올려 담배 끝에 붙인다. 밝음 속에서도 불꽃의 일렁임, 파란 속의 불꽃과 그 테두리 노란색이 잘 드러난다.

전화벨이 소리를 내야 한다. 그녀는 일 년의 반이 되어 가는 다섯 달 동안 전화를 기다려왔다. 하도 소리가 없어 가끔씩 전화기를 들어 귀에 대보기도 했다. 전화기는 정상적으로 가동되고 있었다. 전화기를 들어 귀에 대기 직전까지 그녀는 전화기가 차라리 고장이기를 바랐었다. 아니야, 그쪽에서는 내가 딱 오십 점을 완성하는 날 전화를 해오려고 그러는 것이다. 그렇게 고쳐 생각하기도 했다. 그렇다면 나는 참을 수 있다, 라고도. 그즈음 되면 온 국민이 바라고 있는 월트가 상륙해 이 땅에 비를 내려줄 것이다. 말라 갈라진 대지를 촉촉하게 축축하게 흥건하게 적셔주리라.

　그때 이른 봄이었다. 여기는 화랑 목련이라는 곳입니다 들어보신 적이 있으신지요? 그녀는 화랑 목련을 알고 있고 그곳에서 열리는 다른 화가와 조각가들의 전람회를 여러 번 관람하러 가기도 했었다. 화랑가에서 목련은 흔히 말하는 특 에이 브이아이피 급은 아니었지만 그렇다고 어느 급에 속하는가는 알지 못했다. 그녀에게는 급이 전혀 중요하지 않았다. 많은 화랑 중에 비교적 그녀 기분에 맞는 화랑이었다는 점은 중요했다.

　전화기 저쪽에서 계속 말했다. 저는 목련 기획실의 강석운이라는 사람입니다. 어디 다른 데와 계획하신 일이 없으시다면 한번 만나뵙고 싶습니다. 되도록 빠른 시일 안에. 그러면 저희로서는 더할 수 없는 기쁨이며 영광이지요. 나오시기 번거로우면 저희가 선생님 댁으로 찾아봬도 좋습니다. 아, 그게 좋겠군요. 저희가 찾아뵙는 쪽으로 하지요. 또 그게 예의고요.

　그녀는 베란다 창 아래를 내려다보았다. 목련에 나갈까 말까를 궁리하고 있지는 않았다. 저쪽은 여기까지 찾아오겠다는 적극적인 의사를 나타내고 있는 것이다.

　버석버석 메마른 대지에서도 연두색 싹을 올리는 아파트 마당이 그 아래 있었다. 창턱에 가려 아파트 마당은 보이지 않았다. 참으로 세찬 바람이 베란다 유리창을 흔들었고 누렇고 뿌연 입자들이 회오리치며 말려 올라왔다. 미세한 황토 입자들이 그녀 두 눈에 들어와 박히는 기분이 들었으므로 그녀는 창가에서 얼른 떨어져섰다. 문을 닫아놓아서 흙바람이 그녀 두 눈을 어떻게 할 염려는 없었다.

그녀는 이번에는 하늘에 시선을 주었다. 올려다본 하늘은 엷은 황토색 유리를 낀 것처럼 불투명하며 지저분했다. 그러나 화랑 목련 기획실 남자의 목소리와 그 제안이 몹시 청정하고 명확했으므로 하늘은 아무래도 좋았다. 그녀는 대답했다. 아닙니다. 제가 나가겠습니다. 마침 그 근처 화방에 들를 일도 있으니 제가 나가는 게 좋겠습니다.

아 참, 큰일 났어요. 시골에서는 봄 가뭄이 심해서 야단이랍니다. 선생님 사시는 아파트는 물이 안 나오거나 하는 일은 없겠지요.

목련 기획실 강, 뭐라는 남자는 그녀를 응접 소파에 앉히며 그런 말로 어두를 떼었다.

겨울에도 그렇게 눈이 오지 않더니 말이죠. 비가 와야 하는데 큰일입니다. 이런? 쓸데없는 소리를. 선생님과 저희 일과는 무관한 이야기를. 그렇지만 너무 건조해서 말이죠. 아침에 일어나면 목구멍부터 따끔거리며 아파오더군요. 들어오시면서 저희 화랑 쭈욱 둘러보셨습니까? 건물도 번듯하고 더 좋은 화랑 많겠지만 저희는 저희대로 특색과 개성을 갖고 있다고 자부하고 있습니다. 우리 목소리를 갖고 있다고 말이죠. 제 명함입니다.

그녀는 낮은 흰색 탁자 위로 명함을 건네받았다. 전화 통화 때 듣고 명함에서 재빨리 이름도 읽었는데 강이라는 성씨밖에 머리에 들어와 있지 않았다.

선생님 데뷔 때부터의 그림에 저희는 많은 관심을 갖고 있었고 또 주목해 왔습니다. 아, 저는 형님 일을 돕고 있지요. 형님은 순전히 저한테 의지하고 있습니다. 기획도 관리도 형님은 잘 아시지 못합니다. 그러니까 어떻게 들으실지 모르지만 저희 목련은 강석운의 취향대로 만들어지고 있는, 말하자면 선생님들의 작품과 마찬가지로 다른 하나의 제 작품이 되는 셈이죠. 그래서 선생님께도 전화를 드리게 된 것입니다. 선생님 작품에는 특징적인 상징이 있다는 것을 저는 간과하지 않지요. 애벌레 형태로 표현되는, 제가 보는 바로는 생명, 말입니다. 저는 특히 흥미 있어 합니다. 아차, 이런 제가 선생님 작품에 흥미 있어 하는 것보다는 선생님이 저희 목련에 어떤 인상을 갖고 계신지가 지금은 더 중요한 관건인데 이렇게 실례되는 말을 하고 있군요.

그녀는 화랑, 전람회, 그런 단어에 급급해하지 않았다. 급급해하지는 않았지만 언젠가의 계획에는 들어 있었을 것이다. 전에 목련은 비교적 그녀 기분에 맞는 장소였다. 걸려 있는 그림들과 분위기를 전보다는 세심하게 살피며 회랑에서 사무실까지 걸어오는 동안 화랑 목련은 그녀가 원하고 바랐던 단 한 개의 그 화랑이 되었다. 목련은 그녀가 전에 가졌던 호감 이상의 기대감을 그녀에게 주었다. 자신의 그림을 걸어놓기에 부족하지 않은, 막연하게지만 그래도 구체성이 있던 그녀 머릿속의 바로 그 장소였다.

강 뭐라는 기획실장은 그녀에게 몇 가지 조건을 제시했다. 그 조건들이 좋은지 아닌지를 그녀는 판단해 낼 수 없었다. 다만 강 뭐라는 남자는 말했다.

자, 이 정도 선으로 아시고 선생님도 생각해 볼 시간이 있으셔야겠지요. 형식적이나마 관장님과 의논을 하니까, 그때 세부적인 사항을 논의하면서 정식 계약서를 작성해 놓겠습니다. 그러나 그때는 시기적으로 바빠지니 작품 준비는 지금부터 해두시는 게 좋을 겁니다. 결국 지금의 제 말이 정식 계약서나 진배없다고 할까요, 선생님께서 동의를 하신다면 그렇게 되는 셈이죠. 저희는 말씀드렸듯, 또 알고 계시는 바대로 여유 있는 전시 공간이 자랑이지요. 오십여 점 이상이 걸려도 넉넉한 게 보기 좋지 않습니까. 들어오면서 보셨다시피 거기에 삼백 호, 사백 호 정도가 두엇 걸리면 금상첨화지요. 형님, 아니 관장님과 의논한 후 곧바로 연락을 드리겠습니다. 오늘은 여기까지 나오셨으니 저희가 대접을 해드려야겠는데요? 지금 시간이면 선생님은 틀림없이 식사를 하지 않으셨을 겁니다. 어떻습니까, 점심, 괜찮으시죠?

남편과 헤어진 후 그녀는 남자와 식사를 해본 적이 없었다. 커피도 남자와는 마시지 않았다. 단순히 먹고 마시는 일이기는 하지만 그녀가 강 뭐라는 남자와 식사를 하거나 커피를 마시면, 하기로 마음먹는다면 그것은 그녀에게 단순한 일이랄 수가 없었다. 강 뭐라는 남자가 베푸는 호의와 배려, 친절이 마음을 사로잡았기 때문에 그녀는 망설이지 않았다. 제가 살 수도 있는데요, 그녀는 말했고 남자는 절대로 그런 일은 있을 수 없다며 벌떡 일어났다.

대접은 저희가, 제가 해드려야 하는 겁니다.

두 사람은 자리를 옮겼다.

에어컨이 없는 옆집처럼 그녀는 밤을 지새웠다. 밤은 진득진득하며 후끈거렸다.

무의식중에 전화기를 바라보기는 했지만 전화가 오기를 기다리지는 않았다. 아직은 때가 아니니까 조바심을 친다면 이쪽이 어리석은 거라고 자신을 타일렀다.

할 일을 완벽하게 해놓는 길만이 현재 내게 주어진 일과며 임무다.

그녀는 자신의 등짝을 후려쳤다. 새벽녘에 살짝 기온이 낮아진 바람이 한 움큼 들어왔다. 드디어 태풍 월트가 가까이 다가오고 있는 것이려니, 그녀는 안심했다. 붓을 내던지고 텔레비전을 틀었지만 아침 방송은 시작되지 않고 있었다. 현관 밖의 신문 뭉치를 들고 들어와 찬찬하게 기사를 읽어나갔다. 월트에 관한 오늘의 기사는 비교적 간략했다. 월트는 계속 북진 중에 있지만 방향은 종잡을 수 없다. 예상하고 있는 진로로 월트가 움직이기만 한다면 우리나라는 일주일 후쯤 월트의 영향권에 놓이게 될 것이다.

일주일! 일주일은 숨통이 막히게 길었다. 그러나 스스로에게도 그런 자신을 내색하기가 꺼려졌다. 일주일을 더 기다려야 한다니 완전한 고문이야, 터질 것 같은 답답함을 자신에게 숨기기 위해 애썼다. 일주일이나 더 캔버스를 상대하고 있으란 말인가. 아니다 좋은 일이다. 그러면 한 점이 추가될 것이다. 더 낫겠지. 마음에 들지 않는 작품이 오십 점 안에 있을지 모르고 여유 있게 한 점을 바꿀 수 있으니까. 화면 조정 시간이 경음악과 함께 끝나며 텔레비전에서는 새벽 뉴스를 시작했다. 이 한 달간 일부러 보았던 뉴스와 다르지 않게 화면은 거대한 거북의 등을 싫증내지 않으며 보여주었다. 서늘한 색깔인 새벽 미명에서도 그녀는 텔레비전 화면으로 사막을 헤매는 목마름을 느꼈다. 그녀는 목이 타고 온몸이 탔다. 비가 오지 않아 속이 뒤집어질 것 같았다. 때가 아니야, 하면서도 모든 게 거북의 등껍질로 변해 갔다. 가슴과 마음과 머릿속이 불타고 그 열기로 끊임없는 균열이 일어났다. 균열 틈새에 뜨거운 불기둥이 쏘아 부어졌다.

텔레비전 스위치를 내리고 신문을 접어 차곡차곡 현관문 옆에 쌓아놓고 미지근해진 물로 샤워를 한 후 그녀는 아침 다 되어서 깜빡 잠이 들었다. 많은 꿈을 꾸었지만 떠오르는 장면은 없었다.

몹시 덥고 답답한 꿈이었다는 기억밖에 남아 있지 않았다. 온몸이 땀으로 흥건했다. 충분한 숙면 끝에 깨어난 게 아니라 전화벨 소리에 귀가 뜨였던 것 같았다. 틀림없이 전화기가 소리를 내고 있었다. 그렇지만 성급하게 전화기를 향해 달려가지는 않았다. 미리 기뻐하지 않는 법을 알고 있는 그녀는 두 어깨를 누르며 최대한도로 천천히 전화기를 들어 올렸다. 솔직한 심정은, 심장 소리가 밖으로 세차게 들릴 만큼 반가움과 기쁨이 가득했다.

"여보세요."

침착하게 낮은 음성을 유지하고자 애쓰며 입술을 열자, 맞붙어 있던 입술의 얇은 껍질이 짜깍하며 미세한 소리를 냈고 곧 찝찔하고 비릿한 맛이 혀 가장자리에 감돌았다.

"정상희 선생님 댁입니까?"

그녀는 얼른 대답하지 않고 저쪽에서 들려오는 남자 목소리를 감별해 내기 위해 온몸의 기를 귀로 모았다. 목련의 강석운입니다, 이제야 연락을 드려 죄송합니다, 그 말이 들려오면 물론 강석운일 터였다. 그런데 강석운의 목소리와는 그 질이 달랐다.

"정상희 선생님 댁 아닙니까? 여기는 갤러리 이십일 세긴데요. 선생님 계시면, 아니 저어 혹시 선생님 아니십니까?"

상대방이 불쾌하게 여길 정도로 그녀는 뒤늦게 간신히 대답했다.

"그 집 맞긴 맞는데…… 무슨 일이신지요?"

"그림 그리시는 정상희 선생님 댁 맞지요? 이십일 세기에서 기획하고 있는 젊은 작가 추계 초대전에 관한 건으로 전화를 드렸는데요."

"그, 그런데 그분 여기 있지 않고, 여행 중인데요. 언제 돌아올지도 모르고…… 어떻게 하지요? 어떻게 할까요? 언제고 전화라도 오면 말씀은 드리겠어요.”

“아!”

이마인지 테이블인지를 탁 치는 소리가 나며 남자는 한숨을 쉬었다.

“아, 이런, 한 발 늦었군요. 진작에 전화부터 드렸어야 하는 건데, 그럼 전화 받으시는 분은, 친척 되십니까? 언제 어디로 떠났는지, 언제 오시는지 그런 계획에 대해 알고 계시는 게 있겠죠.”

“아니요, 죄송합니다. 저, 제가 알고 있는 게 없네요 죄송합니다.”

“아아 미리 전화부터 해놨어야 하는 건데, 아아…… 이거 내가 큰 실수를 했네…… 밖에서는 통 볼 수 없는 분이라 늘 집에 있을 거라고 믿고……. 이거, 이거 어떻게 하지? 야단이네?!”

혼잣말로 자기 자신을 질책하는 남자 말소리가 들려왔다.

전화기를 내려놓는 그녀 시야에 갤러리 이십일 세기의 초현대풍 건물이 펼쳐졌다. 다른 많은 화랑들이 임대 건물에 내부 장식만 바꿔 사용하고 있는 것과 달리 이십일 세기는 자기네 식의 독특한 건물을 지어 건물 전체를 쓰고 있는 화랑이었다. 그렇지만 그녀는 정식 계약서만 주고받지 않았을 뿐 가을 전람회는 선약이 되어 있는 몸이다. 이십일 세기가 화랑가 전체를 쥐어흔드는 굉장한 화랑이라고 해도 이십일 세기는 그녀와 전혀 인연이 없는, 듣지 않았거나 모르는 이야기와 다름없었다. 전화기를 조금 밀어놓으며 그녀는 다시 한 번 갤러리 이십일 세기 남자의 목소리를 음미했다. 그 목소리는 부드럽고 유약했다. 가벼운 신경질이 음성에 묻어 있었다. 또렷하게 잡히지 않는 대로 강석운의 목소리와 비교해 보았다. 기억하지는 못하지만 들으면 바로 알아들을 수 있는 강석운의 목소리는 낮고 침착하면서도 부드럽고 힘이 있었다. 힘. 상대를 제압하고 끌어당기는 힘.

그 당시, 강석운을 따라 자리를 옮기면서 그녀는 스스로를 이상하게 생각했다. 나는 지금 이 사람 말에 반박의 대꾸도 어떤 거절도 못하고 있다. 왜일까. 그것이 강석운의 힘이었다. 그녀에게 진심이든 위장이든 친절을 보이고 베풀려는 남자는 적지 않았다. 그녀는 냉랭하고 담담하게 거절해 왔다. 시간을 낼 수 없군요, 너무 바빠서. 강석운에게는 거절의 마음조차 생기지를 않았다.

옮겨 앉은 장소는 목련 근처에 있는 레스토랑이었다. WIND라는 날카로운 흘림체 글자가 레스토랑 간판을 비롯해 실내 여기저기 장식으로 휘갈겨져 있었다. 푸르고 검은 색조였고 커튼을 내린 실내는 대낮인데도 깊은 밤보다 검었다. 테이블마다 진홍빛 유리병과 그 안에 분홍색 액체 파라핀을 연료로 타오르는 아름다운 불꽃이 그림이나 사진, 혹은 영화 장면을 연상시키며 은은한 빛을 발하고 있었다. 근시인 그녀는 종업원이 안내하는 뒤를 따르다가 턱이 진 바닥에 걸려 넘어질 뻔했다. 강석운은 넘어지려는 그녀를 뒤에서 붙잡아주었다. 잠깐이었지만 남자가 잡았던 양쪽 팔 윗부분에 남자의 힘이 남아 있었다. 전람회를 주도하는 힘이 아닌 그저 힘. 남자로서의 힘.

자아, 여긴 사석이니 이제는 사담을 조금 해도 괜찮겠지요.

음식을 주문하고 나서 강석운은 강력한 시선을 그녀 두 눈에 박았다. 그렇다. 그녀 기분에 남자 눈빛은 강렬이 아니라 강력이었다. 강렬함 앞에서의 저항이란 얼마나 간단한가. 강력함은 처음이었기에 전혀 다르게 다가왔다. 거역할 수 없고 거역하고 싶지 않은 기분을 갖게 해주었다. 그녀는 생각했다. 그 생각은 저절로 왔

다. 모든 사람에게는 정신없이 바쁘다고 할지라도 이 남자에게만
은 나는 언제나 바쁘지 않고 한가하다고 말하게 될 것이다.

　남자는 그 시선으로 말했다.

　사실 처음 들어오실 때 놀랐습니다. 이런 말은 듣기에 따라 불
쾌할 수도 있겠지만, 전화로는 중년 부인을 상상했었습니다. 약력
을 봐서 서른일곱 살이라는 것을 알고 있었으니까요. 그런데 아까
굉장히 젊고 아름다운 분이 들어오시는 겁니다.

　남자의 말이 진심이든 상투적이든 간에 오래간만에 그녀는 정말
기뻤다. 상투적인 남자 말에 기뻐하고 있는 자신이 이상하고, 그
이상한 자신이 좋았다. 예의를 잃지 않을 만큼 배려를 하면서 그
런 말을 해주는 남자도 좋았다. 옆집 여자 충고가 불쑥 떠오르기
도 했다.

　넌 연애도 하고 이제 멋있게 살아야 해. 인생을 엔조이하라고.
봐라, 얼마나 조건이 좋으니. 나중에 늙어 추하게 연애하지 말고.

　남자가 젊고 아름다운 분이라고 해서 용기가 생긴 탓도 있었을
것이다. 그러나 남자가 자기 나이를 서른두 살이라고 밝히자 그녀
는 순식간에 머릿속이 뒤집혀 자신을 추한 노파로 생각하기 시작
했다. 그녀의 예상보다 남자 나이는 훨씬 젊었다. 옆집 여자 말을
떠올려낸 자신이 혐오스러워지기도 했다.

　두 사람은 통하는 데가 꽤 있었다. 그녀는 남자가 하는 말을 듣
는 쪽이었다. 젊은 사람치고는 신중하고 사려 깊었다. 남자는 화
단 풍토와 화랑 풍토를 싸잡아 매도하기도 하고 변호하기도 했다.
그런 방면에 관심이 없어서 잘 알지 못하는 이야기들이지만 어쨌
든 그녀가 수긍하고 동조할 수 있는 주장들이었다. 듣기 좋은 음
성과는 달리 달변이 아니라서 그녀는 더욱 남자가 좋아졌다. 오로

지 젊은 남자였기에 호감을 느꼈는지도 모를 일이었다. 그날의 그녀는 무조건적으로 남자를 믿고 좋아했다. 말하자면 그날 그녀는 처음으로 마음의 문을 무방비 상태로 열어놓았다.

반갑습니다. 오늘 행복한 날입니다. 이렇게 애기가 통하는 분을 뵙게 되어서. 게다가 아름답고 재능 있는 분이라서요. 말씀이 꽤 없으신 편이군요. 모두 작품에 쏟아 부으시는 모양이지요. 선생님 작품에 많은 이야기가 담겨 있는 것을 알고 있습니다. 이번 가을 이벤트에 선생님 작품은 우리 목련의 가장 큰 수확이 될 겁니다. 관장님과 자세한 의논을 한 후 상세한 일정을 알려드리도록 하겠습니다. 내일이나 모레, 늦어도 이번 주말 안에 정확한 연락이 가도록 하겠습니다.

남자는 다시 한 번 전람회 이야기를 했다. 사석이지만 일을 분명히 하려는 의도로 느껴졌다. 명쾌하고 명확한 사람이구나. 그녀는 더할 나위 없이 남자가 좋았다.

남자는 그녀가 들고 있는 물 컵에 맥주잔을 부딪쳤다.

자, 앞날을 위해서, 선생님의 성공적인 전람회와 우리 목련 가을 이벤트를 위해서! 그리고 강석운의 사랑과 행복의 영원함을 위해서!

그녀는 갑자기 멍해진 시선으로 강석운을 바라보았다. 그녀는 충격을 받았다.

강석운의 사랑과 행복의 영원함을 위해서, 라고 남자는 분명히 말했다. 그 말은 그녀와의 만남을 두고 방금 그가 한 말이었다. 충격 안에서 그녀는 강 뭐라는 남자 이름이 강석운이라는 것을 제대로 알았다. 앞으로는 절대로 강 뭐라고 할 일이 없게 강. 석. 운. 이름 석 자가 그녀 뇌에 강력하고도 깊숙하게 입력되었다.

선생님의 전람회는 우리 서로에게 큰 이익이 될 겁니다. 짧은 시간이지만 나는 선생님을 알 것 같습니다. 선생님은 그림과 다르게 아주 순진한 분이라는 인상을 풍깁니다. 실제로 순진한 분일 겁니다. 그런데도 선생님 그림은 뭐라고 할까…… 상당히 많은 것을 생각하게 해주지요. 많은 이야기가 깊이 있게 담겨 있어 생각을 하게 합니다. 인생을 아는, 아니면 인생을 관조한, 아, 이것, 주제넘게 평을 하고 있는 게 되는군요. 하여간 내가 받아들인 것이 그렇다는 애깁니다. 내 취향이 마침 비구상 쪽이라서 그런가 보죠?

남자는 계속 그녀에 관한 이야기를 주로 했다. 남자는 그녀의 그림도 이야기했다. 그녀는 기뻤다. 응모했던 작품을 평한 심사위원 빼고는 그녀 그림을 그녀 앞에서 말하는 사람은 없었다. 사람을 만나지 않다시피 하며 살았기 때문에 기실 그녀에게 말할 사람도 없었는데, 많은 사람 중에 이 남자만 그림 이야기를 하고 있다는 기분을 가졌다. 그리고 그 점도 그녀에게는 중요했다.

전에 선생님 그림을 보면서 이 그림을 그린 화가는 세상을 통달하고 꽉 끌어안은 사람이겠구나. 아니면 그 반대일 수도 있겠지요. 세상에 대해 냉소를 퍼붓는. 막상 선생님을 뵈니 어느 쪽인지 잘 모르겠습니다. 아까는 젊고 아름답다는 표현을 썼지만, 선생님은 세상을 모르는 아기처럼 보일 정돕니다. 그러나 그것도 모를 일이지요. 분명한 것은 선생님이 미인이라는 바뀔 수 없는 사실 한 가지. 실례의 말씀이 되더라도 용서해 주십시오. 사실은 사실이니까요. 용서해 주십시오. 나는 지금 평소의 강석운이 아닌가 봅니다. 뭐라고 할까, 흥분? 아니아니, 설렘? 아니아니, 하여튼 이렇게 선생님을 마주하고 있으니 정신없이 황홀하고, 어떤 기대가 있습니다.

남자가 말하는 어떤 기대가 무엇인지 알 것 같다고 그 자리에서의 그녀는 생각했다. 그것은 그녀가 지금 막 품게 된 그 기대와 같은 종류일 것이라고. 하지만 남자에게 속을 들키고 싶지 않았다. 비록 같은 종류의 기대라고 하더라도 남자는 왠지 정당하고 당당하게 여겨졌고 그녀 자신은 추하고 초라하다는 생각이 들어서였다.

선생님이 자꾸만 좋아지고 있어 큰일인데요? 화가는 선생님 같아야 하거든요. 요즘 많은 화가들, 장사꾼보다 더 영악하고 약삭빨라서 아주 뒷맛이 쓰고 입맛도 쓰고 그런 일이 많거든요. 거기다 젊으시고 미인이시고, 이거 같은 말을 되풀이하는군요. 그렇지만 얼마든지, 천만번도 말할 수 있습니다. 이건 강석운의 진심입니다.

그녀도 천만번 듣는다 해서 싫증날 것 같지는 않았다. 다른 사람이 아닌 이 남자 입에서 나오는 소리라면.

남자의 전화는 꼭 낮이 아니라도 좋을 것이다. 그 전화는 밤에라도 와야 옳았다. 그 후 그녀는 남자를 대신한 목련 다른 직원의 전화도 받아보지 못했다. 그녀는 목련의 전화를 기다리는지 남자의 전화를 기다리는지 구분하지 못하는 채로 전화를 기다렸다. 그녀 쪽에서 먼저 전화를 할 수는 없었다. 자존심과는 조금 다른 일이었다. 적어도 그녀 생각에는 그랬다. 그것은 자존심 세우기와는 다른…….

그러면서 그녀는 처음부터 지금까지 줄곧 남자를 떠올렸다. 너무 진하게 진하게 떠올려야 해서 집에 돌아온 즉시 식욕을 잃었다. 남자 모습이 가슴과 위장을 가득 채우고 있어 그녀 위장은 음식을 받아들일 자리가 없었다. 이빨은 저작 행위를 거부하고 있는 듯했다. 그녀는 라면이라면 넘길 수 있으려니 하며 라면을 몇 개사 들여놓았다. 라면이라고 쉽게 목구멍을 넘어가 주는 건 아니었다. 제발, 한 끼라도! 그녀는 하루에 라면 한 개를 처분하는 일로 입맛의 반란과 투쟁했다. 연명이 시작되었다.

살아 있기 위해서는 어쩔 수 없었다. 살아 있어야 목련이든 남자 전화든 받을 수 있고 살아 있어야 그림을 그릴 수 있으며 무엇보다 살아남아야 남자를 만날 날도 있을 수 있겠기에 그랬다. 벌써 죽어 옆집에 피해를 주고 싶지도 않았다. 그녀는 다섯 달이 넘는 동안 참 열심히 그렸다. 그토록 열중해 작업을 하고 있는데도 남자의 모습은 떠나지 않고 사라질 줄도 몰랐다. 캔버스에서 고개를 들면 그녀 앞에 남자가 있었다. 남자 모습이 진하게 가득해서 오히려 확연하지 못했다. 너무 진해서 뭉개진 모습이었고 엄밀히 말하자면 그래서 모습이 없다시피 했다. 그녀는 유행가 가사처럼 도저히 남자 얼굴을, 눈과 코와 입술 따위의 모양을 그려낼 수 없었다. 그러기에는 조명등이 따로 없던 그 방의 그 밤은 깜깜했고, 또 그 밤이 워낙 짧았기 때문이었다.

그날 밤 그녀는 후회할 일이란 없다고 다짐했다. 남자와의 시간은 즐겁고 신선하며 행복했으므로 그것으로 충분하다고.

그녀는 새벽에 더러운 여관방에서 홀로 일어나 불을 켠 후 코 골며 잠든 남자를 잠시 들여다보았다. 코를 골고 있지 않다면 남자는 시체보다 무기력하게 보였을 것이다. 마구 코 골며 자고 있는 남자를 여관방에 두고 너무 생소해 두렵기 조차한 어두운 골목길을 걸어 나와 택시에 올랐다. 오는 내내 남자가 그대로 죽거나 하는 일이 없기를 기도했다. 남자가 앞으로도 건강하게 오래 살도록. 기도라는 건 그녀 평생 처음이었는데 그녀는 진심과 진정을 다해 그런 기도를 올렸다.

저녁 늦게 초인종이 울린다. 초인종이 울리고 그다음 탕탕탕, 조금도 조심성이라고는 없게 사정없이 문을 두들겨댄다. 옆집 여자만 그렇게 한다. 저녁 늦게가 아니고 열 시가 다 되어가니 밤이라고 해야 하는데 현관문을 열고 본 복도 쪽 하늘에는 붉은 노을기가 어둠에 남아 깔려 있다. 그럼 이쪽이 북쪽이 아니고 서북쪽에 속했었나, 하는 걸 그녀는 새삼스럽게 따져본다.

"이 밤에 웬일? 들어와."

그녀는 몸을 비켜 통로를 내주려고 한다.

"웃기지 마. 내가 니 집에 들어가 한증할 일 있니? 그러지 말고 나와, 나와. 지금 우리 집 남자가 나한테 자유를 선언해 줬어. 요새는 에어컨 있는 집들도 온 가족이 어디 호텔에 가서 자는 게 유행이래. 너무 더워서. 노래방 시원하니까 나보고 거기라도 다녀오란다 그 남자가. 더운 동안 그렇게 지내재. 그 지루한 인간이 웬일이니. 그런데 난 알지. 잠깐이라도 날 내쫓고 저 취미 생활 하자는 수작인 거야. 봉투를 봤거든. 틀림없이 어디서 비싼 돈 주고 낡아빠진 음반 한 장 구해 왔을 거라구. 치사한 녀석이야. 그것은 그 남자 인생이지. 노래방 가자. 내 뜻은 아니지만 언제 내 뜻대로 살아온 적 없으니 노래방도 괜찮지 않아? 정상희 씨 노래 잘해? 한번도 들어보지 못했잖아."

그녀는 그만 피식 웃어버린다.

"갔다 와. 신경 써줘서 고마워."

"어어? 안 가? 그게 고맙다는 얼굴이니? 우리도 노래방 가고 어디 무드 좋은 데서 맥주나 냉커피 마시고, 아, 그리고 난 중요한 이야기 할 게 있어. 중요한 건가? 난 중요한 것 같은데 이 여자는 그렇게 생각하지 않을지도 모르지. 하여간 나가자. 나가서 얘기하는 게 이 찜통 속에 있는 것보다 한결 나을 것 아니니."

"아니야. 난 안 그래. 여기가 좋아. 괜찮아 고마워."

"가히 변종에 변태군. 어떻게 여기가 좋아? 목련에서 전화 왔니?"

"아니 아직. 천천히 하겠지. 문제는 내 작품이 다 되어야 하잖니."

"어쨌든 목련에서 이 밤에 전화해 올 일은 없으니까 안심하고 나가자. 전화하고 싶어도 근무 외 시간에 충성할 사람은 없을 테니까."

"그래서가 아니야, 정말 그래서가 아니야. 그냥 여기가 좋아."

근무 외 시간에 전화해 와야 할 사람이 있다. 남자다. 그녀는 속으로만 대꾸한다.

"나가자. 날 위해서가 아니라 널 위해서. 나가서 먼저 해줄 얘기해 주고 그다음에 스트레스 풀게 악쓰며 노래하자."

"난 스트레스가 없는걸. 그리고 정말이야. 중요한 일이 있어. 작업을 마저 끝내야 해. 정말이야."

그녀는 정말이라는 소리를 두 번씩 해서 정말임을 강조한다.

"세상 얼마나 산다고. 이러고 이 세상을 살았단 소리 할 수 있을까 몰라? 얼마나 얼마나 후회할까 나중에? 아이고 모르지, 그래라. 이게 행복하다는 데야 저 행복한 대로 사셔야지. 그래 좋아. 작업 말고 또 무슨 할 일이 있는데?"

"도."

“지겨워! 실컷 도 닦아. 무슨 돈지는 모르겠다만 내일 아침 도 산지 신선인지 하나 부웅 떠 하늘로 올라가겠지. 우리 아파트 단지에서. 신문에 나겠지. 텔레비전에 나겠지. 잘났어 정말.”

“미안해.”

“미안할 필요 없고. 나 혼자 가겠다. 늪에서 꺼내주려고, 구원해 주려고 했는데 관둬야지. 평양 감사도 저 싫으면 못한다는데. 아, 그래도 그 얘기는 해주고 가야지. 우리 과였던 애 중에 큐레이터 하는 애가 있어. 진 화랑, 알지?”

그녀는 고개도 끄덕이지 않고 이 여자가 무슨 말을 하려고 하나 빠안히 바라본다.

“걔, 학교 다닐 때 재주가 없었어. 돈으로 들어온 애였거든. 돈으로 범벅을 했지. 자기 이름을 한자로 쓸 줄도 모르는 애였어. 걔가 졸업하고 밖에 나가더니 그렇게 똑똑해진 거야. 사람은 열두 번도 더 변해. 걔한테서 낮에 전화가 왔어. 우리 동문 동창회까지 주도하고 있는 것 있지. 총무래. 출세했지?”

힘이 들며 싫증과 짜증이 나려고 한다. 그게 중요한 할 얘기였다고? 옆집 여자는 그녀의 짜증을 모르는 체하며 계속 말한다.

“동창회 꼭 참석해야 한다고. 우리 때 웃기는 괴짜 교수 있었는데 그 할아버지 칠순이래. 명예 교수로 계신데. 문제는 그게 아니고, 내가 슬쩍 물어봤어. 목련.”

그녀는 순간 귓바퀴를 번쩍 들어올린다. 내색하고 싶지 않아 먼저 자세 그대로 가만히 있으며 혼잣말처럼 한다.

“그런 건 뭐 하러…….”

“목련하고 진하고는 색깔이 비슷하거든. 그것까지는 몰랐는데 서로 라이벌이었던 거라. 목련을 자세하게 알고 있는 것 있지. 믿

을 만한 소식이 아닐지도 모르지만, 서로 그런 관계라니 거짓으로
유출시킨 정보인지도 모르지만 목련은 말이다.”

그녀는 가만히 있는데 옆집 여자는 돌연 긴장하며 침을 꿀꺽 삼
키고 두 주먹을 부르쥔다.

“얘, 이것, 사실 말도 안 되는데 목련 스케줄에, 정상희가 없는
거야. 이것 말 되니? 안 되잖니? 작품 준비 하고 있으라고 그러잖
았니. 그런데 가을엔 그 이름만 대단한 여자 있잖아 이강숙, 개떡
같은 장미 그림 그리는 여자. 그 여자 끝나면 신세대 그룹전, 그
다음 파리 거주 화가 초대전. 그러면서 겨울로 넘어가는데 거기고
저기고 정상희는 없는 거야. 말 돼? 니가 전화를 해봐. 언제까지
전화를 기다리고 있을 수만은 없잖니? 넌 계속 다른 화랑 전화 거
절 하고 있는데 이 얼마나 끔찍한 손해니? 위자료 받아내야 돼.”

그녀는 멍하니 있다가 조금 입술을 비틀어 미소를 만든다.

“앤? 웃어? 웃을 일이니? 나라면 울어도 시원찮고 피가 거꾸로
솟구칠 일이겠다. 너 누구하고 얘기했다고 했지? 목련 누구라고
했지?”

목련 누구라고 옆집 여자에게 말한 일 없다. 그저 목련이라고만
했었다.

“거기는 따로 큐레이터가 없대. 화랑 경영권은 장남이 물려받은
건데 장남은 허수아비고, 그 집 형제자매가 많은 모양이야. 사공
이 많아서 자주 그놈의 배가 산 위로 간다나 어쩐다나. 그런 데다
가 그 집 막낸가 하는 남자 아이가 하나 있는데 애가 아주 바람둥
이래. 본인 진짜 마음은 그렇지 않은가 본데 나중에는 전람회 미
끼 삼아 여자들하고 잠도 자고 그런 꼴이 되어버린다든가 그래.
여러 번 고소도 당했대. 넌 누구 만난 거지? 남자가 셋이라는데

젤 큰형, 그 장남이 있고 중간 치기가 우리 나이 또래고 문제의 막내가 우리보다 좀 밑이고. 네가 만난 건 여자였니? 둘째 딸이 진짜 발언권 있는 실력자래. 성격이 앗쌀 하면서도 캡이래. 내 친구 말은 자기네가 입수한 정보에 의하면 확실한 사항일 수밖에 없다는 거라. 뭐 너도 그 정도야 알고 있는 일이지만, 일 년 전, 이 년 전에 이미 완성도 있는 기획안이 나오잖니. 그 덕분에 아무리 배가 산 위로 기어올라가겠다고 아우성치고 몸부림쳐 봤자 결정적인 실수는 없게 되는 것이지. 그러니까 난 목련 그 일을 한번 의심해 볼 만하다는 거야. 전화를 해봐. 특별한 예외도 있을 수 있다고 하긴 해, 내 친구 말이."

말도 안 돼.

그녀는 속으로만 중얼거린다.

말도 안 돼.

특별한 예외. 그녀는 자기가 특별한 예외에 속하지 않는다는 사실을 안다. 신인이어서 속하지 않는다는 게 아니라 그냥 저절로 안다.

"이것 중요한 얘기니 아니니? 네가 하도 고집을 부리니 난 잘 모르겠어. 알아볼 만하기는 하다고 생각해. 전화해 보는 게 무슨 자존심이니? 내가 한번 해볼까?"

"아니 괜찮아. 괜찮아. 무슨 말이라도 해오겠지. 그럴 거야."

"말도 안 돼."

옆집 여자가 오히려 소리 내어 말도 안 된다고 말한다.

"사실이라면 말도 안 되잖니. 희롱도 아니고 장난도 아니고. 빨리 진상을 아는 게 낫지 않아? 다른 데서 프러포즈 안 오는 것도 아닌데 목매달고 있을 이유와 필요가 없잖니. 목련보다 나은 데

많다.”

아니, 목련보다 나은 곳이 있다고 해도 나에게는 그렇지 않다.

“고마워 그렇지만 괜찮아. 다 잘될 거야. 괜찮아.”

“한심하긴. 뭐가 괜찮다는 거니? 닭 쫓던 개 지붕 쳐다보게 되는 일은 없어야지.”

난 개가 아니야.

“노래방 가자. 그 봐. 나가서 얘기하고 노래방 가고 시원한 맥주 마시고 그랬으면 좋았잖니. 괜히 말했나? 아니 말해야 될 것 같아서.”

“일해야 해. 나.”

기막혀 하는 표정으로 옆집 여자는 그녀를 빤히 본다.

“이해 불가능한 인간이야. 그래 들어가 일을 하든 도를 닦든 해. 행복하게 사셔.”

그녀를 늪에서 끄집어 올리려던 옆집 여자는 이번에는 그녀를 현관 안, 늪으로 밀어넣으며 자기가 문을 닫아버린다. 바깥에서 여자의 말소리가 들려온다.

“그런 식으로 하지 좀 마. 병신처럼 그렇게. 꼴 보기 싫으니까.”

먹 보랏빛 복도 쪽 하늘이 사라지고 멋없는 흐린 회색조 현관문이 그녀 눈앞을 가로막는다. 현관문 안쪽에는 네 아이 중 위의 세 아이가 제멋대로 해놓은 낙서가 가득하다. 언제고 주인집이 아주 집을 비워달라면 지워야지 하던 것들인데 집을 여러 채 갖고 있다는 주인은 계약 갱신을 해주었다. 그녀는 흐릿한 현관 조명등 아래 서서 그 낙서들을 오래오래 살펴보고 읽기도 한다. 옆집 여자 이야기를 듣지 않았다는 듯이, 듣지 못했다는 듯이 저 혼자서도 태연하게 행동한다. 그림은 큰애나 둘째 애나 셋째까지 비슷비슷

해서 달걀 형상의 사람 모습이 대부분이다. 그 사이사이 균형이
맞지 않는, 이제 막 배운 글씨의 글자들이 박혀 있다. 같은 글자
인데 맨 위의 것은 크고 자신감이 있어 보이는 반면 아래로 갈수
록 비뚤거리며 조그마하다. 큰애가 쓴 것을 보고 둘째 애가, 그다
음 셋째가 흉내 내어 썼을 것이다. 그녀는 머릿속으로 그 글자를
소리 내어 읽는다.
　엄마 바보.
　뒤돌아 안으로 들어가며 그녀는 아이들에게 항의한다.
　엄마는 도산데 왜 바보니 애들아.

　팔말 한 갑을 들고 베란다로 나가 그녀는 담배를 빼어 문다. 먹
보랏빛 하늘이 거기에도 있다. 그녀가 창문을 거의 다 닫아놓아
바깥 소리는 절제되어 있다. 뜨거운 물밑 같다. 열기는 닫아놓았
던 안쪽보다 열어놓은 창문 틈새 바깥에서 훅훅 끼쳐 들어온다.
숨이 턱 막힌다. 숨이 막히고 가슴의 횡격막 같은 것도 턱 치받쳐
올라온다. 더위 때문이라고 그녀는 생각한다. 비가 이토록 오래
오지 않으니까 밤이 되면 지열이 올라오고 끔찍한 열기에 휩싸이
게 된다. 그러니 비가 와야 한다. 모두 같아, 모두 덥지. 태풍이,
월트만 상륙한다면 어떤 문제도 죄다 해결될 것이다. 모든 목마름
과 메마름이 해결된다. 월트여, 일주일 말고 조금 더 빠른 속도로
올 수 없겠니? 목련, 목련…… 계획에 차질이 생길 수도 있긴 하
겠지.
　"아니야, 그럴 수는 없다. 그럴 리가 없지."
　그녀는 소리 내어 말해 본다.
　그럴 리 없으리라. 그것은 옆집 여자가 통해 통해 들은 이야기

다. 그녀는 자기가 직접 듣고 보지 않은 이야기라서 믿지 않기로 한다. 직접 보고 들어도 믿지 못할 일이 세상에는 얼마나 많은가를 생각한다. 시간이 되지 않아 그렇지 틀림없이 남자는 전화해 올 것이다.

바깥을 보고 있으니 더욱 가슴이 답답하다. 어찌 지열이라는 것으로 설명이 될까 싶다. 밤에도 열 개의 태양이 떠 있는 것 같다. 아니 밤에는 열 개의 태양이 새로 힘을 돋아 떠오르나 보다. 집집의 창문을 밝히는 노랗고 덜 노랗고 샛노랗고 주홍인 불빛들이 병 속에 들어 있는 고운 사탕 알인 듯 보인다. 오밀조밀하며 평화롭고 따뜻하다. 담배 연기를 내뿜고 작업대로 돌아오며 그녀는 저 사탕 알 같은 평화를 생각해 본다. 평화. 그 낱말을 생각해 본다. 사람들은 전쟁을 하면서 말하지. 평화. 평화는 대가 없이 얻어지는 것이 아니라고. 자유처럼.

그녀는 아무도 없는 천장 허공에 대고 연기를 내뿜으며 묻는다. 그런데 평온은 얼마나 더 큰 대가를 치러야 하는 것인지 아니? 평화는 저렇듯 오밀조밀 따스한 것이지만 그보다 더 큰 부대낌을 치른 후 다가오는 종착지. 평온. 평온이 무엇인지 아니? 아아 그건 참 쓸쓸한 것이란다. 짙은 회색이지.

그녀는 전화를 기다려온 동안 자기가 평온하지 못했음을 안다. 격정의 풍랑을 타고 있었다. 조금 전 옆집 여자가 목련과 그 집 형제들을 말했을 때 그녀는 알았다. 곧 평온이 찾아오리라는 사실을. 아무도 모르게 눈물짓는 습습한 일은 없으리라는 것을. 평온은 건조함 속에서만 존재할 수 있다. 찐득하고 습습한 늪의 바닥에 메마른 그녀가 가라앉는 것이다. 그것이 평온이다. 그녀는 평온해질 준비를 해야 한다는 사실을 온몸과 마음으로 받아들인다.

진작에 알았다. 남자가 전화를 하겠다고 약속한 날짜에서 이틀쯤 지나면서부터. 그래도 기다렸던 것은 기다려보고 싶어서였을 것이다. 자신을 한번 그렇게 몰아가 보고 싶었는지도 모른다. 그렇지만 지금 그녀는 차츰 진행되고 있는 기다림의 소멸을 인정하고 싶지 않다. 전화가 오리라. 이 밤에라도, 내일 아침에라도.

전화벨이 거실 열기를 휘저으며 갑작스레 생동감 있게 울리기 시작한다. 그 봐!

그러다가 금방 그녀는 또 느낌으로 안다. 남자의 전화일 리가 없다는, 느낌일 수 없게 된 뚜렷한 현실. 천천히 전화기를 들기로 한다. 느린 동작 안에는 아직, 어쩌면 하는 기대가 숨어 있다.

"엄마!"

그녀의 아이다.

"엄마 뭐 해? 엄마 뭐 했어?"

"일."

"엄만 안 더워?"

엄만 안 덥다. 엄만 춥다.

"엄마도 덥지. 그런데 이 밤에 웬일이니. 무슨 일 있니. 안 자니? 안 잤니? 잘 지내지?"

"엄마 우리 비자 나왔대. 다음 주일에는 떠나야 한대. 여기 집도 팔렸대. 싸게 팔았대. 아빠는 방학 때마다 우리나라 와서 엄마하고 지낼 수 있다고 했어. 우리들만. 아빠는 말고."

"그래. 잘됐네."

"잘됐어? 엄만 그렇게 생각해? 우린 아닌데. 우린 여기서 엄마 안 보고 살아도 엄마가 가까이 있으니까 괜찮았는데. 미국은 멀잖아. 방학 때만 보는 것보다는 여기서 안 보고 사는 게 더 좋은데.

엄마 잠깐, 아빠가 바꿔 달래."

"그래."

그녀는 심장이 우글렁우글렁 움직이기 시작하는 것 같다. 가슴 속에서 심장이 이리 쏠리고 저리 쏠리며 제멋대로 돌아다니다 쿡 아무 데나 쑤셔 박히기도 하는 기분이다. 심장에 단단한, 그러나 습기임에 분명한, 그렇다 단단한 눈물이 고인다. 가는구나. 드디어 결국. 일이 그 사람 뜻대로 잘 추진되었구나.

전에 남편이었던 남자가 흠흠 목소리를 가다듬으며 아이에게서 송수화기를 건네받는다.

"나요."

그가 말한다.

"별일은 없겠지? 아, 먼저 전화를 해서 알려줘야 했는데 워낙 갑작스럽게 일이 마무리되는 바람에. 영 안 될 것 같더니 되려니까 또 그렇게 쉽게 돼서 말이오."

그는 조금 어색하고 많이 점잖은 어투로 흠흠 소리를 군데군데 넣으며 혼자 다 말해 버린다.

"너, 가서 목욕해라. 아빠 구두는 닦아놓았냐? 그럼 아빠 구두 먼저 닦아놓고 목욕해라. 여태 할 일을 안 해놓으면 어떻게 하나? 나이가 몇 살인데."

아이를 다른 자리로 피해 보내려고 하는 소린가 보다. 그녀는 잠자코 전화기를 귀에 대고만 있다.

"아, 미안해요. 들었겠지만 다음 주에 떠나게 됐소. 어떻게 가기 전에 애들하고 만나게 했어야 도린 건 아는데…… 그 안에 집을 내주고 또 며칠 다른 데 가 있어야 하고, 이거 일이 보통 복잡해야 말이지. 그만한 시간 여유고 정신적인 여유고 내기가 아주

어려울 것 같아서. 아, 여보세요?"

"네."

"아, 난 또 전화를 끊은 줄 알고. 미안한 건 아는데, 애들한테
는 겨울방학에 나올 수 있다고 했는데, 그런데 그게 말이지, 사실
그렇게 쉽고 간단한 일이 아니라서…… 솔직히 까놓고 말하자면
우리가 무슨 돈을 갖고 들어가는 사람들이 아니라서, 자리 잡고
기반 닦아 안정될 때까지는, 그게 언제가 될지는 모르지만, 나오
기가 좀 힘들 거요. 그냥 애들이 상처를 덜 받으라고 급한 대로
말을 했는데…… 그렇게 알고 있어요."

"……."

"아, 여보세요?"

"네."

"아 또 뭐 이렇지 않아요. 그쪽이 형편이 괜찮으면 애들 보러
들어올 수도 있고. 내가 뭐 애들 못 보게 하는 고루한 사람도 아
니고. 그리고 듣자 하니 애들이란 게 기껏 죽겠다고 키워놓으면
죄다들 다 저 낳아준 엄마한테 돌아간다고 하더군."

"……."

"어른이 되면 말이오 애들이. 공항에서라도 애들한테 전화는 하
라고 하겠소."

뭐라고 대답을 해야 한다. 무슨 말을 해야 하나. 심장은 우글렁
거릴 뿐 아니라 팍팍 조여들기도 하고 찢어지기도 하고 있다. 자
신의 안에 있는 심장이건만 그녀는 그 심장을 자기 마음대로 하기
가 힘들다.

사정되는 대로 해야겠지요. 전화라도 해줘서 고마워요.

그 정도의 말은 해줘야 하는 게 아닐까. 그러나 말이 되어 나오

지는 않는다. 전에 남편이었던 아이들 아버지가 그녀 대신 말한다.

"하여간 미안하게 됐소. 정말 일부러는 아니었고, 그럼 그만 끊고, 하여간 아무리 경황이 없어도 공항에서라도 전화는 하게 할 거니까. 갑자기라서 놀랐나 본데, 언제고 일만 되면 갈 거라는 걸 모르고 있던 것도 아니었으니까."

그녀는 드디어 대답한다.

"그래요."

"그럼……."

몇 개의 끈이 있다. 그 끈과 묶여 있다. 끈이 그녀를 지탱시켜 주었다. 인형극의 인형들처럼 팽팽한 그 끈이 그녀를 서 있을 수 있게 때로는 앉아 있을 수 있게 해주었다. 그중 끈 한 개가 툭 끊어지며 떨어져 나간다. 균형을 잃으며 기우뚱 서게 된다. 비틀거린다.

아이들 아버지가 전화기를 놓은 후에도 그녀는 그대로 가만히 있다. 움직이면 심장의 단단한 눈물이 소용돌이치다가 피가 되어 솟구쳐나올지도 모른다.

시간을 오래 걸려 전화기를 놓으며 문득 그녀는 월트가 다음 주 초에 온다는데 그럼 비행기는 어떻게 되는가에 생각이 미친다. 월트는 예정보다 앞당겨 와야 하는가, 뒤늦게 늑장을 부리며 와야 하는가를 생각해 본다. 앞당겨 오는 게 낫다고 결정한다. 무더위와 열기, 메마른 대지에서 네 아이가 떠나야 한다는 사실이 싫다. 아이들이 서늘하고 촉촉한 대기 속에서 갔으면 좋겠다.

가는구나, 언제 올지 모르는구나, 그러나 내 사정이 좋아지면, 언제가 될지 모르지만 내가 그곳으로 가 너희들을 볼 수는 있구나. 그는 고루한 남자가 아니니까. 몇 년 후일까, 언제가 될까.

왠지 막막하다 얘들아. 도대체 언제?

그날 더러운 여관방을 나오면서도 얼핏 그런 기분이었던 것을 그녀는 떠올린다. 전람회 관계가 있어 앞으로 자주 볼 얼굴임에도 불구하고 남자의 얼굴을 들여다보면서 그녀 뇌리 속 영상에 자막이 지나가던 것이다. 언제 만날지 모르는구나. 아주 못 볼지도 모르는구나. 이 밤은 이상스러우면서 행복했다. 당신에게 고마운 마음을 전하고 싶다. 그래서 서툴지만 진정을 담아 남자를 향한 기도를 올렸으리라.

떠나야 하는 네 명의 아이들과 그녀 자신을 위해, 또 온 국민과 이 나라를 위해 월트는 예정을 어기고 일찍 도착해야 한다. 월트는 그래야만 한다. 이 그림을 완성하면 월트가 올 게 틀림없다. 북태평양 고기압의 기단을 흐트러뜨리며 월트는 비를 동반한 저기압 세력을 이끌고 상륙한다. 이 땅을 급습해 너무 오래 진을 치고 있는 이상한 열기와 이상한 가뭄 모두를 몰아내리라. 틀림없이 그럴 것이다.

그러나 보도에 의하면 월트는 기상 전문가들의 예견을 비웃으며 지금까지 여섯 차례나 진로를 바꿨다. 전무후무한 일이라서 모두 조마조마해하고 있다. 월트가 우리에게 올 것인가 아닌가. 그러니 이 그림에 달려 있지. 그러니 이것을 빨리 마무리해야지.

그녀는 또 현관문 두들기는 소리에 잠이 깼다. 옆집 여자만이 그렇듯 요란하게 초인종을 누르고 문을 차댄다. 그녀는 밤을 새우고 햇살 아래 잠이 들었었다. 그녀는 네 발로 기는 기분으로 현관까지 나가 잠금쇠를 푼다.

"여태 잤니? 밤에 일했니? 어젯밤은 더 끝내주던데. 죽고 싶던데. 정말이야. 이렇게 살인적으로 더우면, 오늘도 그러면 난 여기 9층에서 떨어져 죽어버리겠어. 그런데 넌 일을 했단 말이지? 미쳤어. 미친 여자야. 수박 먹어봐. 그렇게 달 수가 없어. 속을 봐. 이렇게 빨갈 수가 없어.”

그녀가 쟁반을 받아들려 하자 옆집 여자는 고개를 저으며 현관 안으로 들어선다.

“이 여자가 무슨 도를 닦는지 나도 도 닦는 셈치고 들어가 보자. 이렇게 땀 빼나 저렇게 땀 빼나 마찬가질 테니까.”

그녀는 아침잠에 빠져 미처 들여오지 못한 현관문 밖 신문 뭉치를 안아 올린다.

“엄청나다!”

쟁반 내려놓을 빈 공간을 찾으면서 여자는 감탄사를 발한다.

“엄청난 찜통이다! 문을 닫아놓으니 완벽한 사우나구나 완벽한! 그러니까 네가 이렇게 말랐구나. 다른 사람보다 몇 배 땀을 뺐으니!”

또 감탄사를 내뱉는다.

“엄청나다! 여기, 저어기, 그동안 한 거니? 대단하다! 대작도 있네. 하나, 둘, 삼백 호니? 사백 호니? 거기 그렇게 넓었던가? 목련?”

“그게 자랑이래.”

“그래? 나도 가본 적 있는데 그렇게 넓어 보이지는 않았었는데. 그런데 전화 왔니? 전화 와도 여태까지 세상 편하게 잠잔 여잔데 알아? 하긴 전화 와봤자지만.”

잠이 들어도 잠이 들지 않는다. 신경은 올올이 세세히 깨어 있다. 그녀는 진짜 잠을 자고 싶다는 생각을 지금 해낸다. 진짜 잠.

어떤 소리에도 어떤 생각에도 깨어나지 않는 깊은 잠.

"일단 수박부터 먹어. 먹어봐. 시원해."

앉을 자리와 놓을 자리를 동시에 발견하고 여자는 수박 쟁반을 내려놓는다.

"분명히 아침도 안 먹었겠지만, 요새 밥 제대로 들어가는 사람 없지. 먹어봐. 나 좀 둘러봐도 되니? 액자 집에 가 있는 것 있지? 다 합하면 작품 준비 끝난 것으로 보이는데?"

"대략."

"허락을 받아야지. 둘러봐도 돼?"

아파트에 작품이 다 있는 것은 아니지만 그녀는 허락하고 싶지 않다. 남자가 처음으로 봐주기를 원했다. 그 남자는 그녀가 혼자 살면서 처음으로 커피를 마시고 밥을 먹고 함께 잠을 잔 남자다. 그것은 의미가 있는가. 처음이라는 것은 의미가 있는가. 그녀에게 는 커피를 마신 일, 밥을 먹은 일, 잠을 함께 잔 일, 세 가지가 똑같이 귀중하고 소중하다. 의미를 설명할 도리는 없지만 그녀에 게는 의미가 있고 남자에게는 의미가 없다. 남자에게는 항용 그런 일이 있을 테고 남자에게까지 의미가 있으리고 하지는 않는다. 어 쩌면 바라기도 했으리라. 중요한 점은 그녀 자신에게 의미가 있다 는 것이다. 무슨 의미. 그 의미는 전에 그녀가 가졌던, 그녀를 버 티게 해주던 무슨 꿈과 같다. 어떤 꿈. 희망. 그것은 기다림이었 다고 생각된다.

"그림이 달라진 것 같아서 그래."

그녀가 대답하지 않자 승낙으로 알며 옆집 여자는 줄줄 흘러내 리는 땀줄기를 개의치 않으며 거실 안과 화장실로 가는 기다란 복 도와 방, 방을 한 발짝씩 한 발짝씩 내딛는다.

“우선 색깔이 달라졌군.”

여자는 그녀에게 들리도록 비평가처럼 첫마디를 낸다.

“여자 피카손가? 청색 시대에서 홍이네? 언제부터 청을 버렸니? 그동안 들어와 보지 않았더니 엄청난 변화가 있었네? 좋은 징조 같다. 네 속에 뭔가 따뜻한 게 있나 보다. 바깥에 대한 동경이야 이건. 좋은 징조야. 참 열정적인 색이다. 난 이 색을 내보려고 옛 날에 해봤는데 안 됐어. 정열이 부족했던 거야. 그건 물론 나중에 졸업도 하고 붓도 내던졌을 때 깨달은 거지만. 그러니까 절실한 무엇이 없었던 거야. 그러면 정상회에게 지금 절실한 무엇이 있다 는 얘기가 돼? 그러니?”

목청 큰 옆집 여자 말은 끝 방에 있는데도 왕왕거리며 또렷또렷 분명하게 들려온다.

“넌 야망만 있는 여자 아니었니? 그럼 절실한 야망이니? 절실한 야망인 것이니? 그래, 이 그림은 특히 폭발할 것 같구나.”

처음으로 옆집 여자는 그녀 그림을 입 밖으로 소리 내어 말하고 있다. 그녀는 여자의 관전평이 반갑지도 고맙지도 않다.

“그러면 이 여자 내면에 이토록 절실한 무엇이 있다는 걸까?”

반갑지 않은데도 그녀는 속으로 여자 말에 대답한다.

기다림.

또 대답한다.

죽음보다 깊은. 기다림이 있었지. 그때는.

“어쨌거나 좋은 그림이다. 작품들 전부 너무 좋다. 아부가 아니 라 너는 여러 단계 뛰어넘었다. 질투 나네. 전람회만 열린다면 대 성공일 거다. 나 같은 인간이 이렇게 보는데, 정말 막이 오르면 휘황찬란한 평가를 받을 거다. 엄청난 성장이야. 여름에 땀 흘린 보람 있다 정말. 소재는 변함이 없는 것 같은데, 그 변형이지?"

이번에는 빠르게 거실로 되돌아오며 여자는 여전히 큰 소리로 흥분해 떠든다.

"내가 보장해. 넌 과연, 대단한 작업을 해냈어. 넌 대단한 여자야, 미친년이야!"

"수박 먹어."

그녀는 씨가 덜 들어 있는 수박 쪽을 골라 여자에게 내민다.

"애, 내가 지금 수박이나 먹고 있게 생겼니? 정상희는 여기까지 왔는데 난 뭐니? 난 뭐 했니? 우리 집 남자한테 소 새끼 개새끼, 하면서, 성질나면 내 새끼들 두들겨 패대기나 하면서. 난 뭘 했는지 몰라. 아아 모르겠다. 이것도 사는 것이지 뭐. 생긴 대로 살아야지 뭐. 어쩌겠니."

여자는 수박을 받아 아삭 이만큼을 한 입 베어 문다. 입 안에 수박이 그득한 채 여자는 말한다.

"그래. 나 같은 건 수박이나 먹으면 됐지. 황송하지. 뭘 더 바라겠니. 대리 만족 하는 거지 뭐. 나 아니더라도 이렇게 악을 쓰며 찬란하게 살아주는 여자가 있으니까. 그런 미친 여자를 잘 알고 있는 몸이니까, 그것도 영광이지 뭐. 넌, 됐다. 전화만 와서 모든 게 결정되면 되는 건데…… 그런데…….."

여자는 말끝을 사리다가 잇는다.

"그런데…… 난 이 말이 하고 싶어. 너 목련 끝내. 거긴 끝난 거라고 생각하고 다른 데서 연락 오면, 괜찮은 데서 연락 오면 이번에는 무조건 붙잡아. 작품이 다 있으니까 얼마든지 당당하고 자랑스럽게 응하는 거야."

담배꽁초가 넘칠 것 같은 재떨이에 씨앗을 골라 뱉고 나서 여자는 말한다.

"그동안 어디어디 전화 왔었지? 예림인가 말한 적이 있었는데?"

"예림, 맞아."

"예림 괜찮지, 나쁘지는 않지. 또? 어디였지? 모던아트 아니었니?"

"그래."

"수준 있지. 모던아트도."

"갤러리 청호"

"거긴 좀 그런 데지. 거기까지는 내가 안다. 그러고는 없었니"

"갤러리 이십일 세기."

"갤러리 이십일 세기? 어머, 너, 거기서도 전화 왔었니? 거기서? 정상희, 그럼 거기다! 두말할 필요가 없어, 거기서 해. 받아들여. 설마 싫다고 하지는 않았겠지. 생각해 보겠다고 했겠지, 그치? 그랬지?"

"거긴……."

"얘기해 보기로 했니?"

여자는 진심으로 반색한다.

"아니, 내가 전화 받지 않았어."

내가 받지 않았다면 이 집에서 누가? 여자는 갸웃한 채 일단 묻어두기로 하고 다음 말을 들으려고 한다.

"그렇지만 내가 받았어도 안 해 난. 목련에서 전화 올 거야 곧. 약속을 했잖아."

여자는 한숨을 내쉰다. 숨을 고르듯 크게 또 한 번 내쉬고 묻는다.

"오늘 아침 신문, 아직 안 봤겠구나. 이강숙 그 여자 인터뷰 나

왔어. 문화면 한 면을 거의 다 차지했더라. 지금 보지 마. 나 나
간 다음에 봐. 네 꼴 보는 것 나 괴로우니까.”

그녀가 신문 뭉텅이에 시선도 주지 않았는데 여자는 황급히 그
녀의 두 손을 잡아 말린다.

“세상엔 나쁜 새끼들이 많아, 세상은 너 같지를 않아. 그건 기
본이야. 기본으로 그런 거라는 걸 알고 있어야 해. 내가 네 매니
저를 했다면 그런 개수작들은 못했을 텐데. 목련, 나쁜 새끼들이
야. 그렇게 생각하고 잊어버려. 똥개한테 물렸다고 생각해. 똥.
개. 알지? 미친개가 아니고 똥개야, 알지?”

이강숙 인터뷰가 어떤 것인가 묻지는 않는다. 그녀는 수박에 입
술을 댄다. 차갑다. 입술과 혀끝을 통해 달콤한 맛이 감지된다.

“다행인 건 널 찾는 데가 그렇게 많다는 것 아니겠니? 넌 그만
큼 인정을 받고 있다는 거야. 목련보다 나은 곳이 더 많잖니. 그
러니까 잊어버려. 도대체 목련이어야만 할 이유가 없는 거라. 너
한테 프러포즈하는 데를 봐도 척 알 수 있잖아. 목련은 네가 벅찼
던 거야. 알지? 무슨 말인지 알겠지?”

옆집 여자는 그녀를 미리 위로하려 들려고 애쓴다.

무슨 말인지 나는 모른다. 나는 목련이 아니면 안 돼. 언제나
그것이어야만 하는 거야 나는.

“그런 말은 우습지 않아? 그런 말은 하지 마. 거기서 어떤 말도
듣지 못했는걸. 그러니까 그렇지 않을 거야.”

“나 참! 신문에 났어, 이강숙! 너는 목련하고 상관없어졌어. 왜
이렇게 못 알아들을까? 사람이 행복해지려면, 행복하게 살려면 그
다음 것도 괜찮다고 생각해야 한다니까. 더구나 그다음 것이 아니
잖아. 전부 목련보다 낫잖아. 그것들 미안해서 전화 못하는 거야.

너도 융통성 좀 있어봐라. 네가 죽어도 안 된다고 하는 그것을 막 상 손에 쥐었다고 하자. 그런데 과연 그것이 네 행복의 열쇠라는 건 어떻게 보장하니? 손에 쥐었는데 펴보니 네가 원하던 것과 다 른 거라면 어떻게 하니?”

“그게 바로 내가 원하는 것이잖아? 그러면 된 것이잖아.”

“불행인데 행복이라고 위안하면서?”

“내가 원하는 것이 행복이라고 생각해?”

“그럼 불행이었니? 넌 그럴 수 있지. 제정신이 아니니까. 정상 희는 정상적인 여자가 아니니까.”

“불행? 그런 것도 아니야. 그냥 내가 원하는 그것이야. 행복, 불행, 그런 말은 의미가 없잖아? 중요한 건, 설령 그것이 내 가슴 에 피를 고이게 할지라도 나는 내가 원하는 것을 원해.”

“피? 피라! 저기 저 뜨거운, 펄펄 끓는 정열, 열정적으로 보이 는 붉은 것은 너의 피였니?”

그녀는 대답하지 않는다. 이 여자와 이렇게까지 깊은 이야기는 해본 적이 없다. 대답하고 싶지 않다.

그러나 맞다. 저것은 열정이었을 것이다. 무엇을 향한 열정인 가. 다만 기다림.

대상을 잃고 대상이 사라지고 그러면 무엇을 기다려야 하는가. 무슨 힘으로 버티는가. 단순한 열정, 맹목의 열정만으로 서 있을 수 있나. 이제는 아니다. 꿈 없는 열정, 기다림 없는 열정은 속 빈 열매껍질일 뿐이라고 생각한다.

어쩌면, 역시…….

그녀는 생각해 본다. 지난날 갖고 있던 비정의 인내가 내게 어 울리던 것은 아니었을까. 기다림이 없는 그곳으로 들어가야 한다는 사실을 안다. 습습하고 진득하고 질긴 늪의 가장 밑바닥에 건조한 자신을 가라앉히는 것이다. 무거운 돌을 매달고, 떠올라 부유하는 일 없게. 열정이라는 낱말을 함부로 입에 올리지 않게. 죽음보다 깊은 기다림이 없게. 침묵만 있게, 그렇게.

"저것들, 진저리가 쳐져. 나는 그렇다. 블루에서 레드로, 그래도 저 애들은 저기 있구나. 이것들, 저것들, 저어것, 너의 아이들이라는 걸 알아. 언제나 네 개지. 네 개니까. 그렇지 맞지? 이건 마르지도 않았구나. 이게 어젯밤에 작업한 거구나. 여기도 네 마리."

자신 없게 조그만 목소리로 그녀는 시간을 조금 두었다 말한다.

"희망이잖니 애들은."

"희망? 애들이? 난 그런 쪽으로는 한번도 생각해 보지 않았다. 우리 애들이 나의 희망이라고? 그 애들에게는 그 애들의 인생이 있지. 어떻게 살게 될지는 몰라도. 아이들은 떠나는 거야. 어른이 되지. 너, 어른이 뭔지 아니? 어른, 그건 이미 희망이 아니야."

헉, 무슨 말인가를 하려다가 그녀는 입을 다문다. 할 말이 없다.

"먹기 싫으면 냉장고에 넣어뒀다가 나중에 먹어. 넣어줄까?"

가겠다는 뜻이다. 그녀가 고개를 끄덕이지 않아도 여자는 냉장고 문을 열고 텅 비어 있다시피 한 선반에 잘라 온 수박을 넣어준다.

"문을 열고 닫는 사람이 없으니까 니네 냉장고는 북극이구나."

주방을 나와 현관으로 가면서 옆집 여자는 말한다.

"나 갈게. 그런데 이런 것 좀 생각해 봐. 아니 이건 내 생각인데, 너한테 하고 싶어. 이런 거다. 널 생각해 보노라면 의문이 떠오르거든. 정상희, 걔는 어떤 인간인가. 널 오랫동안 알아왔지만 잘 모르겠다는 생각 들 때가 아주 많거든. 애는 미련한가, 순진한가, 순수한가, 아니면 영 바본가, 단순하게 정신 이상자인가."

옆집 여자는 서로 등을 돌려 헤어져야 할 때 자기 딴에는 의미 심장하다고 믿는 이야기를 꺼내 쐐기 놓는 버릇을 갖고 있다. 영화나 소설에서 은연중 배웠을 것이다. 그래야 상대방에게 오래 기억시킬 수 있으므로.

"꼭 세 가지 종류가 있다고 할 수는 없지만, 너와 우리, 그러니까 우리 집 그 치사한 인간까지 합해 보면 여기서도 세 가지 유형이 나오지. 이런 문제야. 어떻게 사는 게 좋은가. 어떻게 사는 게 잘 사는 것인가. 진짜로 사는 것인가. 너처럼 이것이 아니면 안 돼 하면서 미련을 떠는, 아니 좋게 말해 순수하고 순진한. 그러나 그 삶만 진짜일까? 그런 의문. 또 하나는 우리 집 남자처럼 저 하고 싶은 것을 하면서 하기 싫은 것도 하면서 야금야금 인생을 즐기는 것, 꽤 교활한 타협자지, 난 그게 싫어 그 남자. 또 하나는 나, 인간 강명자, 내 뜻대로 해본 게 한 가지도 없어. 이상? 그런 건 귀찮은 거야. 그런 걸 갖고 부대끼는 사람들을 만나면 부럽기도 하고 증오스럽기도 하고 내 마음 나도 모르게 돼. 애증이야. 꿈은 없을수록 좋아. 이상 같은 것은. 아무것도 기대하지 않고 기대할 것 없고, 그냥 사는 거야. 그러다 죽지. 그것도 참 편안한 인생이야. 본인이 갈등만 느끼지 않는다면이라는 전제 조건을 달면. 진짜가 아니면 어때. 죽으면 죄다 아무것도 아닌데 그런 게 무슨 소용이야 진짜 가짜. 행복하면 되지. 편안하면 되지."

그녀는 잠자코, 억지로 미소를 머금으며 현관문을 닫는다. 어떻게 행복할 수 있겠니, 어떻게 편안할 수 있겠니, 진짜가 아닌 줄 알면서. 다른 어떤 것으로 대체된다고 해서 그것이 진짜가 될 수는 없지 않니. 그건 다른 어떤 것일 뿐이야. 바로 '그것'이 아니잖니.

현관문을 닫아걸고 들어오다가 그녀는 전화벨 소리를 듣는다.

두 어깨를 잡아 누르지 않아도 저절로 천천히 걷게 된다. 그녀는 아무렇지 않은 기분으로 전화를 받는다.

"아, 죄송합니다. 어제 전화했던 사람인데요, 갤러리 이십일 세기의. 어제, 생각납니까? 정상희 선생님 아직 연락 없습니까?"

그녀는 없다고 대답한다. 그 여자는 감감무소식이라고.

이거 진짜 큰일이네, 어제처럼 남자는 혼잣말 끝에 죄송하다는 말을 덧붙인 후 전화를 끊는다. 그다음 그녀는 테이블 위의 물감 접시들을 한 켠으로 밀어놓은 후 신문 뭉치를 그 위에 올려놓고 한 면씩 한 면씩 열심히 읽어나간다. 절대로 문화면을 먼저 열어 개떡 같은 장미 그림 인터뷰를 보려고 하지는 않는다. 차근차근, 담담함을 스스로에게 가장하며 신문 기사를 살펴나간다. 그녀가 창문을 죄다 닫아걸고, 한 짝의 삼분의 일만 빠끔히 열어놓은 채 간신히 숨을 쉬고 있어도, 온 국민이 열 개의 태양으로 허덕이고 있어도, 세상은 어제와 다름없이 일 년 전과 다름없이 비슷한 내용으로 분주하게 돌아가고 있음을 확인한다. 살인이 있고 부정이 있으며 색동나비 같은 미담도 있다. 물가는 오르고 내리며 전쟁은 단 하루도 그치지 않고 지구 어느 구석에서인가 번갈아 일어난다. 지구 어느 구석에서인가 다섯 쌍둥이가 오늘도 태어나고 아흔 살 할머니가 아흔두 살 할아버지와 이혼을 한다. 황태자비는 밀애 중이고 황태자도 다른 장소에서 밀회를 즐기고 있다.

그녀는 시선을 멈춘다. 제법 커다란 활자다. 인쇄에 관해 전혀 모르므로 활자 크기가 몇 호인지는 알지 못한다. 그러나 그녀가 글자를 읽는 데는 지장이 없다.

"失望태풍 '월트' 소멸
26일낮을기해대마도부근해상에서"

동그란 작업용 의자에 앉아 있는데도 그녀는 힘이 빠지며 두 무릎이 꺾인다. 그래서 그대로 앉아 있지만 앉아 있다고 할 수 없다. 두 무릎 밑이 덜컥 잘려나간 거나 마찬가지다.

표제 아래 본문은 흐릿해서 보이지 않는다.

가뭄과 무더위에 가장 강력한 영향을 미칠 태풍 월트가 우리나라에는 상륙도 못해 본 채 열대성 저기압으로 운명을 마쳤다. 지구상에서 영원히 사라졌다. 이로써 우리나라는 당분간…….

그것은 두려웠다 그녀에게.

그녀는 유리창 쪽으로 다가가 비를 볼 생각이 없다. 소리만으로도 비가 오기 시작한다는 것을 알 수 있다. 집집마다 남아 있는 사람들은 후두둑 유리창에 부딪히는 빗소리를 듣고 일제히 창가로 달려간다. 비다! 세상에 비가 오네, 비가! 그 소리가 합창으로 들려온다. 세계 무슨 운동 대회에서 우리 선수들이 좋은 경기를 하면 약속하지 않고도 같은 순간에 질러대는 환호성이 트럼펫 연주보다 더 높이 하늘을 향해 올라간다. 아파트 단지는 그렇다. 그녀는 바로 그런 환호를 듣는다. 비다! 살았다!

네 아이는 뜨거운 지열에 몸을 데며 떠났을 것이다. 전화는 오지 않았다. 경황이 없었을 거라고 그녀는 생각한다. 들고 멘 짐에 네 아이에. 재혼한 여자가 낳은 갓난아이까지. 그녀는 전에 남편이었던 남자가 가여워 코끝이 찡하다. 아이가 다섯. 새로 얻은 아내. 일곱 명의 식구가 광활한 대륙에서 기반을 닦아 안정을 하려면 얼마의 시간이 필요할까를 가늠하지 못하겠다. 아마 영원만큼 오랜 시일이 필요할 것이다.

탕탕탕, 탕탕탕, 탕탕탕…….

"애, 죽었니? 안에 있니? 문 좀 열어봐!"

열고 싶지 않다. 정말 죽었다며 경비원에 경찰까지 옆집 여자가 불러올까 봐 그녀는 소파에서 일어난다.

"보이니? 비 오는 것 보이니? 맨 처음에는 완전히 한증막 수증기 같은 게 막 올라가더라. 봤니? 비야! 세상에, 나는 이대로 비가 오지 않고 세상이 끝나는 줄 알았다. 비 안 봐? 사람들 전부 비 구경하는 걸 좀 봐. 저게 더 구경거리지 뭐니. 무지무지하게 더러운 빌 텐데, 사람들 그냥 막 맞고 간다."

그녀는 감흥이 없다. 그녀가 기다리던 비가 아니다. 저것은 다른 빗줄기다. 월트는 없다. 월트는 갔다. 사망했다. 이 지구상에서 영영 사라졌다. 기다릴 월트는 이제 없다.

"이게 태풍의 영향이란다. 쥬디! 아유 예뻐 죽겠지. 우리가 태풍을 이렇게 열렬히 환영한 적이 없을 거야. 나도 내 평생 처음이니까. 며칠 있다가 또 신나게 비가 올 거래. 쥬디보다 쎄대. 노바는 훨씬 강하대. 그때는 창틀이고 지붕이고 전부 조심해야 한대. 조심해야 한다니 얼마나 신나니? 애애, 그러고도 앞으로 크고 작은 태풍이 얼마든지 온댄다. 기가 막히지. 이제 난 9층에서 뛰어내릴 생각을 안 해도 돼. 에어컨 없어도 견딜 수 있어."

어떻게 월트만큼 셀 수 있겠어. 월트만큼 강력할 수 있겠어. 그녀 앞에 존재하지 않았기에 월트는 특히 강력했다. 그녀는 강력함을 원했다. 강력한 태풍, 강력한 힘, 강력한 꿈, 그리고 사랑이었을까. 존재했으되 존재하지 않은. 그러나 기다렸다. 그녀의 몸과 마음을 탄탄하게 묶어 움직이게 해주었다. 내게 속해 있지 않은 것들로만 끈이었다니, 그녀는 가만히 놀란다.

월트는 갔다. 아이들은 갔다. 전화는 끊임없이 벨소리를 울리겠지. 남자의 유려한 음성이 아닌 저마다 다른 목소리들이 정상희를 찾겠지.

"나가서 안 볼래? 난 몰랐었는데, 난 지금 내가 얼마나 애국잔가를 알았단다. 이렇게 비가 반가울 수가 없는 거라. 더워서가 아니라 우리나라 시골 사람들 농사 때문에. 그러니 내가 얼마나 애국자고 민족주의자니 글쎄! 알고 보니, 저 봐라, 전부 애국자지 뭐겠니. 나가자, 나가서 보자. 응?"

옆집 여자는 겅중겅중 뛰며 그녀 몸을 잡아 흔든다. 몸무게가 가벼워져 있는 그녀는 흔들리며 대답한다.

"여기서 더 잘 보여. 난 여기가 좋아."

난 방관자지. 난 여기가 좋다. 가라앉아야 한다. 준비 기간은 참을 수 없을 만큼 넉넉했고, 끝났다. 끈 없이 바닥에 닿으면 떠오를 일밖에 없다는 격언을 알고 있다. 비로소 홀로 벌떡 일어나 비상한다고. 마음 여기저기에 돌멩이가 매달려 있다. 나는 다시는 떠오르지 않을 것이다.

"문제야 넌. 넌 너무 폐쇄적이야. 남들이 다 저렇게 좋다고 하는데, 네 속에 뭐가 들었는지 난 정말 모르겠어."

머리를 저으며 할 수 없다는 듯 나가다 말고 버릇대로 여자는 휙 뒤돌아 한 마디 던진다.

"너무 그러지 마. 전화가 올 거야. 그렇게 생각하지, 그치 너도?"

그녀는 미소를 만들어 여자를 배웅한다.

"고마워."

현관문을 닫아 꼭꼭 잠근다. 한 번이면 되는데 여러 번 잠근다. 확인한다. 완전한 물 밑, 늪이 된다. 그녀는 바쁘지 않은 걸음으로 거실을 질러가 담배 연기를 위해 열어놓았던 베란다 창문 앞에

선다. 세찬 빗줄기가 그 틈으로 투르륵투르륵 튀어 들어와 뺨과
이마를 적신다. 미지근하다. 아무리 세차도 월트가 보냈을 빗줄기
만큼 세차지는 못할 것이다. 이것은 내가 원했던 그 비가 아니다.
그녀는 창문을 마저 닫아버린다. 완벽한 늪이 된다. 꿈은 없으리.
생명의 탄생 그 꿈틀거림을 믿지 않으리. 기다릴 게 없으므로 이
늪은 다른 늪이다. 몹시 답답하고 깜깜하다. 그녀는 숨는다. 어둠
의 밑바닥으로. 가스렌지 밸브를 연다. 스와스와, 공기 새는 소리
를 내며 좋지 않은 역한 냄새로 가스가 밀려나온다.

그녀는 서두르지 않으며 늪의 바닥을 거닌다. 담담한 척, 가라
앉아, 이 늪, 아아 정말 이것은 싫다. 잿빛의 이 평온은 쓸쓸하다.

그림을 한꺼번에 모아 세워놓은 끝 방으로 가다 말고 그녀는 현
관문 앞에서 걸음을 멈춘다. 그곳을 본다. 불을 켜지 않아도 아이
들 낙서는 플래시 불빛처럼 환하고 동그맣게 망막에 어린다. 아이
들 낙서는 그녀에게 노상 상영 중으로 걸려 있다. 그녀는 그것을
본다. 동그란 우리 엄마, 둥그런 우리 아빠, 좌우지간 사람들인
달걀 모양과 거기에 수염같이 그어져 있는 가느다란 팔과 다리,
무조건 구불구불 꼬불꼬불 성근 머리카락의 숫자를 그저 세어보고
글씨도 읽는다. 서툴러 비뚤비뚤한, 제일 크고, 그다음 크고, 그
다음 아주 작아져 있는.

엄마 바보.

그녀는 그 앞을 지나며 아이들에게 항의한다.

엄마는 도산데 왜 바보니 얘들아.

그녀의 아이들이 대답한다.

바보 도사.

작가의 말

'작가의 말을 적으려니 주저된다. 아무래도 작가의 변명이 되고 말 것 같아 마음속이 부끄러움으로 앗 뜨겁다 한다. 대학 때의 은사께서는 준엄하게 말씀하셨다. 작가에게 변명은 있을 수 없다. 작가 자신에 대해, 그 작품에 대해. 작가는 글로써 말할 뿐이다. 과거 내 사고(思考)의 궤적이 치졸했든 허술했든, 이제 와서 무슨 할말이 있을 것인가.'

1989년에야 늦게 소설집을 냈다. 오랜 세월이 지나 두 번째 소설집을 내며, 첫 소설집에 있는 작가의 말을 들여다봤다.

당신 글은 옛날에 참 반짝였다고 지난 시절 사람들은 말한다. 잘 모르겠다. 만약 그랬다면 더 이상 반짝이지 않는다는 걸 알고 있다. 작가의 말을 쓰려는 지금, "앗 뜨겁다." 하던 젊은 날의 치기가 없음도 알고 있다. 사실은 그 당시에 과장법을 짐짓 한번 써보고 싶었을 것이다. 내 글은 별로 반짝이지 않았으며 나는 담백

하고 담담한 사람이다. 내 글도 그렇다고 생각한다.

'앗 뜨거워'까지는 아니어도 여전히 나는 부끄럽고 창피하다. 이유를 알고 있다. 내 글의 위치와, 그 정도로밖에 쓰지 못하는 자신의 능력 때문이다. 작가의 말을 쓰지 않는 평소에도 늘 창피하여 사람을 만나지 않았다. 고향 가기가 망설여지고 내 은사님께는 인사도 드릴 수 없었다. 따뜻하고 인정 깊은 동네 선배 소설가들과만 지냈다.

그동안 잠을 자고, 자고, 잤으며, 말할 수 없이 게을렀다. 잠은 달콤하여 나를 놓아주지 않았다. 예전, 하루 두세 시간 자며 글을 자주 분노하던 그 사람은 누구였던가 싶었다. 스스로를 일으키고 쓰러지기도 하며 간신히 소설의 끈만은 놓지 않고 있던 셈이다.

그렇게 이 앞 수년 간, 나는 모든 자신감을 부단히 잃어왔다. 그 여파로, 세상과 사람들에게 하고 싶은 말이 없어졌고 설령 있다 해도 하기 싫었다. 어쩌다 쓴 글은, 이런 묘사와 설명이 굳이 필요한가, 부질없지 않나 싶어 끝없이 가지를 쳐냈다. 가뜩이나 헐렁하던 글은 엉성하다 못해 앙상해졌다. 그러다 보면 글은 잘못 쓰인 어쭙잖은 시처럼 보이는 것이었다.

이번 책의 초교본을 보면서 자책과 자학이 새로이 나를 덮쳤다.

이토록 출판이 불황인 판에, 아마존 밀림과 보르네오 숲이 다 망가져 지구 환경에 적신호가 온 판에, 귀한 종이를 낭비하고 출판사와 편집자를 공연히 애쓰게 하는 건 아닌가. 역시 그동안 해오던 생각대로, 많은 이들이 동조해 주지 않는 나만의 언어를 어리석게 30년 가까이 끌고 온 건 아닐까. 극히 일부가 공감해 주지만, 그건 그들이 나와 아는 사이여서다. 예의상 말이다. 나를 모르는 다른 이에게 글의 뜻이 전달될 수 있을 터인가.

내 안에 있는 얄팍한 욕심은 자괴의 해일을 이겨내 출판을 말리거나 막지 않고 여기까지 왔다. 그리고 다행스럽게 책이 만들어졌다.

많은 동료 소설가들은 절실하게 고뇌한다. 문학이란 무엇인가, 소설은 내게 무엇인가. 내 인생에 문학이 없었다면……. 복잡하고 구체적인 작가의 작품계획이 언론에 소개되기도 한다.

문학에게 송구스럽게 나는 고뇌해 본 적이 없다. 그런 걸 논한다는 건 엄살에 다름 아니라고 치부해 버렸었다. 누구든 숨 쉬는 일을 엄살 부리지 않듯 나는 그냥 썼다. 정신이든 육신이든 그 생존을 위해 하는 일은 누구나 똑같이 힘들지 않은가. 그걸 따지는 게 무슨 의미란 말인가. 더 잘 쓰게 되는지는 모르지만, 어쨌든 쓸 사람은 쓰는 것이다, 라고.

하긴 아무리 진지하게 고민해 봤자 여기저기서 주워듣거나 읽은, 현학적 부스러기나 건지고 말았을 것이다. 아둔한 내가 조금씩 알게 된 인생의 한 대목을 보잘것없는 필력으로 겨우 기록해 온 게 내 소설의 실체인지 모른다. 재능과 성실함에서 비껴서 있는 나로서는 그것만도 대견하다.

하지만 이 자리에서는, 치열하지 못했던 내 문학 정신과 치밀하지 못했던 내 글을 반성한다. 성숙치 못했던 내 사고(思考)도 반성한다. 이 책의 출간을 지금까지의 내 소설을 정리하는 계기로 삼아, 내 인생에서 문학은 진정 무엇인가를 천착해 볼 수도 있으리라. 흔히 말해지듯 과연 자기 구원이며 중독이고 절망과 희망의 쌍곡선인지를. 깊이와 통찰력이 함께하는 글을 쓰기 위해 노력하겠다는 헛될지 모를 다짐도 해본다.

나는 복(福)이 많아 참으로 훌륭한 은사님들을 내 생애에 만났고 가르침을 받았다. 그럼에도 자랑스러운 제자는 평생 되지 못했다.

은사님들 대부분은 이쪽 세상을 떠나 저쪽 세상으로 가셨다. 살아 계신 은사님은 두 분뿐이다. 김우종 선생님과 정서웅 선생님이 불민한 제자를 먼 데서 걱정하며 지켜봐주시는 두 분 스승님이시다. 책이 나오면 책을 핑계로, 실로 오랜만에 인사드리러 가겠노라 혼자 약속했었다. 이제 부끄러움을 무릅쓰고 그럴 작정이다.

96세의 초겨울을 보내시는 내 외할머니와 그 따님인 어머니에게도 씩씩하게 내려가겠다. 몇 년 전 돌아가신 아버지에게는 따로 드릴 말이 있다. 아버지, 해보겠습니다, 쓰겠습니다, 조금 자신감을 갖고, 그보다 조금 더 용기를 내어, 다시 꺾일 때까지 쓰겠습니다.

그렇다. 용기를 내자. 글 인생을 탄탄하게 살아내 보자.

베푼 것 하나 없는 내게 세상은 이 얼마나 관대하며 고맙게 해주는지! 죄다 타고 난 내 복이겠지만, 그래도 나는 세상과 사람들이 고맙다. 콩알 반쪽이 생기면 함께 나누는 송파의 소설가 선배님들이 마음을 훈훈하게 해준다. 언젠가 잠깐 한차례 본 사이임에도 책을 내는 데 일조해 주신 최창조 교수님을 빼고 고마움을 말할 수 없으리. 세심하고 신중하게 교정을 봐준 편집부 황혜숙 선생도 고맙다. 만난 적은 없지만 이 책을 만드는 데 애써 준 민음사 여러분들 모두 고맙다.

정말 고마운 것이다.

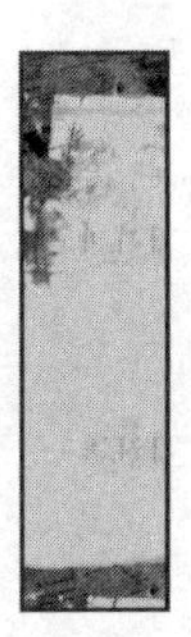

옛 로망스

● ● ● ● ● ●

1판 1쇄 찍음 2003년 12월 5일
1판 1쇄 펴냄 2003년 12월 15일

지은이 우선덕
펴낸이 박맹호
펴낸곳 (주) **민음사**

출판등록 1966. 5. 19. (제16-490호)
서울시 강남구 신사동 506 강남출판문화센터 5층(135-887)
대표전화 515-2000 / 팩시밀리 515-2007
www.minumsa.com

값 9,000원